KB189416

미암 유희춘의 일기문학

이 연 순

이화여대 국문과를 졸업하고 동대학원에서 학위를 수여하였다. 한국방송통신대, 명지전문대, 한경대 등에 출강하였고, 현재 이화여대와 상명대에서 강의하고 있다.

조선 전기 사림문학에 관심을 가지고 중기와 후기로 넓혀가려 한다. 논문으로 「점필재 김종직의 악부시 연구」, 「강희맹의 여성 인식과 그 형성 기반」, 「미암 유희춘의 유배기 문학 연구」, 「미암 유희춘의 『속몽구』 연구」 등이 있다.

이화연구총서 16

미암 유희춘의 일기문학

이 연 순 지음

2012년 7월 10일 초판 1쇄 발행

펴낸이 · 오일주
펴낸곳 · 도서출판 혜안
등록번호 · 제22-471호
등록일자 · 1993년 7월 30일

주   소 · ⓤ 121-836 서울시 마포구 서교동 326-26번지 102호
전   화 · 3141-3711~2 / 팩시밀리 · 3141-3710
E-Mail · hyeanpub@hanmail.net

ISBN 978-89-8494-452-7   93810

값 24,000 원

이화연구총서 16

미암 유희춘의 일기문학

이 연 순 지음

혜안

이화연구총서 발간사

이화여자대학교 총장   김 선 욱

126년의 역사와 정신적 유산을 가진 이화여자대학교는 '근대', '여성', '교육'이라는 측면에서 한국 사회에 매우 괄목할 성취로 사회의 많은 분야에 변화를 주도해 왔습니다. 우리 이화여자대학교는 이러한 역사와 전통을 바탕으로, 연구와 교육의 수월성 확보라는 대학 본연의 과제에 충실하려 노력하고 있습니다. 구체적으로 국내외 학문적 상호 협력의 연구공동체 거버넌스 구축을 비전으로 삼아, 상호 협력하는 개방적이고 민주적인 소통을 지향하며 다양한 포럼과 학문의 장 안에서 서로의 경험과 성과를 나누는 체계를 지향합니다. 아울러 다문화, 다언어의 역량을 갖추고 세계와 협력·경쟁하면서 타문화를 배려하는 나눔과 섬김의 이화 정신과 가치를 세계 속에 구현하려 합니다.

열린 학문 공동체 안에서 이화의 교육은 한 개인의 역량을 강화하는 데 머무는 것이 아니라 타인과 약자, 소수자에 대한 배려 의식, 다른 사람과

6

소통하는 공감 능력을 갖춘 여성의 배출을 목표로 합니다. 이러한 교육 속에서 이화인들의 연구는 무한 경쟁의 급박한 현실에 안주하지 않고, 섬김과 나눔이라는 이화 정신과 닿아 있는 21세기 우리 사회와 세계가 요구하는 사회적 책무를 다하려 합니다.

학문의 길에 선 신진 학자들은 새로운 시대정신과 도전 정신을 바탕으로 창의력 있는 연구 방법과 새로운 연구 성과를 낼 수 있는 든든한 이화의 자산이자 미래입니다. 따라서 신진 학자들에게 주도적인 학문 주체로서 역할에 대한 기대가 매우 큽니다. 또한 그들로부터 나오는 과거를 토대로 새로운 것을 創造하는 '法古創新'한 연구 성과들은 가까이는 학계의 발전을 이끌어 내고, 나아가 '변화'와 '무한경쟁'으로 대변되는 오늘의 상황을 발전적으로 끌어갈 수 있는 저력이 될 것입니다.

이제 이화가 글로벌 지성 공동체로 자리 매김하기 위해서는 이 학문 후속세대를 위한 지원과 연구의 장을 확대할 필요가 있습니다. 이에 따라 이화여자대학교 한국문화연구원에서는 창조적인 도전 정신으로 학문의 방향을 이끌어 갈 학문후속세대를 지원하기 위해 '이화연구총서'를 간행해 오고 있습니다. 이 총서는 최근 박사학위를 취득한 신진 학자들의 연구 논문 가운데 우수논문을 선정하여 발간하는 것입니다. 총서의 간행을 통해 신진 학자들의 논의가 보다 많은 사람들에게 제공되어 이들의 연구 성과가 공유될 수 있는 기회를 줌으로써, 이들이 미래의 학문 세계를 이끌 주역으로 성장하는 데 도움을 주고자 합니다.

앞으로도 '이화연구총서'가 신진 학자들이 한발 더 높이 도약할 수 있는 발판이 되기를 희망합니다. '이화연구총서'의 발간을 위해 애써주신 연구진 과 필진 그리고 한국문화연구원의 원장을 비롯한 모든 연구원들의 노고에 진심으로 감사드립니다.

책머리에

미암 유희춘의 부인 송덕봉에 대해서는 기존에 많은 연구가 이루어졌다. 그 당시 여성의 삶과 문학에 새로운 시각을 던져준 점에서 주목을 받았기 때문이다. 덕봉이 친정아버지의 묘비를 세우는 데 남편에게 적극적으로 도움을 구한 장문의 편지라든지, 남편과 수창한 시나 일상에서 읊은 시 등에서 예사롭지 않은 여성의 목소리를 읽어낼 수 있었던 것이다.

그러한 부인에 비해 상대적으로 덜 알려지고 연구된 인물이 미암 유희춘 이다. 미암 또한 16세기 당대 뛰어난 학자로서 적지 않은 詩文을 남겼고 특히 10여 년간의 일기를 기록하였는데, 시문에 대해서는 본격적인 연구가 이루어지지 못했고, 미암의 일기도 생활사의 한 자료로서 해석되는 정도에 그쳤다. 이에 필자는 미암의 詩와 散文 문학 전체를 살피며 그 문학세계를 고구하려는 목적을 지니고 박사학위논문을 진행하게 되었다.

그러나 논문 집필 과정 중에 지도교수인 이혜순 선생님의 정년퇴임을 맞으면서 애초의 계획은 변경되었다. 이혜순 선생님의 정년퇴임 후 유사 전공자이신 정하영 선생님의 지도를 받으면서 논문의 주제와 범위가 바뀐 것이다. 결국 고전소설 전공과 관련해 주제 영역을 한정하여 『미암일기』에 초점을 맞추는 방향으로 모아졌다. 그렇게 해서 학위논문이 완성되었고, 그 뒤 몇 차례 후속 작업을 거치며 수정하고 보완하여 펴낸 결과가 바로 이 책이다.

日記는 '記'의 한 양식으로서, 한국문학사에서 일기문학은 조선 후기에 더욱 다양하게 나타났다. 그러나 조선 전기에도 주목할 만한 작품이 저술되어 16세기에는 '일기문학의 번성기'라 칭해질 정도로 많은 작품이 나와, 그 시기 작품에 일정한 의의를 부여하게 된다. 16세기를 살았던 미암 유희춘은 죽기 전 10년 동안의 일기를 기록해『眉巖日記』를 남겼고, 이에 당대 일기문학이 성행한 경향과 관련하여 살펴보고자 하는 것이 이 책의 관점이다.

이에 미암의 일기문학을 본격적으로 살피기에 앞서 Ⅱ장에서『미암일기』의 저술 배경을 먼저 살펴보았다. 당대 미암의 일기가 나온 당시 문학적 상황으로 16세기 일기문학이 성행한 배경에 대해서, 먼저 일기의 전통과 전개를 살피고, 조선 전·중기에 士禍와 戰爭 등을 겪으며 일기 기록을 남긴 경향에 대해 구체적으로 살펴보았다. Ⅲ장에서는 미암의 기록정신과 일기문학을 살펴보았다. 미암의 삶에 대해 수학기와 유배기를 거쳐 해배 후 조정에 등용되기까지 과정을 살펴보고, 그 과정에서 미암이 기록 정신을 보인 면을 밝혔다. 다음『미암일기』의 내용은 기록 영역을 구분하여 각기 개인적 관심사의 토로, 가족 공동체와 일상의 향유, 그리고 공공적 관심의 기록으로 나누어 살펴보았다. 먼저 개인적 관심사의 토로에서는 미암이 관심을 둔 기록의 중요도에 따라 도서 목록과 독서, 내면적 성찰, 건강관리와 병세를 살폈다. 다음 가족 공동체와 일상을 향유한 기록에서는 가족과 주변의 知人들과 관계를 유지한 실제를 살폈고, 미암의 도서 저술 과정에 관한 기록도 개인적인 기록이면서 많은 이들과 함께 한 작업으로서 여기서 살펴보았다. 마지막으로 공공의 관심을 표명하여 기록한 부분에 대해서는 먼저 民生과 氣候에 관해 관심 있게 기록한 내용을 살폈다. 또 미암이 경연에서 활동하며 정치적인 사건과 성학에 대해 언급하고 견문한 바를 살펴보았다.

Ⅳ장에서는 미암의 일기문학의 문학적 특성과 의의에 대해 서술 방식 상의 특성과 일기문학적 의의를 고찰하였다. 서술 방식상의 특성은 첫째, 객관적 증언과 평가, 둘째, 절제된 표현과 교차적 서술을 들었다. 전자는 다시 당대 사실의 객관적 증언과 人物의 세밀한 觀察과 評價로, 후자는 事實 기록과 感情의 표출의 조화, 과거 回想과 현재 所懷의 교차로 나누어 설명하였다. 일기문학적 의의에서는 미암의 일기가 문집의 초고로 기능하 였다는 점과, 公·私 일기의 성격을 공유하고 있는 점을 들었다. 『미암일기초』 가 문집인 『미암집』의 초고로 기능한 점에 대해서는 미암의 문집에 수록된 詩文과, 일기에 삽입된 시문을 비교하여 미암의 일기가 시문과 어떠한 점에서 차별되고 의의를 지니는지 밝혔다. 公·私 일기의 성격을 공유하는 점은 미암이 공적인 일뿐만 아니라 주변의 일에 관해 사적으로 기록한 면에서, 公日記에서 벗어나 私日記로 나아가는 조선 후기 일기문학에 끼친 영향을 파악할 수 있다. 이는 미암 바로 다음 대에 임란을 거치면서 나오는 전쟁 관련 일기문학에 반영되어 나타난다는 점에서 그 의의를 찾을 수 있을 것이다.

그런데 이제까지 미암에 대해 초점을 맞췄던 필자는 다시 덕봉에게로 돌아가고 있다. 논문 준비로 미암에게만 관심을 두면서, 덕봉에 대해서는 미뤄두었던 부분을 새롭게 보고 있는 것이다. 그와 함께 미암의 여성에 대한 이해도 살필 수 있었다. 이에 대한 연구는 아직 진행 중이다. 어느 한쪽으로 쏠리지 않는 연구가 되길 기대할 뿐이다.

여기까지 오는 데 감사하게 떠오르는 분들이 많다. 가장 먼저 지도교수이 신 이혜순 선생님과 정하영 선생님이시다. 부족한 제자를 이끌어주시고 격려해주신 데 무한한 감사를 드린다. 그리고 논문 심사위원이셨던 최재남 선생님, 이종묵 선생님, 안대회 선생님, 박무영 선생님께도 고개 숙여 감사드린다. 또한 한문 공부에 힘을 실어주신 儒道會 선생님들과 同學분들께도 더없는 감사를 드린다. 더하여 박사과정 내내 방송대에서 조교와 강사를 하며 만나 뵙게 된 교수님들, 그리고 함께 근무했던 조교 선생님들께 진심으로 감사드린다. 논문에 대한 부담을 안고 시작한 방송대 조교 생활 동안 방송대라는 환경과 그곳 선생님들께 받은 도움이 매우 컸다. 또 과정을 마치고 명지전문대에 출강하며 그곳에 계신 한혜경 선생님께도 잊지 못할 은혜를 입었다.

이밖에도 논문 쓰는 중간에 크고 작은 도움을 주신 이화여대 국어국문학과 선후배님과 동기들에게도 말할 수 없는 감사함을 전한다. 더욱이 늦게까지 공부를 한다고 애쓰는 막내딸을 기꺼이 응원해주신 부모님께 한없이 감사드린다. 마지막으로 박사연구원 장학금을 지원해주신 이화여자대학교 대학원 동창회와 부족한 논문의 출간을 결정해주신 한국문화연구원, 그리고 도서출판 혜안 여러분께도 감사의 말씀을 전한다.

2012년 6월

이 연 순

차 례

이화연구총서 발간사 5

책머리에 7

Ⅰ. 서론 15
　　A. 연구의 의의와 목적 15
　　B. 연구 대상과 연구 방법 21

Ⅱ. 『미암일기』의 저술 배경 29
　　A. 日記의 전통과 전개 29
　　B. 16세기 일기문학의 성행 32

Ⅲ. 미암의 기록정신과 일기문학 39
　　A. 미암의 삶과 기록정신 39
　　　1. 미암의 삶과 문학세계 39
　　　2. 修養의 方便으로써 記錄 55
　　B. 『미암일기』의 내용 전개 68
　　　1. 개인적 관심사의 토로 68
　　　2. 가족 공동체와 일상의 향유 105
　　　3. 공공의 관심 표명 177

Ⅳ. 『미암일기』의 문학적 특성과 의의 201

   A. 서술 방식상의 특성 201

     1. 객관적 證言과 評價 201

     2. 절제된 표현과 교차적 서술 217

   B. 『미암일기』의 일기문학적 의의 241

     1. 文集의 草稿로서 기능 241

     2. 公·私 日記의 성격 공유 248

Ⅴ. 결론 253

참고문헌 259

찾아보기 269

표 차례

<표 1> 『眉巖集』所載 「日記」·「經筵日記」(한국문집총간 34, 민족문화추진회, 1989) 22

<표 2> 『眉巖日記草』(조선사료총간 제7~11, 조선총독부刊, 조선사편수회編, 1936) 23

<표 3> 知人과 地方, 官에서 받은 책 71

<표 4> 미암이 빌린 책 75

<표 5> 책색리나 서책장수를 통해 구한 책 77

<표 6> 베낀 책 77

<표 7> 중국 사신으로 가는 관리에게 부탁한 책 78

<표 8> 조정에서 頒賜하여 받은 책 79

<표 9> 교환한 책 79

<표 10> 미암이 보낸 책(빌려준 책 포함) 79

I. 서론

A. 연구의 의의와 목적

본서에서는 16세기 문인인 眉巖 柳希春(1513/중종 8~1577/선조 5)의 日記文學에 대해 고찰하고 그 문학사적 의의를 밝히고자 한다.

日記는 한문산문 문체 가운데 '記'에 속하는 양식으로서, '筆記' 또는 '雜記' 등과 함께 쓰였다. 일기문학은 한국문학사에서 조선 후기에 더욱 다양하게 나타나지만, 그 이전인 조선 전기에도 주목할 만한 작품이 저술되었다. 조선 초기에는 특히 筆記類 작품이 주류를 이룬 가운데 詩話, 野史 등과 함께 日記가 포함되어 논의되었으나, 16세기에 가면 '일기문학의 번성기'라 칭해질 정도로 많은 작품이 나와, 그 시기 작품에 일정한 의의를 부여하게 된다.

16세기를 살았던 미암 유희춘은 죽기 전 10년 동안의 일기를 기록해 『미암일기』를 남긴 인물이다. 미암은 1513년 海南에서 출생하여 부친 柳桂隣과 『漂海錄』의 저자인 외조부 崔溥, 그리고 崔山斗에게 사사하고, 金仁厚, 奇大升과 교유한 호남사림이다. 을사사화 2년 뒤에 일어난 정미사화(1547/명종 2, 양재역 벽서사건)로 인해 종성에 유배되어 19년간을 보내고, 1567년 선조 즉위와 함께 해배되어 조정에 불리어가 경연에서 李滉, 李珥 등과 함께 활동한 을사사림의 한 사람이다. 그러나 당대 미암과 같이 교류하고 활동한 이들에 비해 미암은 연구된 바가 많지 않다. 미암은 유배시와 해배 후에도 많은 학술서를 저술한 것으로 알려져 있으나 현존하는 저술은 『續蒙求』,『國朝淵源錄』,『新增類合』,『語錄解』 등뿐이다. 이처럼 현존 자료의 부족으로 구체적 실상이 제대로 밝혀지지 못했다.

따라서 기존의 연구는 현존하는 『미암일기』를 중심으로 사학, 건축학, 천문학, 여성학, 의학, 의류학 등 각계 분야에서 다양하게 접근하여 미암의 사상과 문학뿐만 아니라, 당대 사대부의 현실을 해석하는 자료로 삶과 밀접한 관련 하에 그 실제를 파악하는 방향에서 이루어졌다. 그러나 이는 『미암일기』를 대개 자료의 측면에서 다룬 것으로, 당시 16세기 일기문학이 번성하던 시기의 한 작품으로 대상화하지는 못했다. 이에 기존 미암의 일기문학에 대한 연구 성과를 살펴보고, 그와 관련해 일기문학 연구사를 고찰한 뒤 미암의 일기문학 연구에서 나아가야 할 방향을 제시하겠다.

국문학사에서 『미암일기』에 대한 연구는 황패강이 『미암일기』에 실린 미암의 <感上恩>이라는 국문시가 한 편과 꿈에 관련한 일기 기록들, 그리고 민속학적 자료를 제공하는 <立春裸耕議>라는 文을 주목하면서 시작되었다.[1] 이를 바탕으로 송재용은 『미암일기』의 전체적인 연구를 진행했다.[2] 이 연구는 『미암일기』의 서지사항을 파악하고 방대한 양의 전체 내용을 세부적으로 항목화한 후, 상세한 연구를 바탕으로 일기문학적

---

1) 황패강, 「短歌 <感上恩>考 – 미암일기초 연구(1)」,『국문학논집』제1집, 단국대 국어국문학, 1967 ; 황패강, 「夢讖考 – 미암일기초 연구(2)」,『국문학논집』제2집, 단국대 국어국문학, 1968 ; 황패강, 「<立春裸耕議>素考 – 미암일기초 연구(3)」, 『국문학논집』제3집, 단국대 국어국문학, 1969.

2) 송재용, 『『미암일기』 연구』, 단국대 박사학위논문, 1996.

위상을 밝힌 데 의의가 있다. 그러나 항목 위주의 연구에 치중하여 전체를 아우르는 의미 해석에까지 미치지 못한 점, 그리고 당대 문학사적 위상은 다루지 않은 점이 미흡함으로 남았다.

이와 관련해 먼저 일기문학에 대한 그간의 연구를 정리해볼 필요가 있다. 조선시대 일기문학에 대한 연구는 앞서 언급하였듯이 주로 조선 후기 작품에 중요성이 부여돼 연구가 활발히 이루어졌다. 일기문학에 대한 장르적 검토와 함께 조선 후기 일기문학에 대한 종합적인 분석을 시도한 연구가 나왔다. 이우경은 일기 장르에 대한 고찰을 거친 뒤 조선 후기 일기문학의 유형을 전쟁, 궁중, 여행일기로 구분하여, 그 문학적 특징과 기능을 시점과 구성의 면에서 파악하고 그 의의를 밝혔다.3) 나아가 정하영은 조선조 일기류 자료를 대상으로 하여, 일기의 자료적 의의뿐 아니라 문학적 의의 면에도 관심을 가지고 볼 필요가 있음을 지적하였다. 일기가 문학의 한 양식으로 다루어질 수는 있으나 그 자체가 문학은 아니기에, 문학의 범주를 좀 더 융통성 있게 설정하고, 당대의 문학적 현실을 고려하여 문학작품으로서 밝혀져야 할 것이라 하였다.4) 이 시기는 개별 작품에 관한 연구도 활발하여, 특히 임진왜란과 병자호란과 같은 전쟁으로 인해 기록된 일기의 종합적 혹은 개별 작품 연구가 이루어졌다. 그 가운데 전쟁일기이면서 일상의 생활을 담고 있는 오희문의『쇄미록』과 남평 조씨의『병자일기』는 생활일기로서 일찍이 주목되어 연구되었다.5) 특히 남평 조씨의『병자일기』는 한글로 기록된 私家의 일기로는 최초의 작품이며

---

3) 이우경,『조선조 일기문학 연구』, 이화여자대학교 박사학위논문, 1989.

4) 정하영,「조선조 '日記'류 자료의 문학사적 의의」,『정신문화연구』19, 1996.

5) 전경목,「일기에 나타나는 조선시대 사대부의 일상생활 – 오희문의『쇄미록』을 중심으로」,『정신문화연구』19, 한국학중앙연구원, 1996 ; 남평 조씨,『병자일기』, 진형대·박경신 역주, 예전사, 1991.

여성이 썼다는 점에서 의의가 부여되었다. 또한 의유당 남씨의『관북유람일기』에 수록된 작품으로 일기 제목을 한「동명일기」는 교과서에 실릴 정도로 뛰어난 문학성을 인정받았다.[6] 그리고 궁중의 나인이 쓴『계축일기』에 대해서는『인현왕후전』,『한중록』등과 함께 궁중 여성의 기록문학으로 많은 관심과 연구가 이루어졌다. 이후 김하라는 드물게 18세기 후반의 兪晩柱의『欽英』을 대상으로 조선 후기 작가의 내면을 표현한 일기문학이라는 측면에서 접근해 근대적 지향의 자기서사 양상과 그 의미를 밝혀내었다.[7] 최근에 이종묵은 18세기 黃胤錫의『頤齋亂藁』를 대상으로 생활일기로서의 관점, 일기이자 문집의 초고인 점, 당대 문화사의 생생한 증언 자료인 점에서 살펴 일기문학 연구에 새로운 시각을 보여줬다.[8] 특히 일기가 문집의 초고로서 가치를 지닌다는 점은 이전에 밝혀내지 못했던 것으로, 또 다른 측면에서 일기문학에 주목하게 하였다.

　적게나마 조선 전기 일기문학에 대해서도 주목하여 이가원이『한국한문학사』에서 조선 전기 산문문학의 작품 혹은 저서 중에 수필, 평론 등 문학적 요소를 지닌 작품에 의의를 부여하였고[9] 특히 16세기에 일기문학이 성행하

6) 이 작품의 작자는 1947년 이병기가 이희찬의 아내인 '연안 김씨'라고 밝힌 바 있다. 그에 따르면 1829년 이희찬이 함흥판관으로 임명받아 부임할 때 연안 김씨가 따라가며 짓게 된 작품이라고 하고, 창작시기를 순조 18년이라고 하였다. 그러나 1974년 이연성과 1977년 유탁일 등이 고증한 결과 '의령 남씨'임이 밝혀졌다. 그의 남편은 신립의 8대손이자 함흥판관을 지낸 申大孫으로, 창작 연대는 1769년 즈음이 된다. 류준경,「여성 기행문학의 백미」, 강혜선 외,『한국의 고전을 읽는다 3』, 휴머니스트, 2006, pp.60~61 ; 김명순·나정순 편,『우리의 옛글』, 역락, 2006, p.167 참고.

7) 김하라,『일기문학으로서의『欽英』연구』, 서울대 석사학위논문, 2001.

8) 이종묵,「황윤석의 문학과『이재난고』의 문학적 가치」,『조선 지식인의 생활사』, 한국학중앙연구원, 2007.

9) 이가원,『한국한문학사』, 보성출판사, 1997(중판), p.202. 여기서 제시한 산문작품

는 경향에 대해 장덕순이 "16세기는 일기문학의 번성기"라고 평하면서
관심을 집중시켰다. 장덕순은 이에 당대 작품으로 이자의 『陰崖日記』,
이이의 『石潭日記』, 휴정의 『陣中日記』, 이순신의 『亂中日記』를 들어 살핀
바 있다. 그리고 이 당대 일기문학의 특성에 대해 '공적인 사건을 서술하면서
개인적인 특성이 나타난다'는 점을 들었다.[10] 이 중 후자는 조선 후기
일기문학에 대한 관심과 함께 기존 연구에서 성과를 보였으나, 전자는
그다지 연구가 많이 이루어지지 못한 형편이다.

   16세기 일기문학으로 가장 활발히 연구된 작품은 이문건의 『묵재일기』이
다. 을사사화로 성주에 유배된 이문건이 유배 이전부터 유배기간까지 17년
간의 일기를 남겨, 이에 대한 연구가 다양하게 이루어진 것이다. 문학에서는
특히 『묵재일기』에 수록된 국문소설 작품이 새로이 발굴되었고, 이현보의
<聾巖歌>가 필사본으로 附記되어 있어 관심을 모았다.[11] 그리고 노수신이
조정에서 겪은 병상의 일을 자세히 기록한 「政廳日記」의 작가에 대해
문제를 제기한 연구가 한 편 있다.[12]

   이상의 연구를 통해 볼 때, 조선시대 일기문학에 대한 연구와 관심은
조선 후기에 집중되었고, 따라서 구체적인 작품 연구도 대개 조선 후기
작품들에 의의 부여가 활발하게 이루어졌다. 조선 전기 일기문학으로 개별
작품에 관한 연구는 『묵재일기』가 가장 활발히 이루어졌음을 볼 수 있다.

   가운데 최부의 『漂海錄』, 李耔의 『陰崖日記』, 유희춘의 『미암일기』가 일기문학에
   속하는 것이다.

 10) 장덕순, 『한국수필문학사』, 박이정, 1995, pp.145~174.

 11) 이복규, 「「설공찬전」·「주생전」 국문본 등 새로 발굴된 5종의 국문표기소설 연구」,
   『고소설연구』 제6집, 한국고소설학회, 1998 ; 이복규, 「『묵재일기』 附帶記錄에
   대하여 : 도서목록·<농암가>·물품목록·애정가사」, 『동방학』 제3집, 한서대학교
   부설 동양고전연구소, 1997.

 12) 김호, 「蘇齋 盧守愼의 病床 기록 「政廳日記」」, 『문헌과 해석』 통권13호, 2000.

조선 전기의 이와 같은 작품과 맥을 같이 하는 작품으로 전쟁을 겪으며
『쇄미록』, 『병자일기』, 그리고 18세기에 가면 『이재난고』와 『흠영』이 나왔
고, 이에 관한 개별 연구도 이루어졌다. 이러한 전체 일기문학의 사적
전개 안에서 『미암일기』에 대한 연구가 이루어져야 할 것이며, 그러려면
먼저 16세기 일기문학에 대한 전반적인 이해와 고찰이 선행되어야 할
것이다. 또한 미암의 일기문학을 본격적으로 살피기에 앞서 일기를 저술하
기까지 미암의 삶과 문학에 대한 이해와 그 기록 정신에 대한 고찰도
병행되어야 할 것이다.

『미암일기』는 당시 을사사화로 인한 정치적인 문제와 관련해 미암이
조정에서 활동하며 언급한 내용과 공론에 관해 見聞한 사실 뿐만 아니라,
그 날의 재산 출납과 노비 관리, 교유 등에 관해 사실 위주로 충실히
기록한 부분이 많은 양을 차지한다. 이러한 점에서 당시 사대부의 의식과
실제 생활을 잘 보여주는 것이다. 또한 『미암일기』는 미암과 부인 송덕봉과
의 창수나, 당대 걸출한 문인들, 이를테면 이황과 이이뿐만 아니라 호남
지역에서 김인후와 기대승, 朴淳, 李恒, 그리고 선조 대 경연에서 盧守愼,
黃廷彧, 尹根壽 등과 교유한 배경과 자취를 상세히 담고 있다. 기존의
연구가 생활사의 측면에서 이러한 미암의 주변적인 일들을 다루었던 것은
이들 생생한 기록에 의한 것이었다.

이러한 『미암일기』의 내용 고찰을 바탕으로 일기문학적 특성과 의의를
발견할 수 있을 것이다. 『미암일기』의 문학적 특성은 서술 방식 상에서
찾을 수 있는데, 미암은 당대의 견문 사실과 인물들을 객관적으로 증언하고
평가하였으며, 일상의 삶에 대해 감정을 절제하여 표현하였고, 과거의
회상을 통해 현재의 소회를 교차하여 형상화하는 서술 방식을 구사하였다.
『미암일기』의 문학적 의의는 文集의 草稿로서 기능한 점과 公·私 日記의

성격을 공유한 점을 발견할 수 있다. 이에 본서에서는『미암일기』의 문학적 특성과 조선 전기의 일기문학으로서 가지는 문학사적 의의를 밝히고자 한다.

B. 연구 대상과 연구 방법

본서가 대상으로 하는 자료는 현재 남아 있는 미암의 일기문학으로 『眉巖日記草』와 개인 시문집인『미암집』이다.

『미암일기초』는 담양의 미암 집에서 家藏되어 오던 미암의 일기를 1936년 조선총독부내의 한국사편수회에서 다섯 권으로 펴낸 것이다. 이 마지막 권에 부인 宋氏의 글이 합편되어 있다. 이를 저본으로 하여 '담양향토문화연구회'에서 1992년부터 1996년까지에 걸쳐 다섯 권으로 국역한 책이 나와 있다.

『미암집』은 민족문화추진회에서 '한국문집총간' 34권으로 편찬되어 나왔다. 전체 21권 가운데 詩가 두 권, 文이 한 권이며, 일기가 열 권, 경연일기가 네 권, 그리고 祭文과 諡狀 등이 두 권, 속집이 한 권이다. 각 권을 상세히 살펴보면 먼저 권1은 유배기의 詩 작품이 들어 있다. 미암이 종성 유배 시절에 지은 시가 1612년 함경도 관찰사 한준겸에 의해『미암시고』1권으로 엮였는데, 현재 일본 천리대 도서관에 소장되어 있다고 한다. 단,『미암집』권1의 시 아래 '鐘城刊本'이란 細註가 달려있어 그때 지은 시가 엮인 것으로 추측되고 있다.13)『미암시고』의 천리대 소장 여부와『미암집』과 동일 판본의 검토는 추후 확인해 보아야 할 과제이다. 권2는 해배 이후 지어진

---

13)『한국문집총간해제』 2, 민족문화추진회, 1991, p.58.

詩 작품이며, 권3은 疏, 書狀, 書, 序, 記, 跋, 銘, 祭文, 碣, 雜著 등 文이, 권4에는 庭訓이, 5권부터 14권까지는 「일기」가, 15권부터 18권까지는 「경연 일기」가 구분되어 들어 있다. 권19에 祭文, 墓祭文, 輓詞 등이, 그리고 권20에 는 허봉이 썼다고 하나 不傳하는 行狀과 李好敏이 쓴 諡狀이 들어 있으며, 續集으로 권21에 議巖書院請額上疏 등 書院 請額의 疏文이 수록되어 있다. 일기와 함께 이상 『미암집』 수록 詩文 등도 대상 자료로 살펴볼 것이다.

본서에서 살필 『미암일기』는 『미암집』과 『미암일기초』에 공통되게 실려 있지만, 앞서 대상 자료를 소개하면서도 언급하였듯이 두 자료 사이에는 약간의 차이가 있어 다음의 <표 1>과 <표 2>로 구분하여 제시한다.14)

<표 1> 『眉巖集』 所載 「日記」・「經筵日記」(한국문집총간 34, 민족문화추진회, 1989)

구분	권수		세부 내용	비고
日記	5-14권	5권	丁卯 1567.10.3~戊辰 1568.4.30	
		6권	戊辰 1568.5.2~11.5	1568.11.6~1569.5.29 빠짐
		7권	己巳 1569.5.30~12.30 庚午 1570.4.24~6.28	1570.1.1~4.23 빠짐
		8권	庚午 1570.7.1~12.30	
		9권	辛未 1571.1.1~11.23	1571.11.24~1572.12.31 빠짐
		10권	癸酉 1573.1.1~12.30	
		11권	甲戌 1574.1.1~7.21	
		12권	甲戌 1574.8.1~9.25 甲戌 1574.10.9~乙亥 1575.1.29	
		13권	乙亥 1575.2.1~29 乙亥 1575.10.27~丙子 1576.7.26	1575.3.1~10.26 빠짐
		14권	丙子 1576.8.3~丁丑 1577.5.13	
經筵 日記	15-18권	15권	丁卯 1567.11~己巳 1569.8	33번의 경연 기록
		16권	庚午 1570.5~癸酉 1573.4	27번의 경연 기록
		17권	甲戌 1574.1~5	17번의 경연 기록
		18권	甲戌 1574.7~丙子 1576.9	13번의 경연 기록

---

14) 이에 관해서는 송재용, 위의 논문에서 자세히 검토하였다. 본서에서는 『미암일기』 의 서지에 관하여는 구체적으로 다루지 않겠다.

<표 2> 『眉巖日記草』(조선사료총간 제7~11, 조선총독부刊, 조선사편수회編, 1936)

분류	책 수	내용	비고
1권	제1책	丁卯 1567.10~戊辰 1568.3	
	제2책	戊辰 1568.3~11	
2권	제3책	己巳 1569.5.22~12.30	戊辰 12.1~己巳 5.21 빠짐
	제4책	庚午 1570.4.24~7.8	庚午 1.1~4.23 빠짐
	제5책	庚午 1570.7(9~29)~12.25	
3권	제6책	庚午 1570.12(25~30)~辛未 1571.12	
	제7책	壬申 1572.9~癸酉 1573.5	壬申 1572.1.1~8.31 빠짐
4권	제8책	癸酉 1573.6~12	
	제9책	甲戌 1574.1~9	
5권	抄1	甲戌 1574.10~乙亥 1565.2	甲戌 1574.10~12월 경연일기 따로 첨부
	제10책	乙亥 1575.10~丙子 1576.9	乙亥 3.11~10.26 빠짐
	抄2	丙子 1576.1~丁丑 1577.5	
	제11책	德峰 詩文과 미암 詩文 수록	

위 표를 통해 『미암집』에 수록된 「일기」와 『미암일기초』를 비교하여 공통점과 차이점을 지적하고자 한다. 공통된 점은 미암이 일기를 저술한 시기가 을사사화로 인해 19년간 유배를 겪고 난 뒤 해배 후 조정에서 활동하게 된 1567년부터 죽기 전인 1577년까지라는 점이다. 그 이전의 일기도 있을 것이라 예상되나 현재는 전하지 않고 해배 후의 일기만 전하고 있다.[15] 이 기간에 미암은 조정에서의 見聞과 자신의 발언, 그리고 집에서 자신을 돌아보는 성찰과 함께 가족·지인들과 교류한 흔적들을 상세히 남겨 죽기 전까지 10년간을 거의 하루도 빠짐없이 기록하여 놓았다.

다음으로 차이점은 먼저 『미암집』에 수록된 「일기」와 『미암일기초』의 편차 구성에 관한 것이다. 『미암집』의 「일기」는 『미암일기초』에 비해 편자의 손길이 많이 간 편이다. 체제상 5권부터 14권까지는 '일기'를, 15권부터

15) 송재용, 「『미암일기』의 서지와 사료적 가치」, 『퇴계학연구』 제12집, 단국대 퇴계학연구소, 1998, pp.135~136.

18권까지는 '經筵日記'를 구분하여 실었는데, 이는 기정진이 경연 관계기사 90조를 추출해 따로 경연일기를 편차한 것이다. 여기에 실린 일기의 내용은 대체로 정치적인 것과 학문적인 내용만을 추출하였고, 『미암일기초』에서 보여지는 다양한 일상생활과 풍속 등의 기사는 빠져 있어 산정한 이인 기정진의 의도를 짐작할 수 있다.16) 반면 <표 2>의 『미암일기초』는 체제상 卷을 달리하면서까지 구분하지 않고 전체적으로 경연일기와 평소 일기를 날짜별로 모두 함께 수록하였으나, 다만 1574년 10~12월의 경연일기만을 따로 실어 구별하였을 뿐이다. 또한 『미암집』의 「일기」 가운데는 조선총독부刊 『미암일기초』와 비교하여 빠진 부분이 상당수 발견된다.

그리고 일기 기록에 공백 부분이 간혹 보이는데 여기에도 두 자료에서 차이가 발견된다. 『미암집』의 경우, 순서대로 들면 다음과 같다.

> 1568년(무진) 12월 1일부터 1569년(기사) 5월 21일
> 1571년(신미) 11월 24부터 1572년(임신) 12월 31일
> 1575년(을해) 3월 1일부터 10월 26일

『미암일기초』는 『미암집』과 거의 비슷하나 약간의 차이가 있다.

1568년(무진) 12월 1일부터 1569년(기사) 5월 21일이 빠진 것은 『미암집』과 같다.

> 1570년(경오) 1월 1일부터 4월 23일
> 1572년(임신) 1월 1일부터 8월 31일
> 1575년(을해) 3월 11일부터 10월 26일

---

16) 『한국문집총간해제』 2, p.60.

그리고 1574년(갑술) 10월부터 12월 경연일기만이 따로 첨부되어 있다.

이처럼『미암집』은 편차부터가「일기」와「경연일기」를 구분하여 권수를 달리 하고 있을 뿐만 아니라, 일기의 내용에 있어서도『미암일기초』에 비해 많은 부분이 생략되어 있다.『미암일기초』에는 있지만『미암집』에는 없는 일기 기록이 상당 부분 발견되는 것이다. 특히 일기에 삽입된 시문의 경우『미암집』에는 全文이 실린 경우도 있지만, 제목만 적어놓고 ‘云云’으로 작품 내용은 생략하거나, 작품 제목을 생략한 채 작품이 지어진 전후 사정과 내용만을 실어놓은 경우도 있다. 이런 사정을 고려할 때, 미암일기의 문학적 성격을 파악하기 위해서는『미암집』소재 일기가 아닌『미암일기초』를 대상으로 하는 것이 적합하리라고 본다. 앞으로 본서에서 각주로 인용할 때는『미암일기초』의 책 수와 날짜를 기입할 것임을 밝힌다.

이상 연구 대상 자료에 대한 고찰을 바탕으로 본서에서는『미암일기』에 대한 기존 연구의 성과와 한계, 그리고 문제제기를 고려하여 다음과 같은 순서대로 전개할 것이다.

먼저 미암의 일기를 본격적으로 살피기에 앞서 Ⅱ장에서『미암일기』의 저술 배경을 살펴보아 작품 분석의 전제가 되는 이해를 도모하고자 한다. 미암이 일기를 저술한 16세기에는 사화, 경연, 전쟁 등과 관련하여 기록을 남기는 경향이 우세한 양상을 보였다. 이에 먼저 일기의 전통과 전개에 대해 고찰하고, 특히 16세기에 기록문학이 성행하는 경향을 당시 역사적 배경과 함께 구체적인 작품을 들어 살펴보도록 보겠다.

Ⅲ장에서는 미암의 기록 정신과『미암일기』의 내용 전개를 살펴볼 것이다. 미암이 개인적으로 일기를 저술하게 된 동기를 그의 삶과 문학을 통해 전반적으로 살펴보고, 특히 일기에 대한 인식과 기록의 정신을 보인 점에

대해 집중해서 살펴볼 것이다. 그리하여 먼저 미암의 삶과 문학세계에서는, 미암이 호남사림으로서 家學과 師承을 통해 학맥을 전승하고, 을사사화로 인해 유배를 체험하며 유배지에서 학문과 문학 활동을 한 점을 살폈다. 미암은 호남사림으로 金宏弼로부터 최산두·유계린에게로 이어지는 학문적 영향을 받아 중앙에 진출하나, 당시 을사사화로 인해 유배를 가 유배지에서 교육과 연구, 저술 활동에 몰두하여 자신의 사상을 피력하고 자기 修養을 강조한 문학을 남겼으며, 이후 선조 즉위와 함께 해배되어 경연에서 활동하면서 『미암일기』를 저술한 것이다. 이에 미암의 유배지에서의 체험과 문학이 『미암일기』에 준 영향과, 미암 문학에서 중요한 부분을 차지하는 일기에 대해 미암 스스로 어떻게 인식했으며, 일기를 통해 자기 수양을 강화하는 방편으로 삼아 기록 정신을 보인 점을 주로 동기적인 측면에서 밝혀보았다.

　다음으로 『미암일기』의 내용 전개를 살펴보았다. 미암이 해배 후 주로 활동한 영역은 조정과 가정이었고, 여기서 겪은 직간접적 체험은 일기에 상세히 기록되어 있다. 이에 미암이 개인사를 토로한 부분과 가족 공동체간에 교류의 기록을 남긴 부분, 마지막으로 공공의 관심사를 표명한 부분으로 나누어 살펴보았다. 먼저 미암이 개인적 관심사를 충실히 반영하여 기록한 부분에서는 도서를 주고받고 독서하는 활동, 내면의 고백과 성찰, 그리고 건강관리와 병세 등으로 나누어 각기 관심을 표한 부분을 살펴보았다. 미암은 소장한 도서가 많고 독서도 많이 하여 일기에 남긴 도서 목록만해도 헤아릴 수 없을 정도이다. 이에 대해 각기 미암이 받은 책, 빌린 책, 베낀 책, 서책장수에게 부탁한 책, 중국으로 가는 사신에게 부탁한 책, 조정에서 하사받은 책, 그리고 미암이 보낸 책 목록을 작성하고, 책에 대한 정보를 부기하였다. 내면 고백을 한 부분에서는 미암이 평상시에 다 드러내지 않았던 속내를 보여주기도 하고, 성찰의 중요성을 간파해

평소에 실천하여 항상 겸손한 자세를 유지한 면모를 살폈다. 그리고 미암은
자신의 평소 건강관리는 물론 병이 났을 때는 그 증세와 치료 과정에
대해서도 꼼꼼히 기록하여 관심을 보였고, 다른 이의 병에 대해서도 기록하
였기에 이 점들도 살펴보았다. 미암의 관심사는 본서에서 다룬 분야뿐만
아니라 꿈이나 풍속에 관한 것 등도 있어 연구할 부분이나, 필자의 역량이
부족하여 다 다루지 못하였다.

　다음 미암이 집안과 고향에서 가족과 지인 등 공동체 간에 교류하며
일상을 향유한 기록 내용을 살펴볼 것이다. 먼저 가족 간에는 부인을 비롯해
누이와 여러 친척들과 親和하여 돕고 보살피며, 조상에게 지극한 정성을
다하여 제사를 받들고 성묘하거나 가토하는 모습, 주변의 知人들과의 관계
에서는 信義를 중시하며 교유한 사례를 살펴보았다. 그리고 의식주를 해결
해간 과정에 대해서도 고찰하였다. 또한 미암은 저술에 많은 관심을 보이며
유배지에서도 『續蒙求』를 저술하여 해배되자마자 간행을 서둘렀고, 해배
후에는 주자학의 기초가 되는 『四書三經』의 구결과 토석을 다는 작업에
몰두한 일을 살폈다. 또 선조를 위해 『語錄字義』나 『獻芹錄』, 『六書附錄』
등을 저술하고, 『朱子文集語類』를 註解하여 학문적 기반을 마련한 점에
대해 살펴볼 것이다.

　마지막으로 미암은 공공의 관심사에 대해서도 표명하였는데, 이는 관인
으로서 매일 날씨를 기록하고, 기후와 관련한 민생을 걱정하며 기록한
내용에 대해 살펴보았다. 그리고 조정에서 경연관으로 활동하며 聖學을
전개하고, 당시 정치적으로 문제시되었던 을사사화와 관련하여 견문한
바에 대해 살펴볼 것이다.

　Ⅳ장에서는 이상의 『미암일기』의 내용 고찰을 바탕으로 일기문학적
특성과 그 의의를 추출할 것이다. 일기문학적 특성은 서술 방식 상에서

28

살펴보았는데 첫째, 당대 사실과 인물을 객관적으로 증언하고 평가한 점을 들 수 있다. 미암은 자신이 경험하거나 견문한 바에 대해 객관적으로 증언하면서 엄정한 잣대로 평가를 내렸다. 그리고 미암은 자신과 직접적인 관계가 있지 않은 사람에 대해서까지 연루하여 감정을 노출하지 않았지만 직접적인 대상에게는 그에 맞는 평가를 부여하여 절제된 표현을 구사하였다. 또 과거 회상을 불러일으키는 공간과 사람, 사건을 접하여서 소회를 표출하였는데, 이때는 일기 중간에 詩文을 삽입하여 자신의 감정과 소회를 더욱 절실하게 드러내는 방식을 취하였다.

다음은 『미암일기』의 일기문학적 의의를 살펴보았다. 이는 미암의 일기가 문집의 초고로 기능하였다는 점과, 公·私 日記의 성격을 공유하고 있는 점을 들었다. 먼저 『미암일기초』가 미암의 문집인 『미암집』의 초고로 기능한 점에 대해서는 미암의 문집에 수록된 詩文과, 일기에 삽입된 시문을 비교하여 미암의 일기가 시문과 어떠한 점에서 차별되는지 조사하여 그 의의를 밝힐 것이다. 다음 미암의 일기가 공적인 영역을 기록하였을 뿐 아니라 주변의 일에 관해 사적으로 기록하면서도 공적인 면을 공유하는 면에서, 公日記에서 벗어나 私日記로 나아가는 조선 후기 일기문학에 끼친 영향을 파악할 수 있다. 이는 미암 바로 다음 대에 임란을 거치면서 나오는 전쟁 관련 일기문학에 반영되어 나타난다는 점에서 그 의의를 찾을 수 있을 것이다.

이상 『미암일기』의 문학적 접근과 연구를 통해 그동안 크게 드러나지 못하고 소홀했던 『미암일기』의 문학적 특성과 의의가 선명하게 밝혀질 수 있으리라 기대한다.

Ⅱ. 『미암일기』의 저술 배경

문학사적으로 16세기에 일기문학이 성행한 사실은 장덕순의 언급에서 지적되었다. 여기서 든 작품들을 세부적으로 분류하여 보면 이자의 『陰崖日記』, 이이의 『石潭日記』는 조정에서 일어난 일들에 대한 역사적 기록이며, 뒤의 휴정의 『陣中日記』, 이순신의 『亂中日記』는 임란을 겪으며 체험한 전쟁의 기록이다.

이 당시 일기문학이 성행한 사실을 살피기에 앞서 일기문학의 전체 발달 과정을 살펴볼 필요가 있다. 이는 대표적으로 이우경의 논문과 저술에서 자세히 살피고 있어[1] 이를 참고로 하고, 특히 16세기에 일기문학이 성행하는 경향 아래 『미암일기』가 나오는 배경을 관련하여 살펴보겠다.

A. 日記의 전통과 전개

'일기'라는 용어가 중국에서 처음 쓰인 출전은 유향의 『新序』에서 찾는다. 여기서 "왕 옆에서 늘 기거를 보면서 그의 언행을 기록하는 것"을 '日有記也'

---

[1] 이우경, 『조선조 일기문학 연구』, 이화여자대학교 박사학위논문, 1989 ; 이우경, 『한국산문의 형식과 실제』, 집문당, 2004.

라 하였다. 이것이 우리나라에서도 받아들여져 公日記로 시작하였다가, 차츰 사대부의 대가에서 그를 본 딴 일기가 가문 단위로 쓰여졌으나, 내용은 개인의 심정을 다루기보다는 조정과 가문의 대소사 위주로 기술되었기에 당시 사회의 추세를 파악하는 중요한 자료가 되었던 것이다.[2]

일기의 전통은 그 근원을 거슬러 올라가면 크게 역사 기록과 기행 기록에서부터 찾아볼 수 있다. 漢의 王充이 『論衡』을 지어 모든 문장을 上書와 日記로 이분하고 춘추와 오경을 사실 기록이란 점에서 일기에 포함시켰는데, 여기서 일기의 전통이 공자의 春秋에 있음을 확인할 수 있다.[3] 역사 기록의 전통에서부터 처음 일기가 나온 것이다.

그리고 六朝시대를 전후해 實錄이 기록되었는데, 왕의 재위기간 동안 있었던 사실을 후세에 남기기 위해 기록한 실록은 처음 梁武帝의 『양황제실록』에서부터 비롯되었다. 그러나 실록의 체제가 정돈되어 본 궤도에 오른 것은 唐·宋代에 이르러서이다. 우리나라는 고려시대 『삼국사기』, 『삼국유사』 등과 같은 사서류의 편찬과 함께 당송의 영향으로 사관이 설치되어, 실록 편찬사업이 이루어졌고 조선이 이를 계승하여 조선왕조실록을 편찬하였다.[4]

다음으로 기행의 기록은 삼국시대 신라의 혜초가 지은 『왕오천축국전』에서부터 보인다. 혜초 스님은 중국 광주에서 배를 타고 지금의 인도로 들어가 두루 돌아보고 파미르 고원을 넘어 중앙아시아의 구자국에 도착하기까지의 견문을 기록하였다. 이 작품은 원래 중국 감숙성 돈황에 있는 천불동의 토굴 속에 묻혀 있던 것을 프랑스의 탐험가 펠리오(P. Pelliot)가 발굴하여

---

2) 윤원호, 『근세일기문의 성격연구』, 국학자료원, 2001, pp.15~17.

3) 송재용, 『『미암일기』 연구』, 단국대 박사학위논문, 1996, p.8.

4) 송재용, 위의 논문, 1996, pp.8~10.

학계에 소개되었다.5) 이후 고려시대 진정국사의 『游四佛山記』(1243), 이곡
의 『東遊記』, 임춘의 『東行記』, 이규보의 『南行月日記』 등으로 흐름이 이어
졌다. 이들 중 진정국사의 작품이 遊記 형태로는 가장 이른 시기의 작품으로
평가된다. 이곡의 『동유기』는 금강산 기행문 중 가장 오래된 작품이며,
임춘의 『동행기』는 국내 산천을 두루 구경하고 그 견문을 기록한 기행문인
유기류 중에서는 삼국시대까지를 망라하여 가장 오래되었다. 이규보의
『남행월일기』는 신종 4년(1201) 3월에 전주지방을 여행하고 지은 작품이
다.6) 이 가운데 특정 산을 기행한 기록으로 이곡의 『동유기』의 전통을
이어 조선조에 와서는 산행체험을 기록하겠다는 적극적 의식의 발현으로
'유산기' 작품이 본격적으로 등장하게 되었다.7) 이후 조선 후기에는 명칭도
日錄, 錄이 혼용되어 쓰였고, 개인의 일기가 확산되면서 소재, 주제가 다양해
졌으며, 기행을 내용으로 한 일기가 더욱 많아졌다. 기행일기로는 「산중일
기」, 「북정일기」, 「동명일기」, 「화성일기」, 「자경지함홍일기」 등 개인 작품
이 전하고, 일본 기행과 중국 기행일기가 『해행총재』에 실려 있다. 이들은
시간적인 개념에 의해 일정 기간 집적된 체험 기록이라는 점에서 일기라는
명칭에 합당한 체재이다.8)

　이처럼 일기는 역사 기록의 전통과 기행 기록의 흐름과 함께 발달해왔음
을 볼 수 있다. 여기서 구체적으로 일기의 특성을 찾기 위해서는 일기의
전통적 개념과 유사한 의미를 가지고 혼용하여 쓰이는 筆記, 野史 등과
비교하여 볼 필요가 있다. 이 필기와 야사는 조선 후기 학자들이 혼동하여

---

5) 최강현, 『한국수필문학신강』, 서광학술자료사, 1994, p.30.

6) 최강현, 위의 책, p.40.

7) 이혜순 외, 『조선중기의 유산기 문학』, 집문당, 1997, p.14.

8) 이우경, 앞의 논문, pp.14~15.

사용한 경우가 많은 점을 지적하면서 안대회가 개략적으로 논한 범주를 따르면, 붓으로 기록한 다양한 내용의 잡록을 필기라고 할 때, 야사는 그 가운데 가장 대표적인 하위 범주에 속하는 저작이라 할 수 있다.[9]

'일기'는 필기류의 질박하고 자연스러우며 형식보다 내용이 우세한 글의 특징과, 야사에서 다루는 사건 경위나 인물에 대한 평가 등을 개인적으로 저술한 점에서 두 가지의 성격을 공유한다고 할 수 있다. 문학사적으로는 실제 있었던 사실을 바탕으로 그것을 기록하고자 한 역사 기록의 전통을 따르고 있음을 알 수 있다. 野史라는 용어 또한 조선시대 사화와 관련하여 나왔고, 이는 조선 후기 일기문학에도 영향을 주는 점에서 그 전 단계를 보여준다.[10] 이를 종합하여 일기가 가진 가장 큰 특징을 정리한다면, "어떤 인물의 행적"과 결부된 모든 "있는 그대로의 사실"을 '일정 기간 동안 기록'한 것이라 할 수 있고, 여기에서 일기의 고유한 특성을 찾을 수 있을 것이다.[11]

B. 16세기 일기문학의 성행

조선 전기 일기 형태로 기록을 남겨놓는 일은 士禍 체험을 담은 이자의 『陰崖日記』, 이문건의 『묵재일기』가 있고, 경연일기 형태로 이이의 『石潭日

---

9) 안대회, 「稗林과 조선후기 野史叢書의 발달」, 『남명학연구』 제20집, 경상대학교 남명학연구소, 2005, p.301.

10) 『연려실기술』에 야사류로 분류되어 있는 작품 중 日記를 제목으로 하고 있는 작품은 기준의 『덕양일기』, 이이의 『석담일기』, 노수신의 『소재일기』, 신익성의 『청백일기』, 김창옹의 『심양일기』가 있고, 작자가 밝혀지지 않은 『광해일기』, 『연평일기』, 『묵재일기』, 『응천일기』 등이 있다.

11) 이우경, 앞의 논문, p.15.

記』나 김우옹의 「經筵講義」 등이 활발히 지어져 문집에 수록되었다. 뿐만
아니라 임란·병란 등 전쟁을 경험하면서 일기를 남긴 오희문의 『쇄미록』과
남평 조씨의 『병자일기』가 단독 작품으로 나왔다. 이처럼 당시 일기는
정치의 선상에 있거나 또는 정치를 떠나서, 공적으로나 사적으로 기록을
남기는 경향이 우세해졌고, 이후 전쟁의 와중에도 체험을 담아 기록한
일기가 나오게 된 것이다.

　　먼저 조선 전기 사화 관련 기록은 15세기 후반 연산군 대부터 시작된
무오, 갑자, 기묘사화를 거쳐 16세기 중반 을사사화까지, 조선시대의 사화를
겪은 사림들에게서 활발히 나오는 경향을 보였다. 사화 관련의 기록들을
구별해 보면, 크게 인물 중심의 기록과 사건 중심의 기록으로 나누어볼
수 있다. 먼저 인물 중심의 기록은 표연말과 이목, 許篈의 「戊午黨籍」,
『연려실기술』에 실린 「무오당적」과 「갑자화적」, 그리고 김정국의 「기묘록」
과 이정형의 「黃兔記事」, 「수춘잡기」의 일부, 이중열 子의 「을사전문록」이
해당한다. 다음 사건 중심의 기록은 표연말의 「士禍首尾」, 이목의 「戊午士禍
事蹟」, 조위의 「士禍事實」, 정여창의 「士禍首末」, 이자의 「記甲子士禍」,
『연려실기술』의 '戊午年士禍'와 '甲子年士禍', 그리고 「음애일기」와 『미암일
기』, 「壽春雜記」 등으로, 사실 기록의 형식을 갖추고 있는 작품이다. 전자가
人物傳 중심으로 그 인물의 행적 사실과 평이 함께 기록되었다면, 후자는
사건 진행에 따라 사실 위주로 기록된 것이다.

　　이 가운데 일기 형태를 갖춘 대표적인 작품으로 『음애일기』를 들 수
있다. 『음애일기』는 이자가 중종 4년(1509)부터 日錄을 작성하여 조정 정사
와 인물에 대한 평가, 천재 이변에 관한 사항을 直書한 것이다. 중종 11년까지
단편적으로 기록하여 두었고, 이것을 기묘사화 이후 충주에 은거하던 기간
중, 곧 중종 25년에 <自序>와 <書日錄末>을 덧붙여 기록을 마쳤다. 『음애

일기』는 음애가 현직을 담당하고 있던 기간에 기록된 것으로, 중종 4년
이후부터 조정에서 언관을 담당하며 추진한 개혁정책 과정을 公論으로
부각시키고, 주도적 구실을 담당하며 본인이 관여한 정책에 대해 기록하여
놓은 것이 주된 내용이다.[12) 여기서 음애는 조광조의 죽음과 관련한 사실
뿐 아니라 역사적 진실을 기록하여 그 시비를 분명히 하고 후세를 경계하고
자 한 의도가 있었다.[13) 이『음애일기』는 당시 실록이 공개되지 않는
상황에서 직접적인 정보를 제공하는 史書로서 세인의 관심을 끌었으나,
이자 사후 37년이 지나 미암이 선조에게 이자가 기묘명현 중 빠졌다고
하고, 이충탁이 그 일기에 대해 언급하면서 관심을 일으키기도 하였다.[14)

　음애 이자는 기묘사화에 희생된 인물들에 가려 본격적인 조명을 받지
못한 인물에 속한다. 그것은 몇 가지 이유 때문으로 추정된다. 음애가
당대 권신들인 남곤, 김안로와 친분이 있었다는 것, 곧 남곤과 1518년
종계 변무 주청사의 부사로 함께 갔는데 正使였던 남곤이 중병에 걸렸을
때 지성으로 간호하여 살려냈다는 일화가 있고, 그것이 빌미가 되어 다음에
일어난 기묘사화에서 화를 면했다는 것이다. 또 理勝한 도학자의 면모보다
文勝한 시인으로서 자질이 있어, 사장을 중시한 이들과 공감대가 있었을
것이며, 정치적으로 온건개혁 지향성을 가지고 있어 위험인물에서 제외될
수 있었기 때문이라는 추정이다. 그리하여 이자는 1519년 기묘사화를

---

12) 이근수, 「『陰崖日記』와 己卯士林의 改革政治」, 정만조 외, 『음애 이자와 기묘사림』,
　　지식산업사, 2004, pp.62~63.

13) 현혜경, 「16세기 雜錄 연구」, 『한국고전연구』제6집, 한국고전연구학회, 2000,
　　pp.81~82.

14) 『미암일기초』제4책, 1570 경오년, 4.24, "朝蒙召對時 (중략) 右副承旨李忠綽曰
　　李耔有所著日記 上曰 試取來 予欲觀 今午 通于柳夢翼 答云 全書在桃渚口峴生員李至
　　家 至 秇之子 而參贊耔之兄孫也."

겪고 나서, 조상이었던 이색과 같이 은거를 선택하였고, 음성 음애동과 충주를 오가며 선비로서의 지조를 지키고 기묘사림의 급진성과 사화에 대해 반성하는 시를 다수 남기는 가운데 일기도 완성할 수 있었다.[15]

음애가 정치적으로 온건한 개혁을 지향했다는 점과 현직에 있을 때 당대 조정에서 있었던 일을 공론으로 부각시키며 기록으로 남겨놓았다는 점 등은 미암의 성향과 매우 유사하다. 미암이 을사사화로 인해 유배를 갔다가 돌아와 중앙에서 다시 관직을 하며 성학을 통해 근본적인 방향에서 정치적 개혁을 꾀하고, 이 같은 사화가 다시는 일어나지 않도록 당시 事後 처리 문제를 공론화하고 증언하여 밝히며 『미암일기』를 기록한 점에서 많은 유사점이 발견된다.

한편 「壽春雜記」는 이정형이 당시 兵亂으로 문헌이 소실되어 을사사화와 관련한 사실이 매몰될까 염려하여 시간적 순서에 따라 기록하여 남겨 놓은 것이다.[16] 이렇게 일기의 형태를 취한 기록은 작가의 현재 시점에서 사건을 순차적으로 기록하는 데 중심이 가 있으며, 더 나아가 후세에 경계하고자 하는 의도가 강하게 나타나 있다. 다른 말로 하면, 이를 가능하게 하는 데 일기가 적합한 양식이었던 것이다.

이후 을사사화를 겪으며 유배와 해배 후 일상을 담은 작품으로 이문건의 『묵재일기』가 있다. 이 작품은 미암의 일기문학과 가장 가까운 시기에 비슷한 배경 아래서, 그리고 일상을 담았다는 유사한 형식과 내용을 갖춘 데에 의의가 있다. 이 작품은 미암의 일기보다 한 세대 정도 앞선 시기에 나온 작품으로 이문건이 을사사화로 성주에 유배되어 생활하던 때와 이후

---

15) 정옥자, 「음애 이자의 시문학」, 정만조 외, 『음애 이자와 기묘사림』, 지식산업사, 2004, pp.116~118, 133~134.

16) 이정형, 『知退堂集』 권5, 「雜記」, "(전략) 兵亂之後 祕省所藏典籍 散失無存 懼其湮沒莫傳 乃列其姓名 隨所聞略記其實 姦鬼情狀 亦敍梗槪于下 以俟博聞之人而求正焉."

36

까지 무려 17년간에 걸쳐 남긴 것이다.

그리고 임진왜란과 병자호란 등 전쟁을 치루며 전쟁 체험뿐만 아니라 생활일기로서 오희문의『쇄미록』과 남평 조씨의『병자일기』등이 이어져 나왔다. 이 작품들은 앞서 전쟁의 와중에 쓰였으면서도 역사 기록의 정신에 투철한 작품들과 달리, 생활일기로서의 측면이 강한 점이 특징이다.『쇄미록』은 임진왜란이 발발한 해인 1592년 7월 1일부터 쓰기 시작하여 피난을 마치고 서울로 돌아온 1601년 2월 27일까지, 오희문이 가족들과 전라도 장수, 충청도 홍주, 임천, 아산과 강원도 평강 등지에서 피난 생활을 하며 겪었던 일과 사건들을 중심으로 기록하였다. 그러나 個人史에 관한 것만이 아니라 전쟁 중의 사회상까지 기록하고 있으며, 지방제도에 대해서도 서술된 자료라는 점에서 주목을 받아왔다.17)

남평 조씨의『병자일기』는 작가인 남평 조씨가 1636년(인조 14) 12월부터 1640년(인조 18) 8월까지 기록한 한글 일기이다. 남평 조씨는 南以雄의 부인으로, 私家의 부녀자로서 병자호란의 정치적 사건뿐만 아니라 일상생활의 주변에서 일어난 일들을 기록하였다. 예순을 넘긴 나이에 쓴 만큼 풍부한 경륜과 완숙한 인간미가 잘 드러난 작품으로 평가된다.18)

이상에서 16세기 일기문학이 성행하는 가운데 나온 작품들은 이렇듯 사화와 전쟁이라는 배경을 바탕으로 활발하게 이루어질 수 있었음을 알 수 있다. 시기적으로 먼저 士禍를 체험한 작가가 그 역사 인식을 드러내는 한 작업으로 기록문학을 활발히 남겼던 경향이 두드러졌다. 이 기록 가운데 일기문학의 형식을 갖추고 있는 작품으로『음애일기』와『묵재일기』, 그리

17) 전경목,「일기에 나타나는 조선시대 사대부의 일상생활 – 오희문의『쇄미록』을 중심으로」,『정신문화연구』19, 한국학중앙연구원, 1996, pp.48~49.
18) 남평 조씨,『병자일기』, 진형대·박경신 역주, 예전사, 1991, pp.15~33.

고 『미암일기』가 있는 것이다. 이 작품들은 공통되게 士禍를 쓰리게 체험한 사림에 의해 쓰여졌다는 사실에서, 작가 자신의 경험을 바탕으로 한 진실성과 곡진함이 담겨져 있다. 그리고 임란·병란의 전쟁을 겪으면서 전쟁의 참상과 체험을 담으며 일상을 기록한 『쇄미록』과 『병자일기』가 이어져 나왔다. 역사적 사건에 처하여서도 일상의 일을 병행하여 작가의 세심함을 보여주고 있다는 점이 이들 작품의 공통된 특징이며 『미암일기』와 맥을 같이 하는 점이다.

III. 미암의 기록정신과 일기문학

A. 미암의 삶과 기록정신

미암은 해남 출생으로 호남에 근거지를 두고 하서 김인후와 함께 호남의 학맥을 이어 김굉필로부터 이어지는 학맥과, 한편으로 金安國으로부터 이어지는 학맥을 전승하고 16세기 당대 중앙에 진출한 호남의 걸출한 사림문인이었다. 또한 조선의 마지막 士禍였던 乙巳士禍로 인해 종성으로 유배 가서 19년간을 보내고 조정에 돌아온 을사사림이다.

미암이 겪은 마지막 사화인 을사사화 이후로 더 이상 사화로 인해 피해를 입는 사림은 없어지지만, 을사사림들에 의해 그전부터 있었던 士禍에 대한 정리와 함께 기록이 이루어졌다. 이러한 일련의 역사적 사건을 겪은 시기에, 미암이 개인적으로 일기를 저술하게 되기까지 생애 배경과 함께 미암의 기록 정신에 대해 살펴보겠다.

1. 미암의 삶과 문학세계

미암 유희춘은 본관이 善山이고, 부친 柳桂隣과 모친 최씨 부인 사이에서 1513년(중종 8) 海南에서 출생했다. 미암의 선대는 文化 柳氏였는데, 고려

때 상서좌복야 휘 昌이 아들 甫를 낳았고, 보가 도첨의찬성사로 善山을 식읍으로 봉하여 선산 유씨가 되었다.[1] 부친 유계린은 崔山斗의 문인이었으며, 어머니는 『漂海錄』을 지은 崔溥의 딸이고, 미암의 형은 柳成春(생몰년 미상)이다.

『표해록』의 저자이자 미암의 외조부인 최부는 1447년 진사시에 합격하여 성균관에 들어가 신종호, 김굉필 등과 교유했으며 1482년 문과에 합격하여 성균관 전적 등 관직을 역임하였다. 경상감사 시절, 세종 원년(1419)에 들어온 『性理大典』을 국내에 보급하는 일을 하기도 하였다.[2] 그러나 최부는 갑자사화 때 연산군에게 형을 받아 죽었는데, 그때 전별하러 간 김전 등이 조용히 술을 마시며 평소와 같았다고 하면서, 죽음에 임해 정신이 흐트러지지 않는 정력이 보통 사람에 지나치시는 분이었다고 한다.[3] 최부는 성종대 영남 출신이 사림의 주류를 이루었던 때에 호남 출신으로는 드물게 중앙무대에서 활약하였기에 호남사림의 종조로 불렸다.[4] 미암은 학문적으로 이러한 외조부에게서 가계의 영향을 받았으리라 여겨진다.

또한 미암이 수학기에 직접 사승을 한 분은 家學으로 아버지 유계린이 있고, 다음 스승으로 최산두, 김안국 등이 있다. 미암이 家學으로 학문을 전승받은 부친 유계린은 미암의 첫 스승으로, 경전에 박식하였으나 30세 이후에는 두문불출하고 향촌자제를 가르치는 데 힘썼다. 유계린은 1500년

---

1) 최익현, 『勉菴集』 권25, <眉巖柳公神道碑銘 幷序>, "其先出文化 麗代有諱昌 尙書左僕射 生諱甫 都僉議贊成事 食邑于善 遂爲善山人 曾祖爲陽秀 進士 贈左通禮 祖諱公濬 生進俱中 贈左承旨."

2) 금장태, 『유교의 사상과 의례』, 예문서원, 2000, p.81.

3) 『미암일기초』 제2책, 1568, 무진년, 6.17, "右相曰 昔在甲子十月 崔先生溥入詔獄南間 金銓及先人名彦弼等 入西一間 聞燕山命行刑于崔先生 金銓等五六人 咸往餞之 崔先生從容受歃 如平時 且曰 公等好在云云 其臨死而精神不亂 定力有過人者云."

4) 김기주, 「조선 중기 금남 최부의 정치활동」, 『전남사학』 제24집, 2004, p.192.

전남 순천에 귀향 온 김굉필에게 도학을 배우고, 김종직의 제자로 무오사화에 사사된 최부의 사위가 되어 그 학문을 계승하였다.[5]

미암은 10세에 형인 유성춘의 喪을 당하고, 이어 16세에 부친상을 당하게 된다. 이때 슬픔이 지나쳤으나 예를 집행하는 것은 태만히 하지 않았다[6] 한다. 미암의 형 유성춘은 號를 懶齋 혹은 城隱이라 하였고, 己卯士禍에 연좌되어 파직당한 후 해남에 우거하면서 지내다가 일찍 죽었다.[7]

다음 미암이 학문을 전수받은 스승으로는 최산두가 있는데, 전남 광양출신으로 1504년 진사시에 합격하여 성균관에 들어가 학명을 떨치자 유희춘, 김인후 등이 찾아와 배웠다. 최산두는 흔히 호남삼걸의 한 사람이라 칭해지는데, 호남삼걸이라는 말은 처음에 성종실록에 호남에서 벼슬한 사람 가운데 이계통(익산군수), 최반(김제군수), 기찬(영광군수) 세 사람을 가리켰다.[8] 그러나 어숙권의 『패관소록』에 '최산두, 윤구, 유성춘을 호남삼걸이라 칭한다'고 한 것이 『기묘록보유』의 <최산두전>과 <유성춘전>에서 인용되고,[9] 그 뒤 이정형(1549~1607)의 「황토기사」에도 실리면서[10] 최산두가

---

5) 한예원, 「16세기 사화기에 있어서 호남학문의 형성과 전개양상」, 『고시가연구』 제14집, 한국고시가문학회, 2004, p.338.

6) 『미암집』 권20, "李好閔, <諡狀>十六歲 戊子參判公沒 哀毀過甚 執禮不怠."

7) 『大東野乘』, 「己卯錄補遺」, "柳成春傳, 柳成春■■生 字天章 癸酉生員 甲戌及第 以佐郞坐罷 寓居海南世業 嘗與崔新齋尹橘亭齊名 稱湖南三傑 至是別搆小齋於城外西北隅數里許 自號懶齋 或稱城隱 世居城中故云 陪侍杖屨之暇 與虞人漁父 臂鷹逐免 擧網求魚 供以甘旨 弟希春中文科 爲明廟朝名相."

8) 『성종실록』 16년, 7.6, 갑인조.

9) 『大東野乘』, 「己卯錄補遺」, "崔山斗傳, 崔山斗癸卯生 字景仰 甲子生員 癸酉及第 以舍人謫同福 癸巳蒙恩免放 俄卒 稗官小錄 魚叔權所撰 云 試場所製通鑑賦 豪邁動盪 膾炙人口 與海南橘亭尹衢懶齋柳成春 齊名一時 稱之曰湖南三傑斗衢春 公先登第 選入玉堂 自號新齋 己卯十二月 謫居同福 稱蘿葍山人 嘗寄橘亭詩曰 江路尋春晩 思君步月時 年年山間谷 曲隨分有涯 補 世居光陽 親戚皆以軍保隷戍列鎭 公嘗奉使歸 故鄕 必求酒肴於諸鎭主邑 親詣其所寓營廨 俯伏獻酢 不敢以榮貴凌親宗族 嘗爲檢詳

호남삼걸의 한 사람으로 더욱 알려지게 되었다. 미암이 쓴 <나부선생제문>
에 의하면, 약관의 나이에 최산두 선생에게 가르침을 받았음을 알 수 있다.
선생은 매우 간소한 생활을 하면서도 미암을 아꼈던 것으로 보인다. 미암이
선생을 찾아갔을 때 '옛날을 생각하고 나를 자식처럼 보았다'고 할 정도로
친근한 대우를 받았다. 제문에서 묘사된 나부 선생은 미암과 함께 나물죽을
들고, 마음을 기울여 털어놓으며 종일 끌고 다닐 정도로 미암에게 다정하였
던 것 같다. 그러나 미암은 불 떼는 여자종을 번거롭게 하며 신세를 지게
될까 걱정되어 돌아가기를 구하고, 편지를 주고받으며 가르침을 받았다.11)

　김안국에게 미암이 배운 시기는 정확하지 않으나, 김인후와 함께 김안국
의 문인이 되었다는 사실이 알려져 있다. 모재는 미암을 단지 후배로 여기지
않고 공경하였다12) 한다. 미암은 스승 김안국으로부터 "柳某와 함께 경연에

<hr>

　　時 舍人司藥材 求請列邑 通書同着名 而翰林李搆陳弊 特擧此事 推覆之際 公以掌令適
　　有合辭辭職 勢甚難處 未卽辭避 舍人閔壽千蘇世讓罷職 而後懇辭見遞 十二月 以此爲
　　咎 謫同福而卒."
　10) 이정형,『知退堂集』권13,「黃兎記事」上, 崔山斗, "崔山斗 字景仰 甲子生員 癸酉及第
　　所製綱目賦 膾炙人口 世居光陽 與南海尹衢, 柳成春齊名 人稱湖南三傑 公先登第
　　選入玉堂 族親皆以軍保成列鎭 公奉使歸鄕 必求酒肴 親詣所寓營廨 俯伏酬酢 不敢以
　　榮貴凌宗族 以舍人謫同福 居蘿葍山下 寄尹衢詩曰 江路尋春晚 思君步月時 年年山澗
　　曲 隨分有生涯 嘗聞本縣司馬所薦集 先往焉 諸司馬未會 公取其酒 盡飮而歸 守者恐獲
　　罪 公命摘取柹葉題詩曰 桑椹靑紅柹葉肥 小園風物屬芳菲 欲知司馬中樽盡 看取先生
　　醉後歸 自號新齋."
　11)『미암집』권3, <祭蘿葍崔先生文辛未>, "昔在弱冠 負笈尋師 先生念舊 視余猶兒
　　館置門傍 藜羹共之 傾囷倒廩 盡日提携 恐煩炊婢 未久求歸 書疏往復 敎導愈勤 將成一
　　名 往謝鴻恩 如何五載 遽隔幽明 登第從仕 未奠瓣香 漂淪三紀 還自北荒 曾遣人祭
　　曷罄寸誠 今爲方伯 尤馳下情 謹備時羞 薄掃墳塋 不獲躬親 伏地屛營 監此忱悃 庶降英
　　靈."
　12)『승정원일기』, 고종 21년, 3월15일, "古 부제학 문절공 유희춘은 文敬公 金安國의
　　문인이고 先正臣 김인후와 도의로 사귀었다. (중략) 新齋 최공(崔山斗)이 시험해
　　보고 탄복하여 守約을 힘쓰게 하였으며, 慕齋 金文敬公(문경은 金安國의 시호)도
　　선생을 공경하여 후배로 대우하지 않았다."

입시하면 아무 걱정이 없다"[13])는 칭찬을 받기도 하였다. 여기서 유모는 물론 미암을 지칭한다. 해배 후 미암은 경연에서 스승인 모재를 추장하는 언급을 많이 하였고, 그 온건하고 점진적인 정치적 영향을 받은 면모를 보였다.[14]

20세가 될 무렵에는 大芚寺 등지에서 글공부를 하다가[15] 21세 나주목사가 실시한 도회시취에서 <繩墨賦>로 次上을 하여 합격하고, 23세(1535)에 <棄繻賦>로 장원을 하였다.[16] 그리고 25세에 생원시에 뽑히고 이듬해 文科 別試에 丙科로 급제하였다. 이때 晦齋 李彦迪이 고사관으로 있다가 미암의 문장을 기이하게 여겨 취하였다.[17]

이렇게 수학기를 마치고 과거에 급제한 미암은 본격적으로 出仕에 접어들었다. 30세에 세자시강원의 設書가 되어 인종을 補導하는 직분을 맡고,[18] 32세에 홍문관수찬에 올랐는데 이때 미암은 어머니 崔氏 부인을 봉양하고자

金安國, 『慕齋集』, 「重刊慕齋先生文集序」, "仁廟至再請還任賓師 是故 所至學徒坌集 日與之講習 賢愚交得 士林風動 其如金河西麟厚, 宋圭菴麟壽, 柳眉岩希春, 鄭秋巒之 雲諸公 固已蔚然名世矣."

13) 송재용, 앞의 논문, 1996, p.45 각주 45) 참조.

14) 정호훈, 「미암 유희춘의 학문 활동과 『治縣須知』」, 『한국사상사학』 제29집, 2007, pp.46~47.

15) 『미암일기초』 제2책, 1568 무진년, 8.22 ; 제3책, 1569 기사년, 12.2 ; 『미암집』 권1, <困學>, "行年二十二 始知味眞腴 獨坐上院寺 潛心紫陽謨 (후략)."

16) 『미암일기초』 제6책, 1571 신미년, 5.25, "追憶癸巳年五月望日 都會試取時 余登斯樓 作繩墨賦 以次上參榜 因居接于此州之校 又再登斯樓 作賦連居魁 乙未五月望 復觀 都會試取 又以棄繻賦居魁 儒生時 四登此樓 今追戲而作小詩云 (후략)."

17) 『미암집』 권20, 李好閔, <諡狀>, "中廟三十二年 丁酉中生員試 次年 戊戌擢別擧丙科 晦齋李公爲考官 異其文而取之."

18) 『미암집』 권20, 李好閔, <諡狀>, "三十七年壬寅正月 轉世子侍講院說書 時仁廟在東 宮 公力以輔導爲己任."

청하여 茂長縣監에 제수되었다. 이에 고향에 내려가 어머니를 봉양하였고,
현을 교화하여 잘 다스렸다.19) 이렇듯 미암의 출사 초기는 순조롭게 이어졌
다.

1545년에 중종이 승하하고 인종이 즉위하여 송인수의 추천으로 미암이
33세에 다시 홍문관 수찬이 되었을 때,20) 인종이 바로 승하하고 명종이
즉위하면서 문정왕후의 수렴청정이 시작되었다. 이때 大尹과 小尹, 곧
중종의 첫째 비 章敬王后 윤씨의 오빠 尹任과, 중종의 둘째 비인 문정왕후의
오빠 윤원형이 서로 대치하다가, 인종이 승하하자 윤원형이 윤임 일파를
고하여 죄를 주려 일을 꾸며 윤임, 유관, 유인숙 세 사람이 각기 유배를
가고 파직되며, 관직이 갈리게 되었다.21)

이때 미암은 동료들과 함께 윤임과 유관, 유인숙에게 유배와 파직을
행하는 것은 아직 때가 아니라는 啓를 올리고, 자신들의 파직을 청하였다.
그러나 두 번이나 윤허되지 않자 백인걸이 끝까지 항의하다가 문정왕후의
노여움을 사 백인걸은 옥에 가두고 송희규와 미암은 파직되었다. 이후
열흘 동안 세 사람을 죽이는 등 乙巳士禍가 일어났다.22) 그리고 2년 뒤

---

19) 최익현,『勉菴集』권25, <眉巖先生柳公神道碑幷序>, "已而弘文館修撰兼司書 以母
夫人在鄕 請乞暇還省 中廟特除茂長縣監 使以便養 治先敎化 一境翕然.";『미암집』
권20, 李好閔, <諡狀>, "時崔夫人在家 公爲晨昏之奉 浩然有歸思 五月 又乞暇 六月
解司書 中廟量其意 特命銓曹 授公茂長縣監以便養 縣繁雄 素號難治 公莅事勤敏
庶務畢擧 而尤急先敎化 親設養老宴 兼行防弊宴 又除徵斂之無名者 一縣翕然."

20)『미암집』권20, 李好閔, <諡狀>, "三十九年甲辰十一月 中廟昇遐 而仁廟嗣位 明年乙
巳四月 大司憲宋公麟壽啓曰 新政之初 最重經筵 宜不拘內外 遴擇其人 用備顧問
蓋指公也 宋公按湖南 公適知茂長 相得甚懽 故力薦之 於是 公以五月召入爲修撰."

21)『大東野乘』,「乙巳傳聞錄」, 李中悅子, <柳希春傳>, "及仁廟賓天 任失勢 小尹始欲釋
憾以逞 顧一時賢人君子無可從己者 廣引貪功喜亂及不得志者之徒 晝夜聚謀 未得其
便."

22)『大東野乘』,「乙巳傳聞錄」, 李中悅子, <柳希春傳>, "先生與執義以下同辭引嫌 啓曰

미암이 35세(1547) 되던 해 9월에 정언각, 이기 등이 전라도 양재역에 비방서를 壁書한 사건으로 인하여 정미사화가 일어나고, 을사년 여러 사람에게 크게 죄를 더하여 미암도 제주도에 보내졌다가 고향과 가깝다는 이유로 함경도 종성에 유배되었다.23)

「을사전문록」에서는 당시 상황과 미암의 인물됨을 "오직 몸을 바쳐 나라 위하는 것만 알았고, 死生榮辱으로써 그 지키는 지조를 변하지 않았기 때문에 임백령·김광준 등과 더불어 말할 적에 조금도 굽혀서 스스로를 낮추지 않았고 말을 거리낌 없이 하고 낯빛을 바로 하여 곧게 남의 마음속을 헤쳐 가며 공격하였으니, 선생이 화를 당함은 진실로 당연한 결과"라고 평하며, 그 때문에 미암을 죽이려고까지 하다가 제주가 고향과 멀지 않으므로 종성에 이배하였다고 한다.24) 동향인 임백령이 강직한 미암을 제 편에 끌어들이려다가 실패하고 그에 보복을 하려 한 것이 결정적인 계기가 되어, 미암은 결국 종성 유배지에 오르게 된 것이다.

미암은 적소에 이르러 곤경에 처했는데도 뜻을 지켜 天命과 같이 편안히

臣等以爲 三人雖有可論之事 當此主少國疑之時 姦細之徒 胥動浮言 論啓大臣 甚非其時 適以陷姦計而增士禍議不能一而罷 又不能卽達於天聽 請賜斥免 不允 翌日再辭不允 宋公希奎大言曰 尹元衡主張密旨 傳播外朝 熒惑人聽 當首劾此姦明示天討 而今日已迫曛暮 門將閉矣 出納啓辭 似非其時 姑俟明日就職而後爲之 未晩也 先生與諸人良以爲然 遂皆退 而白公仁傑遲之 獨留抗啓 文定大怒 下仁傑獄 命盡罷希奎等職 先生與焉 不旬日 三人戮而大禍作矣."

23)『大東野乘』,「乙巳傳聞錄」, 李中悅子, <柳希春傳>, "其與百齡光準語也 不少降以自貶 危言正色 直發其肺腑而剖擊之 先生之受禍固其所也 是後群憾合勢 必欲置先生死地 以濟州去家鄕不遠 移配鍾城."

24)『大東野乘』,「乙巳傳聞錄」, 李中悅子, <柳希春傳>, "蓋先生以孤身宦京師 直道而行 不隨人俯仰 士禍之始 百齡以鄕曲居要地 力欲汲引以爲助 使先生一言資之 則立取隆顯矣 而先生惟知徇身爲國 不以死生榮辱變其所守 其與百齡光準語也 不少降以自貶 危言正色 直發其肺腑而剖擊之 先生之受禍固其所也 是後群憾合勢 必欲置先生死地 以濟州去家鄕不遠 移配鍾城."(본문 인용은 국역본에 따름.)

46

여기고, 밤낮으로 생각을 깊이 하며 저술을 계속하여 마음 속 기운은 충만하였다25)고 전한다. 유배지에서 미암이 교육과 저술활동에 힘쓴 면모에 대해서는 일기가 전하지 않아 자세히 알 수 없으나26) 훗날 종성에서 유배를 보내며 『涪溪記聞』을 남긴 金時讓(1581~1643)이 미암의 종성에서의 행적을 기록한 글과, 해배 후 『미암일기』를 참고해 그 대략을 살펴볼 수 있다.

　　미암 유희춘은 을사사화 때 종성에서 귀양살이한 것이 19년 동안이나 되었다. 곤궁하게 살아가면서도 만 권이나 되는 서적을 독파하고 『續蒙求』를 저술하여 선비들에게 혜택을 주니, 그에게 찾아가서 배우는 사람들이 매우 많았다. 북쪽 사람들이 지금까지 柳正言이라고 하면서 칭찬하고 있는데, 이것은 그가 정언으로 와서 귀양살이했기 때문이리라.27)

미암이 유배지에서 곤궁하게 살면서도 만 권 책을 읽고 『속몽구』를 저술하여 선비들에게 은혜를 베풀었다고 하는 내용이다. 안정복은 미암이 유배지에서 『속몽구』를 저술한 것에 대해, 宋의 胡寅이 남해에 유배되어 한 권의 책도 가져가지 않았으나 『讀史管見』 삼십 권을 지은 것에 비하여, 미암도 종성 유배지에서 한권 책도 없이 지었다며 그 聰明하고 强記함이 천고의 뛰어난 재주라 칭하였다.28)

---

25) 『大東野乘』, 「乙巳傳聞錄」, 李中悅子, <柳希春傳>, "三年二月至謫所 先生處困逸志 安之若命 方且覃思著述 口誦手抄 夜以繼日 胸中之氣沖如也." ; 『國朝寶鑑』 26권, 宣祖條3 "선조 10년(丁丑, 1577), 其在謫也 潭思著述 夜以繼日."

26) 송재용, 「『미암일기』의 서지와 사료적 가치」, 『퇴계학연구』 제12집, 단국대 퇴계학 연구소, 1998, pp.135~136.

27) 『大東野乘』, 「涪溪記聞」, "金時讓, 柳眉巖希春 乙巳之禍坐謫鍾城者十九年 窮居喫口 讀破萬卷 著續蒙求以惠士子 從學者甚衆 北方之人至今稱之爲柳正言 蓋以正言來謫 故也."

28) 안정복, 『順菴集』 권13, 「橡軒隨筆」 下, <聰明强記>條, "胡致堂寅謫南海 不携一書

미암은 일기에서, 해배되자마자 『속몽구』 간행을 서두르면서 이 책에 "17년 공을 들였다"29)고 기록하고 있어 유배 기간 동안 이 저술에 힘쓴 사정을 알려준다. 또한 해배 후 경연에서 "유배지에서 십년의 공을 들여 四書를 연구하였다"30)라고 회억하는 기록을 통해서 이 시기 주자학에 매우 침잠했으리라 추정된다.

이외에도 위의 인용에 이어서 부인의 문장이 능한 것과, 만 리 길을 걸어 종성까지 미암을 찾아온 일을 말하고, 마천령을 지날 때 지은 시를 소개하며 성정의 바름(性情之正)을 얻었다고 평하였다. 또 미암이 바둑을 잘 두었는데, 당시 柳景深(1516~1571)이 종성의 元帥로 행영에 주둔하고 있으면서 미암에게 와 승부내기를 하고, 글 이야기를 하였다31)는 일화도 소개했다. 유경심은 양재역 벽서사건으로 파직되었다가 회인·정주 현감을 거치며 등용되었으나 또다시 윤원형에 반대하여 종성부사로 전출되었는데, 이때 미암이 종성에 유배 가 있어서 같이 만나 교유하며 저술한 것으로 보인다. 실제로 미암이 유배지의 시 가운데 柳候라 칭하고 지은 시가 많은데, 이는 유경심을 가리키는 것이다. 그와 바둑을 두며 <戲柳候不能棋>, <柳候求改棋譜>와 같은 시를 지었고, 그 외에도 <次柳候>, <中秋 陪柳候遊江西>, <投壺呈柳候>, <次柳候詠範碩韻>, <懷遠亭卽事 呈柳候> 등의 시를

作讀史管見三十卷 我朝柳眉菴希春謫鍾城 無一卷書 作續蒙求 其著書俱在被謫之時 而聰明强記 皆千古絶才."

29) 『미암일기초』 제2책, 1568 무진년, 7.5, "續蒙求 (중략) 十七年用工之書."

30) 『미암일기초』 제9책, 1574 갑술년, 10.25, "又曰 (전략) 臣謫居時 用十年之功 研窮四書."

31) 『大東野乘』,「涪溪記聞」, 김시양, "其夫人亦能文章 獨行萬里從眉巖于鐘城 路過磨天嶺 題詩曰行行逐至磨天嶺 東海無涯鏡面平 萬里婦人何事到 三從義重一身輕 可謂得性情之正矣 眉巖善奕 柳參判景深亦以善奕自負 眉巖之謫也 柳爲元戎駐行營 每屛賓從間路馳至賭勝負 間以文談."

통해 교유한 흔적을 남겼다. 또한 미암은 유배지에서 『詩吐釋』을 저술하였는데, 이 책은 일기에 보면 "太浩와 함께 종산에서 상의하여 정한 것"[32]이라는 기록이 있다.

종성은 六鎭에 해당하는 지역으로 말갈과 가까워 활 쏘고 말 타는 것을 숭상하고 文字를 아는 이가 적었는데 미암의 풍모를 듣고 배우기를 원하는 자가 많이 이르러, 미암이 재질을 따라 교육하여 멀리서도 다투어 찾아와 뜰에 가득하였고, 말년에는 문학이 매우 성하였다.[33] 이것은 종성의 문하생 가운데 해배 후 미암을 찾아오는 김흥조,[34] 이효원,[35] 이순[36]뿐만 아니라, 인근 지역이었던 吉州의 門生 李枝陽이 會試를 보기 위해 상경하였다가 미암을 만났다는 기록에서도 확인할 수 있다.[37] 종성은 미암뿐만 아니라 일찍이 一蠹 鄭汝昌이 유배를 갔던 곳이고, 그 후 奇遵, 鄭曄 등도 유배를 가, 1667년(현종 8) 그곳 지방 유림들이 종성서원을 세워 이들의 학행을 추모한 지역이다.[38]

---

32) 『미암일기초』 제1책, 1568 무진년, 3.1, "李鷗壽送艮醬·菜蔬及詩吐釋來 詩釋 乃己未年與太浩同議定于鍾山者也." 태호는 유경심의 호이다.

33) 『大東野乘』, 「乙巳傳聞錄」, 李中悅子, <柳希春傳>, "六鎭邊靺鞨 俗尙弓馬 少識字者 先生至聞先生之風 願學者衆 先生因材誘掖 敎誨諄悉 遠邇爭趨 戶庭恒滿 至季年文學 彬彬焉."

34) 『미암일기초』 제1책, 1568 무진년, 1.27, "金興祖來謁 故獜山僉使斌之子也 曾相熟於鍾城而受訓於余 故來謁."

35) 『미암일기초』 제1책, 1568 무진년, 1.25, "李效元來見 乃辛酉壬戌相見於鍾城以受業於余 卽李鍾城之子仁龍也 相見喜甚."

36) 『미암일기초』 제2책, 1568 무진년, 5.15, "蔚珍儒生李淳太初 以會試上來見我 乃乙卯年鍾城訓導子弟 時受學於我 而戊午年送列子於鍾城 有信義者也."

37) 『미암일기초』 제2책, 1568 무진년, 5.8, "吉州門生李枝陽 以觀會試上來 驚喜延接 贈以扇子."

38) 조남욱, 『정여창』, 성균관대출판부, 2003, pp.189~190.

미암의 문학이 성하였다고 전하는 기록에 대해 문집에 남아 있는 이 시기 詩文을 중심으로 살펴보면, 가장 큰 특징은 '자기 修養'의 작품이 많다는 점이다. 대표적으로 <感興> 4수나 <牛畝塘>, <困學>과 같은 작품이 그러한데, 이는 미암이 유배지에서 주자학 연구에 몰입하면서 한편으로 주자의 詩를 模擬하여 지어 실천하고자 한 작품이다. 또한 <觀海>, <觀水說>과 같은 작품에서는 자연의 관찰을 통해 이치를 궁구하는 방편으로 삼는 양상을 보였다. 그리고 유배지에서 미암은 멀리 떨어진 가족과 벗 하서, 유배지 주변의 知人들과 편지와 시를 주고받으며 교류하였다. 가족 중에는 특히 어머니에게 효도하지 못하는 안타까움과 함께 그리움을 표현하였고, 하서와는 절친한 벗으로서 보고 싶어 하는 마음과 학문에 대한 고민을 나누었다. <送四皓還商山>이나 <韓亡子房奮>과 같은 작품에서는 역사상 인물의 행적을 통해 신하로서 忘世하지 않으며 절개를 지키는 자세를 모색하였다. 실제로 미암은 자신이 유배 온 자로서 政事에 참여하지 않는다는 원칙을 깨고, 종성 지역에서 입춘에 행하는 弊習에 대해 <立春裸耕議>라는 論을 써서 백성을 위해 비판하기도 하였다.39) 또한 憂國의 정을 표출하여 <卽事>와 같은 작품을 남기기도 하였다.40)

이러한 미암의 유배지에서의 문학은, 자신의 삶을 흐트러지지 않는 자세로 살고자 끊임없이 모색한 당시 士林이자 學者로서 미암의 면모를 잘 드러내준다. 그리하여 19년간의 유배를 보내고 해배된 후에도 경연에서 선조를 보필하며 학문을 진강하는 데 바탕이 될 수 있었을 것이라 이해된

---

39) 『미암집』 권3, <立春裸耕議>, "(전략) 或曰 子嘗以不在其位 不謀其政 爲居鄕處謫之 道 守之甚確 今爲是議 將以諷乎有位者 無乃踰平昔之閑耶 余曰 不當預者 居官者之政 也 不忍默者 無知者之俗也 是不同."

40) 『미암집』 권1, <卽事>, "聞說瀛洲島 倭塵滿眼黃 風中刀閃閃 江上血滂滂 禦侮非干櫓 折衝在紀綱 孤臣憂國念 絶域但彷徨."

다.[41]

이후 1565년(명종 20)에 문정왕후가 죽고 윤원형을 내쫓자는 공론이 일자 을사사림들이 伸雪되면서, 미암도 53세에 우선 恩津에 이배되었다.[42] 은진에 移配된 지 2년 뒤인 1567년에 선조 즉위와 함께 미암은 해배되어 그 해 10월 경연관 겸 성균관 直講을 제수 받고 서울로 올라갔다. 오랜 유배지 생활에서 벗어나 조정에 돌아온 미암은 이때부터 再仕宦期를 맞게 된 것이다. 미암은 조정에서 경연활동을 통해 聖學을 진강하고, 1571년 전라감사에 제수되어 고향 해남에 내려왔다가, 같은 해 10월 대사헌에 임명되어 다시 서울로 올라갔다. 그리고 계속해서 대사성, 대사간, 대사헌, 부제학, 예조참판, 이조참판 등 요직에 오르며 경연활동을 활발히 하였다.

유배지에서 돌아온 미암이 조정에서 힘쓴 일은 士林으로서 士禍에 희생된 사림들의 伸寃을 복원한 일이다. 당시 기묘사림인 조광조의 伸雪을 주장하며 조광조를 추숭하여 밝혔을 뿐만 아니라 을사사화에 희생된 사림들을 복구하고 위훈을 받은 인물들의 관작을 삭탈할 것을 건의하였다. 또한 士林의 연원을 밝혀 김굉필, 정여창, 조광조, 이언적 등 四賢을 文廟에 배향하고자, 선조에게 명을 받아 이들 사현의 저술을 정리하여 중국의 『伊洛淵源錄』의 체제를 본떠『국조유선록』을 저술하는 데도 애썼다. 이처럼 『국조유선록』의 편찬에 주도적으로 힘쓴 것은 미암이 을사사화를 겪은 뒤 사화로 희생된 역대 사림을 추숭하고자 하는 의식을 분명히 실천한 것이다.

또한 미암은 경연관으로 활동하면서 당시 조정에 있던 문인들과 활발히

---

41) 졸고,「미암 유희춘의 유배기 문학 연구」,『동양고전연구』제32집, 동양고전학회, 2008, pp.7~27.

42)『大東野乘』,「乙巳傳聞錄」, 李中悅子, <柳希春傳>, "乙丑明廟二十年也 在位久聖治 日新 因公論放黜元衡 稍雪乙巳被罪人 命移恩津縣."

교유하였다. 이황과 이이는 물론, 李浚慶, 李鐸 등과 교유한 양상이 자세하고, 柳成龍(1542~1607), 趙廷機(1535~1575), 李敬中(1542~1585), 梁應鼎(1519~1581), 金貴榮(1520~1593), 成渾(1535~1598) 등과 주고받은 편지가 일기와 문집에 남아 있다. 이들은 당대 성리학의 심화된 논의를 전개한 인물들로서 경연관으로 활동한 미암과 조정에서 교유할 수 있었다.

그렇다면 미암이 해배 후 남긴 문학 중 가장 많은 분량을 차지하는 日記에 대해 작자인 미암은 어떻게 인식하고 있었는지 살펴보겠다. 미암의 일기에 대한 인식은 단순히 '일기'라는 문학의 형식을 인식한 면과, 자신이 10년간 일기를 써나가게 된 동기와 그 안에 드러낸 구현의식을 통해서 구체적으로 살펴볼 수 있다.

먼저 미암이 단순히 '日記'라는 용어를 사용한 경우를 살펴보겠다. 미암은 日記라는 용어를 <漂海錄跋>의 文에서 사용하고 있는데, 이때 일기는 단순히 '날마다 기록하는'의 의미를 가지고 쓰였다. 미암은 해배 후 외조부인 최부의 『표해록』을 간행하는 데 주도적으로 힘쓰고 발문을 써서 편찬의 뜻을 드러내었는데 발문 앞부분에서는 이 책이 쓰이게 된 동기에 대해 설명하며 그 형식에 대해 언급하고 있다. 외조부 최부가 명을 받아 제주로 가던 중 부친상을 당해 분주히 가다가 중국까지 가서 표류하게 되었고, 이후 돌아와 성종의 명으로 '日錄'을 찬진해 올리게 되었다는 것이다.[43] 여기서 '일록'은 '일기'와 같은 개념으로 조선 후기에 더 많이 나타나는 용어이나, 이미 미암 당대에도 쓰인 예를 볼 수 있다. 이렇게 최부의 『표해록』은 일기체 구성으로서 날짜순에 따라 종적으로 이루어져 있음을 알 수

---

43) 『미암집』권3, <漂海錄跋>, "錦南崔先生諱溥 字淵淵 希春之外祖父也 以經術氣節 遭遇成廟 擢眞侍從 嘗奉命往耽羅 適奔父喪 爲風所逆 漂到中國之台州 還至都城外 上命撰進一行日錄 覽而嘉之 遂俾藏于承文院."

있다. 그리고 작품의 말미에는 里數 山川, 産物, 風俗 등을 기록한 聞見別單이 삽입되어 있다.[44] 미암은 "이 책의 분량이 세 권을 넘지 않으나 그 안에 중국 한 지방의 온갖 자연과 인간 만물이 찬연히 열거되어 있어, 최부 선생의 經世하는 재주를 가히 일부는 볼 수 있다"고 칭탄하였다.[45] 어느 한 지역을 자세하게 '날마다 기록'한 책은 그것을 보는 이로 하여금 새로운 세계에 눈 뜨게 하기에, 기록한 이의 경세하는 재주를 볼 수도 있다고 평가한 것이다.

여기서 알 수 있듯이, 일기는 쓰는 사람 자신은 다 아는 얘기를 쓰는 것에 불과하지만, 그것을 모르고 읽는 이에게는 낯설게 다가오며, 그렇기 때문에 더욱 새롭게 배워가는 재미를 주는 매력이 있다. 최부의 『표해록』과 같은 기행일기의 경우 특히나 낯선 공간과 시간에 대한 기대감, 그곳의 풍물에 대해 알아가는 즐거움, 이런 것들이 합쳐져서 읽는 이에게 더욱 흥미를 전해주었을 것이다. 또한 작가가 보고 듣고 겪은 일들뿐만 아니라, 그 안에 언뜻언뜻 숨어있는 포장되지 않은 은밀한 내면세계까지를 들여다 보는 것이, 당시 읽는 이에게 얼마나 큰 감동으로 다가왔을지 헤아릴 수조차 없다. 또한 쓰는 이가 표방하는 내용을 통해 經世하는 재주를 볼 수도 있다고 하였으므로, 미암은 이러한 일기 기록이 주는 효용성을 충분히 인식하고 실제 자신이 일기를 저술하는 데도 많은 영향을 받았을 것이라 짐작된다.

다음으로 생각할 수 있는 것은 미암이 『미암일기』를 쓸 수 있었던 것에는 家系의 영향이 컸다는 점이다. 위에서 보았듯이 외조부인 최부가 『표해록』

---

44) 윤치부, 「표해류 작품의 종합적 고찰」, 『고전산문연구』 1, 태학사, 1998, p.155.

45) 『미암집』권3, <漂海錄跋>, "其文字卷不過三 而不惟狀大洋變化 自甌徂燕 一路山川 土産人物風俗 粲然森列 而先生經濟之才 亦可得其什一 求多聞務博覽之士 願見者衆 矣 而至今八十年間 未有鋟梓以廣其傳矣."

을 지었고, 그 다음 부친 유계린과 백씨 유성춘도 모두 일기를 써왔다.[46)]
그만큼 집안 대대로 일기문학이 형성될 배경을 갖추고 있었던 것이다.
이러한 점에서 미암이 일기문학을 쓰는 데 직접적인 영향을 받고 실천할
수 있었으리라 여겨진다. 더구나 미암은 자신의 조상이 남긴 일기 기록의
정확성을 신뢰하였다. 기록을 보지 않고는 잘못된 정보를 말할 수도 있으나,
기록물이 남아 있으면 다시 상고해볼 수 있기 때문이다. 이는 미암이 실제
경연에서 선조가 해남에서 제주까지 며칠이나 걸리느냐고 질문했을 때,
언뜻 떠오른 기억으로 외조부 최부가 경차관으로 하루 만에 당도했다고
대답했는데, 다시 『표해록』을 상고해보니 2일만이었다고 고쳐 답한 일화에
서 볼 수 있다.[47)] 보거나 들은 내용이 정확하지 않을 때 대강 말하게
되는데, 기록물이 남아 있으면 그것을 다시 상고해볼 수 있기 때문에,
미암 자신의 체험을 통해서도 기록의 효과를 크게 여기게 되었던 것이다.

미암은 유배지에서 연구에 몰두하며 『속몽구』를 저술하였는데, 그 책에
題한 글에서는 일기가 단순히 '날마다 기록하는'의 관점을 넘어선 의미를
더 찾아볼 수 있다. 미암은 옛날 楊大年의 경우를 보고, 앎을 기르는 데
효제예의를 '날마다 기록하는 것', 곧 '日記'가 효과적이라고 보아 이 책,
『속몽구』를 짓는다고 동기를 밝혔다. 또한 공자가 『周易』을 贊하신 것에
대해서는 지나간 언행을 기록하여 德을 쌓는 방편으로 삼았음을 모범으로
여겼다.[48)] 여기서 일기는 미암에게 단지 '날마다 기록한다는 의미' 외에도

---

46) 『미암일기초』 제2책, 1568 무진년, 1.7, "伏睹先君日記八冊 不勝悲感 見伯氏乙亥日記
    亦爲感愴."

47) 『미암일기초』 제3책, 1569 기사년, 8.28, "前日 上問自海南往濟州 乘風幾日而到
    臣對以外祖崔溥 爲敬差官 得風一日到濟州 退而考漂海錄 則以二日到濟州."

48) 『미암집』 권3, <續蒙求題>, "昔楊大年訓家人 以日記孝弟禮義之事 爲童稚養知之學
    孔子贊易 以多識前言往行 爲畜德之方 此余所以撰是書之意也 陋邦寡聞 未敢自是

'孝悌禮義'의 덕목을 기록해 앎을 기를 수 있고, '덕을 쌓는 방편'이 될 수 있음을 의미하는 것이다.

이처럼 미암이 10년간에 걸쳐 꾸준히 일기를 기록하여 남긴 것은 일기의 효용적 가치를 크게 인식한 덕분이라 여겨진다. 미암은 외조부인 최부의 『표해록』을 간행하며 그날그날의 자세한 기록이 읽는 이로 하여금 세상을 보는 눈을 열어준다고 인식했고, 앎을 기르는 데 효제예의와 같은 덕목을 날마다 기록하는 것이 효과적임을 파악하여 자신이 직접 『속몽구』를 저술해 실천한다고도 하였다. 그리고 이러한 덕목을 기록하는 것이 앎을 기르고 덕을 쌓는 길이 됨을 강조하였다. 이것은 일기 기록의 직접적 동기를 밝힌 부분으로, 미암이 『미암일기』와 같은 방대한 양의 일기를 기록하는 데 적용되었으리라 여겨진다. 그리하여 미암은 비록 자신이 문장에 재능이 없다고 소극적으로 처신했으면서도 내적으로는 자신을 극복하고 매일매일 기록의 글을 남길 수 있었던 것이다.

그만큼 미암에게 일기는 문장의 재능을 발휘하거나, 단순한 견문 기록의 차원에서가 아니라, 그 기록으로 일으킬 수 있는 효과를 깊이 염두에 두고 실천을 하려는 목적에서 기록해 나간 것이라 파악된다. 그리하여 당시 일기문학이 성행하던 가운데, 일기에 대한 이 같은 효용적 가치 인식에 따라 실천성이 강한 기록으로 표현할 수 있었던 것이다. 후술하겠지만, 미암이 평소에 자신의 문학에 대해 그토록 자신 없어 하는 태도를 보였으면서도 일기 기록을 남긴 데에는, 이처럼 일기문학에 대한 남다른 인식이 있었던 것이다.

聊以俟精博鉅儒修而補之耳 嘉靖戊午二月生明 善山柳希春 書于鐘山土廬."

2. 修養의 方便으로써 記錄

미암의 일기가 공적인 일뿐만 아니라 일상에서도 빠짐없이 기록을 하여
보여준 원동력은 무엇일까. 이는 『미암일기』의 저술 시기를 고려해 추정해
볼 수 있다. 이 과정에서 또한 『미암일기』의 저술 동기를 찾을 수 있을
것이다. 미암이 일기를 기록한 시기는 해배 후 조정에서 벼슬을 하고 있던
때로, 이때 미암은 가족과 떨어져 따로 서울에서 심봉원의 집을 빌려 홀로
지내고 있었다. 그런데 한 번은 미암이 조정에서 夕講을 마치고 남은 업무를
보지도 않고 보루문까지 갔다가 깨닫고 다시 玉堂으로 돌아간 적이 있었다.
이를 미암 스스로 "정신이 피곤하여 망각을 잘하는 것"이라고 여겼다.[49]
다음 날은 실족을 하여 왼쪽 다리가 시고 아파서 급기야 사직을 하려고까지
하였다.[50] 이러한 일이 있고 얼마 후 <記事銘>을 지어 자신의 뜻을 새겼다.

심기가 족하지 않으니
心氣不足

遇事多忘   일을 만나면 잊음이 많도다.

何以求之   어떻게 하면 구하리오

主一良方   주일이 좋은 방책이로다.[51]

미암이 主一의 자세를 실천하고자 일을 기록한다(記事)는 뜻으로 지은
작품이다. 마음을 써야할 일은 많은데 심기가 부족하니 잊어버리는 경우가

---

49) 『미암일기초』 제4책, 1570 경오년, 5.15, "夕講 退至報漏門 忘歸本館畢看箚子 因趙啓
沃 乃悟而歸玉堂 此精神困而善忘者也."

50) 『미암일기초』 제4책, 1570 경오년, 5.16, "希春呈辭單子曰 臣本以孱弱之質 艱難支持
供職爲白如乎 今月十五日申時 在本館 氣甚困憊 精神昏眩 僅能歸舍 今十六日朝
家中階上行步 適音失足墜落 左脚痛楚 不能運身 旬日之間 勢未差復 經筵長官 不可久
曠 臣矣職遞差事 詮次以善啓云云."

51) 『미암집』 권3, <記事銘>.

56

많아, 어떻게 하면 좋을까 구하는데, 이때 主一이 좋은 방법임을 찾는다.
이 작품에 대해 다룬 연구에서는 '평상시 일을 처리하는 요령'을 말해주는
작품이라고 평한 바 있다.52) 미암은 이렇듯 공적으로 뿐만 아니라 사적으로
항상 主一한 자세를 갖추고자, 곧 修養을 하는 방편으로써 그날그날의
일을 기록했던 것이다.

　미암은 수양을 매우 중시하여, 심지어 몸에 난 병에 대해서까지 수양으로
다스리려 하였다. 언젠가 미암은 하루 종일 글을 베껴 쓰고 책을 본 피로와
방에 불을 많이 뗀 것이 원인이 되어 한 밤중에 자다가 일어나 아파 소리를
지른 일이 있었는데, 이것을 "修養을 하여 병의 근원을 뽑지 않을 수 없다"고
스스로 진단한 것이다.53) 미암에게는 자신의 몸에 난 병도 그 근원이
수양이 부족해서라고 해석되었던 것이다.

　미암의 이러한 수양의 문학적 실천 의지는 유배지에서부터 찾아볼 수
있다. 유배지에서 주자학에 침잠했던 미암은 주자학을 통해 放心을 거두고
存心하려는 의식을 詩에서 형상화하였다. 그리고 해배 후에는 조정과 일상
의 일에서 自警하고 存心하는 것의 중요성을 일깨우며 시화하고 主一을
하려는 목적에서 매일같이 日記를 저술한 것이다.54) 마음을 잡지 않으면
아주 작은 일상의 일도 그르치기 쉽기에, 존심이 큰 근본임을 깨달았던
것이다. 이처럼 유배지에서나 해배 후에도 주자학적 세계관에 철저했던
미암은 주자의 수양 방법을 따라 이를 삶 속에서 실천하며 일기 기록을

---

52) 성교진, 「미암 유희춘」, 『한국인물한국사』 2, 한길사, 1996, pp.657~658.

53) 『미암일기초』 제3책, 1569 기사년, 6.6, "夜二更末 余寢中忽起坐疾呼 此蓋終日抄寫看
　書之勞 而又寢有事烘薪之炕 內外二熱交攻而致此也 (중략) 此不可不頤養 以拔去病
　根也."

54) 미암이 해배 후 지은 『미암집』 권2의 <自警>, <大悟存心爲應事之本>시가 평상시
　에 존심하고 자경하여 경계하는 의식을 보여준 작품이다.

통해 문학적으로 구현할 수 있었던 것이다.

그런데 미암은 存心도 중시하되 양명학이나 불교에서 전적으로 중시하는 관점과는 다른 시각에 있었다. 먼저 미암은 유배지 종성에서 19년간 있으면서 불교를 더욱 절실하게 배척할 뜻을 가지게 되었다. 이는 누이에게 보낸 편지에서 상세히 볼 수 있다.

(전략) 희춘은 예전 어린아이였을 적에 先君 슬하에 기대어 훈시 듣기를, "내 종형 광손씨는 바탕이 아름답고 식견이 높았는데 임종할 때 시로써 집사람들에게 불사를 하지 말라고 경계하기를 '아, 내가 다행히 儒學에 몸을 담았으니 차마 오랑캐를 좇아 황당한 일 하겠는가!'" 하였습니다. 희춘이 그때 곧 마음에 새기어 커서도 정주의 가르침을 완미하였습니다. 또 西域 索隱行怪의 일이 장황하고 괴이하여 저 땅을 속여서 빛내니 본래 그 실상이 없는 것을 알았습니다. 후에 부처를 받드는 자는 한갓 무익할 뿐만 아니라 도리어 다시 화를 얻습니다. 역사책을 상고해 보건대 역대로 셀 수 있으니 매씨의 총명으로써 보고도 오히려 깨닫지 못하십니까. 이는 아마도 총명함을 잃은 나머지 우울하고 무료하여 이와 같은 잘못된 견해가 있는 것인가 합니다.

우리 유교의 도는 진실하고 무망하여 정말 능히 밝히고 체득하면 心廣體胖하여 어디에 들어가도 자득하지 않음이 없게 됩니다. 희춘은 황량한 땅에 유배되어 신고를 맛본 지 이십 년에 가깝습니다. 스스로 믿음이 더욱 돈독해져 진실로 정도를 버리고 다른 것에 가지 않고자 합니다.[55]

55) 『미암집』 권3, <答韓氏妹書>, "(전략) 希春昔在童稚 依先君膝下 聞誨語云 吾從兄廣孫氏 質美而識高 臨終 以詩戒家人勿作佛事曰 嗟余幸忝洙泗波 忍從裔戎事無稽 希春其時卽入乎心 及長 玩味程朱之訓 又知西域索隱行怪之事 張皇詭誕 誑耀彼土 本無其實 後來奉佛者 非徒無益 反更得禍 考之史策 歷歷可數 以妹氏之聰明記覽 而猶不覺悟耶 是殆喪明之餘 鬱鬱無聊 而有如是之謬見耶 吾儒之道 眞實無妄 苟能明而體之 則心廣體胖 無入而不自得矣 希春投荒裔而嘗酸苦 垂二十年而自信愈篤 誠不欲舍正道而之他也 蒙懇勳眷厚 而不獲承命 伏惟怒照."

58

미암이 한씨에게 시집간 누이에게 불교를 물리치라고 권계하며 자신이
직접 겪은 경험을 들려주었다. 미암은 어렸을 때 부친 슬하에서 불사를
경계하라고 들은 말씀을 마음에 새겼고, 커서는 정주학을 완미하면서 불교
의 西域 索隱行怪의 일이 실상이 없는 것을 알게 되었다 하였다. 이에
대해 구체적으로 경연에서 다음과 같이 설명한 바 있다. '양무제 때 달마가
서역으로부터 와서 자기들의 학설이 이미 궁해진 것을 보고, 곧바로 사람의
마음을 가리켜 성을 보면 부처를 이룬다는 설을 창조하여 사람의 마음이란
지극히 선한 것이므로 갖은 고생을 다하여 수행하지 않아도 된다고 여기고,
사람을 가르치되 內面의 공부에 힘쓰게 하였던 일'이라는 것이다. 이를
'당시 유자의 학은 단지 記誦의 누습과 사장의 화려함만 있을 뿐이어서
그것이 족히 마음을 다스릴 수 없기 때문에 저들이 이기게 된 것'이라고
해석하였다. '그러나 실상은 공허할 따름'이라고 판단내리고, '정주 이후로
는 식견이 있는 자라면 절대 석씨를 이야기하지 않는다.'고 하며, 다만
어리석은 백성이 미혹하여 빠져들 뿐이라며 안타까워하였다.56) 미암은
20년 유배를 겪으면서 이 儒道에 대한 믿음이 더욱 돈독해졌기에, 양명학이
나 불교를 주자학의 입장에서 모두 배척하였던 것이다.

그리고 미암은 '존심'이 불교에서 시작되었지만, 유학과 관련을 가지고
발전한 과정을 철저히 파악하고 설명하였다. 존심은 불교에서 달마대사
이후로 面壁 觀心하는 수행이 내려와 6조 혜능에 와서 禪學이 더욱 밝혀지게
되었고, 儒者들에게는 그 전에 '존심'이 학문으로 없어서 안으로 향하는

---

56)『미암일기초』제7책, 1573 계유년, 1.13, "至梁武帝時 僧達摩又來自西域 見其說已窮
創爲直指人心見性成佛之說 以爲人心至善 不用辛苦修行 敎人用工於內面 是時 儒者
之學 只有記誦之陋 詞章之華 不足以治心 故爲彼所勝 然其實虛空而無實 至二程出
倡明四書之道 朱子又益闡明而光大之 程朱以後 儒者有識 絶口不談釋氏 只有愚民迷
惑沒溺."

이들이 그리로 돌아갔으나, 宋代에 程子가 나온 이후로는 四書와 공자, 안자 등의 窮理 存心을 학문으로 삼게 되었다는 것이다.57) 이는 공자가 敎人하는 데 博文으로 하였고, 맹자가 博學으로 상세히 설명하여 훈을 삼았으며, 정주자에 이르러 모두 格物致知로 學文을 삼았기 때문이라고 파악하였다.58)

미암은 불교가 窮理는 배제하고 돈오·존심만을 강조한 점과, 양명학의 육구연과 유교에서 吳澄 같은 이가 추종하고 화합한 것을 매우 경계하였다.59) 특히 육구연이 존심만 중시하고 독서와 궁리를 금한 점은 거듭해서 비판적인 태도를 보였다.60) 文을 널리 배우고 격물치지하는 것을 중시하는 유가의 가르침에 따르면 단지 존심만 하고 궁리하지 않는 방법은 옳지 못하다고 여긴 것이다. 이처럼 미암은 불교나 양명학에서 주장하는 존심과는 다르게, 儒者로서 讀書窮理와 함께 존심을 중시하였다. 그러하였기에 불교나 양명학에서 존심만을 주장하는 것을 경계하면서 존심을 강조할

---

57) 『미암일기초』 제5책, 1570 경오년, 10.27, "希春入夕講 特進官朴永俊 姜士尙及下番柳濤竝入 (중략) 蓋自達摩梁武帝時 自西域見佛氏因果罪福之說 遂以爲人心至善 不用辛苦修行 遂面壁觀心 六傳而至唐中宗時僧惠能號曹溪禪師者 益明禪學 天下士大夫治心者 皆佩其說 吾儒之徒 只溺於記誦詞章 而無窮理存心之學 故士之稍向裏者 無不歸之 至宋二程出 然後直以四書孔顔曾思窮理存心爲學 然惠能一泒張九成 學於一僧 專主心上頓悟 以詆觀書窮理 陸九淵又從而和之 吳澄又和於其後 至今中國 其學甚盛 蓋陸九淵, 楊簡之徒 捐棄經傳 詆詉聖賢 此不可不戒也."

58) 『미암일기초』 제5책, 1570 경오년, 7.17, "又論自孔子敎人以博文 孟子以博學詳說爲訓 至程朱子 皆以格物致知爲學 獨陸九淵以爲隨事討論 不若只務存心 心存則無不照 蓋此本出於梁達摩, 唐惠能二僧之說 至宋張九成復鼓之 傳于陸九淵 以讀書窮理爲大禁 其說至今波溢于中夏云."

59) 『미암일기초』 제5책, 1570 경오년, 10.27, "(전략) 然惠能一泒張九成 學於一僧 專主心上頓悟 以詆觀書窮理 陸九淵又從而和之 吳澄又和於其後 至今中國 其學甚盛 蓋陸九淵 楊簡之徒 捐棄經傳 詆詉聖賢 此不可不戒也."

60) 위와 같은 날, "朱子嘗餞東萊呂祖謙 至信州鵝湖寺 九齡, 九淵來會 各論所學 二陸以爲人之爲學 當只務存心 不必讀書窮理 朱子以爲存心觀理 不可偏廢."

수 있었다.

주자는 存心에 대해, 이것에 卽하여 천하의 이치를 궁구하고자 한 것인데, 당시 학자들은 존심만을 믿고 천하의 이치를 배제하려고 한다고 비판한 바 있다. 그리고 불교는 오히려 존심의 본래적인 목적과 기능을 상실하고 있다고 비판하고, 불교에는 마음을 보존하는 수양법인 거경함양이 없기 때문이라 하였다.61) 이처럼 주자가 존심을 궁리를 위한 것으로 파악하고, 당시 학자들과 불교가 존심만으로 치우치는 세태를 비판한 것에서, 미암이 주자의 사상을 근거로 하며 자신의 체험에 바탕해 위와 같은 주장을 하였음을 확인할 수 있다.

미암이 수양을 중시한 면모는 미암 생애를 통해 거슬러 가보면 수학기에 家學을 통해 전해 받은 영향에서 살펴볼 수 있다. 김굉필로부터 전수받은 부친 유계린과, 외조부 최부에게 학문을 전해 받고, 하서 김인후와 고봉 기대승과의 학문적 교유를 통해 사상을 내면화하면서 형성될 수 있었으리라 보인다.

미암의 생애에서 미암의 첫 스승이었던 부친 유계린이 김굉필의 학문을 이었고, 김굉필은 특히 經學과 詞章을 분리하지 않던 기존의 풍토로부터 『小學』을 중심으로 하는 경학중심의 도학화 운동을 전개함으로써 그 후 전개된 한국 도학의 성격을 규정함에 있어서 결정적 역할을 하여, 그에 의해 한국 도학은 實踐之學으로의 전환을 보게 되었던 것이다.62) 이러한 점에서 미암은 학문적으로 부친 유계린이 전수받은 김굉필 도학의 영향을 받아 훗날 자신의 사상으로 김굉필의 학문을 경화, 또는 내면화하여 더욱

61) 한정길, 「주자의 불교비판」, 『주자사상과 조선의 유자』, 주자사상연구회 편, 혜안, 2003, p.78.
62) 이상성, 「한훤당 김굉필의 도학사상」, 『동양고전연구』 제26집, 동양고전학회, 2007, p.285.

발달시켜갔으리라 추정된다. 미암의 사상은 근본적으로 김굉필의 학문에
서 전수되었음이 밝혀진 바 있는데, 이는 한훤당의 제자에 미암의 스승이자
부친인 유계린이 포함되고, 스승 최산두도 해당하므로 그 授受관계를 통해
짐작할 수 있다.63) 김굉필이 小學童子로서 사상과 삶을 일치시키는 실천적
인 자세를 보였듯이, 미암도 수학기의 학문을 토대로 주자학을 심화하는
사상적 경향과 특성, 그리고 문학에서도 문인으로서의 성향보다는 경학자
로서의 면모를 강하게 보인 것이다. 그리고 을사사화로 유배를 겪으면서도
불교와 양명학을 더욱 배척하고 주자학을 심화하며 자기 修養을 강화하게
되었던 것이다.

　이처럼 미암에게 영향을 준 학문적 바탕과 경험은 소재 노수신
(1515~1590)의 경우와 비교하면 그 차이가 더욱 드러난다. 노수신은 미암과
유사한 학문 경로를 밟았으나, 유배를 겪으며 그 반대의 체험을 보여주었기
때문이다. 소재 노수신은 호음 정사룡, 지천 황정욱과 함께 館閣三傑의
한 사람으로 칭해지며, 을사사화로 인해 진도에서 오랫동안 유배생활을
하여 호남에 머물면서 최경창, 백광훈 등 三唐詩人에게도 영향을 준 인물이
다.64) 소재는 17세에 이연경의 사위가 되어 그 문하로 들어갔고 회재
이언적에게 제자의 禮로 학문을 토론하였으며, 29세에 문과 장원을 하고
典籍, 修撰, 侍講院設書 등을 지냈다. 그러다 인종 초 을사사화로 이조좌랑에
서 파면, 순천으로 귀양갔다가, 1549년(명종 2) 양재역 벽서사건으로 진도에
유배되어 19년간을 보내고 1568년 선조 즉위와 함께 해배되었다.65) 이처럼

63) 한예원, 앞의 논문, pp.325~326.
64) 신향림, 『소재 노수신의 詩에 나타난 思想 연구』, 고려대 박사학위논문, 2005, p.2.
65) 유명종, 「나정암의 기철학과 이조유학」, 『인문과학』 제3·4집, 성대인문과학연구소, 1973·1974, pp.14~15.

을사사화를 겪은 관료문인이라는 점에서 노수신은 미암과 유사한 宦路를 거쳤다. 그러나 주자학의 格物致知를 확신하던 젊은 날의 노수신은 을사사화로 인해 진도에서 19년간 유배를 보내면서, 外在하는 天理의 인식이 인간의 도덕적인 행위를 보장하지는 못한다는 사실을 깨닫고, 주희의 공부 방법에서 벗어나 禪의 도움으로 진정한 실존의 가능성을 발견하게 된 것이다.66)

소재가 이렇듯 보인 변화상은 직접적으로 사화로 인한 유배에 있었고, 구체적인 변모상은 그 기간에 유배지 진도에서 나정암의 『곤지기』를 읽고 감명을 받아 저술한 글에서 찾아볼 수 있다. 소재는 <人心道心辨>(1559)을 지어 道心은 未發, 人心은 已發이라 하여, 주자가 도심도 이발이라 한 데에 맞섰으며, 이듬해 <곤지기발>을 지어 이항과 기대승, 김계 등의 비판을 받았다.67) 일기에 의하면, 미암도 이에 대한 辨論을 쓴 것으로 보이나 문장이 남아 있지 않고, 기대승의 <困知記論>을 베껴 쓰며 통쾌해했다는 기록이 있다.68) 또 陳栢의 <夙興夜寐箴>에 대해 <夙興夜寐箴解>를 지어 그 강령이 敬에 있다는 것, 경의 방법은 專一에 있는데 誠敬과 專一이 덕이나 공부에 동일하다고 역설하였다. 또한 專一 공부가 성인의 경지를 배울 수 있는 요령이 된다고 제시하였다.69) 이는 하서의 비판을 받았는데, 소재가 "한결같음이 하늘에 있으면 誠이고, 사람에게 있으면 敬"이라 하며 誠·敬과 專一의 덕을 동일시 한 데 대해, 하서는 "경은 천도인 성에 이르는

---

66) 신향림, 「노수신의 인심도심설에 내포된 육왕학의 심성수양론」, 『한국한문학연구』 34집, 한국한문학회, 2004, pp.305~308.

67) 유명종, 앞의 논문, pp.15~16.

68) 『미암일기초』 제3책, 1569 기사년, 5.23, "手書奇明彦困知記論 快哉 眞所謂攻其心腹 向我所辨 特枝葉耳."

69) 현상윤, 『조선유학사』, 이형성 교주, 현음사, 2003, pp.201~204.

방법, 즉 한결같아야 하는 까닭이지 그 자체는 아니므로 경이 아니면 성할
수 없다"[70]고 반박한 것이다.[71] 그러나 이에 반해 소재는 <人心道心辨>에
서도 그러하듯이 인간의 욕망을 긍정하는 측면에서 人心에 긍정적이었고,
이러한 인식은 道問學보다는 尊德性을 강조하면서, 格物致知를 중심으로
하는 주자학의 主知主義的 공부론을 부정하는 방향으로 나타났다.[72] 반면
미암은 존덕성과 도문학을 함께 중시하며, 주자를 이 둘을 수레의 두 바퀴와
같이 갖추었다 칭하고, 오히려 존덕성만을 전적으로 주장한 육구연과 호인
을 비판하였다.[73]

그리하여 해배 후 경연에서 소재와 만난 미암은 存心을 중시하는 점에서
는 의견의 일치를 보였으나, 소재가 존심만 강조하고 窮理하지 않는 데에서
는 의견의 대립을 보였다. 경연 강론 중에 공자의 '畏天命'을 강론하면서,
미암은 외천명을 『대학』의 '天之明命'과 『中庸』의 '戒愼恐懼' 등에 나오는

---

70) 김인후, 『하서전집』 권11, <與寡晦論夙興夜 寐箴解別紙>, "夫一在天曰誠 在人曰敬
伊 (중략) 其所謂天之道 聖人之本者 其亦有二乎 未至乎此 則亦在乎誠之而已 然非敬
無以誠之 敬則誠矣."

71) 오병무, 「김인후의 성리철학」, 『동양철학연구』 제36집, 2004, pp.80~82.

72) 신향림, 앞의 논문, pp.309~310.

73) 미암은 경연에서 博文約禮를 강론하며 博文은 도문학, 約禮는 존덕성의 일로
풀이하였다. 그리고 구체적으로 박문은 성현의 경훈과 역사를 토론하고 궁리의
자료로 삼는 것이라고 제시하고, 존덕성은 主敬하고 存心하는 것이라 각각 풀이하
였다. 그런데 육구연과 호인이 존덕성은 하였으나 도문학을 하지 않았고, 주돈이,
정자, 장재, 주자가 이 두 가지를 갖추었다 하며, 이 중 특히 주자가 이들 제유를
집대성하여 수레의 두 바퀴를 갖춘 인물로 보았다. 『미암일기초』 제2책, 1568
무진년, 8.4, "講博文約禮章 博文 卽道問學之事 約禮 卽尊德性之事 所謂傳文者
非謂雜覽無理之書 乃謂討論聖賢典訓及歷代治亂君臣之迹 以爲窮理之資也 所謂尊
德性者 卽主敬而存心也 宋之諸儒如陸九淵等 是專以尊德性爲主 而遺道問學一段
胡寅觀書窮理 頗有道問學之事 而無尊德性一段 惟周程張朱 具此二者 而朱子文集
諸儒之大成 所謂具兩輪之車也 伏願聖 明留神焉."

개념을 바탕으로 풀이하고, 진실로 천명을 두려워할 수 있으면 大人과 聖人을 두려워하는 것이 그 속에 있다고 하였다. 대인을 두려워하는 것은 단지 지위에 있는 것만을 가리키는 것이 아니고, 지위와 나이, 덕이 있는 것을 가리키며, 맹자가 말한 三達尊이 이것이라 한 것이다. 또한 사람의 善은 敬하고 不敬하는 사이에 결정되므로, 나태하고 방사하지 않을 것을 강조하였는데, 선조가 외천명이 존심을 말하는 것이냐 질문하자, 존심만을 강조하던 소재는 존심에 힘쓰고 문자는 잊어버려야 한다고까지 주장하여 미암과 의견 대립을 가져 온 것이다.[74]

미암은 존심을 중시하여 궁리하지 않는 것은 아니라 하였는데, 소재는 존심만을 더욱 중시하여 經訓에서도 그 뜻을 알았으면, 문자는 버려야 한다고까지 주장하였다. 이러한 소재의 태도에 반박하여 미암은 주자의 말을 인용해 '글'의 중요성을 언급하면서, 글을 단지 술지게미에 불과하다고 여기고 보지 않는 태도를 비판하였다. 그리하여 미암은 성현의 경훈이나 전주까지도 존중해야 한다고 하였고, 소재는 전주에 유의할 필요가 없으며 보잘 것 없다고 응대하였다. 결국 이 논의는 선조가 미암의 편에서 거들고, 한수, 홍진, 박계현 등이 동조하는 데서 일단락되지만,[75] 그 후에도 미암과

---

74) 『미암일기초』 제9책, 1574 갑술년, 5.30, "又說孔子曰畏天命曰 所謂畏天命者 即大學 之顧諟天之明命 中庸之戒慎恐懼也 苟能畏天命 則畏大人畏聖人之言 在其中矣 畏大 人者 不專指有位 乃指有位有齒有德之人 即孟子所謂三達尊 是也 人之善惡 只生於敬 不敬之間 蓋心存敬畏 則事無不善 怠惰放肆 則衆惡必起 書曰 惟聖罔念作狂 惟狂克念 作聖 人君尤不可不深念也 上曰 此云畏天命 莫是存心否 希春對曰 誠是."

75) 『미암일기초』 제9책, 1574 갑술년, 5.30, "盧守愼曰 人當只務存心 文字不濟事 至如經 訓 既解其意 則文字可忘 苟有留滯於胸中 即爲有害 且上古那有文字 只相言語 存諸心 而已 希春曰 不然 朱子曰 所以維持此心者 只有書耳 豈可遽指爲糟粕而輒輳不觀乎 要在以心驗之 以身體之而已 若駁雜不正之書 則固不足觀 聖賢經訓 豈可忘乎 朱子曰 學者不可擺落傳註 傳註猶不可棄 況經訓乎 盧曰 傳註不必留意也 希春曰 諸家之註 不得聖賢之意 略之猶可 至如朱子四書三經註 妙得聖人之心 豈可輕乎 盧曰 雖善註

소재 사이에서는 이 문제로 의견 대립이 또 한 차례 일어났다.

사건의 발단은 선조가 미암에게『사서오경』의 토석을 정하라 명하였는데 이를 안 소재가 미암에게 그러한 일이 있었느냐 묻고는, 文義에는 신경을 쓸 것이 없다며 간여한 데서 비롯하였다. 소재는 사방의 유생들이 읽는 대로 내버려두어야지, 한 가지로 정하여 인출하면 독서할 때 이것을 기준삼아 떨어져 원망하는 이들이 많을 것인데, 하물며 공교한 설을 지어 무리의 학문을 하나로 하는 것은 아니라고 주장하였다. 미암이 이에, "합당하지 않은 것을 합당하게 할 뿐, 공교롭게 하려고 하는 것은 아니다"라 대응하고, "성균관과 홍문관, 대학 유생에게도 널리 묻고 절충을 할 것"이라 하였다. 이에 미암은 속으로 '소재가 文義를 변석하는 것을 싫어하여 御前에서도 글 읽는 것이 불가하다고 하였으니 이런 말이 있는 것이다'76)라고 이해하며 더 이상 논쟁을 끌지 않았다.

이 일이 있은 뒤 미암은 선조에게 처음에는 이 일을 자신이 하기에 어렵다고 말하고, 또 혹자는 불필요하다고 여긴다며 발명하고, 다만 부득이 한다면 이황의 설로 근거를 삼고 여러 신하와 유생의 설을 널리 들어 하겠다고 하였다. 여기서 혹자는 물론 노수신을 가리킨 것이다. 선조도 그 혹자가 노수신임을 알고, 남은 좋아하지 않아도 나는 좋아한다며,『사서

亦不足觀也 希春日 人若不喜異同之說 則人不敢畢陳其說 念議論既如此 惟在上之折衷耳 上日 雖以存心爲主 然書既讀 豈可遺忘 要在時習思繹 令與心身相合 豈可以爲不足觀耶 韓脩 洪進 朴啓賢 等 皆以爲觀書窮理 不可闕 啓賢曰 孔子三絶韋編 又曰 溫故而知新 則可以爲師矣 書豈可少哉 講論畢."

76)『미암일기초』제9책, 1574 갑술년, 10.13, "盧公曰 聞上付公以四書經書吐釋之定有諸 希春對曰 有之 盧公曰 文義不必致意 四方諸生 宜任其所讀 今若一定而印出 講書之際 以是爲準 則人多寃落 況曲巧之說 非所以一衆學也 希春曰 只云未當而從至當耳 豈必以曲巧爲哉 李湛曰 必率明經數人而爲之矣 余答曰 今宜廣詢博訪 而折衷之 可問於弘文館成均館等處 而太學儒生 亦可盡問矣 盧公所惡辨析文義 至以不可讀書之說 發於御前 宜乎有此言也."

오경』을 다 한 뒤에 보면 어려울 것이니 한 책이 완성되면 바로 진상하라고 재촉하였다. 이에 미암은 이황이 교정한『주자대전어류』와『사서오경』을 가져다 참고하기를 원하였다.77) 이황에 대해 미암은 일찍이 "동방에 예부터 경훈을 씹어 맛을 보고 주자의 말에 침잠하고 반복한 이가 이황만한 이가 없다"고 칭송하였다. 미암이 귀양지에 있을 때 십년 공을 하여 四書를 연구하고 설을 논한 바 있었는데, 이황의 설을 보고 서로 합한 것이 열에 칠팔이 된다 하며, 이황의 經說은 매우 정밀하여 비록 천 가지 중에 하나를 잃는다 해도 그 얻은 것이 많아 해가 되지 않는다고 여겼다.78) 결국 노수신과 는 의견의 합일을 보지 못한 채, 미암은 주자의 업적에 토석과 언석 작업을 시행하였으나, 사서 가운데『대학석소』한 권만을 올리고『논어석소』를 준비하던 중 생을 마감하여 이 작업은 더 이루어지지 못했다. 그리고 이것은 이이에게 이어져 사서 小註 개정을 바탕으로 언해를 시작해『四書諺解』로 완성되었다.79)

미암은 노수신과 함께 유배를 다녀온 사이로 동지의식을 가지고 있었으나,80) 경연에서 강론할 때나 경전의 언석 작업에서는 사상적으로 첨예한

---

77)『미암일기초』제9책, 1574 갑술년, 10.19, "又陳啓曰 臣頃蒙上命 詳定四書五經口訣諺釋 固知臣力小任重 難以善成 人或以爲不必爲 若不得已而爲之 則須以李滉說爲依據 而廣問諸儒臣儒生之說 乃庶幾耳 上曰 頃日右相以爲不當爲 然人雖不好 予則好之 又四書五經 必待盡成然後上 則予觀之不易 莫若一書之成 隨卽進上可也 又臣曰 李滉校正朱子大全語類及所說四書五經口訣諺釋之說 幷乞取來參考 上曰 此固可也."

78)『미암일기초』제9책, 1574 갑술년, 10.25, "又曰 東方自古未有咀嚼經訓 沈潛反覆乎朱子文語如李滉者也 臣謫居時 用十年之功 硏窮四書 有所論說 及見李滉之說 相合者十之七八 滉之經說 甚爲精密 雖或千慮之一失 然不害其爲得處之多也 又李珥有大學吐釋 臣曾與珥在玉堂 說及大學 語多契合 以此今亦將取來 大槪臣立朝之日 欲博問廣取 俟退休閒暇 斟酌從長 每成一書 輒當送獻 但折衷甚難."

79) 김항수, 앞의 논문, 2008, p.14. 이이의『사서언해』는 숙종년간 박세채의 교정을 거쳐 서인학자에게 많이 이용되었다.

대립을 하는 관계에 놓였다. 미암이 유배 이전이나 유배를 거치면서, 그리고 유배 이후에도 주자학에 대한 신념이 변하지 않고 계속 간직되었다면, 소재의 경우는 유배 전과 유배기, 그리고 유배 이후 변모를 겪어 주자학에서 양명학으로 전화하는 양상을 보여주었다.[81] 이러한 차이가 경연에서 나타났고, 비록 미암이 소재를 이해는 하였더라도 자신이 추숭하는 주자학에 따라 경전에 토석과 언석 작업을 하며 그에 대항했던 것이다.

그리고 이러한 사상의 대립은 문학 창작에서도 나타나, 소재가 문학에서 을사사화와 유배기에 겪은 사상적 갈등을 시에서 표출하고 승려 등과 교유하며 불교와 관련해서도 시를 창작한 반면,[82] 미암은 유배지에서 주자의 시를 模擬하여 창작하며 문학에서도 오로지 주자를 존중하고 따르려는 시각을 보여준 데서 그 차이를 볼 수 있다. 또한 해배 후에도 미암은 수양을 실천하려는 의지를 학문에서뿐만 아니라 삶과 문학을 통해서 실현하고자 하였다. 학문으로는 주자학의 기반을 마련하고자 저술을 하며 경연에서 성학을 강론하는 데 열심이었고, 삶에서는 일상에서 존심을 실천하고 성찰을 중시하며 이를 문학으로 실천하여 『미암일기』를 기록해 남긴 것이다. 그리하여 일기 기록을 主―하는 것, 곧 마음을 한결 같이하여 다른 데로 가지 않게 하는 것이라 새기고 성찰의 중요성을 강조하며 기록을 남기려한 의지에서 그 동기를 찾을 수 있는 것이다.

---

80) 『미암일기초』 제1책, 1567 정묘년, 11.16, "早朝 以上疏陳情詣闕 至報漏門傍 見盧守愼 寡悔握手 忻悵之情 溢於言表 已而 白公仁傑繼至."

81) 신향림, 『소재 노수신의 詩에 나타난 思想 연구』, 고려대 박사학위논문, 2005, p.9.

82) 이는 이병주 외, 『한국한문학사』, 반도출판사, 1995, p.304에서 노수신 시의 특징으로 언급하였고, 또 신향림의 위의 논문에서 구체적으로 밝혀낸 바 있다.

B. 『미암일기』의 내용 전개

당대 생활사의 寶庫와 같은 『미암일기』는 미암이 해배된 후 죽기 전까지 10년간 기록한 일기로, 일상생활과 관련한 관심사를 세밀히 담아놓았다. 개인적으로 미암이 가장 좋아한, 책을 읽고, 빌리고, 간행하는 일이나 그때의 기후와 의복, 병치레 등 당시 사람의 일상에 관한 사항을 볼 수 있다. 또 당시 가장이 떠맡고 있던 집안의 세세한 일거리, 이를테면 물품들을 관리하며 노비를 다스리는 양반의 모습이라든지, 식솔들을 이끌고 보살피며 고향에 집을 짓고 조상의 묘를 돌보는 가장의 역할 등 이러저러한 사업을 꾸려가는 일까지도 상세히 보여준다. 그리고 공적·사적으로 왕래한 주변인들과 관련한 기록도 빠뜨리지 않았다. 이처럼 공적 영역과 사적 영역, 그리고 그 둘 사이를 엄밀히 구분하기 힘든 半公半私 형태의 일기로 구성된 『미암일기』의 세 층위를 고려하여, 본문에서는 개인적 관심사의 토로, 家族 공동체와 일상의 향유, 그리고 공공의 관심 표명으로 나누어 살펴보겠다.

1. 개인적 관심사의 토로

1) 독서와 도서목록

미암은 독서를 중시하였으며 당시 스스로 독서일기를 쓰고 있었던 것으로 보인다. 아들 경렴이 담양에 도착해 讀書記를 찾아서 보내자 미암이 매우 기뻐하였다[83]는 기록에서 그러한 사실을 발견할 수 있다. 그러나 그 구체적인 내용은 따로 밝혀놓지 않아 자세한 사항을 알 수 없다. 다만 일기에 미암이 읽은 책과 관련하여 적어놓은 기록을 통해볼 수 있다. 미암은

---

83) 『미암일기초』 제7책, 1572 임신년, 10.23, "景濂到潭陽 搜得讀書記見冊來 余所深喜."

그날 읽은 책의 제목과 권수를 꼼꼼히 표기해놓았다. 1568년 2월 22일 일기를 보면 "『朱子全書』 중 「陰符經」을 보니 매우 기쁘다"라고 하고 뒤이어 "『陰符』와 『世說』 두 책을 거칠게 보았다"고 하거나, "오늘 비로소 『續武定寶鑑』을 보았다"[84]라고 하고, 1568년 3월 이영현에게서 『주자대전』을 빌려와 4월에 "『주자대전』 奉事 1首를 읽기 시작했다"[85]라며 책을 접한 흔적을 모두 남긴 것이다. 또 1571년 1월 4일 일기에는 "비로소 『濂洛風雅』를 읽었다"[86]는 기록도 보이는데 미암이 그 이전에는 『염락풍아』를 읽은 적이 없었다는 사실과 함께 『염락풍아』가 당시 문인들 사이에서 읽히고 있었던 사정도 알려준다.[87] 그뿐만 아니라 1571년 1월 5일에 윤탄지에게 『사문유취』를 빌려 이튿날부터 이 책을 읽기 시작해 1책을 마쳤다[88]고 기록한 이후로 이 책의 권수를 매번 표기해 책 읽은 과정을 전체적으로 알 수 있게 하였다. 다음날 2책, 9일에 3책, 10일 4책, 이렇게 하루에 한

84) 『미암일기초』 제2책, 1568 무진년, 2.22, "於朱子成書中見陰符經 深喜深喜 / 閱陰符·世說二書草草 / 是日 始觀續武定寶鑑."

85) 『미암일기초』 제2책, 1568 무진년, 4.5, "是日 始讀朱子大典奉事一首."

86) 『미암일기초』 제6책, 1571 신미년, 1.4, "始讀濂洛風雅."

87) 김이상이 엮은 『염락풍아』가 우리나라에 들어온 시기는 확실하지 않으나, 현재 남아 있는 이본들을 살펴볼 때 가장 늦게 잡으면 重刊序가 쓰인 1500년(연산군 6)이다. 이후 『염락풍아』가 우리나라에서 간행된 가장 이른 시기는 명종 20년(1565)으로 추정한다. 순천에서 간행된 7권 1책짜리가 그것이다. 미암이 중국에서 들어온 책을 보지 않고 우리나라에서 간행된 것을 보았다면, 간행 시기인 1565년은 미암이 유배에서 풀려나 은진에 머물던 즈음으로, 1567년 완전히 해배된 이후에 이 책을 접했을 가능성이 높다. 이 시기 전후로는 그 이전 『염락풍아』에 대한 언급이 없다가 숙종 이후 여러 이본이 나오는데, 이는 중종 연간을 거치며 성리학에 대한 인식이 보편화되면서 나타나는 현상이라 보기도 한다. 김기림, 「박세채의 『증산염락풍아』에 대한 고찰」, 『동양고전연구』 제6집, 동양고전학회, 1996, pp.107~108.

88) 『미암일기초』 제6책, 1571 신미년, 1.5, "借事文類聚於尹生員坦之家來 五十九冊也 ; 1.6, 自昨 閱事文類聚 今日 畢第一冊."

70

책씩을 보아 15일에는 10책을 마치고 43권에 이르렀다는 기록을 남겼다.
그 후로는 더욱 속도를 내어 다음 달 5일, 221권까지 다보고 끝을 냈다.
그리고 미암은 단순히 책을 읽는 데 그치지 않고 읽어가며 교정도 보아
허형의『노재집』1, 2冊을 교정하기도 하였다.89)

미암이 개인적으로 소장하고 있는 책은 매우 많아 해배 후 연지동에서
가져온 서책을 아들 경렴과 정리하는 데 하루 종일이 걸렸고, '天地玄黃宇'로
구분한 다섯 개 농에 정리하였다90)고 하였다. 그리고 얼마 후 尹寬中과
광문을 시켜 큰방 동편에 서책을 정리하여 두게 했는데 대개 열 짐은
될 것이라91)고 하였다.

이렇게 많은 도서를 미암은 어떻게 다 구하였을까. 미암이 도서를 구하는
통로는 여러 가지였다. 책을 가진 知人들에게 선물을 받거나 빌리는 경우,
전문적인 서책 장수나 冊色吏를 통해 얻는 경우, 베껴 쓰게 하는 경우,
중국에 사신 가는 관료들에게 책을 구해주기를 부탁하는 경우, 조정에서
하사하는 책을 받는 것 등이었다. 이외에도 미암이 보고 싶어 한 책을
자신이 가진 다른 책이나 물품과 교환한 경우, 또 미암의 책을 다른 이에게
준 기록을 통해서도 미암이 소장한 책을 알 수 있게 해준다.

이에 미암이 소장한 도서목록을 위에서 분류한 데 따라 표로 제시하면
다음과 같다.

89)『미암일기초』제1책, 1568 무진년, 2.9, "校正魯齋全書第一冊." ; 2.12, "校正魯齋集第二冊."

90)『미암일기초』제1책, 1567 정묘년, 12.7, "終日 與景濂光雯 修整書冊 納于五籠 爲天地玄黃宇也."

91)『미암일기초』제1책, 1568 무진년, 1.7, "令尹寬中及光雯 整疊書冊于大房東偏 大槪幾之十駄矣."

<표 3> 知人과 地方, 官에서 받은 책

순번	날짜	보낸 사람, 곳	책 제목	비고
1	1567.10.6	前 全羅監司 姜暹	『理學類編』 2책, 『紫陽文集』 10책, 『晦菴語錄』 5책, 『草堂詩集』 3책	
2	1567.10.7	靈光郡守 尹弘中	『小學』 3책	
		許鈴	『論語或問』 3책	
3	1567.11.8	京畿都事 沈筍	地理書 2책	麗州의 金汝孚가 보내옴
4	1567.11.9	判尹 金秀文	『綱目』 150책	
5	1567.11.27	宋純	『國語』 6책	
6	1567.12.22	李光弼	『書釋』	故 佐郎 李頹가 만든 것
7	1567.12.24	郡守 鄭伯裕	『春秋』 1벌	전별(贐)로 줌
8	1568.1.8	宋濟民	『朱子大典』 7책	전에 잃어버린 것을 가져와 찾음
9	1568.1.9	羅士忱 등	『續綱目』 53책 중 35책	羅仲默이 命한 것. 나머지 19책은 상경할 때 준다고 함
10	1568.1.10	金蘭玉	『名臣言行錄』	
11	1568.1.15	尹河大器	『經筵講義』	
12	1568.2.14	韓嗣辛	唐本 『三蘇文』 5책	
13	1568.2.16	義興縣監 金立	『景賢錄』	김립은 김굉필의 손자 『景賢錄』: 김굉필의 傳記와 著作集
14	1568.2.19	李純仁	『論語』 7책	
15	1568.2.22	許浚	『老子』, 『文則』, 『造化論』	『文則』: 上·下卷, 修辭書. 南宋 陳騤(1128-12-3) 撰. 『三續百川學海』·『台州叢書』本이 있음
16	1568.3.1	李鵬壽	『詩吐釋』	1559년 鍾城에서 柳景深과 議定한 책
17	1568.3.2	朴汝柱	『崇古文』 9책	
18	1568.3.12	權詠	『秋江冷話』	『秋江冷話』: 南孝溫의 詩話集
19	1568.3.19	崔參議	『謏聞瑣錄』	『謏聞瑣錄』: 曺伸의 詩話集
20	1568.3.25	蔚山郡守 郭趪	『朱子年譜』 2책	梁山板本

72

21		牧使 梁轍	『附錄春秋』	
22	1568.3.29	李星	『剪燈新話』 2책, 『吏文集覽』 2책	『吏文集覽』: 1539년 崔世珍이 엮은 吏文(明과의 外交文書)의 학습용 참고서
23	1568.4.17	柳景深	唐本 『性理大典』 20책, 『朱子定論』 1책	
24	1568.4.19	朴汝柱	『續綱目』 27책	
		尹軫	『韻會』 17책	『韻會』: 宋의 黃公紹가 지은 韻書
25	1568.4.20	許浚	『左傳』 10책, 唐本 『毛氏詩』	
26	1568.4.22	金田漑	『東國地誌』	
27	1568.4.23	全羅監司 宋贊	『論語或問』 2책	
28	1568.5.12	全州判官 尹河	『周易』 10책	
29	1568.8.11	宣傳官 金緝	『小學』 4책, 『易學啓蒙』 2책, 『孝經大義』 1책	『易學啓蒙』: 朱熹가 57세에 펴낸 易學 입문서 『孝經大義』: 元의 董鼎이 『孝經』을 풀이한 책
30	1568.8.11	郭屹	『事文類聚』 22책	『事文類聚』: 宋의 祝穆, 元의 富大用, 祝淵 등이 중국 古今 책에서 要語, 事實, 詩文을 뽑아 經史子集의 체재에 따라 엮은 236권의 類書
31	1568.8.13	尹根壽	『丙辰錄』, 『論語釋』	『丙辰錄』: 任輔臣의 『丙辰丁巳錄』(조선 전기 史話集)을 가리킴
32	1568.8.18	前 察訪 權守	唐本 『文翰類選』 64책, 『草堂杜詩』 10책, 『東萊博議』 2책	『東萊博議』: 여조겸의 저서
33	1568.9.3	尹成殷	『玉海』 94책	『玉海』: 南齊때 張融이 편찬한 200권의 叢書
34	1568.9.20	洪聖民	『類合』	손자 繼文에게 줌
35	1568.10.13	金德龍	『晦菴書』 8책	
36	1570.12.29	順天府使 李選	『濂洛風雅』	監司의 行下로 보냄
37	1571.1.8	尹復	『左傳』 22책, 『朱子大典』 20책	

38	1571.3.6	李忠綽	『知言』, 『白沙格言』	『知言』: 胡宏의 저서
39	1571.3.9	李後白	『許白雲集』	『許白雲集』: 元 許謙(1270~1337) 撰. 허겸은 金履詳의 문인
40		宋寅	『成謹甫詩集』	『成謹甫詩集』: 成三問의 문집
41	1571.3.27	광주	『性理群書』, 『大明律』	『天運紹通』: 明 永樂年間 道士 涵虛子가 編纂
42		전주	『天運紹通』, 『紫陽文集』	
43	1571.4.4	남원	『韓文』 15책, 『救急簡易方』 8책, 『村家救急方』 1책	
44	1571.4.11	금산	『左傳』, 『歷代要錄』, 『訥齋集』, 『通鑑』의 前記	『歷代要錄』: 미암이 지은 內外 2編 『訥齋集』: 朴祥의 문집
45	1571.5.18	徐德麟	『崔新齋先生文集』 1책	『崔新齋先生文集』: 崔山斗의 문집
46	1571.7.23	寶城	『春秋』 8책	
47	1571.7.26	朴漢懋	『直指方』 5책	『直指方』: 醫書
48	1571.8.30	茂長	「大赤壁」, 「蘭亭記」	
49	1571.11.30	朴淳	『文章正宗』 22책, 『楚辭』 4책	『文章正宗』: 宋 眞德秀의 저서
50	1572.9.8	李鐸	『靑坡集』 2책	劇談이 볼만하다 함. 李陸(1438~1498)의 중국 見聞記. 『大東野乘』 권11 수록
51	1572.12.22	張應奎	唐本 『續文章正宗』 5책	『續文章正宗』: 宋 眞德秀의 저서
52	1572.12.26	奇壽	『吏文集覽』 2책	
53	1573.1.10	尹晚成	『吳子』	『吳子』: 전국시대 魏나라 장수 吳起가 찬술한 兵書
54	1573.1.28	姜賢	『書經講義』 16책	『書經講義』: 尹孝肅의 저서
55	1573.1.16	崔洪	『異端卞正』 3책	『異端卞正』: 明 詹陵이 지은 佛家와 禪學의 배척 이론서
		李邦柱	註 『千字文』	
56	1573.1.17	崔洪	『今獻彙言』	빠진 책이 李士文에게 옴
57	1573.1.21	朴光玉	『三國志』 20책	10책이 미비
58	1573.1.25	朴允貞	『禮記』 初卷	박윤정이 頒賜받은 책, 寶藏을 다짐함

59	1573.2.26	求禮宰	『近思錄』4책	
60	1573.3.8	許箴	『源流至論』8책	『源流至論』: 世宗 年間 간행된 『新箋決科古今源流至論』을 말함
61	1573.3.15	李思騫	『左傳』17책, 『續綱目』27책	
62	1573.3.24	朴寧	『翰墨全書』8책	『翰墨全書』: 退齋 熊和가 지은 저서
63	1573.4.18	曹守誠	『存齋樂全稿』1책	
64	1573.5.14	宋應秀	『宋史』「天文志」8책	
65	1573.6.9	直指寺 半俗僧 明遇	『綱目』150책	3건을 進上하고, 1건을 미암에게 보냄
66	1573.6.17	任說	『續文章正宗』6책	
67	1573.6.18	朴末俊	『旴江集』1책	『旴江集』: 李覯(1009~1059)의 문집인 『直講李先生文集』을 가리킴. 30권
68	1573.6.18	玉堂	'中原地圖'	
69		洪山宰 趙胤禧	『梅溪集』	『梅溪集』: 曺偉의 문집
70	1573.7.28	金堯選	『天原拔微』10책	『天原拔微』: 元 鮑雲龍의 易解說書인 『天原發微』를 1461년(明 英宗5) 鮑寧(生沒未詳)이 辨正, 刊行한 冊
71	1573.9.12	金鳳瑞	『韻府郡玉』入聲 2책	1437년 세종의 명으로 간행된 漢字 字典
72	1573.9.26	天安郡守 辛應基	『朱子大典』93책	
73	1573.11.11	李汝謹	『十家小說』2책	
74	1573.12.30	忠淸監司 崔應龍	『禮韻』	『禮韻』: 『禮部韻略』의 줄인 말. 5권, 音韻書. 宋 丁度 등 修定
75	1574.1.1	寫字官 李應福	『書敍指南』4책	燕市에서 얻은 것. 稽古에 도움이 있다 함
76	1574.4.12	金堯選	『靑丘風雅』	『靑丘風雅』: 金宗直의 詩비평집. 『庸學』과 바꾸고자 함
77	1574.閏12.8	元混	『童蒙須知』	
78	1575.11.27	朴命星	『新與地勝覽』18책, 舊件 12책	

79	1576.3.14	府冊匠筒介	『論語或問』 4책, 『孟子或問』 1책	
80	1576.4.24	梁應鼎	『中庸釋』	
81	1576.4.27	鄭澈	李珥의 『論語口訣』	
82	1576.5.10	宣陵參奉 金從虎	『皇明通紀』 18책	『皇明通紀』: 明 陳建(1497~1567)撰. 元末 至正 11년(1351)부터 正德말년(1521)까지의 편년사. 嘉靖 34년(1555)에 완성

<표 4> 미암이 빌린 책

순번	날짜	빌린 사람, 곳	책 제목	비고(책 설명, 사연)
1	1567.10.1	李士溫	『鄕藥集成方』 39책	『鄕藥集成方』: 세종 15년(1433)에 완성된 鄕藥, 韓方 의학서
2	1568.1.28	金興祖	『訥翁通鑑』 10책	책에 대해선 미상
3	1568.4.1	李英賢	『朱子大典』	절반만 가져옴
	1568.4.3			전반 48책은 두고 46책 돌려보냄
4	1568.4.13	尹栞	『어류』 75책	
5	1568.4.17	弘文館	『懸吐大學』	김난옥에게 쓰게 함
6	1568.8.2	許篈	『東國通鑑』 10책	『東國通鑑』: 司馬光의 저술의 예에 따라 조정의 명에 의해 徐居正, 權傳 등이 찬술한 삼국의 역사 57권
7	1568.8.14	鄭澈	『晦菴書節要』 8책	『晦菴書節要』: 퇴계가 뽑아 요약한 책. 중간에 註解가 있어 보려함. 10.14 돌려줌
8	1571.1.5	尹巷	『事文類聚』	앞에 설명
9	1571.1.20	尹弘中	唐本 『綱目』 50책, 『續綱目』 22책, 『史記』·『兩匣』각 13책, 『前漢書』 30책, 『周易』·『毛詩』각 14책, 『春秋集解』 17책, 『韓文』·『柳文』각 15책, 『玉海』 57책, 『孟子』 7책, 『大學』	모두 298책을 오래 빌려주겠다고 허락. 李擇 같은 마음이 있다고 함 『春秋集解』: 杜預가 註한 『春秋左氏經典集解』를 말함

9	1571.1.20	尹弘中	1책, 『韻會』 12책, 『宋鑑』 16책, 『荀子』 2冊	『宋鑑』: 宋나라의 編年體 史書92)
10	1571.3.8	姜暹	『聽訟提綱』	
11	1571.11.28	許曄	『中庸或問』	
12	1572.10.2	玉堂	『李盱江集』	
13	1573.3.16	尹致遠	『東皐集』 1책	『東皐集』: 李浚慶의 문집
14	1573.6.30	平安監司 李文馨	『證道歌』 1책	『證道歌』: 唐 僧侶 玄覺의 詩篇. 2권을 光雯과 尹寬中에게 나누어줌
15	1573.7.1	直長 黃廷福	『啓蒙翼傳』 3책	父 密陽府使 溥가 보냄
16	1573.8.17	金世傑	『押韻淵海』 19책	
17	1573.8.18	三陟府使 李昌	『證道歌』 2件	
18	1573.8.19	清道郡守 鄭希曾	『濯纓集』 2책	『濯纓集』: 金馹孫의 문집
19	1573.8.24	江原監司 李墍	『大學衍義輯略』 8책	『大學衍義輯略』: 李石亨 (1415~1477)의 저작93)
20		平安監司 李文馨	『楚詞』 1건	
21	1573.12.13	槐院	『質正錄』	
22	1574.5.23	清道宰 柳熙先	『濯纓集』 1책	
23	1574.5.25	尹根壽	『兩山墨談』 4책	『兩山墨談』: 明의 陳霆의 저서
24	1574.5.27	金纘先	『法言』 3책	13권. 前漢末 揚雄(BC 53~AD18)이 『論語』의 체재를 모방한 문답체 수상론집
25	1576.6.5	鄭澈	『退溪四書說』	

---

92) 『宋鑑』은 『宋史』와 달리 편년체로 되어 있는 점이 특징이다. 이것은 미암이 선조에게 질문을 받고 답을 한 대목에서 자세히 설명하였다. 『미암일기초』 제7책, 1572 임신년, 12.19, 上曰 (전략) 宋史與宋鑑 同歟異歟 臣對曰 宋鑑 是編年之書 宋史 是帝紀列傳之書 與史記, 前漢書一樣耳.

93) 『대동운옥』에 따른 것. 같은 제목의 '사고전서총목' 권95와 구별됨. 모리스 꾸랑, 『한국서지』(수정번역판), 李姬載 편역, 일조각, 1994, p.166 참고.

<표 5> 책색리나 서책장수를 통해 구한 책

순번	날짜	부탁한 이	책 제목	비고(책 설명, 사연)
1	1568.2.29	館 冊色吏	『論孟讀法』 1책, 『國朝寶鑑』 初卷	
2	1568.3.14	書冊僧 宋希精	『參同契』, 『皇華集』, 『謏聞瑣錄』, 『杜詩』 等	『參同契』: 唐 希遷(700~790)이 지은 불교서적
3	1568.8.20	書冊僧 宋希精	『輿地勝覽』, 天使集 등	
4	1573.7.1	書冊僧 宋希精	『輿地勝覽』, 『李杜詩』, 『歐陽公集』	

<표 6> 베낀 책

순번	날짜	베낀 사람	베낀 책	비고(책 설명, 사연)
1	1568.2.30	訓導 吳大立	『國朝寶鑑』	3.29일에 두 책을 가져옴. 黃毛와 부채로 사례함
2	1568.3.18		『退溪易釋』	
3	1570.6.20	李仁榮	『三辰圖』	
4	1570.7.8	李仁榮	『三辰通紀』	
5	1571.4.12	光州通引 金德龜	『論語釋』	30일에 써 옴
6		雲峰 朴思柱	『中庸』·『大學』釋	
7	1571.5.28	書寫官 李精	『太玄經』	『太玄經』: 前漢末 揚雄
8	1572.10.4		『胎産要錄』	『胎産要錄』: 1434년 盧重禮가 왕명으로 편찬한 醫書. 상권은 태산교양의 법을 논하고, 하권은 嬰兒의 보호법을 서술
9	1572.9.30 / 10.28	奉常寺書員 守京	『稗官雜記』	『稗官雜記』: 魚叔權 저서
10	1573.6.7	趙啓沃	『木鍾集』	『木鍾集』: 陳埴이 제자 질문에 답한 것을 모은 책
11	1573.6.17	直指方	『大典兩續錄』	
12	1573.6.17	陪書員 海寶	『文會』 1책	
13	1573.6.20	禮曹 吏 趙守誠	『東萊集』 1책	『東萊集』: 여조겸 문집
14	1573.6.25	宋希誠	『剋擇通書』	『剋擇通書』: 占星術 관련 책으로 추정됨94)
15	1573.6.26	粧冊諸員 金順江	『旴江集』 8책	
16	1573.8.13	池順江	『自治通鑑』 13책	『自治通鑑』: 司馬光의 史書

17	1573.8.21	趙守誠	『醫家加減』	
18	1573.11.19	守京	『忠武錄』	『忠武錄』: 諸葛孔明. 洪進에게 빌려 베낌
19	1573.11.30	守京	『事物起原』	『事物起原』: 宋 高丞 編한 類書. 천지, 산천, 鳥獸, 초목, 음양, 예악, 제도를 55部로 분류, 사물의 유래를 설명함. 원본 20권 217事. 후대에 10권 1,765事를 모아서 기록한 것이 전함
20	1573.12.27	書寫官 宋忠祿	『類合諺解』	
21	1574.1.11	書寫官 宋忠祿	『新增類合』	1.20 完結
22	1574.2.22	朴末俊	『自治通鑑』 3권	
23	1574.5.25	魚叔權	『稗官雜記』	
24	1576.6.8	金繼英	『馬醫方』	

<표 7> 중국 사신으로 가는 관리에게 부탁한 책

순번	날짜	부탁한 사람	책 제목	비고(책 설명)
1	1568.9.7	李元祿 (正寺正)	『事文類聚』 60책	
2	1570.7.19	姜暹(謝恩使)	『通考四書』	
3	1572.11.6	閔篁百 (千秋使通事)	『百川學海』 10책	『百川學海』: 1273년 宋의 左圭가 완성. 총177권. 수필·서화·시문·시화·박물 등 취미 단편 글이 100여 종의 책에 수록. 중국 최초의 총서로 취급. 같은 명칭의 책이 明末에 만들어짐
4	1577.1.27	梁應鼎 (聖節使)	『皇朝名臣編錄』, 『歐陽公集』, 『空同集』, 『致堂管見』, 『待問會元』, 『翰墨書』, 『世史正綱』, 『源流至論』	『空同集』: 李夢陽의 문집 『致堂管見』: 胡寅 『讀史管見』 『世史正綱』: 明 丘濬의 史書

---

94) 모리스 꾸랑의 『한국서지』에 제목만 올라있고 서지사항은 없는데, 技藝部의 術數類 중 占星術로 분류되어 있다.

<표 8> 조정에서 頒賜하여 받은 책

순번	날짜	책 제목	비고(책 설명, 사연)
1	1568.6.12	『十九史略』	
2	1569.6.4	『東文選』	
3	1569.9.4	『聖學十圖』	
4	1570.8.12	『近思錄』	
5	1571.10.19	『天文圖』	觀象監에서 나옴
6	1573.3.2	『內訓』 3책, 『皇華集』 2책	提調로서 받음
7	1573.5.24	『算學啓蒙』, 『詳明算法』	『算學啓蒙』: 元代 朱世傑의 수학서 / 『詳明算法』: 明 安止齊의 수학책
8	1574.5.8	『經濟六典』 18책	校書館 朱香栢이 가져옴
9	1576.5.2	『南軒集』, 『大字韻會』	『南軒集』: 宋 張栻(字 敬夫)의 文集

<표 9> 교환한 책

순번	날짜	교환 물품	중간인	교환한 책	비고(책 설명)
1	1569.9.16	唐本 『性理大典』 20책	判書 成世章	典籍 朴偉의 『杜氏通典』	『杜氏通典』: 唐의 杜佑(735~812)가 편찬한 通典. 200권
2	1574.1.15	狀紙 10권, 白紙 11권		『玉機微義』	『玉機微義』: 元의 劉純이 저술한 한의학 서적

<표 10> 미암이 보낸 책(빌려준 책 포함)

순번	날짜	책 제목	받은 사람	비고
1	1567.12.8	『群玉』 8책	吳彦祥	줌
2	1568.1.7,8	『論語』 7책	宋震	빌려 줌
3	1568.4.8	『名臣言行錄』 14책	沈喜壽	빌려 줌
4	1574.5.10	『南軒文集節要』 4책	楊洲牧使 南彦經	보냄
5	1574.5.30	『湖南文章氣節』	魚叔權	보냄

　이상의 표에서 알 수 있는 몇 가지 사실을 정리해보겠다. 먼저 <표 3>을 보면, 미암에게 책을 보낸 이들은 당시 현직 관리들과 지방관들로, 선물 형태로 책을 주었다는 점을 볼 수 있다. 특히 미암이 전라감사를 하던 1571년에는 지방에서 받은 책이 상당수 보인다. 일기에는 지방관의 이름이 없이 다만 지방 이름만 기록되어 있다. 반대로 미암이 전라감사로

있을 때는 金堯緒에게 『毛詩』를 인쇄해달라는 부탁을 받았고[95] 朴使相이
『詩傳』과 『書傳』을 미암에게 구하자, 미암은 즉시 古阜로 狀紙를 보내
인쇄하게 했다.[96] 그리고 權瑄이 『주역』을 인쇄해달라고 청했을 때도 허락
했다는 기록도 보인다.[97] 지방관으로서 책을 인쇄하거나 구하기에 좋은
조건에 있었기에 가능했던 것이다.

표에서는 보이지 않지만, 미암은 책을 받으며 때로 소감을 기록해 놓았다.
금산 직지사의 半俗僧인 명우가 『강목』을 幹辦하여 3건을 진상하려고
감사에게 전달하고, 더불어 미암에게도 한 건을 인쇄해 보내자, 미암은
150책의 『강목』을 받아 堂上에 놓고는 "찬란히 빛나고 성한 것이 보배롭고
사랑스럽다"고 감격을 표현한 것 등이 그러한 예이다.[98]

이처럼 미암은 지인들에게 책을 받으면 소중히 여기고 기뻐했지만,
반드시 소장하고 있지는 않았던 듯하다. 옛 친구였던 덕산의 윤성은이
『玉海』 94책을 보내왔을 때 미암은 이것을 百朋을 준 것처럼 큰 선물이라
여기고 감사해하였다.[99] 전날 예전 친구가 찾아와 반가움에 주겠다는
약속은 하고 갔지만, 정말 받을 줄은 몰랐다가 뜻하지 않게 받은 선물이기에
더욱 그러하였을 것이다.[100] 그러나 儒業에 절실한 책으로 바꾸려 한다고

---

95) 『미암일기초』 제6책, 1571 신미년, 3.5, 金堯緒乞印惠毛詩.

96) 『미암일기초』 제6책, 1571 신미년, 5.10, "朴使相 求詩傳書傳於我 即以狀紙送古阜
令因詩傳若書傳 因板火 故俟時至."

97) 『미암일기초』 제6책, 1571 신미년, 5.12, "權瑄來謁 請印給周易 余曰 諾."

98) 『미암일기초』 제8책, 1573 계유년, 6.9, "金山直指寺半俗僧明遇 幹辦綱目者也 欲以精
印三件進上 而因監司以達 又印送一件於我 乃一百五十冊也 置之堂上 璀璨森然 深可
寶愛 周獻民書亦來."

99) 『미암일기초』 제2책, 1568 무진년, 9.3, "末時 尹德山成殷 送玉海九十四冊來 此眞所謂
錫我百朋 感極平生者也 余欲以儒業所切書易之."

100) 『미암일기초』 제2책, 1568 무진년, 9.2, "暮 德山尹成殷景任來 有行矣 而丙申年故舊也

속마음을 적어놓았다.101)

　미암은 책을 받았을 때의 소감뿐만 아니라, 읽고 나서 감상과 평가도 남겨놓았다. 윤근수가 준 임보신의 『병진록』을 받아 보고는 '정말 아름다운 책(眞佳書)'이라 한 것이다.102) 『병진록』은 원명이 『병진정사록』으로 丙辰年(1556)부터 丁巳年(1557)까지 임보신이 견문한 사실을 기록한 사화집이다. 조선 전기에 황희부터 정광필까지 20여 명의 재상의 일화를 담고 있으며, 현재 규장각에 필사본 1책이 전한다. 미암이 이 책을 보고 감탄한 것도 그만큼 기록을 남긴 책에 관심이 있었음을 보여준다. 또한 미암은 『국조유선록』을 편찬하는 과정에서 『음애일기』를 보게 되었는데, 이자가 비록 4현에는 들어가지 않으나 뛰어난 필력을 가진 분이라 인정하였다. 미암은 경연에서 선조에게 기묘 제현 가운데 이자와 그 일기도 언급하면서 이자는 이색의 후손으로, 덕성과 도량이 조광조와 나란히 일컬어진다고 하자, 이충탁이 이자의 일기가 있다고 아뢰자 선조가 보고 싶다고 가져오라 하였다.103) 미암이 그날 유몽익에게 전하자 全書가 桃渚口峴 생원 李至 집에 있다는 소식을 접하게 되었고, 진사 이잡과 이자의 종손 생원 지가 『음애일록』 一條를 가지고 와서 보게 된 것이다. 미암은 『음애일록』에서 조광조의 일을 기록한 것을 보고 '진실로 필력과 안력이 모두 높으신 분'이라며 자신도 모르게 탄복하고 상께 보여드리고 싶어 하였다.104) 여기서 미암이

　　將以玉海等冊予我 握手相語."

101) 『미암일기초』 제2책, 1568 무진년, 9.3, "余欲以儒業所切書易之."

102) 『미암일기초』 제2책, 1568 무진년, 8.13, "左舍人尹君根壽 以任輔臣弼仲 丙辰錄見遺 眞佳書也."

103) 『미암일기초』 제3책, 1570 경오년, 4.24, "朝蒙召對時 希春進達曰 前日夜對時 言及己卯諸賢 忘卻李耔而不陳 耔乃李穡之後 德性文量 與趙光祖幷稱也 右副承旨李忠綽曰 李耔有所著日記 上曰 試取來 予欲觀 今午 通于柳夢翼 答云 全書在桃渚口峴生員李至家 至 秏之子 而參贊耔之兄孫也."

이자의 일기를 읽고 그에 영향을 받았음을 충분히 짐작할 수 있다. 그리고
『음애일기』기사 가운데 많은 부분이 『중종실록』의 記事와 '史論'에 반영되
었듯이105) 『미암일기』도 『선조실록』에 그대로 수록된 것이다.

또한 미암은 책을 읽고 역사상 묻혀있던 진실을 적었고, 몰랐던 사실을
기록해 남기기도 하였다. 1568년 2월 22일 "처음 『속무정보감』을 보았다"고
하고는 다음 날 이 책을 읽고 정미사화와 관련한 사실을 적어 당시 역사적
진실을 증언하였다. 당시 사사되거나 극변 안치된 인물, 절도 안치, 원방
부처한 이들의 명단을 적어놓은 것이다. 이러한 사실은 미암 자신도 겪은
일이기에 역사적으로 뿐만 아니라 개인적으로도 관심을 가지고 있었던
것을 알 수 있다. 또 옥당에서 李覯의 문집인 『盱江集』을 빌려와106) 자신이
『주자대전』을 採摭할 때 이 책을 보았는데, 그 의론이 대단히 볼 만하다는
평을 남겼다. 주자도 비록 淺近하지만 모두 육경에서 의론을 일으켰다고
하였다며 그 말이 정말이라고 감탄한 것이다.107) 서평은 이보다 짧게 이루어
진 경우도 있다. "朴醫의 『醫說』 한 책이 볼 만하다"108)거나 그 다음날
"『醫說』을 보고 豨簽丸의 사실을 알게 되었다"109)라고 한 것 등이 그것이다.

<표 5>에서는 미암이 책을 구한 또 다른 통로를 보여준다. 書冊儈,

104) 『미암일기초』 제3책, 1570 경오년, 4.25, "進士李碟及李四宰秄從孫生員至 持陰崖日
錄一條來 此固願見而欲獻至尊者也 深喜深喜 見陰崖日錄記趙靜菴事 不覺歎伏 信乎
筆力眼力俱高也."
105) 이근수, 「『음애일기』와 기묘사림의 개혁정치」, 정만조 외, 『음애 이자와 기묘사림』,
지식산업사, 2004, p.101.
106) 『미암일기초』 제7책, 1572 임신년, 10.2, "得李盱江集於玉堂借來."
107) 『미암일기초』 제7책, 1572 임신년, 10.3, "採摭朱全 時覽盱江集 其論議大有可觀
朱子謂雖淺 皆自六經起議論 豈不信哉."
108) 『미암일기초』 제6책, 1571 신미년, 8.13, "朴醫醫說一書 可觀."
109) 『미암일기초』 제6책, 1571 신미년, 8.13, "閱醫說 見豨簽丸事實."

줄여서 冊儈라고 하는 서책 중간 상인을 통한 구입이다. 위 표에서 보듯이 미암이 직접 책을 구하기 위해 책쾌와 관계한 일은 '송희정'이라는 인물뿐이지만, 당시 이름난 책쾌로 朴義碩이란 사람이 있었다. 미암도 그에 대한 소문을 듣고, 서책을 반값으로 사서 온전한 값으로 판다는 정보를 일기에 적어놓았다. 이들은 서책에 관한 서지사항 및 내용에 정통하고, 어느 정도 문식력을 갖추고 있어야 책쾌 노릇을 할 수 있었다.[110)]

　표에는 나타나 있지 않지만, 미암은 책을 구하기 위해 아는 사람들에게 직접 부탁한 흔적도 남겼다. 미암의 사촌 형인 羅僉正과 인연이 있던 金祥이란 자가 찾아와 인사하자, 미암은 『杜詩』를 파는 자를 알아봐달라고 부탁한 것이다. 김상은 故 參判 金安鼎의 孼子로 당시 觀象監에서 參奉벼슬을 하고 있었다.[111)]

　<표 6>의 미암이 베낀 책 목록에서는, 당시 문인들 사이에서 많이 읽힌 책 가운데 패설류가 있었고, 미암도 그에 관심을 보였음을 알려준다. 허봉이 미암에게 어숙권의 패설이 볼만하다고 하자 미암은 그 책을 등사하고 싶어 하였고[112)] 얼마 뒤 봉상시 書員인 수경에게 『稗官雜記』를 베껴 쓰게 하였다.[113)] 그리고 미암은 어숙권을 초청해 술을 마시며 그에게 볼

110) 이민희, 『16~19세기 서적중개상과 소설·서적 유통 관계 연구』, 역락, 2007, pp.65~67. 冊儈보다 이전에 쓰인 '書儈'란 용어가 있는데, 이는 당나라 때 李綽이 편찬한 『尙書考實』에서 사용되었고, 우리나라 문헌에서는 박제가가 『북학의』에서 사용한 용례가 보인다. 그러나 미암의 경우 일기에 '書冊儈', 또는 '冊儈'로 적었고, 유만주도 『흠영』에서 '책쾌'라고 적었다. 정약용은 '책쾌'로 명명하지 않고 賣書之牙 儈(책을 파는 아쾌)라고 풀어서 설명하기도 하였다. 같은 책, pp.22~26 참고.

111) 『미암일기초』 제2책, 1568 무진년, 7.28, "故參判金安鼎之孼子 仕觀象監參奉名祥者 因 羅僉正래謁 余令訪問杜詩之賣者."

112) 『미암일기초』 제7책, 1572 임신년, 9.21, "籍言魚叔權稗說可觀 余欲騰之."

113) 『미암일기초』 제7책, 1572 임신년, 9.30, "奉常寺書員守京 來受稗官雜記寫次而去."

만한 책을 물어보고, 패관잡기를 저술한 데 격려하여 지필묵을 보내기도 하였다.[114] 당시 미암은 어숙권의『패관잡기』와 같은 패설류의 독서물을 읽으며 그 저술을 장려하였던 것이다. 또 볼 만한 책에 대한 답으로 어숙권은 『國朝寶鑑』, 『龍飛御天歌』, 『梅溪叢話』 등을 말했는데,[115] 『國朝寶鑑』과 같은 역사 기록물뿐 아니라『매계총화』와 같은 패설문학이 포함되어 있어, 당시 문인들 사이에서 많이 읽혔던 사정을 알려준다.

    <표 8>을 보면, 조정에서 반사하는 책은 巨帙인 경우가 많아 그 분량이 상당하였고, 미암 자신이 대상자에 들어갔을 때는 기쁨도 매우 컸던 것으로 보인다. 1569년『東文選』을 頒賜하였는데 文臣과 京外 堂上이 모두 들어가 자신도 받게 되었다며 기쁨이 한이 없다[116]고 하였고 선조가『十九史略』 1백 권을 하사하여 옥당 인원이 모두 받았을 때에도 감격하였다.[117] 또 관상감에서『천문도』를 진상하자, 政院에서『천문도』가 30여 건이 남아 있으므로 문신 2품 이상 51명 가운데 30점만을 낙점하기를 啓하였는데 미암이 여기에 들어 매우 다행스러워 하였다.[118] 그 후 옥당에서 '中原地圖' 를 받아보았을 때, "동정의 물이 장강 중류로부터 넓어진 것이 과연 내말과 같다"[119]고 확인하고는 감탄하였다. 그런데 1573년 2월에『내훈』과『황화

---

114)『미암일기초』제7책, 1573 계유년, 1.5, "以紙筆墨各一 送于魚叔權 獎其著稗官雜說 也."

115)『미암일기초』제7책, 1573 계유년, 1.5, "邀見魚叔權飮酒 別坐尹春壽 亦會飮 與魚生論 文字 問典故可觀之書 魚以國朝寶鑑,龍飛御天歌,梅溪叢話等書爲對."

116)『미암일기초』제3책, 1569 기사년, 6.4, "見通報 昨日東文選頒賜 文臣京外堂上皆得參 希春亦受賜 感喜何極."

117)『미암일기초』제2책, 1568 무진년, 6.12, "校書館印十九史略四百件 上多賜朝臣 玉堂人員 無遺受賜 伏感無已."

118)『미암일기초』제6책, 1571 신미년, 10.19, "觀象監 天文圖一百二十軸進上 政院啓曰 天文圖餘數三十件 而文臣二品已上 五十一員 而其中三十員落點 傳曰知道 凡頒賜三 公以下 而希春亦得受點 幸亦可稱."

집』을 반사할 때 처음에는 받지 못하자 일기에 "아마도 상께서 희춘에게 緊切하지 않다고 여기신 걸까"120)라고 의문을 표해 놓았다. 그리고 다음 날 교서관의 분지리가『내훈』3책과『황화집』2책을 보내왔다.121) 조정에서 반사하는 책은 그 반사 대상에 들어가느냐에 따라 희비가 엇갈렸기 때문에 민감하게 반응하였던 것이다.

　미암은 일찍이 경연에서 '성인이 사람에게 각기 그 재주를 인하여 가르친 다'는 말에 대해 강론하면서, 조정에서 서책을 나누어 주는 방법에 대해 제안한 바 있다. '서책이 건수가 약간 있을 때 반드시 고하를 따라서 주어야 하나, 명백히 쉽게 깨닫는 책은 宗室과 文武를 막론하고 반사하지만, 義理가 정미하여 깊이 생각하고 궁구하기를 기다리는 책은 문학 있는 신하에게 주어야 한다'고 주장하며, 이것이 각기 그 재주를 인한 것이라 설명하였다. 이는 전에『儀禮註疏』를 종친과 무신에게 많이 주고, 당하에 경전을 궁구하고 학문을 좋아하는 선비에게는 많이 주지 않았기에 말한 것이었다.122) 그만큼 학자로서 조정에서 반사하는 책을 받는 데에 민감하게 신경을 곤두세웠던 당시 사정을 볼 수 있다.

　이렇게 많은 책을 보관하는 방법은 잘 修粧하여 소장하는 것이었다.

---

119)『미암일기초』제8책, 1573 계유년, 6.18, "中原地圖 昨日來從玉堂 洞庭之水 自長江中流而廣 果如余言."

120)『미암일기초』제7책, 1573 계유년, 2.29, "頃日 內訓 皇華集畢印頒賜時 希春不與焉 豈上以爲不切於希春耶."

121)『미암일기초』제7책, 1573 계유년, 3.2, "校書館粉紙 送內訓三冊 皇華集二冊來 乃司中爲提調獻者也."

122)『미암일기초』제2책, 1568 무진년, 6.2, "又因聖人敎人各因其才而言曰 今且以頒賜書冊言之 書冊固有件數多小 又必從位高而先給 然明白易曉之書 則勿論宗室文武而賜之 義理精微 必待深思推究之書 則賜文學之臣 是亦各因其材也 蓋以前日儀禮註疏之賜 多及於宗親武臣 而於堂下窮經好學之士 多不得與 故希春及之."

미암은 자신이 가지고 있던 책 가운데 수장할 책을 실록청의 장책제원에게 부탁하였다. 미암이 그전에 지인들에게서 받거나 중히 여긴 책들에서 선별한 것이다. 책에 대한 관리는 특별한 방법이 있었던 것 같지는 않다. 고향으로 내려 보낸 책들은 손자 "광문이 햇볕에 쬐었다(曝晒)"[123]고 알려온 기록에서, 당시 널리 행해졌던 자연적 풍광에 의한 건조법에 의존하였던 것을 볼 수 있다. 위진남북조의 인물과 고사를 담은 유의경의 『세설신어』에는 郝隆이란 인물이 7월 7일 햇볕에 나가 드러누워 있는 것을 보고 어떤 사람이 까닭을 물었더니 자신의 뱃속에 들어 있는 책을 말리고 있다고 답했다[124]는 고사가 전한다. 당시 음력 7월 7일에 책이나 옷을 햇볕에 내다 말려 부패와 해충을 방지하는 풍습이 있었다[125]고 하는데, 『미암일기』에는 8월 8일에 그러한 일을 하였다는 기록을 볼 때, 중국의 풍습이 우리나라에서는 한 달 뒤로 미뤄져 행해졌음을 알 수 있다.

마지막으로 미암이 아끼던 독서하는 일에 대해 지은 銘을 보자.

博觀精思   널리 보고 정밀히 생각하니
羣疑漸釋   뭇 의문이 점차 풀리네.
豁然有覺   활연히 깨달음이 있으니
超然自得   초연히 스스로 얻네.[126]

위의 <讀書銘>에서는 널리 보는 것(博觀)과 정밀히 생각하는 것(精思)이 기본적으로 필요함을 말하고 그러하였을 때 여러 의문 나던 것이 풀린다고

---

123) 『미암일기초』 제5책, 1570 경오년, 8.8, "光雯報云 書冊全數曝晒."

124) 유의경, 『세설신어』 25, "郝隆七月七日 出日中仰臥 人問其故 答曰我曬書."

125) 김장환, 『유의경과 세설신어』, 신서원, 2007, p.180.

126) 『미암집』 권3, <讀書銘>.

하였다. 미암에게 독서는 학문과 수양에 매우 중요한 요소로서, 경연에서도
이에 대해 학문하는 차례를 설명하며, 그것을 독서의 순서와 관련지어
견해를 밝히기도 하였다.127) 독서는 궁리를 하는 하나의 방법이 되기 때문이
다. 그리하여 활연관통하여 깨달으면 자득의 경지에 이르는 것을 느낄
수 있게 된다고 하였다.

2) 내면 고백과 省察

미암은 겉으로 드러난 행동과 사건들뿐만 아니라 자신의 내면에서 우러
나오는 소리도 일기에 기록하여 남겨놓았다. 여기서 미암의 내면 고백과
성찰을 볼 수 있다. 해배 직후에는 오랜 유배기간의 우울하고 답답함에서
풀려나, 일찍부터 손님을 맞았어도 피곤하지 않다고 하였다. 그믐날에
해와 달이 열려 세상이 바뀐 것처럼 느낀 것이다.128)

그러나 해배된 후로도 계속해서 미암은 평소에 자신의 집에 드나든
손님을 맞는 일을 빠짐없이 기록하며 때로 세심한 관찰과 평까지 곁들여
기록을 남겨놓았으나, 손님 맞는 일들이 과히 좋기만 하지는 않았음을
내비친 적이 있다. 1569년 天變으로 비가 오지 않아 걱정하던 때 비가
내리자 "비로 인해 손님이 오지 않아 한가하게 누워있으니, 비가 오는
것 또한 매우 기쁘다"129)고 개인적인 심경을 토로한 것이다. 비가 와서

127) 『미암일기초』 제2책, 1568 무진년, 9.14, "夕講小學 特進官元混 宋純 承旨金啓等入侍
講小學 大學 論語等章 希春曰 朱子曰 先讀大學 去讀他經 方見得此是格物致知事
此是誠意正心事 此是修身事 此是齊家治國平天下事 後來 眞德秀因此撰大學衍義
人君所當知之理 所當爲之事 無不備焉 小學之後 繼之進講 則聖明必契矣."
128) 『미암일기초』 제1책, 1567 정묘년, 10.16, "早朝起 於應早來之客 氣體差勞而不勞
以伸久鬱之天地 開旣晦之日月故也."
129) 『미암일기초』 제3책, 1569 기사년, 5.23, "以雨 客不來 閑臥 雨亦甚喜 但恨不足耳."

88

손님맞이를 잠시 쉴 수 있게 된 것을 기뻐하며, 한가롭게 즐길 수 있게 된 여유를 보인 것이다.

미암은 해배되어 조정에 등용되어 벼슬자리에 있으면서, "나는 벼슬은 하지만 남의 앞에 서기를 원하지 않는다"[130]고도 하여 자신의 내면을 솔직하게 고백하였다. 높은 벼슬을 재수 받은 데에는 자부심을 느끼지만, 반드시 원해서 한 것만은 아니라는 것이다. 미암이 해배된 지 4년 만에 고향인 전라도에 감사로 재수 받았을 때는 성상의 은혜에 감사하며, 조상에게까지 영화가 미치게 되었음을 기뻐하면서도 한편으로 "임무는 중한데 재주가 짧으니 이것이 걱정일 따름이다"[131]라고 근심을 털어놓았다. 그리고 그해 11월에 다시 대사헌으로 제수되어 조정에 올라왔을 때 자신의 부족함을 말하며 직책의 改正을 청하자 선조는 "경이 전에 經幄에 있을 때 깨우쳐줌이 많아 내가 경을 잊지 못하여 本職을 제수하였으니 사양하지 말라"고 만류하자, 미암이 감격하여 눈물을 흘리며, 자신이 평생 눈물을 잘 흘리지 않았는데 여기서는 감격해 눈물이 흐르는지도 몰랐다고 하였다.[132] 미암은 벼슬을 해야 하는 자신의 임무와 자신의 능력에 넘치는 버거움을 느끼며 그 사이에서 갈등하였고, 또 선조에게서 내려지는 크나큰 은총에는 몸 둘 바를 몰라 했다. 미암이 선조에게 특별히 은총을 많이 받았던 것은 잘 알려졌듯이, 선조에게 받은 벼슬을 사양할 때면 선조가 강하게 붙잡았고, 그에 미암은 퍽 감격해한 것이다. 그러나 이후로 미암은 선조의 총애에도 불구하고 조정에서 대간들 사이에서 안 좋은 평을 받는데,

---

130) 『미암일기초』 제2책, 1568 무진년, 9.7, "余仕宦 不欲居人之先."

131) 『미암일기초』 제6책, 1571 신미년, 2.11, "聖上念臣眷戀桑梓 特授重任 至於榮及父祖 不勝感泣 第任大才短 以是爲慮耳."

132) 『미암일기초』 제6책, 1571 신미년, 11.1, "上答曰 卿前在經幄 啓沃良多 予不忘卿 玆授本職 勿辭盡職可也 臣伏承敎 感淚自进 平生涕淚最固 然到此感激 不覺自下."

이에 대해서 당시 미암도 알고 있었던 듯하다. 허봉의 말을 귀 기울여 듣던 미암은 허봉이 찾아와 담화한 내용을 다음과 같이 적어놓았다.

> 들으니 내가 근래 자주 대간의 시론과 같고 다름이 있어 가볍고 날카로운 선비가 자못 좋아하지 않는 이가 많아, 혹자는 迂闊하고 疏遠함을 꾸짖어 政曹 參判의 望에 擬主하지 않는다고 한다. 무릇 누가 알겠는가, 나의 拙直함에 편안을 느끼고 時好의 逢迎함을 기뻐하지 않는 본심을.[133)]

미암은 선조 6년 이후로 이준경 등 구신계 대신들이 물러나고 박순, 노수신, 이탁 등의 사류들이 삼의정을 채운 뒤 대부분 을사복관인들이 사류들의 신망을 잃고 배척되면서 미암도 거리가 생겨 그 정치적 역할과 맥을 같이 하였다는 평을 받고 있다.[134)] 위 기록은 그러한 해석의 단서가 될 수 있는 부분이면서, 미암 개인의 심정을 알 수 있는 대목이기도 하다. 졸직함에 편안함을 느끼고 시대가 좋아하는 것을 기뻐하지 않는 본심을 가졌던 당시 미암의 선택을 이해하게 하는 것이다.

마침내 미암은 선조의 총애에 대한 감격만으로도 해결이 안 될 정도로 자신의 신체가 허약해져 辭職을 청할 때를 맞게 되었다. 1575년 이후로는 미암이 고향 해남에 내려와 四書의 토석 작업을 행하며 선조가 조정에 올라올 것을 바라는 데도 병을 핑계로 거듭 사직장을 올리고 사양했던 것이다.[135)] 미암은 홀로 조정에 머물며 경연에서 활동하면서 지금의 당뇨에

133) 『미암일기초』 제8책, 1573 계유년, 11.13, "許翰林葑 來訪談話 聞余近來數與臺諫時論 爲異同 故輕銳之士 頗多不悅 或詆以迂疏 不擬政曹參判之望云 夫孰知余之安於拙直 不喜奉迎時好之本心哉."

134) 정재훈, 「미암 유희춘의 생애와 학문」, 『남명학연구』 제3집, 경상대 남명학연구소, 1993, pp.72~73.

135) 『미암집일기』 抄二, 1577 정축년, 3.6, "辭職上疏略云 臣今方患渴證 服藥未效 又牙齒

90

해당하는 소갈증을 앓았는데, 치료를 위해 여러 의원들의 도움을 받았지만 쉽게 낫지 않았다. 급기야 몸이 많이 허약해져 사직의 실제 이유가 되었지만, 그보다 고향에 물러나 학문 연구에 몰입하며 경전에 토석을 다는 작업을 하고자 했던 평소의 바람을 이루고 싶었던 마음도 강하였던 것으로 보인다. 결국 조정으로 다시 올라가면서 오랫동안 고향에 머물 수는 없는 자신의 신세를 기러기에 비하여 읊었다.

鴻雁歸巢欲久休　　기러기 둥지로 돌아가 오래도록 쉬고자 하나
鳳凰催起不能留　　봉황이 재촉하여 머물 수 없네
觚稜一集還歸去　　잔 모서리에 한번 앉았다 다시 돌아가니
不肯乘軒戀故邱　　큰 수레 기꺼워하지 않고 고향 언덕 그리워하네.136)

위 시는 미암이 1576년(병자) 7월 18일, 고향에 머물다 다시 조정으로 올라가는 길에 지은 것이다. 제목은 『시경』 「소아」의 '홍안'에서 그 시상을 차하였다. '홍안' 시는 주선왕이 흩어진 백성들을 불쌍히 여기며 그들의 수고를 위로하고 안정시켜 유민들이 기뻐 지은 노래이다. 이를 차용해 미암은 자신이 고향에 머물지 못하고 수고하는 모습을 형상하고 집에 돌아가 안정할 수 있기를 바랐다. 잔 모서리는 『시경』 「소아」 홍안에 나오는 못 가운데(澤中)와 같은 뜻으로, 미암이 담양에 집을 완성하고 돌아가게 됨을 가리킨 것이다. 그래서 높은 수레에 오르는 것을 기꺼워하지 않고, 고향 언덕 그리워한다 하였다. 이러한 데에서 당시 사대부문인으로서 느낀

殘缺 不能嚼飯 形體漸衰老 氣弱足疾轉甚 未得登道造朝 孤負天眷 死罪死罪 席藁竢命 爲白是除良 臣兼帶同知成均 敎誨國子 所任甚重 臣在外踰年 曠職太久 不勝惶悶 臣矣本職及同知成均幷遞差云云."
136) 『미암집』 권2, <詠鴻雁>.

進退의 갈등도 엿볼 수 있다.

　　미암은 자신의 문학에 대해 자조적이었다. 중국 사신을 맞는 제술관을 간택하는 데 자신이 들어있는 것을 보고는 "스스로 돌아봄에 쥐를 잡는 기술도 없으면서 피리 부는 반열에 끼었으니 가소로움이 심하다"[137]라고 자책한 것이다. 그리고 대간청에 다음과 같이 啓를 올렸다.

　　朝講 後 進言이 끝나고 순서대로 나와 좌상이 먼저 나가 賓廳에 이르렀다. 함께 조반을 먹으며 내가 혐의를 피하려고 대간청에 이르러 啓하기를, "제술관 간택 내용을 보니 소신도 참여하였는데, 제술관의 선택은 오로지 시에 능해야 하거늘, 신은 본래 시를 짓는 성품이 없어 어려서부터 늙을 때까지 한 개도 아름다운 구를 짓지 못하였습니다. 그래서 마침내 뜻을 꺾어 시를 배우지도 않았습니다. 을사년 천사 때에도 제술관의 수에 들지 못했는데, 이제 有司가 잘못 취하여, 함부로 피리 부는 대열에 끼게 되었으니 지극히 미안합니다. 청컨대 제 이름을 제거하여 주시어 스스로 단점을 알도록 하소서" 하자 상이 답하기를 "유사가 어찌 우연히 헤아려 뽑았겠는가. 사양치 말라" 하셨다.[138]

　　미암은 자신이 스스로 시 짓는 성품이 없어, 평생 아름다운 구를 한 개도 얻지 못하였다고 하였다. 그래서 마침내 뜻을 꺾어 시 배우는 일을 단념하였고, 을사년에도 명나라 사신을 맞는 제술관에 들지 못한 사실을

---

137)『미암일기초』제2책, 1568 무진년, 4.10, "迎接都監 天使時製述官揀擇 司諫希春 亦入抄啓之中 自顧無捕鼠之技 而廁吹竽之班 可笑之甚也."

138)『미암일기초』제2책, 1568 무진년, 4.11, "朝講後進言畢 以次出 左相先出退至賓廳 同食宣飯 余以避嫌 至臺諫廳啓曰 伏睹製述官揀擇內 小臣亦參 製述官之選 專爲能詩 也 而臣本無作詩之性 自少至老 不能成一佳句 因遂絶意不學詩 乙巳年天使時 亦不入 製述官之數 今有司誤取 至於濫廁吹竽之列 極爲未安 請命減去臣名 以許自知厥短 上答曰 有司豈偶然計而選之乎 勿辭."

증거로 들어 자신의 이름을 제거해 스스로 단점을 알게 해 달라 청한
것이다.

또한 미암이 藝文提學을 제수 받았을 때도 자신같이 拙劣하고 재주
없는 사람으로 감당하기 어려운 일이라 하며 극구 사양하였다. 게다가
자신이 "勸講을 하며 君德을 돕고, 잘못을 고치는 임무를 지니고 있으면서
스스로 자신을 속이고 남을 속이는 죄를 범할까" 두려워하였다. 그래서
자신의 능하지 못한 것을 어여삐 여기고 經席에서 安心할 수 있게 해주기를
청하였다.[139] 이처럼 미암은 자신이 하는 경연관으로서의 일에 충실하였고,
그에서 벗어나는 능력과 직책이 주어졌을 때는 스스로 돌아보고서 자신에
게 일치되지 않는다고 판단되면 직분을 사양하였던 것이다. 특히나 문학과
관련한 일에서 더욱 그러하였다.

이와 같은 미암의 생각에는 인물의 말과 실천이 일치하는 것을 중시하는
인식이 자리 잡고 있었던 듯하다.

> 또 논하였다. "司馬溫公은 格物에 대해 '외물을 막는다(捍禦外物)'라고
> 하였는데 孔周翰의 推說에 '사마광은 담박하여 욕심이 없으니 그 말을
> 실천했다 이를 만하다' 하였습니다. 공주한은 공자 오십 육세 손으로
> 관직에 居한 것은 칭할 만하나, 자못 聲妓를 쌓아두고 사람이 보지 못하게
> 하였으니 외물의 유혹을 막아낼 수 없었을 것입니다."[140]

---

139)『미암일기초』제6책, 1571 신미년, 9.20, "是日有政 希春入藝文提學未望而受點."; 9.21, "朝 草辭藝文提學疏."; 9.24, "希春啓曰 臣以不能屬文 懇辭藝文提學 而未蒙矜
察 昔司馬光爲知制誥 以不能四六 固辭得免 今臣之不似此任 倍光萬萬 而誠意不至
尙靳允許 不勝惶憫 自祖宗朝以來 最重此職 必抄選文章之士以授之 當今亦有相當之
人 如臣之駑拙不才 決不能堪 豈可玷汚名器 令人指笑曰非其人而冒處 自臣始也 況方
執經勸講 以致君補過爲任 而先自犯於自欺欺人之罪 其何以昻首開口而談經說理乎
伏乞俯鑑愚臣赤誠 矜其所不能 使得安心於經席 不勝幸甚 上答曰 似難堪任 則豈不允
遞 卿可以當之 何必又辭 不允."

'格物'에 대한 다른 해석으로 사마광의 경우를 들었는데, '외물을 막는다'라고 한 것이다. 사마광은 사람됨이 담박하고 욕심이 없어 이를 실천했지만, 공주한도 그 설을 옳다고 여겼으나 자신은 실천을 하지 못하였음을 들어 비판하였다. 이는 미암이 경전을 해석한 인물과 그 실천이 일치하는 것을 보고서 인정하는 자세를 가졌음을 보여주는 것이다. 또한 미암은 사적으로 자신의 문장에 대해 칭찬을 들은 경우에라도 매우 겸손하게 대답하였다.

> (나는) 지사 元混 집에 도착하여 조용히 대화를 하였다. 元公이 일컫기를 "金湜이 中廟朝에서 글을 가장 잘 안다고 하였고, 金世弼, 金應箕가 다음이 었는데, 지금 세상 사람에는 영공이 한 번 보면 여러 장의 글을 외운다고 하여 神人으로 여깁니다." 하였다.
> 내가 대답하기를 "生은 활을 당기기에만 능하고 쏘지는 못하는 사람입니다." 하였다.[141]

경연에서 강의를 끝내고 돌아오는 길에 元混(1505~1588)의 집에 들러 대화하며 나온 말이다. 원혼은 중종 때 김식이 글을 잘 안다고 하였고, 지금은 미암이 神人으로 여길 만하다 칭탄하였다. 원혼이 평가한 말은 미암이 독서량이 많고 암기 능력이 뛰어나 경연에서 해박한 지식을 드러낸 사실을 들어 말한 것이었을 것이다. 그러나 미암은 문장의 능력을 활 쏘는 일에 비유하여 '당기기만 능하고 쏘지는 못하는 사람'이라고 짧고 겸손하게

---

140) 『미암일기초』 제5책, 1570 경오년, 7.27, "又論溫公稱格物爲捍禦外物 孔周翰之推說曰 司馬光淡然無欲 可謂踐其言矣 孔周翰 乃孔子五十六世孫 居官可稱 而頗蓄聲妓人無見者 則不能捍去外物之誘矣 又因飮食男女之欲 引張南軒釋酒誥天降命天降威一段云云."

141) 『미암일기초』 제9책, 1575 을해년, 2.5, "詣知事元公混宅 對話從容 元公稱 金湜在中廟朝 最善知書 金世弼 金應箕次之 今世人以令公一覽而誦數張之書 以爲神人云 余對曰 生乃是能挽不能射之人 有頃歸舍."

응대하였다. 이 말은 본래『맹자』에 나오는 말인데, 주돈이가 이정선생에게
낸 문제에 대해 허균이 평한 글에서도 보인다.[142] 곧 주돈이가 공자와
안자가 즐기던 곳과 즐기던 것을 찾아보라고 하자 정호가 얻은 의취에
대해 주돈이의 공안이 마치 활줄을 당기기만 하고 쏘지는 않은 것과 같은
가르침이라 한 것이다. 허균이 인용한 맹자의 표현은, 그러나 원래의 뜻과는
거리가 있는 듯하다.『맹자』에서는 "군자가 쏘지 않고 시위만 당기고 있어도
거기에 법도가 다 드러난다(君子引而不發)"라는 뜻이었는데, 허균은 이를
문제만 던져주는 정도에 그친 의미로 썼기 때문이다. 위에서 미암도 허균이
쓴 뜻과 비슷한 뜻으로 이 말을 사용하였다.

이러한 일화는 미암이 자신의 문학 실력에 대해 정확하게 파악한 것이기
도 하지만 지나치게 겸손하게 표현한 것이다. 이렇듯 미암 스스로는 자신의
문학에 매우 자조적이었지만, 일기의 기록을 통해 자신의 문장을 더욱
깊이 있게 구현해낼 수 있었으리라 여겨진다.

미암은 주로 자신의 문장 재능이 없음을 자탄했지만, 유배지에서 지은
작품인 <娼妓歌謠>를 기록하면서는 문학적으로 찬탄을 받은 일화를 소개
하기도 하였다. 沈守慶(1516~1599)이 함경감사로 종성에 갔을 때 이 歌謠를
보았는데, 미암이 지은 것임을 알고 경탄한 적이 있었다고 기록한 대목이
그것이다. 심수경은 柳洙의 外高孫으로 미암과 9寸姪이 되는 사이여서
찾아보고 인척간의 義를 나누기도 하였다.[143] 이 작품은『미암일기초』에
심수경의 말을 빌려 "미암이 글을 아는 데만 장점이 있고, 문장 짓는 데는

---

142) 허균,『성소부부고』권26, 부록 「閒情錄」, "昔周茂叔令二程先生 尋仲尼顔子樂處所樂
何事 而伯子景得吟風弄月以歸 有吾與點也之意 此箇公案 引而不發 愚謂彼中意趣
唯邵堯夫先生 味之最眞 擊壤詩云 (후략)."

143)『미암일기초』제3책, 1569 기사년, 7.12, "食後往靑坡 訪咸鏡監司沈公守慶居安
叙瓜葛之義 乃文城君柳公洙之外高孫 於我爲九寸姪矣 歡然相叙而來."

拙劣하다고 들었는데 이 작품을 보니 전에 들은 것이 잘못이었음을 알겠다"
하고 그 편을 매우 사랑하며 종일토록 놓지 않았다[144]고 전하고 있다.
이는 미암 자신이 직접 하는 말이 아니라 심수경의 말을 빌려 기록하였지만,
진실을 전하는 데는 효과적으로 작용하였다. 유배지에서 자신을 새롭게
발견한 면에 대해서는 자부심을 드러낸 것이다.

이처럼 미암이 자신의 문학에 대해 겸손하면서도 자신감을 잃지 않는
자세를 보일 수 있었던 것은, 일기 기록을 통해 항상 자신을 돌아보며
성찰을 실천하였기 때문이다. 한 예로, 미암은 손자 교육에 관심을 갖고
지도를 해오다가, 1576년 스스로 『신증유합』을 완성한 후 이를 손자 光延에
게 읽히도록 한 적이 있었다. 그런데 부인이 광연에게 직접 교육시켜보고는
이 책이 너무 어려운 것을 알고 미암에게 한마디 하였다. 광연이 성품이
聰敏하고 詞氣가 있어 聚句나 『養蒙大訓』,『小學』 등의 책은 읽을 만하지만,
『신증유합』의 어려운 자를 읽혀보니 비유하건대 견고한 성 아래 고개를
조아린 군사와 같다며, 잠시 늦추어 '문장을 이룬 책(成文之書)'을 읽게
하라고 권한 것이다. 미암은 "이 말을 듣고 뉘우쳤다(余聞言而悟)"[145]고
기록하였다. 그리고 다음날부터 광연에게 『童蒙須知』를 가르치기 시작하자
광연도 기뻐하였다[146]는 기사가 보인다. 미암이 부인의 말을 듣고 뉘우쳤다

<hr/>

144) 『미암일기초』 제4책, 1570 경오년, 6.11, "今咸鏡監司沈公守慶 去年秋新到鍾城時
適府使缺 以舊寫歌謠 進呈監司 沈公覽而異之 怪其文辭非北鄙人所能爲 而叙監司踐
歷 皆不 缺 問其故于韓景斗 景斗以實對 沈公驚歎曰 吾昔聞柳領公 長於知書 拙於屬文
今見此作 乃知我昔年之聞誤也 愛玩其篇 終日不已云." 여기서 든 미암의 歌謠 작품은
『미암집』 권1, <娼妓歌謠>에 수록되어 있다.

145) 『미암일기초』 제10책, 1576 병자년, 1.11, "夫人昨夕語余曰 光延性聰敏有詞氣 可讀聚
句及養蒙大訓, 小學等書 而今之讀新增類合 艱深之字 譬若頓兵堅城之下 蓋姑緩之
而令讀成文之書乎 余聞言而悟."

146) 『미암일기초』 제10책, 1576 병자년, 1.12, "始誨光延童蒙須知 卽養蒙大訓之首也
光延亦喜悅."

96

고 하는 것이나, 손자 교육에 지나치게 어려운 책을 쓴 것에 대해 반성하고
다시 쉬운 책부터 읽히도록 고쳐 실행한 일화에서, 아무리 자신이 만든
책이라 애착과 자부심이 가는 책이라 하더라도, 자신의 주장을 고집하지
않고 권고하는 이의 말을 새겨들으며, 어려워하는 이를 헤아려 처신하는
자세를 갖추었음을 볼 수 있다. 그리고 기록을 통해 자신의 내면세계를
조화롭게 이루어갈 수 있었으리라 보인다.

미암은 조정에서도 자신에 대해 어떠한 평이 내려져있는지를 일일이
찾아보고 기록하며 과거를 돌아보고 성찰하는 기회를 갖곤 했다. 한번은
부제학에 제수된 다음해인 1570년에 春秋館을 가서 지나간 時政記를 보고
제목과 그 밑에 달린 주까지 상세히 적어놓았다.[147] 자신의 평소 성품과
유배를 가게 된 경위, 또 유배지에서의 행적 등에 관해 공적으로 내려진
史官의 평가를 보면서, 자신도 미처 보지 못한 점을 발견하고 스스로 돌아보
았던 것이다. 그리고 경연에서는 일상에서 실천을 가능하게 하는 요소로
성찰의 중요성을 언급하며, '察'이란 한 字가 '병을 다스리는 약'[148]이라
하고 마음을 수양하는 방법을 다음과 같이 설명하였다.

또 말하였다. "喜怒憂懼는 오직 없을 수 있는 것이 아니니 또한 없어서도
안 됩니다. 다만 평소에 일이 없을 때 먼저 이 네 가지가 마음속에 있어서는
안 됩니다. 모름지기 이 마음을 함양하는 것은 사물을 응하지 않을 때에
담연히 비우고 고요히 하여 마치 거울 같이 비게 하고, 저울 같이 평평하게
해서 사물을 응함에 이르면 바야흐로 어긋나지 않는 것입니다."[149]

147) 『미암일기초』 제4책, 1570 경오년, 6.8, "余到春秋館 見去年仲冬初六日時政記 於希春
除副提學之下註云 字仁仲 英敏疏淡 博雅好文 嘗於乙巳年爲正言 駁密旨之非 至丁未
初 竄耽羅 又移鐘城 旣至謫所 惟以讀書爲事 敎誨後生 多所成就 及丁卯還朝 揚歷淸要
士林皆推重焉."
148) 『미암일기초』 제1책, 1567 정묘년, 11.5, "又言察之一字 乃治病之藥."

'喜怒憂懼'와 같은 감정이 없을 수 없지만, 평소에 일이 없을 때는 이것이 마음속에 있어서는 안 되고, 마음을 함양하여야 한다고 하였다. 이때 마음(心)이 未發하였다면 敬에 主하여 存養하고, 감정(情)으로 已發했다면 省察해야 하는 것이다. 따라서 사물을 응하지 않을 때, 곧 혼자 있을 때 마음을 함양하는 방법으로 담담하고 고요히 하여 거울 같이 비우고 저울 같이 평평하게 해야 한다고 제시하였다. 이렇게 하고서 사물에 응하면, 곧 일상에서 생활하면 어긋나지 않을 수 있다는 것이다.

미암은 성찰의 중요성이 여기서 그치지 않고 氣質을 변화시킬 수도 있다고 보았다. 경연에서 氣質說을 강론하는데 선조가 기질이 어째서 다른가를 묻자, 미암은 父母의 氣를 받기도 하고 山河의 氣를 받기도 하지만 만 가지 다름이 있다고 답하였다. 그러자 선조는 기질의 性이 변화하기 어려우니 賢人君子라도 기질의 病을 면하지 못하겠다고 말하고는, 정명도가 사냥 좋아한 경우를 들어 氣質의 病이 항상 있는 것 같다고 하자, 미암은 그것이 기질을 잘 변화한 것이라 답한 것이다. 정명도가 사냥을 좋아하다 나중에 道를 알고 끊었는데 10년 뒤에 다시 사냥하는 것을 보고 좋아하는 마음이 일었지만 그리로 달려가지 않은 것이, 일을 따라 성찰을 하여 생각을 성실하게 한 덕이라 본 것이다.[150] 여기서 미암은 성찰을 통해 기질까지도

---

149) 『미암일기초』 제1책, 1567 정묘년, 11.5, "又云 喜怒憂懼 非惟不能無 亦不可無 但平居無事之時 不要先有此四者在胸中 須是涵養此心 未應物時 湛然虛靜 如鑑之空 如衡之平 到得應物之時 方不差錯."

150) 『미암일기초』 제7책, 1573 계유년, 2.4, "希春講厥土赤埴草木漸包以下二段 語及氣質之說 上曰 氣質緣何不同 臣對曰 有稟父祖之氣 有稟山川之氣 然有萬不同 上曰 誠如此言 氣質之性 變化甚難 雖賢人君子 亦未免氣稟之病 希春曰 凡人莫不有氣稟之所長 亦莫不有氣稟之所短 君子之學 貴能變化其氣質 古人云 敎人當敎其所短 用人當用其所長 蓋驥騄驊騮 一日馳千里 而捕鼠則不如狸貓 是故 人君當因其所長而授任 則必得其效矣 上曰 明道先生自謂已無畋獵之好 後十年 見獵者 不覺有喜心 信乎氣質之病常存也 臣對曰 此乃變化氣質之善者也 蓋童穉時好獵 後知道而絶嗜好 及十年之後 暮歸

98

변화시킬 수 있다고 인식하고 강조하였음을 보여준다.

3) 건강관리와 病勢

　미암은 건강에 관심이 지대했고, 또 나름대로 구체적인 건강법을 지켜왔다. 이는 미암이 이탁에게 문병 갔을 때 그의 도량이 큼에 감탄하며 그의 청으로 자신의 愼攝法에 대해 말해주는 부분에서 볼 수 있다. 미암은 유배지에 있던 20년 전부터 얼음을 먹지 않아 배에 병이 없다고 하였다. 또 침식에 대해서는 48세부터 겨울밤이라도 初昏에 일찍 눕고, 음식은 젊어서부터 늙도록 사오육 合을 넘지 않으며 加減이 없으나 맛이 있다고 하였다.[151] 이로써 보건대 미암은 스스로 먹는 것과 자는 것을 조절하여 결코 과하지 않도록 하여 건강을 지키기 위해 노력하였던 것 같다. 그리고 평상시에는 감기 기운만 있어도 밤에 생강 달인 물을 마신다거나,[152] 冷痢가 조금이라도 있으면 걱정하고 관리하였던 것이다.[153] 또 여름날 저녁이면 荏湯에 목욕을 했다는 기록도 자주 보인다. 이유는 너무 더워 땀을 흘렸기 때문[154]이라고 하였다.

偶見田獵 不覺有喜心 而不肯往從 此乃隨事省察而誠之於思者也."

151) 『미암일기초』 제7책, 1572 임신년, 9.12, "李公曰 誠然 聞令公愼攝 希春曰 自二十前不食氷 至今四十餘年 無腹中之疾 相公又問希春寢食 對曰 自四十八歲 雖冬夜 初昏卽臥 食則自少至老 不過四五六合 無加減而有味 相公曰 令公必長壽 辭出 遠赴慕華 之西獨松陵 乃丁酉榜會 爲宋壯元赴京餞宴而設也 申汝樑, 洪瀞, 禹昌齡, 申季衡, 崔墀 皆坐東壁 而余爲之冠 韓脩, 朴裕慶, 朴成健, 金餘慶, 金光頤, 朴春元, 尹漑 坐西壁 待宋同知壯元 卒不至 乃設酌 以洪瀞爲白川郡守 明日當去 特行餞杯 余亦餞洪君 而巡杯于他處 日將暮 先出 日未落而到舍."

152) 『미암일기초』 제5책, 1570 경오년, 12.29, "夜 飮生薑煎酒 辟卒感風寒也."

153) 『미암일기초』 제6책, 1571 신미년, 1.5, "少患冷痢."

154) 『미암일기초』 제4책, 1570 경오년, 6.20, "明日 有夕講 希春欲入 余欲荏湯."; 같은 해, 7.4, "夕 浴荏湯 以大熱汗故也."

특히 미암은 독서와 저술을 많이 하였기에 눈에 각별히 신경을 썼다. 『四書三經』의 토석을 달아 책을 낼 때 눈의 건강을 생각하여 구결과 표점의 색을 붉은 색이 아닌, 파란 색으로 썼다는 기록이 보인다. 『대학』의 토석이 완성되어 선조에게 진상했을 때, 선조가 구결과 표점에 점을 찍은 것을 치하하자 미암이 붉은 먹이 눈에 해롭기 때문에 푸른 먹을 구해 찍었다고 설명하고, "눈은 붉은 색을 꺼리고 황색이 다음이며, 오직 청색과 검은 색이 눈을 보호한다"고 답하였다. 그리고 선조가 눈의 보호 방법에 대해 묻자, 책을 괴롭도록 보면 눈이 피로하고, 등불 아래서 책을 보는 것은 안 좋다고 답하였다.[155] 이러한 언급은 미암이 유배지에서 이미 책을 많이 읽은 경험에서 체득하여 나온 것으로 보인다.

그런데도 미암은 足疾을 비롯해 당뇨 등의 질병을 가지고 있었고 그 증상이 심할 때가 많았다. 족질은 어려서 앓았던 것으로, 성인이 되어서도 높은 산에 오를 때는 어려움을 겪게 하였다.[156] 또 미암은 지금의 당뇨에 해당하는 소갈증을 오래도록 앓았다. 慶連이 "어르신의 소갈증은 옛날 글 읽기에 시달려서 생긴 것인지도 모릅니다"[157]고 말하자 미암도 수긍한 데서, 아마도 유배기에 고되게 학문했던 것이 근본 원인이 되었던 것으로 보인다. 게다가 미암은 그 후로도 경연에서 言官으로 주로 활동하였기 때문에 목이 마르는 일이 잦았던 것이다. 그리하여 그에 대한 약을 쓴

---

155) 『미암일기초』 제10책, 1576 병자년, 8.4, "上曰 卿所點進大學口訣及點標 皆甚好 臣曰 點書以朱損眼 故臣覓靑墨以點之 上曰 朱果損眼否 對曰 凡眼最忌朱 黃白次之 惟靑墨養眼 上曰 眼當如何而養 對曰 凡看書苦則眼勞 上曰 看書則眼勞乎 對曰 臣驗之 果然 又忌燈下看書."

156) 『미암집』 권2, <登紺嶽>恭懿殿不豫祈禱, "平生嬰足疾 不解陟高岡 今日爲王事 跨馬歷 羊腸 (후략)."

157) 『미암일기초』 제4책, 1570 경오년, 5.11, "慶連曰 大人之微渴 恐因昔年讀書之苦所致 此言亦大有理."

기록이 여럿 남아, 二陳湯을 먹어 목이 마르지 않은 효과를 보았다거나, 강심탕을 하루에 두 번씩 먹기 시작하여 10첩을 먹고 난 뒤 효과를 보아 소갈증이 줄어들게 되기도 하였다는 것이다.[158]

또 한 번은 미암이 경연에서 활동하며 얼굴에 자주 종기가 나고 열이 오르는 경우가 생겼다. 그래서 의원을 청해 치료와 약을 원했다. 처음 얼굴에 종기가 났을 때는 허준이 지렁이 즙에 웅담 탄 물을 마시라 권하여 그렇게 하였다.[159] 그 후에도 얼굴에 난 종기를 도총부의 월령의에게 보여주며 걱정을 하였으나, 의원은 심하지 않으니 저절로 나을 것이라 안심시켜 주었다.[160] 그러나 다음 날 얼굴에 열기가 올라오고 작은 종기가 있음을 깨닫자 舍人司에게 人蔘敗毒散을 지어 보내라 하여, 다음날 아침 약을 먹고 열기로 부은 곳이 빠지고 나서야 약 복용을 그쳤다.[161] 미암과 같이 유배를 갔다가 돌아온 柳堪도 얼굴에 종기가 난 것으로 시작하여 옆구리에도 생기고 헤아릴 수 없게 되고서 급기야 죽게 되었기에, 작은 병이라도 가볍게 여기지 않았던 것이다.[162] 이처럼 미암은 자신의 증상에 민감하게 반응하며 그때그때 의원을 청했고, 의원이 괜찮다고 해도 스스로 그렇지

158) 『미암일기초』 제3책, 1569 기사년, 6.20, "服二陳湯 即見不渴之效."; 1570 경오년, 5.6, "逐日 再服降心湯."; 같은 달, 8, "八日 服降心湯十服 覺微渴頗減."

159) 『미암일기초』 제3책, 1569 기사년, 6.29, "余自昨日 覺面左邊有腫 今日聞許浚之言 以地龍汁塗之."

160) 『미암일기초』 제4책, 1570 경오년, 6.7, "招都摠府月令醫 視余面上所腫 醫日 無傷也 當自減."

161) 『미암일기초』 제4책, 1570 경오년, 6.8, "余自昨昨 覺面上有熱氣浮 而小小有腫 令舍人司製送人蔘敗毒散 即精造來 可喜可喜."; 같은 달, 9, "早朝 服人蔘敗毒散."; 같은 달, 10, "覺而上熱浮處頓減 不服人蔘敗毒散."

162) 『미암일기초』 제3책, 1569 기사년, 閏6.8, "聞柳舍人堪 自去月卄五日得面腫."; 같은 달, 17, "聞柳克任 腫又發於脇 至爲不測 深爲憂悶."; 같은 달, 18, "未時 柳舍人堪克任 永逝 蓋面腫之毒大發 而至於此 慟哉慟哉."

않음을 느끼면 곧바로 처방을 내려 약을 지어 먹었다.

　미암은 자신의 병상뿐만 아니라 가족과 친지 등 주변 인물들의 질병에 대해서도 관심을 가지고 그 치료를 위해 교류한 내용을 남겨놓았다. 이는 부인에 대해서 가장 많이 실려 있다. 부인이 약을 먹는데 마시게 하기 위해 호조에 있는 민충원에게 좋은 술을 한 동이 청하기도 하였다.163) 또 얼마 뒤 송씨가 병이 나 의녀 사랑비가 백회혈에 침을 놓았으나, 舌腫이 심해져 온 몸에 열이 올라 二更에 딸이 웅담을 가져와 먹고서 열이 물러갔다.164) 그 후에는 감기에 걸려 正氣散 한 첩을 부인에게 달여 먹이자 부인이 차도가 있어 간다고 하였다.165) 그런데 며칠 후 왼쪽 넓적다리가 아프며 종기로 인해 머리도 아프고 땀이 나지 않아 물어보니 종기가 생길 징조라고 하였다.166) 그리고 12월에는 부인이 감기에 걸려 손수 편지를 쓸 수 없을 지경이 되었다가 나았다는 기록도 보인다.167) 그리고 미암이 윤탄지에게 받은 희첨환을 부인에게도 먹게 하여 비위가 편안해지고 식사를 할 생각이 나게 하였다.168) 부인의 오랜 두 가지 병이 한 번에 다 나았을 때, 미암은 과거로부터 병의 원인을 파악하며 기쁨을 표현하기도 하였다.

---

163) 『미암일기초』 제3책, 1569 기사년, 6.7, "閔君忠元 在戶曹 送好酒一盆來 以余爲夫人服 藥酒乞之也."

164) 『미암일기초』 제3책, 1569 기사년, 6.23, "老醫女思郞妃 來針夫人百會出血 ○ 夫人 以舌腫 滿身煩熱 夜二更 女子進熊膽 夫人服之 頗退熱."

165) 『미암일기초』 제3책, 1569 기사년, 9.13, "夫人感寒 今已四日 擁衾而臥."; 같은 달, 14, "以正氣散一服 煎進夫人 夫人服之."; 같은 달, 15, "夫人向差."

166) 『미암일기초』 제3책, 1569 기사년, 9.17, "夫人左股連日痛 因腫而頭痛 汗不出 問于名 醫 答云 此乃將發瘡腫之候也 宜服加連翹木瓜檳榔大羌活湯五六服云."

167) 『미암일기초』 제3책, 1569 기사년, 12.22, "奴紛石等 還自潭陽 夫人感冒風寒臥痛 不能親簡云 深慮深慮."

168) 『미암일기초』 제6책, 1571 신미년, 8.7, "朝 尹坦之送豨薟丸二千丸來 余欲自明日服之 夫人亦服此而脾胃平和 漸思食云."

부인이 경신년(1560)에 종성에 오면서 살갗에 바람을 맞아 식은땀이 물 흐르듯 하였는데, 신미년(1571) 7월부터 희첨환을 2년 복용하였더니 풍한이 점차 사라져 3년째인 이번 가을에는 쾌차하였다. 정묘년(1567)부터 배꼽 아래 침을 놓고 뜸을 떴으나 배꼽 위에는 안 놓은 후로, 비위가 걸리고 차므로(痞滿) 음식 생각이 없고 더욱이 국을 마시지 못했는데, 올해 구월 보름부터는 平胃元을 복용하여 20일이 지나자 점차 비위가 편안해짐을 깨닫고 먹을 생각이 나게 되었다. 이 두 가지 병이 모두 금년에 나았으니 얼마나 기쁜가!169)

미암은 부인이 종성 유배지에 모친상 부고를 갖고 찾아오면서 마천령을 넘는 등 북방의 찬바람을 많이 쐬어 냉한이 심해져 병이 생겼다고 회고하였다. 이 병은 희첨환을 복용한 지 삼 년 만에 낫게 되었다고 기뻐하였다. 또 한 가지 병은 미암이 해배되던 정묘년부터 배꼽위로 침놓고 뜸을 뜨는 등 비위가 안 좋은 병이 있었는데, 최근에 평위원을 복용하면서 20일째에 회복되었다고 파악하고 기뻐한 것이다. 이렇듯 부인의 병에 대해 소상히 파악하고 그 낫게 된 경위까지 파악하며 부인의 몸과 병 증세에 깊은 관심을 피력하였다.

또 외손녀 恩遇가 아프기 시작하다가 瘡疹을 앓은 사실을 기록하면서, 가볍게 낫고 氣가 困하지 않아 온 집안이 기뻐하고 다행스러워 하였다고 하였다. 그러나 은우의 병이 완쾌된 것은 아니었는지 다음 달 초4일 미암의 생일날에 은우가 창진을 앓아 술과 기를 베풀지 않았다고 하며 염려하는 마음을 드러냈다. 그리고 다음날 은우의 갈증을 위해 女醫와 이인룡에게

169) 『미암일기초』 제8책, 1573 계유년, 11.18, "夫人自庚申年赴鍾城 受風腠理 冷汗如流 自辛未年七月 始服狶簽丸 服之二年 風汗稍減 至第三年 今秋快差 自丁卯年 針灸臍下 而不臍上之後 脾胃痞滿 不思飮食 尤不能啜羹 自今年九月望日 始服平胃元 經二十日 漸覺脾胃平而思食 此二病 皆瘳於今年 何慶如之."

西瓜를 구했는데 큰 조각을 얻어 기뻐하며170) 손녀의 병에 마음을 써주었다. 서과는 수박인데 이 당시 우리나라에 수박이 들어와 있었고, 구하기에는 귀하였던 사실을 알 수 있다.

한편 사촌형인 羅士惶이 죽기 전 중풍에 걸렸을 때는 의원들을 부르고 舍人司에게 약을 구하여 보냈으며, 허준을 초청하여 가보게 하였다.171) 그리고 송순이 아플 때도 사람을 보내 물어보고172) 허준을 찾아가게 하였다.173) 그리고 박순이 아팠을 때는 문병을 가서 열이 심한 것을 보고 걱정하며 名醫 楊禮秀를 불러 보여야 한다고 하였다. 미암의 청으로 양예수가 가서 보고는 凝神散을 썼는데, 약을 한 첩 먹고 땀을 내고 열도 감해졌다고 하여 기뻐하였다.174)

이같이 미암은 병에 많은 관심을 가졌기에 『미암일기』에서는 당시 뛰어난 의원들의 활약도 볼 수 있는데, 허준과 양예수가 그들이다. 許浚은 앞서 살펴보았듯이 미암 자신과 가족, 그리고 친척의 병이 났을 때 진료를 부탁받아 많이 치료해주었다. 미암은 그러한 허준을 위해 이조판서에게 편지를 보내 內醫院으로 추천하기도 하였다.175) 자신과 주변인들의 건강을

---

170) 『미암일기초』 제8책, 1573 계유년, 11.25, "恩遇始小痛."; 11.27, "恩遇 遭瘡疹而輕歇 氣不困 一家喜幸."; 같은 해, 12.4, "今日 乃余之生辰 而以恩遇瘡疹 不設酒肉.";
     12.5, "爲恩遇渴 求西瓜於女醫善福及李仁龍 皆得大片 可喜之甚."
171) 『미암일기초』 제3책, 1569 기사년, 6.6, "招許浚 往見羅兄之病."
172) 『미암일기초』 제3책, 1569 기사년, 閏6.29, "每日遣人 問宋四宰丙 彌留不差云."
173) 『미암일기초』 제3책, 1569 기사년, 7.2, "許浚來謁 令往見宋四宰相間."
174) 『미암일기초』 제4책, 1570 경오년, 7.28, "食後 以一會出門 至豊儲倉後洞朴判書淳避 寓之宅 (중략) 余以爲當招名醫楊禮秀以示之 惻然而出."; 같은 달, 29, "食後出門 歷訪朴判書和叔 昨日 楊禮秀因余請而往見 以凝神散命藥 昨夕服一度 頗出汗而熱亦 減."
175) 『미암일기초』 제3책, 1569 기사년, 閏6.3, "爲許浚 通簡于吏判 乃薦于內醫院也."

책임지고 돌보아준 허준을 믿고 그의 앞날을 위해 힘써준 것이다. 또 양예수
도 미암이 경연에서 활동할 당시 폐열로 갈증이 심한 병에 들었을 때
강심탕을 권하여 먹고 낫게 한 적이 있었다. 이에 미암은 양예수에게 고마움
을 사례하기도 하였다.176) 이외에도 名醫 李沂라는 인물이 보이는데, 미암은
그를 불러 오게 하여 건강에 도움이 되는 말을 듣기도 하였다.177)

　　이와 같이 미암이 자신의 건강에 특히 관심을 가지고 질병에 대한 기록을
남겼다는 것이 갖는 의미는 무엇일까. 서양의 일기 가운데 프랑스의 구베르
빌의 일기에는 자신과 그가 사랑하던 사람들의 병에 관한 기록이 많이
보이는데, 이는 자신의 몸에 대한 관심을 많이 기울인 것이라 파악되었다.
구베르빌은 일기에서 자신의 구체적인 병명을 언급하기도 하고, 여동생이
병이 걸렸을 때 만사를 제쳐두고 동생을 간호하기 위해 먼 길을 떠났다고
한다. 이러한 서양 일기의 경우, 이전에는 병이 언급되지 않은 채 지나가는
일화처럼 간략하던 데서, 점차 무의식적으로 자신의 내밀한 부분인 '몸'에
대해 밝히는 새로운 형태의 일기로 발전하였다는 데 의미를 부여한다.178)
미암의 일기도 작자로서는 무의식적으로 기록한 것일 터이나, 건강과 질병
의 기록을 통해 몸에 대한 관심을 보였다는 점에서 의미가 있을 것이다.

---

176) 『미암일기초』 제4책, 1570 경오년, 4.29, "名醫楊禮秀來 余所招也 余以肺熱 涎唾稠粘
　　而徵渴證 求相當之藥 楊生曰 此心肺熱而徵渴也 宜服降心湯 其方出得效方消渴門
　　(후략)."; 5.11, "以鱸魚一尾 送謝于楊禮秀 (후략)."
177) 『미암일기초』 제2책, 1568 무진년, 7.28, "名醫 李公沂 被招而來 具言松葉細切
　　和薏苡粥 白粥食之 甚有補云."
178) 필립 아리에스·조르주 뒤비, 『사생활의 역사』 제3권, 새물결, 2002, p.457.

2. 가족 공동체와 일상의 향유

임진왜란을 겪으며 기록을 남긴 오희문의 『쇄미록』에서 16세기 家長의 역할을 찾아본 논문에서는, 전통사회에서 가장이 농사일정과 농사짓기 감독, 생필품 조달, 노비의 매매와 일정관리, 의식주생활용품 조달 및 관리, 장보기, 자녀교육, 자녀와 함께 여가보내기, 환자와 노인 돌보기, 친인척 방문 및 접대, 제사 관리, 혼례 준비, 생일과 세시풍속 행사관리 등의 일을 수행하였다고 보고하였다.179) 이보다 한 세대 앞선 미암의 경우, 농사 관련 일을 제외하고는 사대부로서 가정에서 행한 역할이 대체로 유사하다. 오희문은 벼슬에 오르지 못한 선비로서 농업을 통해 가족의 생계를 유지하였기에 농사 관련 일들을 볼 수 있었으리라 여겨진다.180) 미암은 주로 경연에서 활동하며 근거지인 해남의 일은 돌보기 어려웠던 때문에, 평소에는 농사일을 관리하지 않았던 것이다. 다만 미암도 간혹 고향의 토지를 매입하거나 개간하는 일 등에는 관심을 가지고 있었다.

이에 미암이 가족과 공동체간에 행한 일로 먼저 가족과의 친화를 이루며 조상에게 성묘와 가토, 제사를 지내는 일련의 의식, 그리고 손님을 맞이하고 의식주를 해결하며, 저술에 몰두하는 등 일상의 문화를 다룬 기록을 살펴보겠다.

1) 가족과 조상
가. 가족 간의 親和

미암은 일찍이 부친과 형을 잃고 또 유배지에서 모친상을 당하였기에,

---

179) 김성희, 「『쇄미록』에 나타난 16세기 가장의 역할」, 『한국가정관리』 18권 4호, 2000, p.3.

180) 김성희, 위의 논문, p.16.

고향에 남아 있는 누이들을 의지하며 그들을 각별히 생각하고 챙겨주었다. 미암에게는 누이가 셋이 있었는데 첫째 누이는 李蔚, 둘째는 吳千齡, 셋째는 韓思訥에게 시집갔다. 시집간 누이들에게도 미암은 편지를 주고받으며 안부를 전하고 필요한 물품들을 챙겨주었는데, 첫째 누이가 미암이 유배가 있을 때인 갑인년(명종 9)에 죽어, 해배된 후 그 누이의 祭文을 지어 제사를 지내러 마포에 있는 묘를 찾아가 안타까워하였다.181) 그리고 해남에 사는 둘째 누이와는 오씨에게 시집 가 吳姊라 칭하며, 누이 집을 찾아가 담화를 하고 술을 마시는 등 가까이 지내며 오갔다.182) 해남에 살면서 더욱 가까이 지내, 官에서 나온 약밥을 그 댁에 나누어 보내기도 하는 등 살뜰히 챙겨주었던 것이다.183) 또한 미암은 단오날 누이와 모여 집을 완성한 즐거움을 나누며 자손의 번성함을 읊기도 하였다.184)

셋째 누이는 과부가 되어 혼자 살았기에 미암이 평상시에 더욱 보살펴주었고 누이는 미암이 도와준 은혜에 감사해하고 매사 가르침대로 따르겠다고 편지하였다.185) 그런데 한번은 셋째 누이가 억울한 일을 당한 일이 있었다. 星州의 呂之秀가 權應昌을 따라 호남에 왔는데, 한매가 외롭게 과부로 지낸 것을 이용해 金堤의 노비 元同을 亂打하고 그 두 딸 德非와 德之를 강탈한 사실이 있자, 이를 경상감사 朴大立에게 말하여 지수를

181) 『미암일기초』 제1책, 1567 정묘년, 12.17, "祭妹氏文 略曰 伏以乙巳丁未之間 適丁否運 投竄濟州鐘城等地 哭泣相別 每苦天涯之思戀 至甲寅年 妹氏捐世 萬里遙聞 不勝號慟 今玆蒙恩拜職 不勝悲痛哽咽 設祭尙饗 食後 爲祭李妹 向馬浦過館里."
182) 『미암일기초』 제5책, 1570 경오년, 12.30, "暮 乘轎詣吳姊宅 姊氏喜而接之 談酌而來."
183) 『미암일기초』 제6책, 1571 신미년, 1.15, "朝 官送藥飯 卽分送吳妹宅."
184) 『미암집』 권2, <端午與吳姊會新舍>.
185) 『미암일기초』 제3책, 1569 기사년, 10.17, "南原韓妹家 送奴金伊山來 簡云 頃日極蒙厚 恤 恩感之骨 夜臥不寐 攢手攢手 所敎萬事 皆一從娚主行下 行次後各別出令 待婢僕以恩 寬其役事 雖中門之外 未嘗輕出以戒身 嚴禁內外 以正家門 千萬勿慮勿慮."

수감하여 바른 대답을 받아달라고 청한 것이다. 박대립은 救荒을 한 뒤
그렇게 하겠다고 하였다.186) 박대립은 경상감사 시절부터 미암의 책을
인쇄해주고, 친족들을 보살펴달라는 청을 들어줬었다.187) 미암은 혼자
된 누이를 걱정하는 마음으로 항상 돌봐주었고, 억울한 일을 당해서는
조정에서 알게 된 관리에게 부탁하여 해결해주려 한 것이다.

 또 친척 형이 죽었을 때 형수되는 이에게 찾아가 자신의 누이처럼 보살펴
주기도 하였다. 1569년(기사) 외사촌형인 羅士愃이 갑자기 병으로 죽자
미암은 상례를 치르는 데 애를 쓰고188) 형수 徐氏를 찾아가 死後 처리에
대해 자상하게 일러주며 돌봐주었다. 수척해진 형수에게 죽 대신 밥을
먹게 하고, 형의 남은 재산에 대해서는 前室 자식과 세 媤叔과 화목한
마음으로 의논하게 한 것이다. 또 巫堂이나 佛事 따위는 모두 허탄하니
해서는 안 되고, 재산이 다 없어지기 전에 집을 사서 수리하라고 하였다.
이처럼 처사하면 세 시숙도 보호해주고, 자신도 먼 데서 기뻐할 것이라
하며, 또 나주목사와 판관에게 부탁할 계획이라 하였다. 형수는 자신은
아무것도 모르니 말을 따르겠다고 답하였다.189) 이처럼 혼자 된 형수가

186)『미암일기초』제4책, 1570 경오년, 5.13, "余又以星州呂之秀 隨權監司應昌 倒湖南
  時 乘韓妹孤寡 亂打金堤奴元同 强奪其二女德非德之 今請囚之秀限受答 朴公曰 救荒
  之後 當爲之."

187)『미암일기초』제4책, 1570 경오년, 5.12, "以周禮 續蒙求 益齋亂藁 㯖翁稗說印送及續
  蒙求誤字改正 族親稱念書 送于朴監司守伯 守伯曰 諾 可喜可喜."

188)『미암일기초』제3책, 1569 기사년, 7.21, "余之護羅喪也 自六月初六日 至今凡七十五
  日 經營盡力 憂勞至矣."

189)『미암일기초』제3책, 1569 기사년, 7.19, "朝 詣斂正宅 謁靈座 見仲孚 遂入謁嫂氏
  以其羸悴 命婢子停粥而進飯 又言於嫂氏曰 下去之後 宜與前子等和睦 與三叔一心同
  議 凡米穀之在本宅者 女前子分之 而以祭祀凡事 故四分內占三分 而給一分 兄氏之書
  冊 至冊宜與前子中分 得其一半 猶足以爲文章 凡巫祀佛事之類 皆虛誕而不可爲 及財
  産之未盡耗也 宜買屋舍 而修補之 處事如此 則三叔扶護 希春亦在遠而喜 亟稱念于羅

막연해할 수 있는 재산과 처신 문제를 미암은 사리에 합당하게 구체적으로 일러주며 실질적인 도움을 주었다. 자신과 관계된 사람이 혼자 고통 받게 하지 않으려고, 찾아가 위로하고 도운 것이다.

그리고 미암의 부인 송덕봉이 여류시인으로서 시를 지은 것은 잘 알려진 사실이다. 미암은 24세에 홍주 송씨 부인과 혼인하였는데, 홍주 宋門은 미암의 부인 송덕봉 외에도 權韠의 부인 송씨 등 여류문인들을 배출한 가문이다. 덕봉은 미암과 주고받은 시문이 상당하여, 그에 대한 선행 연구도 활발히 이루어졌다.[190] 특히 덕봉이 시모친상을 혼자서 치르고 종성에 유배 가 있는 미암을 찾아 가는 길에 지은 <磨天嶺上吟>이라는 시는 『대동기문』에 실려 전하고, 김시양의 『부계기문』에서 성정의 바름을 얻었다고 평해졌다.[191]

부인과 주고받은 편지 가운데 유명한 일화로, 미암이 조정에 있던 3~4개월 동안 獨宿을 하고서 자랑스럽게 편지를 보내자 부인이 답장하여, 그것이 자랑할 일이냐 반문하며 곁에 知己가 있고 아래 眷屬과 奴僕들이 있어 十目이 보는데 公論이 자연히 퍼질 것을 힘들여 편지까지 보냈느냐고 하는 대목이 있다.[192] 그 후 미암은 부인에게 정욕을 억제하여 氣를 보호하라

牧判等爲計 徐氏曰 余以無識 敢不惟命是承 語畢而退."

190) 박무영·김경미·조혜란 공저, 『조선의 여성들, 부자유한 시대에 너무나 비범했던』, 돌베개, 2004 ; 정창권, 「『미암일기』에 나타난 송덕봉의 일상생활과 창작활동」, 『한국어문연구』, 한국어문학회, 2002.

191) 강효석, 『대동기문』 권2, 仁宗祖 '柳希春三船沈沒容色自若'條 ; 『大東野乘』, 「涪溪記聞」, 김시양, "其夫人亦能文章 獨行萬里從眉嚴于鐘城 路過磨天嶺 題詩曰行行遂至磨天嶺 東海無涯鏡面平 萬里婦人何事到 三從義重一身輕 可謂得性情之正矣."

192) 『미암일기초』 제4책, 1570 경오년, 6.12, "夫人作長書 令光雯寫送 其辭曰 伏見書中 自矜難報之恩 仰謝無地 但聞君子修行治心 此聖賢之明教 豈爲兒女子而勉强耶 若中心已定 物欲難蔽 則自然無渣滓 何望其閨中兒女報恩乎 三四月獨宿 謂之高潔有德色 則必不澹然無心之人也 恬靜潔白 外絶華采 內無私念 則何必通簡誇功然後知之哉

는 면려를 받고 그러겠다193)고 하였고, 다음 날 실제 "밤에 여색을 멀리하였
다"194)고 한 내용을 실어놓았다. 또 부인도 편지에 홀로 지내는 데 한탄을
하자 미암이 꾸짖고 풀어주었다195)는 대목이 있는데, 이러한 데서 부부
사이에 신뢰를 가지고 감정을 나누었음을 볼 수 있다.

　미암은 부인과 詩書를 주고받으며 감정을 나누는 가운데, 해배 후 마침내
담양에 집이 완성되자 공을 많이 세운 부인의 행적을 칭송하며 시를 지었
다.196) 이 시는 제목에서 '부인이 집의 대청 규모를 절묘하게 세운 것을
보고 (미암이) 운을 이루어 짓는다'고 하였다. 먼저 부인이 집의 규모를
만든 것이 기이하여 부인의 마음과 기술이 반수와 같은 뛰어난 장인과
비슷하다고 칭송하였다. 새집을 짓는 데 부인의 공로가 큼을 먼저 들어
칭송하는 것으로 시작하고, 집을 둘러보며 그 안에 편안히 있는 사물들과
또 사람들을 그려내고, 선친이 이사하라고 하신 말씀을 떠올리며 오래도록
기쁨을 열어주신 데 감사해하였다.

　또한 미암은 부인과 학문에 대한 기쁨도 나누었다. 해배 후 자신의
학문이 활수처럼 열려오는 감격을 부인 송씨의 시에 次韻하여 드러낸
것이다.197) 이 시는 부인이 먼저 지어 보낸 <乙亥除夜>198)라는 제목의

　　傍有知己之友 下有眷屬奴僕之類 十目所視 公論自布 不必勉强而通書也 以此觀之
　　疑有外施仁義之弊 急於人知之病也 (후략)."

193) 『미암일기초』 제6책, 1571 신미년, 2.19, "夫人勉以窒慾保氣 余許之."

194) 『미암일기초』 제6책, 1571 신미년, 2.21, "夜遠色."

195) 『미암일기초』 제6책, 1571 신미년, 12.2, "夫人書 有獨在之嘆 余責而解之."

196) 『미암집』 권2, <見成仲規畫大廳 因成四韻>.

197) 『미암집』 권2, <次成仲除夜韻>, "舊學凝氷久 新知活水來 四十年紬繹 如今萬理開."

198) 『미암일기초』 제11책, pp.325~326, <乙亥除夜>, "顚頊燈前送 勾芒夜半來 滿堂新賀
　　客 皆是兩眉開."

110

시에, 미암이 차운한 시이다. 옛 학문에 얼음이 엉겨 붙은 듯 더 나아감이
없어진 지 오래되었는데, 마침 묵은 해를 보내고 새로운 해를 맞이하는
제야에, 새로운 지식이 活水가 되어 오는 감격을 노래하고 있다. 을해년은
1575년으로, 미암이 63세가 되는 해이다. 사십 년을 풀어냈다는 것은 학문을
한 지 사십 년이 되었다는 것이니, 미암이 20세쯤부터 자신이 학문에
종사한 시기로 여긴 것이다. 이때에 이제야 만 리가 열린다 하여, 자신에게도
주자가 있던 곳, 자양의 활수가 전해져 왔음을 환히 깨닫고 알렸다. 미암이
부인 송씨가 지은 시를 차운하여 자신의 학문이 활수처럼 열린 정황을
표출한 데에서, 미암의 가장 큰 관심사인 학문에 대해서 부인과도 나누었음
을 볼 수 있다. 실제로 미암이 『類合』을 번역할 때도 부인 송씨에게 자문을
받아 고쳤고,199) 후에 『신증유합』을 편찬할 때도 부인의 조언을 많이 수용한
것이다.

　미암은 아들과 사위, 손자, 그리고 첩의 소생들에 대해서도 관심을 가지며
이끌어주고자 하였다. 미암의 아들 경렴은 매우 어리석었으나 미암이 종성
에 유배 갔을 때 하서가 사위로 맞아 혼인하여 미암에 대한 하서의 우정을
보였다.200) 미암은 이 아들이 벼슬에 나아가지 못하는 것을 알고 그를
위해 蔭仕의 取才가 되게 할까 생각을 하고201) 參奉에 의망할 것을 박순에게
의논하였다.202) 閔起文도 경렴의 취직을 걱정해주어 四山監役을 도모해보

199) 『미암일기초』 제9책, 1574 갑술년, 3.27, "余飜譯類合下卷 多咨於夫人而改正."
200) 허균, 『성소부부고』 23, 說部 2.「惺翁識小錄中」, "柳眉巖救金河西之瘞河西以眉巖子
爲壻', 金河西未第時 在泮宮病瘞將革 人不敢顧見 柳眉庵希春爲館官 惜其人 异置其
寓 晝夜救視 卒得更起 河西感之 及眉庵竄鍾城 有一子駭甚 河西將贅之 一家共以爲不
可 不聽而卒諧其姻 人兩多之."
201) 『미암일기초』 제2책, 1568 무진년, 9.10, "思得明春 令景濂爲蔭取才."
202) 『미암일기초』 제2책, 1568 무진년, 9.20, "朝 聞朴參贊淳和叔到闕 卽往訪 議及景濂
擬陵參奉事."

자 하였으나 미암은 감히 바랄 수 없는 일이라 여겼다.[203] 아무리 자기
자식을 위한다 해도 무리한 정도를 바라지는 않은 것이다.

　미암의 사위는 윤효정의 첫째 아들 윤구의 자식인 윤관중인데, 그가
첩을 좋아하고 사냥을 즐기며 공부에는 소홀히 하다 尹毅中에게 무시를
당한 일이 있었다. 윤의중이 筆墨을 一門의 모든 從弟에게 나누어주면서
관중에게만 주지 않고, "첩질이나 하고 사냥이나 하는 위인은 필묵이 소용없
을 것이야!"라고 하였던 것이다. 그래서 관중이 痛憤해하며 곧바로 첩과
사냥을 끊고 대둔사에 들어가 독서에 전심하고자 하는 뜻을 보였다.[204]
이에 미암이 답신하여 격려해주고 기특하게 여겼다. 윤관중이 나이가 많아
공부하는 데 수고로우면서도, 노둔한 재주를 다하겠다고 뜻을 밝히자,
미암은 이러한 관중이 장한 뜻을 가진 장부라 할 만하다고 해석하며 그를
헤아려주었다.[205] 이 뒤에 윤관중의 부친이 편지한 데 답할 때에도 관중을
기특하게 여기며 '뱀이 변하여 용이 되기를 기대할 수 있게 되었으니 일문의
경사가 이보다 큰 것이 없을 것'이라고 칭찬하였다.[206] 미암이 평소에

---

203) 『미암일기초』 제3책, 1569 기사년, 5.26, "叔道因言 景濂雖四山監役 亦可圖矣 余曰
　　不敢望之."

204) 『미암일기초』 제4책, 1570 경오년, 12.21, "尹寬中在大芚山中菴寺 送人來曰 息義當卽
　　進觀 不勝痛憤而來 動心忍性 終期於有成伏計 又書云 始覺三十三年之非 一朝感動
　　奮發而上來 然志氣昏懦 精神衰憊 功不倍徙於他人 則不如不爲之安逸也 隙駒流景
　　不可棄乎頃刻 而不忍毁于立心 故忽闕於禮 而不敢進覲於左右 罪恨罔極 伏乞容恕垂
　　憐 勿咎如何 蓋寬中溺愛於妾 成癖於獵 心荒志耗 無意於讀書爲文 及頃者參判致遠公
　　之來也 分給筆墨于一門諸從弟也 獨不給寬中 以爲淫獵之人 無事筆墨 寬中遂發奮上
　　寺 專心讀書 不顧家事云 乃棄入盧如涕洟 離愛妾如若弊屣."

205) 『미암일기초』 제5책, 1570 경오년, 12.22, "昨日 送簡于尹寬中 今朝報書云 年晚讀書之
　　勞 不啻若掘千仞之深井 斲萬仞之頑石 若不得淸泉良玉 庶竭駑純 死而後已 此息之志
　　也 觀此則而栗可謂壯志之丈夫."

206) 『미암일기초』 제5책, 1570 경오년, 12.28, "尹坦之書來 余答曰 寬中發奮參判之警策
　　罷萊公之獵 讀老泉之書 蛇變爲龍 指日可待 一門之慶 孰大於是云云."

112

사위를 생각하고 기대하는 마음을 가지고 있었음을 이 편지 글을 통해 자세히 알 수 있다. 딸에 대해서는 미암이 수장한 『內訓』 4책이 잘 되었다며 딸에게 주자, 딸이 좋아하며 "귀하게 보다가 은우에게 전해주겠다"207)고 한 일화가 있다.

그리고 미암은 가정에서 손자의 학업과 교육에 관심을 갖고 지도했다. 미암은 형의 아들이자 증손인 光雯에게 특히 기대하는 바가 커서 그의 학습을 지도하고 그 과정을 세밀히 관찰했다. 처음 광문은 허봉과 백악산 아래 빈 집에서 공부를 하러 함께 갔다.208) 그런데 무진년 생원 진사 초시 방에 허성과 허봉만이 생원에 합격하고 광문은 낙방하고 오자209) 격려 차 절에 보내 공부하게 한다. 이때도 광문과 함께 의논해 해주 문헌당으로 보낼 계획을 세우고, 고죽서원에서 사서를 외운 뒤 내년 여름에 오도록 하였다.210) 함께 공부한 벗과 시험에 응시하였다가 혼자 낙방한 손자의 마음이 상하지 않을까 배려하며 그의 뜻을 존중하여 자상하게 돌보아준 것이다. 그 후 미암은 직접 광문의 학습 과정을 점검하며, 『中庸』을 읽기 시작하여 끝낸 날, 또 『소학』을 배우기 시작한 날 등을 기록하여 놓았다.211) 그리고 선군의 언행을 적은 책을 누이 집에서 가져왔을 때도 광문에게

207) 『미암일기초』 제7책, 1573 계유년, 3.7, "唱准金世傑 持紙價內訓四冊來 粧潢可愛 卽予女子 女子大喜 卽稱謹當寶玩 傳之恩遇云."

208) 『미암일기초』 제1책, 1568 무진년, 3.13, "光雯以與許篈業白岳山下 空舍辭歸."

209) 『미암일기초』 제2책, 1568 무진년, 4.16, "一所生員進士初試榜來 許筬許篈 中生員試 而光雯落矣."

210) 『미암일기초』 제2책, 1568 무진년, 6.25, "夕 與光雯 議不送于湖南 送于海州文憲堂之 計 光雯 前日好象戲服玩 而懶於讀書 頃見許筬許篈等生員 有激勵之志 故秋送于孤竹 書院 令讀誦四書 明年仲夏 乃率來爲計."

211) 『미암일기초』 제2책, 1568 무진년, 8.11, "光雯·金蘭玉 今日始受中庸 其後十七章 尹軫亦同參."; 1568 무진년, 9.3, "光雯·金蘭玉·尹軫 受中庸畢."; 제3책, 1569 기사 년, 8.1, "光雯始受小學."

보여주며 익히게 했다.212) 또 미암이 『養生大要』를 손으로 써서 광선에게 주었고,213) 광연에게는 미암이 편한 『신증유합』을 읽게 하였다가, 어려워한다는 부인의 충고를 듣고 『동몽수지』로 바꿔 읽게 하였다.

한편 미암에게는 한 명의 첩이 있었고, 그에게서 난 孼女가 넷 있었다. 첩의 상전은 李元祿의 조카 李瀞의 장인인 李懼였고, 첩의 첫 번째 소생인 海成은 洪磻 소유의 婢였으며, 둘째 海福의 상전은 李懼, 셋째 海明과 넷째 海歸는 이정이 상전이었다. 미암은 이 네 명의 얼녀들을 모두 속량해주기 위해 애썼다.214) 이 가운데 둘째인 해성을 속량하는 과정이 상세하여 그 기록을 살펴보겠다.

미암은 이원록의 형의 아들인 이정이 찾아와 만난 적이 있다. 당시 이정은 이구의 사위였고, 이구가 미암 첩의 소생인 해복을 속신해 주겠다는 뜻을 전하자, 미암이 공으로 받을 수는 없고 말을 주고 사겠다고 하였다.215) 그러나 이구가 해복의 贖身을 해주되 말을 받고 싶지는 않다고 하고, 대신 그 사위인 이정이 벼슬을 구할 때 조언을 약속해주었으면 하자, 미암이 사양하며 그렇게 하지 않겠다고 하였다. 그것은 事體에 꺼리는 바가 있기 때문이었다.216) 미암은 아무리 자식 일이라 하더라도 남의 벼슬자리를 보아주는 부당한 방법을 써가며 이루고 싶지는 않았던 것이다. 결국 1년

---

212) 『미암일기초』 제6책, 1571 신미년, 2.9, "以先君子言行冊 取之於吳姊 以示光雯."

213) 『미암일기초』 제10책, 1576 병자년, 3.22, 余手記養生大要于受用記 以賜光先.

214) 구완회, 「조선 중기 사족얼자녀의 속량과 혼인」, 『경북사학』 제8집, 1985, pp.47~52. 네 얼녀의 속량 과정은 이 논문에 상세히 나와 있다.

215) 『미암일기초』 제3책, 1569 기사년, 6.1, "李廷瑞兄子淨來訪 乃前恩津李懼之壻也 來言海福許我之意 余以爲吾當以馬買之 不可空受 以扇一柄贈李生."

216) 『미암일기초』 제3책, 1569 기사년, 8.11, "(전략)具言乃翁前恩津懼 言海福贖身 不欲受馬 以而其壻李淨求仕時助言爲約 余辭以不敢 蓋於事體 有妨故也."

114

뒤 이구가 찾아와 해복의 속신을 허락하였고[217] 이정이 放賣文券을 보내와 해복은 비로소 속량이 되었다.[218] 미암은 당시 이구의 청을 들어주지 않았으나 고마운 마음에 보답할 계획을 가지고 있다가, 결정적으로 4년 뒤 이원록이 죽으면서 자신은 자손이 없고 형의 아들, 곧 이정을 걱정하는 뜻을 남기자, 미암이 김귀영에게 편지를 보내어 정을 참봉 망에 들기를 바라는 뜻을 전하였다.[219] 이원록은 미암과 함께 유배에서 풀려난 사이로 서로 친분이 있었고, 士林의 화를 벗어나게 하는 데 애쓴 공적이 있는 인물임을 미암이 알고 있었기 때문이다. 그리하여 얼마 뒤 미암이 별운검으로 나갔다가 당시 이조판서였던 김귀영과 함께 앉게 되었을 때, 김귀영에게 기억하고 있던 이정을 부탁하여 허락을 받았다.[220]

이처럼 미암은 가족 구성원의 형편과 마음을 하나하나 헤아려, 자신의 힘으로 할 수 있는 만큼을 배려하였을 뿐만 아니라, 부족할 때는 선한 뜻을 가진 이와 의논하거나 그에게 부탁하여서 문제를 해결해 갔다. 미암이

---

217) 『미암일기초』 제5책, 1570 경오년, 9.1, "前恩津李公懼來臨 乃許海福之贖身也 恩出非常 感何可言 (후략)."

218) 『미암일기초』 제5책, 1570 경오년, 9.2, "夕 李恩津之壻李瀞士潔 持海福放賣文券來贈 非常之恩 何以報之 以一扇姑謝 余竢得間 躬詣以謝爲計."

219) 『미암집』 권3, <與金判書貴榮書>, "前日明倫堂上之語 明公記否 廷瑞以叔侄之親 不脅從於虐焰 泣諫士林之禍 至脫退溪於不測之穽 論心計功 在所褒獎 而還朝之後 疾病沈綿 又無深知 蹭蹬終身 又凡謫還之士 荷銓曹之憐 無不錄用其子弟 而廷瑞獨遺 嘗欲官其兄子瀞 以書囑希春曰 僕無子 有兄子瀞 爲人端愼 可合百執事之任 而無人薦拔 以此望公 希春不勝感激 卽袖其簡 躬詣鄭判書宅 言而呈之 適參判朴公亦至 同坐共觀 相與感歎 以俟其便 今廷瑞已逝 其言益可追念 仁人君子 當作何如懷耶 前日之白 蓋知相公必還秉均 故預陳情實 相公亦必動惻隱之念矣 乞須銘圖 瀞也爲人甚佳 取才已久而無加資 只入參奉望云."

220) 『미암일기초』 제9책, 1574 갑술년, 11.18, "以別雲劍 借人馬乘月詣闕 日氣甚寒 朝食玉堂之飯 辰正 上出宮 扈衛之臣 隨至昌德宮敦化門外 下馬而趨 至協陽門 向高而步 胸喘氣困 坐于宣化門外置輦之左 與吏判金公連坐而語 談及瀞事 顯卿深許之."

가족과 친지들을 매우 살뜰히 보살펴주었지만, 부당한 방법으로 그들의
이익을 도모하지는 않았다. 단적으로 1568년(무진) 문과회시 參試官에 낙점
되었을 때, 미암은 자신의 '妻同姓三寸姪女夫'에 해당하는 생원 이형과
진사 이방주가 모두 문과회시에 들어갔다 하여 법에 '相避'하는 것이 마땅하
다고 승전색에게 말하여 대신 황정욱이 낙점을 받게 된 일화가 있다.[221]
이러한 데서 미암의 정직하고 私慾이 없는 성품이 드러나며, 가족 간에
親和를 중시하고 보살펴서 이끌어나간 家長으로서 실천적 태도를 볼 수
있다.

나. 조상에 대한 정성

미암은 유배로 인해 조상에 대한 도리를 다하지 못하였다는 생각에,
조상에 정성을 다하는 모습을 보였다. 이는 해배 후 조상들에 대한 省墓와
加土 등을 하면서 행한 기록에서 집중적으로 볼 수 있고, 제사에 관해서는
忌日에 임하여 齋戒하고 또 時祭를 올리는 기록을 상세히 남긴 데서 찾아볼
수 있다.

미암은 해배 후 가장 먼저 先祖의 墓를 돌보는 데 힘을 썼다. 해배된
그 해 11월 16일에 성묘를 청하는 상소를 올리자 선조는 "비록 성묘를
할 때는 아니지만 인자의 망극한 정을 가지고 어찌 참배를 안 할 수 있겠는
가"[222]라며 보내주었다. 미암은 유배로 돌보지 못한 부모와 조상에 대해
우선 성묘를 하는 것으로 예를 표한 것이다. 그리하여 바로 다음 달 해남에

221) 『미암일기초』 제2책, 1568 무진년, 5.27, "余入文科會試 參試官落點 余以妻同姓三寸
姪女夫生員李蘅, 進士李邦柱 俱入文科會試 法當相避 故承傳色入啓 傳曰 知道 即於黃
廷彧落點."
222) 『미암일기초』 제1책, 1567 정묘년, 11.16, "雖不爲掃墳之時 如此人子罔極之情 豈不往
拜乎."

가서 부모의 분묘를 살피고, 순천에 가서 조부모의 묘에 재배하였다.[223] 이때 해남으로 가는 여정이 일기에 상세히 나와 있다. 미암 선대의 묘소는 광양과 순천, 해남에 분포해있었고, 부친과 백씨, 외조부의 묘가 해남 모목동에 있었다.[224] 미암은 먼저 해남에 있던 先親에게 성묘를 갔는데, 이는 유배 중에 모친상을 당하여 그때 돌보지 못한 것을 몹시 안타까워하였기 때문이다. 미암은 이유수와 아들 경렴, 매부 오언상, 손자 광문을 데리고 모목동에 가서 먼저 先妣의 묘를 뵙고 땅에 엎드려 곡하였다.[225] 성묘를 한 지 일주일 후 선비의 신주가 모셔진 누이(吳姊) 집에 가서 香亭子 안의 神主를 공경히 살피고 창문을 바르며 못질을 하고 마침내 보내며 제사를 행하였는데, 이날 신주를 보내고 나서 미암은 슬픔을 이기지 못해 누이 앞에서 눈물을 흘렸다고 기록하였다.[226] 그리고 담양 泥八谷에 있는 丈祖와 丈人의 무덤에도 제사를 지냈다.[227]

성묘를 다녀온 후, 미암은 다시 加土를 하러 가기 위해 1569년(기사) 金鸞祥에게 조정에서 관리들이 掃墳과 加土하는 규정에 대해 물어보아

---

223) 『미암일기초』 제1책, 1568 무진년, 1.29, "且臣於去年十一月十七日 特蒙恩賜田馬 詣海南省父母墳 詣順天拜祖父母墓 不勝感幸."

224) 이성임, 「16세기 조선 양반관료의 사환과 그에 따른 수입」, 『역사학보』 145호, p.121 주) 101 참고.

225) 『미암일기초』 제1책, 1567 정묘년, 12.5, "食後 以展省詣牟木洞 先謁于先妣墓 伏地而哭 遂往先君墓前 伏而哭 城主備送祭物甚豐 (중략) 從吾行者 李惟秀, 吳彦祥, 景濂, 光雯也."

226) 『미암일기초』 제1책, 1567 정묘년, 12.12, "朝食後 詣吳姊宅 敬審香亭子內考妣兩神主 糊其窓加釵釘 遂行遣行奠 ○是日 旣送考妣神主不勝悲感 於姊前淋然涕淚." 미암은 그 후 모친이 평소에 아끼고 믿던 친척 林遇利의 妻에게 선물을 보내 마음을 전하기도 하였다. 『미암일기초』 제3책, 1569, 기사년, 12.18, "朝 以生雉一首 窓戶紙 四張 送于張興林生員遇利妻氏 乃萱堂平日之所愛信之族也."

227) 『미암일기초』 제1책, 1567 정묘년, 11.27, "朝 往拜于泥八谷丈夫母墳墓."

소분은 5년에 한 번, 가토는 무너짐에 따라 한다는 것을 알게 된다. 미암은
이번 가을에 조정 신하들이 소분하러 가는 것을 허락하지 않는다 해도
20년간 절역에 있었던 정황을 疏로 진술하고 가려고 하였다.228) 그런데
기대승이 "『經國大典』에서 부모의 묘소를 참배하는 것만을 허락하였고,
조부모 묘소 참배 휴가는 없다고 하였으니 가을에 갈 때 순천을 가면
안 될 것"229)이라 일러주었다. 미암은 그 말을 따르기로 하고, 이 해 9월에
해남으로만 가토를 하러 가며 여러 사람의 도움과 전송을 받게 되었다.
당시 京畿都事로 있던 李廷馨은 경기도 四官에게 私通文을 보내 미암을
호송해주도록 하였고, 윤근수도 과천까지 말을 내줄 것을 허락하며 다음날
미암을 전별하는 술자리를 베풀어주었다.230) 또 이준경은 미암이 고향에
오래도록 머물지 않기를 바라는 편지를 보내기도 하였다.231) 그런데 해남에
는 아직 미암의 집이 없을 때이므로 사위 윤관중과 의논하여 윤행의 집을
빌려서 머물기로 하였다.232) 이렇게 해남으로 떠나는 미암의 여정이 일기에
상세히 기록되어 있다. 이 부분은 미암이 그날그날 길을 떠나며 머문 지방에

---

228) 『미암일기초』 제3책, 1569 기사년, 7.3, "聞諸金參議 掃墳則五年一次 加土則隨壞爲之
余則雖今秋不許朝臣掃墳 當以二十年阻絶之情 陳疏而去."

229) 『미암일기초』 제3책, 1569 기사년, 7.25, "奇公云 凡大典只許父母墳拜掃 無祖父母墳
拜掃給暇 令鑑秋歸 不可往順天云 其言有理 余安敢不從."

230) 『미암일기초』 제3책, 1569 기사년, 9.20, "李都事庭馨 以京畿四官護送私通送來
深感深感 ○ 尹舍人將許至果川刷馬 又欲以明日來訪."; 9.21, "禺中 舍人尹君根壽率
妓工看饌來設酌 尹判決事斗壽, 右尹朴啓賢, 大司成奇大升, 判事安自裕, 典翰李山海
皆以舍人先生 爲餞我而來 以次行酒 音樂交作 以奇明彦之言止樂 至日暮昏深 諸客盡
去 尹舍人獨留 人定後乃去 其從容繾 至矣." 가토를 하러 가는 미암을 도와준 이정형
은 을사사화 관련 기록인 「壽春雜記」와 기묘사화를 다룬 「黃兎記事」를 남긴 인물로,
미암 생전에 이미 만났음을 여기서 볼 수 있다.

231) 『미암일기초』 제3책, 1569 기사년, 9.22, "李領相裁書 付錄事送來云 (후략)."

232) 『미암일기초』 제3책, 1569 기사년, 9.18, "與尹寬中 議歸海南 借寓尹定州行宅."

118

서 만난 사람들, 보고 들은 이야기를 기록하고 때로 자신의 소회를 적어놓기
도 하여 마치 기행일기의 한 편과 같다.

이렇게 8월 25일에 서울을 떠나 10월 12일에 해남 집에 도착한 미암은
마침 14일에 外姑의 忌祭를 맞아 전날 齋戒하고, 기제 날에 齋室이 있는
文殊寺로 가서 기일제를 지냈다. 이때 宋君直, 宋震 등이 主人으로 가고,
미암의 아들 경렴과 사위 관중이 따랐으며, 서희익, 채원서, 이의가 손님으로
왔다. 祭를 지내고 두부 밥을 먹고 해가 기울어 내려왔다.[233] 그리고 21일에
祖考와 先君 양위에 제사를 지냈다.[234] 이와 함께 축문을 읽었는데, 이는
조금 뒤에 살펴보겠다. 그 후 24일에는 외조부 최부의 기일을 맞아 제사를
지내고, 또 장인 장모 두 분께도 돌아온 기쁨을 고하여 제사를 지냈는데
이때에는 부인도 참여했다.[235] 다음 달 3일에는 선고와 선비의 두 분묘에
제사를 지냈다. 최부와 형수 등의 묘소에도 술잔을 올리고, 외조모 정씨와
정참군, 김이모 묘 등에도 자제들을 시켜 대신 잔을 올리게 했다.[236]

그 후 1571년에는 미암이 전라감사로 고향에 내려오게 되어 조상에게
제대로 예를 갖추어 올리는 모습을 상세하게 설명하여 기록해놓았다. 미암
은 먼저 해남에 당도하자 제사를 지내려고 그 전날 재계를 하고, 당일이
되어 조부와 조비, 선군과 선비에게 제사를 지냈다. 그 상황과 순서를
적은 기록은 다음과 같다.

---

233) 『미암일기초』제3책, 1569 기사년, 10.13, "以明乃外姑 忌齋戒."; 10.14, "食後
    爲過外姑忌日祭 詣文殊寺 卽齋室也 宋君直 宋震 以主人 景濂 尹寬中 亦隨行 徐希益
    蔡元瑞 李義 以客至 祭後 食豆腐飯 日昳 乃來."

234) 『미암일기초』제3책, 1569 기사년, 10.21, "祭祖考及先君兩位."

235) 『미암일기초』제3책, 1569 기사년, 10.24, "祭外祖錦南先生 爲忌辰也 畢祭 又祭丈岳兩
    主 告歸慶也 祭物皆備 丈祭 夫人亦參."

236) 『미암일기초』제3책, 1569 기사년, 11.3, "禺中 行祭于先考先妣兩墳 行酌獻禮于崔祖
    正郎 兄嫂等墓 又令子弟代憲于外祖母鄭氏及鄭參軍 金姨母之塋."

닭이 울자 일어나 세수를 하고 관대를 갖추어 손수 紙榜을 썼다. 곧
현조증승정원좌승지, 비증숙부인 현고증가선대부이조참판 비증정부인
최씨이니 대개 兩位를 한 상에 함께 모신 것이다. 강진의 祭床은 조부에게
차리고, 진도의 제상은 先考에게 차렸는데 제물이 풍부히 갖추어졌으나
다만 강진인이 밥 한 그릇만을 올렸으니 이는 발이 넘어져 기울어지고
엎어져서라 한다. 과자도 높이 쌓았는데 날이 따뜻하여 무너져 떨어져
고쳐 쌓은 까닭에 平明에야 제사를 시작했다. 제사가 끝나고 친척과 마을
분들과 함께 나누었다.[237]

아침 일찍 일어나 씻고 예복을 갖춘 다음 조상의 紙榜을 써서 모시고,
제사상을 차리는 과정이 상세하다. 상차림에는 각 지방의 도움이 있어
풍부히 갖추어졌으나, 몇 가지 미비한 점으로 인해 예상보다 늦게 제사를
시작한 정황도 설명했다. 곧 조부께 차려드리는 제상에는 밥이 한 그릇뿐으
로, 이는 차리는 사람이 발이 넘어져 실수로 밥을 엎은 까닭이었고, 과자가
많아 높이 쌓았으나 날이 따뜻해서 오히려 무너져 내린 것이다. 그래서
해가 다 뜬 平明이 되어서야 비로소 제사를 지내고 끝나서는 친척과 마을
사람들에게 음식을 나누어준 것이다.

그리고 전라감사로 고향 해남에 내려와 있으면서 미암은 당대에 3대
추증을 받아, 선산 유씨 가문에서 가장 영광스러운 시기를 맞게 되었다.
1571년 3월에 先考 유계린에게는 이조참판 겸 동지의금부사를, 祖父에게는
승정원 좌승지 겸 경연참찬관을, 曾祖父에게는 통훈대부 통례원좌통례를,
그리고 先妣 崔氏에게는 정부인을, 祖妣 설씨에게는 숙부인을, 曾祖妣 양씨

---

237)『미암일기초』제6책, 1571 신미년, 8.8. "鷄鳴而起盥洗具冠帶 手書紙榜 卽顯祖贈承政
院左承旨 妣贈淑夫人 顯考贈嘉善大夫吏曹參判 妣贈貞夫人崔氏 蓋兩位共一卓 康津
之床 設於祖 珍島之床 設於考 祭物豊備 旦康津人 只進飯一器 乃跌足而傾覆也 果子亦
以高築 日煖而頹落 改築故平明始祭 祭畢而分與親戚鄕黨."

120

에게는 숙인을 추증한 官誥가 내려온 것이다.238)

이에 미암은 先代의 추증을 기뻐하는 시를 지어, 부친이 책을 천 편을
외웠으면서도 늦게까지 급제를 못하여 쓰이지 못한 것을 안타까워하며,
오늘날 추증된 것이 자신의 힘씀으로 된 것이 아니라, 음덕과 선이 오래
쌓여 그것이 거둬진 것이라 밝혔다.239) 미암은 부친이 생전에 급제하지
못한 것을 안타까워하며 기회가 닿는 대로 그 詩文을 드러내고 싶어 하였다.
朴淳의 동생 朴漑가 찾아왔을 때 그 형 박순이 '新增 續東文選'을 만들려고
한다는 사실을 알고, 미암은 先君이 지은 '項羽小詩'를 보여준 것이다. "박개
가 그 건장하고 의미심장함을 감탄했다"고 기록하였고,240) 며칠 뒤에 注簿
인 金禧年에게도 이 시를 외워주고, "『속동문선』에 넣을만하다"는 평을
들었다.241) 이처럼 미암은 평소에 부친의 詩文을 보관하고 있다가 그 시문을
세상에 드러낼 수 있기를 바랐다.242) 일찍이 미암은 선군의 言行을 기록해

---

238) 『미암일기초』 제6책, 1571 신미년, 3.5, "吏曹書吏柳熙祥 持昨日政下批追贈三世官誥
　　來 希春具冠帶出迎 受而向闕伏地 入而展讀 則先考贈吏曹參判兼同知義禁府事 祖贈
　　承政院左承旨兼經筵參贊官 曾祖贈通訓大夫通禮院左通禮 先妣崔氏贈貞夫人 祖妣
　　薛氏贈淑夫人 曾祖妣梁氏贈淑人 百年之願 得伸於此 不勝悲感 喜淚自下 司諫閔德鳳,
　　正言尹卓然, 僉知唐堯弼, 姜益, 僉正南宮憘, 鄭鴻, 金個, 薛恭 相繼而來去."

239) 『미암집』 권2, <喜追贈>, "早年曾誦千篇快 晩歲終無一榜登 今日追榮兒豈辦 陰功積
　　善久方徵."

240) 『미암일기초』 제3책, 1569 기사년, 閏6.3, "朴直長之來也 希春以先君所作項羽小詩寫
　　示 其詞云 將軍提劍起江東 囊括乾坤掌握中 不將英布江中使 那棄經營八載功 朴君歎
　　其健壯而意味深長 蓋朴之兄大提學淳 有新增續東文選之故 希春以此諷之."

241) 『미암일기초』 제3책, 1569 기사년, 閏6.12, "追記昨夕金禧年景老聞希春誦先人項羽
　　小詩 以爲首二句 氣像磊落健壯 下二句 意思深遠 可合續文選云."

242) 부친의 이름을 알리는 일을 중시한 것은 일찍이 미암이 본받은 중국 인물의
　　행적에서 나온 것이라 추측된다. 유배지에서 저술한 『속몽구』 권3, '朱泝繼祖公遷傳
　　父'條에는 원나라 때 학자 朱公遷의 학문이 가정에서 나와, 그 부친 이름까지
　　전하게 된 일화가 기록되어 있는데, 이러한 기록을 통해 미암이 주공천과 같은
　　인물에게서 감화를 받고 자신도 실천에 옮기고자 하였으리라 여겨진다.

두었다가 누이에게 孝誠을 칭찬받기도 하였다.[243]

또 다른 시에서는 3대 추증의 德을 모친이 이미 마련해놓아 그분들의 영화로움을 입은 것이라며 감사해하였다.[244] 모친이 이미 마련해놓았다는 것은 해배 직후 고향에 省墓를 간 미암에게 누이가 "모친이 돌아가시기 하루 전날 나에게 말하기를 '꿈에 내가 부인에 봉해지는 것을 보았으니 내 아들이 후에 추증할 징조다'라고 하셨단다"[245]라고 전해준 말을 가리킨다. 미암은 유배지에서 모친상을 당했기에 이러한 말을 듣고 매우 안타까웠을 것이다. 미암이 종성 유배지에서 고향으로 돌아가지 못하고 있던 도중에 모친상(1558)을 당하여 부인 송씨가 대신 상례를 치르게 됐던 것이다.[246] 미암은 유배지에서 모친의 부고를 한 달 지나서 듣고 禫祭 역시 한 달을 미뤄 행했고, 은진에 이배되어 성묘를 할 당시는 奔喪의 禮에 따랐다. 해배 후 미암은 퇴계를 만나 이 사실을 고백하고는 예가 옳은지 모르겠다고 묻자, 퇴계는 처사에 합당하다고 답해주었다.[247] 유배지에서의 안타까운 상황에서 치른 예를 퇴계도 이해하고 인정해주었던 것이리라.

이처럼 미암 당대에 조상이 영광을 누릴 수 있었던 것은 아마도 미암의

---

243) 『미암일기초』 제6책, 1571 신미년, 3.19, "具韓妹見希春記先君言行 大嘆伏以爲眞孝子云."

244) 『미암집』 권2, <感追贈三世>, "先考知來言甚悉 萱堂臨没夢還明 那知北海看羊子 今被乾坤雨露榮."

245) 『미암일기초』 제1책, 1567 정묘년, 12.12, "姊氏曰 母主於卒前一日 語余曰 夢見我封夫人 乃吾男後日追贈之兆也."

246) 『미암일기초』 제11책, pp.319~321, 附錄, 宋德峰 作, <靳石文>, "姑氏之喪 盡心竭力 葬以禮祭 以禮."

247) 『미암일기초』 제2책, 1568 무진년, 7.23, "早朝 往謁李判府事退溪先生 適無他客 對坐從容 談話頗款 希春問 昔在北鄙遭母喪也 逾月而始聞 及其禫祭也 退行於一月 又量移恩津也 往省親墓 行素變服 到墓散髮 略如奔喪之禮 所遭之變 旣異於常人 禮亦隨變 未知是否 先生曰 如此處事當矣."

조상에 대한 인식이 남달랐기 때문일 것이다. 미암이 1569년(기사)에 加土를 하러 내려갔다가 선친께 제사를 지내며 축문을 읽는 내용에서, 조상에 대해 가지고 있는 생각을 볼 수 있다.

> 엎드려 고합니다. 정묘년(1567) 10월부터 성은을 입어 조정에 돌아와 성군의 사랑을 극진히 받고 시종, 대간, 사인의 화려한 직책을 거쳐 무진년 (1568) 11월에는 또 통정 성균관 대사성, 승정원 승지 등의 관직에 올랐으니 이는 저의 어리석음으로 능히 이를 수 있는 바가 아닙니다. 진실로 조상의 積善하신 餘慶에 인한 것이니 이제 내려와 감히 情實을 고합니다. 흠향하소서.[248]

부친께 지내는 제사의 축문에서 미암은 성군의 은총과 조상의 積善의 여경에 인연한 것을 감사하는 마음으로 淸職을 거친 것과 通政의 직에 오른 것이 모두 자신의 능력으로가 아니라, 조상의 적선의 여경에 인연한 것이라 인식하고 있는 것이다. 그 후 호남지역을 돌아보며 지은 <玄祖의 墓에 제사를 지내고>라는 시에서도 미암은 선조의 남은 은택이 멀리까지 전해온 것이라는 시각을 보였다.[249] 조상의 積善이 후손에게 내려와 떨쳐 드러난다는 사고는 일찍부터 있어왔을 것이나, 미암 당대에도 그러한 인식이 행해졌음을 알 수 있다.

추증 후에 미암은 이를 조상에게 알리는 뜻에서 祖父와 丈人, 曾祖父에

---

248) 『미암일기초』 제3책, 1569 기사년, 10.21, "祝文 伏以自丁卯十月 蒙恩還朝 極荷聖眷 歷踐侍從, 臺諫, 舍人淸華之職 至戊辰十一月 又陞通政成均館大司成, 承政院承旨等 官 此非孫之愚蒙所能到 實緣祖考積善之餘慶 今玆下來 敢以情告 尙饗."

249) 『미암일기초』 제6책, 1571 신미년, 8.24, "昨祭玄祖墓詩 此墓荒涼二百年 如今三石豎 森然 玄孫豈解光先祖 遺澤從來久遠傳." ; 『미암집』 권2, <湖南雜詩>, "右登玄祖 墓."

제사(告由祭)를 지냈고, 죽은 누이(亡妹)와 고모에게도 광문에게 대신 제사를 지내게 하였다.[250] 그와 함께 조고에게는 神主에 새로 증직된 官을 썼다.[251] 외조부 묘에 표석을 바꿔 司諫으로 고쳐 썼고, 선백씨 묘에는 가토를 안 하다가 금강사 중과 노비를 시켜 풀을 덮었으며, 외조모의 묘와 이모의 묘에도 대행하여 제사를 지냈다.[252] 미암은 고향에 있는 조상의 묘를 돌보는 과정에서 知人들의 도움을 많이 받았는데, 백광훈은 미암 선군의 비석과 망주석에 글을 새겨주었고,[253] 송순에게도 담양의 장인 표석에 액자를 써달라고 부탁하여 도움을 받았다.[254] 그 후 미암은 처의 외조부인 이인형의 묘에 표석이 없이 70년이나 지난 것을 생각하며, 청백 재상의 분묘가 서민 무덤과 다름이 없음을 안타까워하여, 牧使 李龜壽에게 간청하여 승낙을 받았다.[255], 이인형은 김종직의 문도이기도 하여, 겸하여 사림을 추숭하는 마음도 함께 드러냈다 할 것이다.

다음 미암이 평상시 지낸 제사를 살펴보면, 忌日과 時祭의 두 가지로 나누어 볼 수 있다. 미암은 忌日 하루 전날에는 반드시 齋戒를 하였다.[256]

---

250) 『미암일기초』 제6책, 1571 신미년, 4.2 ; 4.3 ; 4.10.

251) 『미암일기초』 제6책, 1571 신미년, 4.2, "旣祭 (중략) 以木賊 刮神主舊粉面 洗以水而改塗粉 令崔岍寫新贈之官."

252) 『미암일기초』 제6책, 1571 신미년, 4.23, "次祭外祖崔承旨之墓 新易表石 而以司諫代禮賓正書之 此則惟秀之所定者也 次祭先伯氏墓 久而不加土 昨日令金剛寺僧及戶奴 新加好草 森然可觀 其他若外祖母氏墓, 姨母墓, 吳二喬 則令金德濟, 彦祥代行."

253) 『미암일기초』 제6책, 1571 신미년, 4.23, "白光勳所書前後面字 甚方嚴精密 不勝歎伏."

254) 『미암일기초』 제6책, 1571 신미년, 9.1, "宋君直及震報 石物今己鍊立 望石有未盡精練處 卽令更磨表石之額 請寫于宋四宰 今亦始刻三四字."

255) 『미암일기초』 제8책, 1573 계유년, 7.23, "余以李大憲仁亨之墓無表石 令七十年淸白宰相之墳 與氓庶之塚無異 不勝惻愴 禱於李牧使選 幾乎辦矣 經遞而來 今又値李牧使龜壽 故昨日以是懇而見諾 今又乃翁劾彦氏來而申許 深喜."

忌日祭를 지내는 날 生鮮과 같이 먹을 수 없는 물품을 받았을 때는 다른
사람에게 주었고, 손님이 찾아와도 피하고 만나지 않았다.[257] 그런데 간혹
기일 전날 재계는 하였어도 다음 날 미암이 아파 제사를 차리지 못하기도
하였다.[258] 이렇듯 미암이 조정에 머물던 동안의 기일에는 스스로 재계하는
정도를 기록한 것을 많이 볼 수 있다.

다음은 時祭를 지내는 과정에 대해 상세히 남긴 경우가 있어 살펴보겠다.
갑술년에 지낸 시제인데, 이때도 미암이 조정에 있던 때라 사정이 그리
여의치는 않았으나 전부터 말해둔 주변의 지인들에게 祭需를 보조 받고,
祭床 등을 빌려와 준비하였다. 시제를 지내기 전날에도 재계를 하였고
손님도 만나지 않아, 금산군수 임성무가 찾아왔는데 보지 못하고 갔다는
기록이 있다.[259] 그리고 당일에는 파루를 칠 때부터 일어나 준비하는 과정을
적어놓았다.

파루에 일어나서 빗질하고 세수하고 흑단령을 입고, 공경히 祖考의
紙榜을 써서 남헌에 제물을 차려놓고 제사를 지냈다. 제물이 풍족하고
정결하니 부인이 밤새 잠자지 않고 부지런히 거함이 많았다. 봉상시의
납촉도 각기 여덟 냥이었다. 단, 땅이 좁아서 두루 다니기에 좋지 못했다.[260]

---

256) 『미암일기초』 제6책, 1571 신미년, 10.23, "明日曾祖外祖之忌 今日齋戒."

257) 『미암일기초』 제3책, 1569 기사년, 6.4, "坡州牧使李遴 送魚 司僕主簿金鳳瑞 送酪粥
皆與人 以今日齋戒故也."; 1569 기사년, 8.10, "余以來十一日祖母忌素食 而肉餐授
申君."

258) 『미암일기초』 제5책, 1570 경오년, 8.10, "今日 乃祖姚之忌 齋戒日也."; 같은 해,
8.11, "今日 乃祖姚忌 而以余氣寸不快 未能設祭."

259) 『미암일기초』 제9책, 1574 갑술년, 5.13, " 借祭床小地衣於朴三宰宅來 又借高足床於
朴參判宅來 ○ 日將暮 余以爲 楊洲信士 必不愆期 方與寬中言 而楊人持祭需雉二首
來 不勝感歎 ○ 以明晨時享齋戒 不得見客 錦山郡守林成茂來 亦不得見而去."

260) 『미암일기초』 제9책, 1574 갑술년, 5.14, " 罷漏起梳洗著黑團領 敬書祖考紙榜 乃設祭

時祭에도 忌日과 마찬가지로 단정한 몸가짐과 옷차림을 한 뒤 조상의 지방을 공경하여 쓰고 제사를 지냈다. 이때 흑단령을 입고 제사지내는 것은 조선 전기 관직이 있는 자의 경우에 허락되었다.[261] 祭需는 지인들에게 도움을 받았지만, 전날 제수를 손수 다듬고 준비하느라 밤을 샌 부인의 노고를 잊지 않고 기록하였다. 蠟燭은 봉상시에서 가져온 것으로 보인다. 시제 지내기에는 좁은 공간에서 하느라 동작이 자유스럽지 못한 점을 단점으로 지적하였다.

그런데 미암 당대에는 제사에서 주자가례에 따른 예법이 철저히 지켜지지는 않았던 것으로 보인다. 주자가례는 남계혈족에 의한 적계주의와 장자 우선주의를 표방하였으나 조선 풍속에는 사위나 딸, 외손, 종자의 동생이나 첩자에게 봉사 자격이 주어지는 것이 일반적이었다.[262] 미암의 경우 형 유성춘이 일찍 죽어 宗子가 아닌 中子로서 제사를 받들었으므로, 이러한 주자가례 도입 이전의 예법을 보여주고 있는 것이다. 또한 미암은 때로 제사에서 俗例를 따르기도 하였다. 外祖妣와 外祖父를 함께 모시고 '부인집의 家法에 따랐다'[263]거나 '俗例를 따른 것[264]이라 밝혀 놓은 것이다. 그리고 창평에 집을 지으면서 祠堂을 짓고는 "벼슬이 높은 친손으로서 사당을

物於南軒而祭之 祭物豊潔 夫人徹夜不寐之勤居多 奉常之蠟燭 亦各八兩 但地窄 未快 周旋爾."

261) 국사편찬위원회 편, 『옷차림과 치장의 변천』, 두산동아, 2006, p.222.

262) 이숙인, 「주자가례와 조선 중기의 제례 문화」, 『정신문화연구』 제29권 2호, 통권103 호, 한국학중앙연구원, 2006(이혜순 외, 『조선 중기 예학 사상과 일상 문화-주자가 례를 중심으로』, 이화여자대학교 출판부, 2008 재수록, p.251).

263) 『미암일기초』 제2책, 1568 무진년, 10.14, "設忌日祭于丈岳兩主之位 以今日乃外姑之 忌辰 因俗習幷祭丈人 從細君之家法也."

264) 『미암일기초』 제6책, 1571 신미년, 1.8, "質明 設忌辰祭 爲外祖妣兼祭外祖錦南先生 從俗例也."

세워 祭를 지내는 것이 예에 합당하다"[265]고 기록하고 있다. 이에 대해서 이성임은 당시까지도 종법질서가 정립되지 못하였음을 말해주는 것이라 지적하였다.[266] 이는 『주자가례』에 따르면 家廟를 소유한 종자가 제사를 독점하게 되어 있는데, 조선의 『경국대전』에는 兄亡弟及의 원칙이 제시되어 있어 이를 따르고 있던 당시의 예법을 보여주는 것이다.[267]

이로써 보건대 미암이 살았던 16세기 중반까지는 주자가례의 예법에 따른 제례 의식이 아직 자리 잡지 않아 형 유성춘이 죽자 종자가 아닌 중자로서 미암이 제사를 받들고, 조상을 배향할 사당을 설립하며, 외조비와 외조부를 함께 모시는 속례를 따르는 등 조선의 예법에 더 가까운 면모를 보여주고 있음을 알 수 있다.

2) 知人과 의식주

가. 知人간의 信義

미암은 가족과 조상에 대해서 뿐만 아니라, 주변의 사람들과 주고받은 일에 대해 거의 빠짐없이 기록하여 남겼다. 당시 미암은 가장으로서 자기 집에 드나든 사람을 거의 다 기록하였기 때문에 미암의 교유 양상을 살피는 데 아주 긴요한 자료가 되는 것이다.

평상시 미암은 자신에게 찾아오는 벗이나 조정 동료, 친척 등을 맞이하여 담소를 나누거나 장기를 두고, 식사를 하기도 하고, 조정 소식을 전해 듣기도 하였다. 그리고 돌아가는 길에는 부채나 문방구 등 작은 선물을

---

265) 『미암일기초』 제10책, 1576 병자년, 3.9, "明年七八月山役 卽立祠堂 以希春雖中子 而贈承旨祖公 於光雲爲高祖 代盡無祭 故希春代未盡 爵高親孫 禮當立祠以祭故也."

266) 이성임, 「16세기 유희춘가의 해남조사와 물력 동원」, 『인하사학』 제10집, 인하역사 학회, 2002, p.408.

267) 이숙인, 앞의 논문, 2008, p.252.

건네주거나 미암이 그들에게 물품을 받기도 하였다.268) 미암이 없는 사이에 왔다가 명함만을 두고 간 사람도 있었다.269) 특히 설날 당일에는 명함을 던지고 간 사람이 헤아릴 수 없이 많았다.270) 또 미암이 知人에게 방문을 하거나 문병을 가고 弔問을 하는 때도 있었다. 특히 문병을 간 경우는 그 병세까지 자세히 기록하며 걱정과 우려의 마음을 드러냈다.271)

이처럼 미암은 손님을 맞으며 그들에게 주고받은 물품을 기록하는 것은 물론, 때로 평가나 자신의 느낌을 적어놓았는데, 이를 통해 사람들과의 관계에서 가장 중시한 것은 信義임을 알 수 있다. 이러한 미암의 관계에 대한 의식이 형성된 배경은 「庭訓」 '知人'條에서 사람을 대하는 법에 대해 밝혀놓은 다음 대목에서 찾아볼 수 있다.

> 일찍이 자식에게 훈계하여 사람을 보는 법을 말하셨다. "치우쳐 편벽되이 아첨하고 명예에 재빠르게 나아가는 것은 사악한 것이요, 곧고 樸實하며 변치 않고 信義가 있는 것이 바른 것이다. 너는 마땅히 뜻을 두어 살필지니라."272)

이러한 先君의 뜻을 따라 미암은 해배 후에도 명예나 부귀를 막론하고

---

268) 이는 일기에서 매일 주되게 기록되어 있는데, 미암에게 손님이 하루에 적게는 한두 명에서 많게는 십여 명씩이나 찾아왔다 갔다.

269) 『미암일기초』 제3책, 1569 기사년, 閏6.28, "申時 歸舍 見許晉·徐崦·林貞秀之刺."

270) 『미암일기초』 제7책, 1573 계유년, 1.1, "元日投刺者 申汝楫 陽大樹 申大壽 洪翼世 權和 洪德濬 金汲 李碩亨 醫員許浚 金彥鳳 申世茂及奉常寺書吏 成均館書吏及崔長孫 李千順 裵祿 張彥洪及奉常寺書員三十名也."

271) 『미암일기초』 제3책, 1569 기사년, 閏6.8 ; 7.11.

272) 『미암집』 권4, 「庭訓」 十訓, <知人第七>, "嘗訓子曰 觀人之法 便僻側媚 進銳面譽者 邪也 質直樸實 有恒有信者 正也 汝宜誌而察之."

128

친구로서의 도리를 다하고자 하였다. 미암이 부인에게 예전 친구가 뜻을 얻은 뒤에는 신의가 없어지는 것을 보고 탄식하자, 부인은 "남들이 나를 배반할지라도 우리들은 그와 같이 해서는 안 됩니다"273)라고 뜻을 같이 하며 격려하였다는 일화가 있다. 또 한 번은 辭職을 하려던 당시 병조판서 洪曇에게 미암이 꼭 사양할 일이 아니라고 편지를 보내자, 홍담은 "이는 실로 나를 사랑한 마음에서 나온 말이니, 평소에 믿는 바가 미암이 아니오"274)라 답하고, "붕우를 믿음으로 사귀는 것은 내가 영공에게서 처음 보았다"275)고 감탄하며 평하였다.

이처럼 미암이 신의를 중시하게 된 동기는 바로 벼슬을 하고 得意한 뒤 교우 관계가 변하는 사실을 목도하고부터였다는 데서, 당시의 세태를 비판하고자 하는 의도가 있었음을 알 수 있다. 그러나 그보다 근본적인 점은 앞서 庭訓의 인용을 통해 살펴본 대로 부모에게 물려받은 정신과 미암 자신이 겪은 체험을 통해 내면화하고 신조로 삼아 실천하고자 한 성향이 강하다. 士禍를 겪으며, 宦路에서 미암이 사람들에게 문제로 느낀 점을 자신이 의식적으로 바로잡고자 하는 의지에서 나온 것이다.

특히 미암은 옛 친구에 대해 특별히 사람됨이나 셈을 따져서 대하려 하지 않았다. 柳世澄(淸源)은 미암과 辛卯年(중종 26, 1531) 大芚寺에서 같이 한 옛 친구인데, 미암은 그를 '단정하지는 않으나 어렸을 때와 달라졌다'고 평하면서, '친구는 친구로 대하는 게 군자의 도리'라 하여 맞이하였다.276)

273) 『미암일기초』 제3책, 1569 기사년, 8.12, "余見故舊之得志無信者 歎其信義之不足 夫人曰 寧人負我 無我負人 我輩不當如是."
274) 『미암일기초』 제3책, 1569 기사년, 6.22, "簡于洪判書 諭以三度呈辭之餘 上不聽終辭 不必力辭 洪公答曰 伏睹令示 實出愛我 平生所恃 非吾令公耶."
275) 『미암일기초』 제3책, 1569 기사년, 6.26, "洪公遣報曰 交朋友以信 吾於令公始見之."
276) 『미암일기초』 제2책, 1568 무진년, 8.22, "世澄 人物雖不端 然今則異於少年 而又舊者

또 金基福에게는 전날에도 준 게 있는데 또 다시 찾아왔을 때 전복을 주며 "이것이 모두 옛 친구를 잊지 않으려는 것"이라 하였다.[277] 저녁에 김기복이 와서 전날에 그릇되었다고 깨달아 미암도 선을 일깨우며 모재 선생 제문을 보여주었다.[278] 이처럼 미암은 유배 전에 알던 친구들과의 친분을 저버리지 않고 변한 모습을 인정하고 또 깨우쳐주면서 해배 후에도 계속 이어가고자 한 것이다. 반면 미암이 유배 전 가르침을 받은 洪奉世 (1498~1575)가 찾아와 감격스러워하였다. 미암은 전에, 정확히 중종 35년에 그에게 가르침을 받은 바 있는데 지금 찾아와 주어 감사하는 마음이 깊다고 한 것이다. 그리고 그를 德과 度量과 學識이 있으며 當今의 第一流라고 평가하였다.[279]

유배지를 떠나온 뒤에도 미암은 종성을 잊지 않고 기회가 닿는 대로 그곳 문생들에게 소식을 전하려 했다. 미암은 서울에 있는 동안 沈逢源의 집에 거처하였는데 심봉원의 노비가 六鎭에 가게 되어 그곳 문생들에게 쓴 편지를 노비의 편에 부쳤고, 귀양 살 때의 집주인 댁과 노비가 있을 곳에도 물건을 봉해서 보냈다.[280] 또 종성에서 찾아온 사람을 보면 매우 반가워하며 선물을 주었고, 아직 그곳에 남아 있는 벗들을 위해 함경도사에

無失其爲舊 君子之道也."

277)『미암일기초』제2책, 1568 무진년, 8.23, "遺全鰒于金基福 昨日 亦有所遺 皆不忘故舊 也."

278)『미암일기초』제2책, 1568 무진년, 8.23, "夕 金基福來 頗前日之非 余亦責善 而彼亦有 懲前而悟後之意 余以祭慕齋先生文示之."

279)『미암일기초』제2책, 1568 무진년, 5.8, "洪僉知思菴先生奉世來臨 驚感奉迎 陪話亹 亹 移時乃去 余以好墨一丁爲謝 ○思菴有德有量有學有識 實當今之第一流也 昔在庚 子獲承謦欬 今又蒙枉臨 感荷良深."

280)『미암일기초』제1책, 1568 무진년, 1.30, "以主人家奴 將之六鎭 修簡于門生處 又封送 乾柿于主人及使喚人處."

130

게 편지를 보내어 친구들을 부탁하는 뜻을 전하였다. 함경도사 李廷馣은
편지를 보고 서울에 찾아와주기도 하였고281) 경성판관 李景明이 왔을
때는 그곳 지인들을 보살펴주기를 부탁하였다.282) 그리고 종성부사 金命元
이 찾아왔을 때도 종성에 남아 있는 이들을 생각해 줄 것을 부탁하였다.283)
그 후 종성판관 元亮이 와서 그곳 지인들에 대해 부탁하고 封送을 보냈다.284)
미암의 부인 송씨도 종성의 金俊傑 妻와 南世蕃의 妻 金氏, 韓誠의 妻에게
錦花와 버선을 봉송하고, 미암도 韓景斗와 金尙義란 인물에게 부채를 보내며
걱정하는 마음을 전했다.285) 그 후 한경두가 과거를 보기 위해 찾아왔을
때도 반가워하며 종성에 있는 옛 친지의 안부를 물어보았다.286)

미암이 종성에서 恩津으로 이양되었을 때 잠시 만난 이들도 해배 후
찾아와 인사하고 교분을 맺었다. 의금부 나장 곽원손은 미암이 종성에서부
터 은진으로 이양될 때 사람으로서 찾아왔고287) 은진에서 사귄 임량이란
사람도 찾아왔다.288) 그리고 새 은진수재 윤경복이 나갈 때 미암은 사람을
보내 은진 사람들을 생각해줄 것을 부탁하였다.289) 유배지와 잠시 머물렀던

---

281) 『미암일기초』 제2책, 1568 무진년, 4.26, "咸鏡都事李廷馣仲薰來訪 (중략) 余曾見宕
容宏三昆季 而宏尤熟 故曾通簡 李故來見 余寫咸鏡一路親舊稱念付之."
282) 『미암일기초』 제2책, 1568 무진년, 6.15, "鏡城判官 李景明如晦來訪 余以稱念."
283) 『미암일기초』 제2책, 1568 무진년, 7.11, "鍾城府使金公命元應順來訪 余以稱念鍾人
屬之 應順曰 此施之易耳."
284) 『미암일기초』 제7책, 1572 임신년, 10.5, "鐘城判官元亮 來授稱念封送而去."
285) 『미암일기초』 제7책, 1572 임신년, 10.5, "夫人封送鐘城金俊傑妻氏南世蕃妻金氏,
韓誠妻氏 錦花及足巾 余亦送扇于韓景斗金尙義處."
286) 『미암일기초』 제7책, 1573 계유년, 1.10, "鍾城韓景斗 以赴會闈 奉巡撫御史啓本而來
相見喜甚 問鍾山舊人 多有無恙."
287) 『미암일기초』 제1책, 1568 무진년, 2.5, "義禁 羅將郭元孫來謁 乃自鍾城量時恩津時羅
將也."
288) 『미암일기초』 제1책, 1568 무진년, 3.9, "任諒來訪 恩津相交人也."

곳을 떠나와서도 미암은 자신만을 생각하지 않고, 그 후에도 그곳 사람들을
잊지 않고 마음을 써 주었던 것이다.

을사사화로 인해 유배를 함께 경험하고 해배 후 다시 조정에 등용되어
만난 인물들에 대해서는 동지적인 관계에서 기쁨을 공유하였다. 유배를
같이 간 인물 가운데 특히 출신지 호남 인사인 노수신, 백인걸 등과는
더욱 각별한 친분을 유지하며 그들이 당상에 올랐을 때는 자신의 일처럼
기뻐해주었다.290) 한 번은 미암이 서울에 머물던 때 미암의 집에서 영흥부사
로 떠나는 李元祿의 餞別宴을 벌이기로 한 적이 있었다. 이때 모인 사람들이
모두 함께 유배 갔던 이들로, 이들의 끈끈한 연대가 해배 후 계속되었던
것을 알 수 있다. 모임 장소를 제공한 미암은 모임 이틀 전날부터 받은
果肉을 모두 잔치에 내놓을 준비를 하였다.291) 또 손님으로 온 김난상,
민기문, 황박, 이감, 최개국, 윤강원 등도 각기 술병과 과일을 가지고 참여하
였다.292) 이를 통해 전별연 같은 잔치를 할 때, 장소를 정한 사람의 집에서

---

289) 『미암일기초』 제2책, 1568 무진년, 8.23, "新恩津尹景福出去 余遣人追付稱念."

290) 『미암일기초』 제6책, 1571 신미년, 1.25, "盧寡悔 學問文章 德行名望 亞於李退溪
今旣終制 必蒙上升品矣."; 같은 해, 2.26, "見今月政 大司憲望 白仁傑 朴應男 柳景深
等 自上特旨擢盧守愼爲之 此擧大愜物論 柏悅何極."; 제3책, 1569 기사년, 8.7, "白公
之事 可爲柏悅."; 제10책, 1576 병자년, 10.10, "聞盧丞相妬賢娩能 凡以文學遇知於
上者 必猜忌而毁傷之 於我尤信然 嘗造言以語尹箕云."; 제1책, 1567 정묘년, 11.14,
"獻納金君鸞祥自榮川被召上來 以肅拜詣闕 余往見于報漏閣門側握手 忻悵之情 溢於
言表 談心未幾分袂."; 제2책, 1568 무진년, 9.7, "念金季應以六十二之年 久爲直提學
至五朔之久 物議咸以升堂上之遲爲歎 及今乃知聖上已留念於拔擢矣 不勝柏悅.";
제2책, 1568 무진년, 9.7, "念金季應以六十二之年 久爲直提學 至五朔之久 物議咸以升
堂上之遲爲歎 及今乃知聖上已留念於拔擢矣 不勝柏悅."

291) 『미암일기초』 제3책, 1569 기사년, 7.3, "柳別坐夢翼 送生栗二升 六月桃三十介來
二日果肉之饋 皆以今日永興之餞 同諦堂上及尹執義等來會故也."

292) 『미암일기초』 제3책, 1569 기사년, 7.3, "戶曹參議金鸞祥 大司諫閔起文 前東萊府使黃
博 僉知李湛 左通禮崔蓋國 執義尹剛元及永興府使李元祿 皆來會吾家 設五果床 余座
主邊之首 而先行酒 客亦餞永興必次飮我焉 六客皆持壺果而來."

과일과 고기를 차려 내놓고, 술은 손님들이 각자 가져와 함께 나누던 당시 사대부들의 잔치 분위기도 엿볼 수 있다.

또한 유배를 함께 겪지 않았으나 호남출신인 양응정은 광주목사로서 미암에게 여러 차례 안부를 묻고 물건을 보내왔으며293) 미암이 四書 토석 작업을 위해 고향에 내려가 있던 1575년 당시 편지로 도움을 주고받기도 하였다.294) 한편 기대승은 미암이 加土하러 해남에 간 1569년 당시 고향에 내려가 있던 차라, 편지를 보내 미암을 한번 만나보기를 청하며 마음을 털어놓았다. 기대승은 이 해 8월에 성균관 대사성에 제수되었으나 병으로 그만두었던 것이다.295) 이즈음 일기에 기대승에게 온 편지 내용이 기록되어 있어 참고로 본다. "기대승의 편지가 왔는데, 쓰였기를 '저는 狂躁하여 當塗에 용납되지 못하였으니 다시는 서울에 가고 싶지 않습니다' 하였고, 또 말하기를 '듣기로 서울의 의논들이 흉흉하다고 하니 원컨대 영감께서는 거친 물결 속에서 지주가 되십시오'라고 하였다."296) 기대승은 자신이 조정의 벼슬을 그만두고 내려와 있으면서 미암에게 자신의 속마음을 솔직하게 털어놓은 것이다. 이에 미암은 기대승에게 퇴계의 답서를 보내며 상고하고 궁구해 보라고 권하여 도움을 주고자 하였다.297) 한편 백인걸은

293) 『미암일기초』 제1책, 1567 정묘년 11.27, "光州牧使梁應鼎 書問油淸來."

294) 권3, <與梁僉知應鼎書乙亥>.

295) 정병련, 『고봉 선생의 생애와 학문』, 전남대학교출판부, 2006, p.133.

296) 『미암일기초』 제4책, 1570 경오년 6.28, "奇明彦簡云 某以狂躁 不容於當塗 不欲重到 京洛 且曰 聞洛中談論洶洶 願令監砥柱於頹波之中云."

297) 미암이 기대승에게 답한 편지는 일기에는 기록하지 않았고, 문집에 수록되어 있다. 『미암집』 권3, <與奇明彦大升書庚午>, "即今令候何如 仰戀無已 頃蒙李觀察 過訪 仍言曾見令公活計不饒 此固柳子厚所謂士之常也 僕以加土陳疏 蒙恩受由而來 方患勞熱 近少調理 下歸海鄉 切欲一奉淸儀 路頗迂遠 深以爲恨 下來時 因金君就礪 聞退溪先生格物無極之釋 快從令公之說 深嘆其德學之日新也 令公之所言 即希春之 所見 雲披日出 不謀而同 欣幸無已 李先生答書 今卽謄送 深望深望 以令公之資 投閒得

호조참판으로 있을 당시 미암의 집을 지나다가 들러 끓인 밥을 찾기에
미암이 드렸더니 포식을 하고 갔다는 기록도 있다.[298] 이렇듯 호남의 인사들
과 마음을 터놓으며 가까이 지낸 일화를 볼 수 있다.

　반면 미암과 함께 사화를 겪고 다시 만났으나 오래지 않아 죽음을 맞은
인물들에 대해서는 그 善함과 바름, 도량과 덕 등을 평하며 안타까워하였다.
대표적으로 柳堪(1514~1569)은 미암과 같이 유배를 가서 살아 돌아와
다시 만났는데, 北에 귀양을 갔다가 조정에 돌아와 당상에 오르지도 못하고
죽은 것이다. 이에 미암은 그 사람됨이 너그럽고 후덕하며 안정되고 친구들
에게 信義가 있음을 애석해하며 슬퍼하였다.[299] 한편 韓澍는 미암과 같이
양재역 벽서사건을 겪고, 장단에서 유배를 보내다가 선조 즉위와 함께
첨지에 서용되었다. 미암은 그와 다시 만난 기쁨을 시와 일기에서 표현하였
다.[300] 그러나 해배되어 얼마 있지 않아 한주가 죽자 미암은 "하늘이 어찌
선한 사람에게 복을 주지 않는가!" 하고 그 애달픔을 탄식하였다.[301] 또
金鸞祥(1507~1570)이 죽었을 때에도 매우 놀라 애도하며 바른 사람(正人)이
일찍 죽는 것에 망연할 뿐이었다.[302] 權橃(1478~1548)은 유배지 朔州에서

暇 廣覽載籍 其爲長進 豈可量乎 僕衰暮之年 上熱下冷 急於調氣 未遑考索 謹以管城一
　　柄 仰助草玄之資 伏惟令照."

298) 『미암일기초』제5책, 1570 경오년 8.16, "戶曹參判白公仁傑過臨 索水澆飯 余進呈
　　公飽食而去."

299) 『미암일기초』제3책, 1569 기사년, 閏6.18, "柳舍人堪克任永逝 蓋以面腫發毒而至於
　　此 慟哉慟哉 爲人寬厚安詳 與朋友有信 其北謫也 忤於尹元衡 其還朝也 位未陞堂上
　　尤可悼惜 卽遣景濂先弔."

300) 『미암일기초』제1책, 1567 정묘년, 11.12, "已而應敎韓澍時仲 爲訪我而來 歡然握手
　　余詠韓詩云."

301) 『미암일기초』제1책, 1567 정묘년, 12.28, "見京聞 今月十七日 韓澍時仲 以舍人捐世
　　驚悼罔涯 何天之不福善人至此耶."

302) 『미암일기초』제6책, 1571 신미년, 1.15, "日晡 任城主持酒肴來訪 示我臘月二十六日

죽어 해배 후 그 아들 權震卿을 초청해 자세한 얘기를 듣고 함께 슬퍼하였
다.[303] 그리고 함께 사화를 겪지는 않았으나 미암이 종성에 유배 가 있을
때 종성부사로 와 있으면서 교분을 나누고 『詩吐釋』을 함께 저술하기도
한 유경심이 죽었을 때는 놀랍고 슬퍼하며 다음날부터 素食을 할 정도였
다.[304] 미암이 전라감사로 고향에 내려와 있고 유경심은 평안감사로 있을
때였는데, 병으로 체직되어 장탄을 가다가 죽은 것이다. 미암은 "이 사람이
향하는 바가 바르고 재주와 기상이 뛰어나며 항상 사람을 사랑하고 남을
구제하는 마음이 있어 국량이 특출 나 조정에서 兵判에 합당하다 여겼는데
갑자기 이에 이르렀는가!"[305]라며 그 사람됨을 알아주고 슬픈 마음을 토로
하였다. 유경심이 聖節使로 중국에 갔을 때도 미암과 편지를 주고받으며
우정을 나누었기에 더욱 안타까워 한 것이다.[306]

　미암은 직접 교유가 없었다 하더라도 당대 학자들에 대해서 특히 존경을
표하고 그들의 죽음에 애도하였다. 당시 조정의 벼슬을 마다하고 학문
연구에만 몰두하며 은거하던 李源(1501~1568)이 죽었다는 소식을 뒤늦게
듣고서 미암은 "善人이 칠십에도 미치지 못하고 죽어 매우 아깝다"[307]고

朝報 兵曹啓護軍金鷺祥卒 驚悼罔涯 何正人之凋零至是耶."

303) 『미암일기초』 제2책, 1568 무진년, 7.20, "余與典牲署直長權東輔震卿 握手悲感
　　詳問丁未之事 其父故貳相撥太虛松亭先生 初竄求禮 次移泰川 又移朔州 凡三見義禁
　　都事 一行驚惶 以爲必死 而公處之怡然自若云."

304) 『미암일기초』 제6책, 1571 신미년, 6.15, "自昨日夕至今日 爲柳太浩素食 情重故也
　　微太浩 乙丑臘月 自北出來之時 豈不難窘."

305) 『미암일기초』 제6책, 1571 신미년, 6.14, "平安監司柳景深病遞 行至長湍而卒 上聞之
　　震悼 別賻 斯人也 所向正 而材氣超邁 常有愛人濟物之心 幹局出凡 朝廷以爲可合兵判
　　遽至是乎."

306) 『미암일기초』 제1책, 1568 무진년, 3.15, "聖節使柳景深書狀云 三月十一日 封皇太子
　　上傳曰 一則慶事 一則爲生民憫慮 大哉王言 一哉王心."

307) 『미암일기초』 제3책, 1569 기사년, 8.11, "前丹城 安墺來言 李遠君浩 卒於今年春

하며 퍽 아쉬워하였다. 이원과 미암의 교유 여부는 알려져 있지 않지만
성리학 연구에 조예가 깊은 학자를 善人으로 깊이 존경한 미암의 태도를
볼 수 있다. 또 전라감사로 있던 시절 朝報를 통해 剛而 李楨(1512~1571)이
죽은 것을 알고, "어찌 善人이 연달아 떨어지는가!"308) 하고 탄식하였다.
이는 이황이 죽은 지 얼마 안 되어 그와 교류한 문인인 이정이 죽은 것을
안타까워한 것이다.

　한편에서는 이러한 미암에게 조카 이방주가 자신과 同年生인 盧稙
(1536~1587)을 찾아가게 하였다. 이방주가 미암에게 편지를 보내, 善을
좋아하고 묻기를 좋아하여(樂善好文) 미암에게 질문하기를 바라왔다고
하며, 수고롭더라도 상대하면 相長의 즐거움이 있을 것이라 한 것이다.309)
미암은 그를 만나보고 기상이 매우 아름답다고 평하고, 밤에 文字를 얘기하
였는데, 다음날 새벽에 또 인사하는 것을 보고 敬이 지극하다고 여겼다.310)
이렇게 미암이 善을 지향하는 것을 주위에서도 알고, 그와 같은 인물들이
찾아가게 해준 것이다.

　미암이 아끼는 인재로 여기고 적극 천거한 인물에는 尹復이 있다. 윤복은
미암의 사위인 尹寬中의 숙부로, 미암에게 찾아와 '주자어록'과 '주자서'
등을 하루 종일 물으며 가르침을 구했다.311) 미암은 그에 대해 "독서를

　　善人未及七十而歿 深可昔也."

308)『미암일기초』제6책, 1571 신미년, 8.15, "見朝報 知泗川李公楨剛而令公捐館 驚悼
　　是何善人相繼凋零耶."

309)『미암일기초』제6책, 1571 신미년, 10.13, "盧都事稙來到 李邦柱書云 盧都事與姪生員
　　同年 累歲同伴 爲人才識最高 志慮坦平 樂善好文 嘗以願承令鑑質疑受益 爲一大望
　　而今償夙志 喜不自勝 伏願忘勞延接 則必有助我相長之喜矣."

310)『미암일기초』제6책, 1571 신미년, 10.13, "延見盧都事 氣象甚美 丁典籍璿丁希孟
　　亦到參陰 吳令福亦來謁 ○夜 招見都事 談及文字 明晨 都事復來謁 敬之至也."

311)『미암일기초』제3책, 1569 기사년, 12.4, "尹元禮昨暮來宿 質問語錄及朱子書."

좋아하고 성품이 단아하고 묵중하며 깨끗하고 신의가 있었다. 世變을 겪으면서도 자기를 지킴이 확연했으며 더럽게 물들지 않았으니 군자의 道다"[312]라며 천거하였다. 그리고 그가 죽었을 때는 기상이 단정하고 중하며 벼슬에 나아가기 급급해하지 않고 붕우 간에 신의가 있음을 기렸다.[313] 미암이 사람을 평가하는 때 독서는 물론이요 변치 않는 군자의 도와 信義가 있는 것을 높이 산 것이다. 이처럼 사람을 겪어보고 평가하며 선한 인물을 구하고자 한 의식을 일기에서 많이 표출하였다.

나아가 미암은 同鄕의 人材들에 대해 관심을 가지고 적극 薦擧하고자 하였다. 전라감사가 도내의 遺逸之士를 천거하라는 서장을 냈을 때 나주목사 한복이 올린 牒에 羅士忱, 金應期, 金千鎰 세 사람에 대한 평이 있고, 장흥부사 趙希文의 첩에도 劉好仁, 金胤 등에 대한 평이 있다.[314] 나사침은

---

312) 『미암일기초』 제1책, 1568 무진년, 2.28, "元禮好讀書 性端重廉潔而有信義 經歷世變 確然自守 無所汚染 此所謂有君子之道也".

313) 『미암집일기』 抄二, 1577 정축년, 5.5, "元禮公以脾胃證轉篤 元日午時卒逝云 惜乎斯 人之壽乃止於是 深悼深悼 元禮氣像端重 不汲汲於仕進 與朋友交而有信."

314) 『미암일기초』 제2책, 1568 무진년, 5.10, "見全羅監司書狀 道內遺逸之士薦擧事有旨 書狀導良 各官行移訪問 羅州牧使韓輹牒呈內 生員羅士忱段 母病數月不瘳 悶無醫術 自斷手指 和藥以進 母病卽愈 已在中廟朝 事聞旌表 爲人性稟眞醇 學行俱備 其於父母 昆季之間 人無異言 處事接物之際 信義幷行 父母之喪 一遵禮制 前後廬墓 一不到家 追慕誠篤 祀事必謹 瞯窮恤乏 至誠惻怛 早廢科業 不求聞達 一鄕之人 咸服其行 生員金 應期段 性行純備 事親至孝 親病多年 暫不離側 甘旨奉藥 盡情多 丁國憂 服行心喪 一鄕之人 無不景仰 金千鎰 氣質純粹 力行學問 早喪父母 鞠於外祖母 不離膝下 如事親 母 心喪三年 至於啜粥 聞者莫不敬服 長興府使趙希文牒呈內 進士劉好仁 性本純實 沈重寡言 識見純正 議論明白 持身接物 皆有法度 自半世以後 無意於科擧 家空四壁 生理蕭條 處之怡然 不以爲憂 且居鄕里 不甚異人 而亦不苟合於人 非公事則跡不到 城府 敎導後學 少無倦怠 作成人材者亦多 容貌辭氣 見慕於人 望表可知其眞 幼學金胤 段 性本淸疏 不枉其己 惟好吟詩 標格豪放 不修擧子規矩 以此累屈 而不肯從俗以詭遇 數椽草廬 不蔽風雨 一敝衣懸鶉 人不堪其苦 而不以爲恥 嘗遭母喪 啜粥居廬 躬奉祀事 三年之內 不到家 今遭父喪 年踰六十 哀慕益篤云云 上項羅士忱學行之美 金千鎰學問 之篤 見聞所歎服事 啓下吏曹 仍傳曰 羅士忱等行實 至爲可嘉 褒獎事 令該曹議于大

모친에게 극진히 하여 병이 낫게 한 예를 들며 성품이 진실하고 순수할 뿐만 아니라 학행이 갖추어졌고 신의가 병행한다 하였다. 김천일도 순수하고 학문을 힘써 행하며, 외조모에게 길러져 心喪 3년을 지낸 사례를 들어 그 행실을 칭찬하였다. 김천일은 미암이 전라감사로 있을 때 찾아와서 『근사록』과 성리군서 등에 관해 묻고 간 적이 많았다. 이후에 미암은 나주의 유생 김천일을 救恤하고 표창해주기를 구하였다. 지난 무진년 최정이 김천일을 조정에 녹용하고자 어전에서 청했는데, 미암이 당시 천일은 질병이 많고 漆雕開와 같은 마음이 있어 종사할 수 없을 것이므로 그대로 배양하는 것이 좋겠다고 하여 상이 따른 적이 있었다.[315] 그러나 미암이 조용히 생각해보니, 김천일이 병이 더욱 심해지고 있어 구휼하는 은혜가 없다면 후회가 있을 것 같다 여기고, 경연에서 약물을 구휼하며 一方의 善士로 표창하기를 구하였다.[316] 이를 보면, 당시에 사람됨으로 學行과 學文의 독실함을 중요하게 보고, 信義와 孝誠을 높이 산 것을 알 수 있다.

뿐만 아니라 미암은 조정에서 처음 만난 이와도 뜻을 알아주고 교유하였다. 예안현감 정유일(1533~1576)이 부모를 위해 현을 청해 돌아가려고 하직인사를 왔을 때 미암은 '善을 좋아하고 義를 사모한 사람'이라 여기고, "처음 만났지만 옛 친구와 같아 손을 잡고 보냈다"고 하였다.[317]

臣."

315) 이는 다음 기사를 두고 한 말이다. 『미암일기초』 제2책, 1568 무진년, 6.11, "追記初九日朝講·獻納崔頤進啓曰 湖南遺逸之中 金千鎰學行 最爲卓卓 而未升敍職之列 誠爲欠事 希春趨啓曰 千鎰之篤志治心 臣亦知之 但年纔三十二歲 方治學問 又多疾病 不願以虛名筮仕 正如漆雕開之意 正宜優容培養 待其大成 不宜遽用於百執事也."

316) 『미암일기초』 제4책, 1570 경오년, 4.30, "竊思羅州儒生金君千鎰好學謹行 忠信篤實 去戊辰年 崔頤以獻納 欲朝廷錄用 嘗陳請於御榻前 希春以千鎰方纏疾病 不堪從仕 願姑培養爲言 上亦以爲然 到今思之 千鎰病日益深 死日益迫 若無褒恤之恩 恐有後時之悔 欲於經筵 乞下書監司 救恤藥物 以表一方之善士云."

조정의 인사인 허엽과도 상당히 친분이 있었는데 그 형성 배경은 알
수 없으나 허엽은 미암의 학문을 인정해 두 아들 허성과 허봉의 스승으로
삼았을 뿐만 아니라,[318] 성균관 유생들이 과문을 익히는 데 미암이 과제를
내주기를 바라는 내용의 편지를 보내 도움을 청할 정도로 신뢰하였다.[319]
이외에도 허엽은 미암이 해배될 때 제일 먼저 그 소식을 편지로 알려주었
고[320] 미암이 전라감사로 외직에 있을 때 조정에서 들리는 나쁜 소문을
알려주며 사퇴를 권하는 편지를 보내주기도 하였다.[321] 또 미암이 조정에서
실수한 언급에 대해 편지로 깨우쳐주기도 하는 등 도움을 주었다.[322] 이에
미암은 허엽에게 매우 고마워하며, 둘째 아들인 허봉을 특히 아끼며 지도해
줬는데, 허봉도 미암을 깊이 따랐던 것으로 보인다. 허봉은 떨어져 있을
때는 질문 목록(問目)을 보내며 사승관계를 유지하였고, 미암이 저술을
간행할 때마다 적극 협조하였다.[323] 미암이 해배 직후 『속몽구』 1차 간행을
마치고 이듬해 2책을 개정한 것도 허봉이 이 책의 箚記를 보내준 데 말미암은

317) 『미암일기초』 제1책, 1568 무진년, 2.12, "禮安縣監鄭惟一子中來告辭 乃辛酉年文科
而吏曹先生也 今爲老父 乞縣而歸 好善慕義之人也 傾蓋若舊 臨分 握手而送之."
318) 허균, 『성소부부고』 23, 說部 2, 「惺翁識小錄中」, "柳眉巖學問甚粹操履極篤', 余二兄
少日受學於眉庵公 學問甚粹 操履極篤 每見學者 必以誠明之學 諄諄誨之不倦 (후략)."
319) 『미암일기초』 제3책, 1569 기사년, 閏6.1, "許太輝簡我云 聞居館儒生欲習科文 若以論
策賦表 每旬命題 則可謂遂其願矣."
320) 『미암일기초』 제1책, 1567 정묘년, 10.11, "牙山人持許承旨曄太輝書來云 頃因雷變
三公待罪 下敎曰 賢士沈滯者收用 無辜被罪者伸冤 三公請招東西壁六卿禁府堂上
盡錄被罪者非逆而籍沒者還給 因匿名書而被罪者 盡數雪冤 金磧等十三人 幷書啓達
以公及盧寡悔, 金季應爲首收用 或稱精詣 或稱該博 或稱操行 皆可以備經筵顧問輔佐
云云 餘士亦各條陳 初十日拜陵後 當發落云云 奉陪伊邇 勤企勤企 觀此則天衢亨而伸
久鬱 二十三年之間 願見而不可得者也 平生之幸 孰大於是."
321) 『미암일기초』 제6책, 1571 신미년, 6.17, "許太輝簡云 政聲似不美 殿最後辭退何如."
322) 『미암일기초』 제8책, 1573 계유년, 7.29, "許太輝之簡諷 眞愛我者."
323) 『미암일기초』 제2책, 1568 무진년, 5.4, "許篈以書問家禮疑處 余隨問答之."

것이고[324] 미암이 허봉과 『치평격언』을 편수하기 시작했을 때 허봉이 『주자어류』의 佛氏門의 僧名에 대한 出處를 말해주어 보충하기도 하였다.[325] 또 『국조유선록』에 회재의 「進修八戒」를 넣자고 한 것도 허봉이 발의하였다.[326] 미암이 1570년 『六書附錄』을 편수하기 시작하였을 때는 허봉이 쓰는 일을 도와주었으며,[327] 『육서부록』에 잘못된 자가 많음을 미암이 걱정하자 허봉이 숙직할 때 옥당에서 뵐 것을 기약하기도 하였다.[328] 이후 『헌근록』의 草도 허봉이 와서 썼다.[329] 이처럼 허봉은 미암의 학문을 도우며 배워, 미암에게 상당한 영향을 받았을 것이라 여겨진다.

또 미암은 허봉이 지은 시를 보고 시가 아주 높아 과거에서 二上科次가 될 만하다고 보았다.[330] 실제로 무진년 생원 진사 榜에 허봉이 上의 下로 장원이 되자, 18세의 나이로 이백인의 우두머리가 된 것을 매우 기뻐하였다.[331] 그 후 미암은 승정원에서 직접 허봉의 試券을 취해보고, 스승인

---

324) 『미암일기초』 제3책, 1569 기사년, 閏6.25, "因許篈箚記 改正續夢求第二册."

325) 『미암일기초』 제5책, 1570 경오년, 7.25, "許葑來 於燈下具言語類佛氏門僧名出處 以補吾所不逮 蓋以曾見傳燈錄故也."

326) 『미암일기초』 제5책, 1570 경오년, 9.7, "儒先錄 今朝始更校正 ○許篈過訪曰 李晦齋進 修八戒 可入儒先錄 其言有理 卽當從之."

327) 『미암일기초』 제5책, 1570 경오년, 8.16, "許篈來側 爲我楷書六書附錄."; 1570 경오년, 8.18, "許篈終日爲我書六書附錄."

328) 『미암일기초』 제7책, 1572 임신년, 10.21, 余設小酌以飮之 因言鉦之誤爲鋥 父喪之誤 爲內艱 長官之誤爲倅 鑰匙之誤爲開金 尤之誤爲猶 如此之類 皆當改正於史筆云云 篈約以後日直宿之日 相見於玉堂云.

329) 『미암일기초』 제5책, 1570 경오년, 10.3, 許篈來寫獻芹錄草 聖節使洪淵德遠過訪談話 乞指點獻芹錄 德遠爲指一二處.

330) 『미암일기초』 제1책, 1568 무진년, 3.16, "許篈 所作詩二首及問目來 (중략) 許生詩極 高 以二上科次."

331) 『미암일기초』 제2책, 1568 무진년, 5.27, "今日 生員進士榜出 許篈 以疑上止下爲壯元 許篍 爲弟五 沈喜壽亦中 (중략) 篈也二十八雉年 爲二百之魁 欣幸無比."

자신을 본받음이 있었다며 더 기뻐하였다.332) 이러한 일화에서 허봉이 학문뿐만 아니라 시문에 있어서도 미암의 영향을 많이 받았으리라 짐작된다.

미암이 당시 조정에서 새로 만난 사람들 가운데는 다음 세대에 활약하는 인물들이 꽤 있는데, 이산해와 유성룡, 정개청, 박근원 같은 이가 그들이다. 이조정랑 이산해가 찾아왔을 때는 '善과 義를 좋아하는 사람'이라 평하고, "문학도 여유 있고 마음도 열려 담화를 해보니 깊이 뜻이 맞는다"333)고 좋아하였다. 후에 이산해가 직제학이 되었을 때, 부제학이던 미암이 과로로 인해 身病으로 사직을 올리려 하자 미암을 찾아와서는 "제가 옥당에 들어와 부제학을 많이 모셔봤지만, 영감 같으신 분이 없었습니다. 영감께서 만약 사퇴하신다면 『대학혹문』의 의심나는 곳을 누가 알려주겠습니까" 하고 매우 憫然해하며 말하였다334) 한다. 서로를 알아준 경우라 할 것이다. 수찬 유성룡이 새로 署經에 들어왔을 때는 "학문과 문장이 精細하며 切當하여 위인이 사랑할 만하다"고 기뻐하였고,335) 병조참지 朴根元이 찾아와 이야기하면서 "그 심지가 正平하고 생각이 두루 미치며 善을 좋아하고 게으르지 않는 뜻이 속에서 넘쳐났으니 참으로 第一流"라 하고 서로 계합함을 행복해하였다.336) 정개청은 學行이 있음을 알고 미암이 보고 싶어 하다가

---

332) 『미암일기초』 제2책, 1568 무진년, 6.1, "取許篈試券于銀臺觀之 入等上之下 而多有師法 可喜."

333) 『미암일기초』 제1책, 1568 무진년, 3.22, "鑄字洞吏曹正郎李山海汝受來訪 年己亥生 而好善愛義之人也 文學優贍 心胸開霽 談話 深有相契."

334) 『미암일기초』 제5책, 1570 경오년, 8.7, "直提學李君山海過訪 深以我之欲呈辭爲憫然 云 余入玉堂 陪副提學亦多矣 未有如令監者也 今監若辭退 則大學或問疑處 亦誰卜之."

335) 『미암일기초』 제4책, 1570 경오년, 5.1, "新署經修撰柳成龍入來 其學問詞章 精細切當 爲人亦可愛 深喜深喜."

만났고337) 후에『대학』의 吐釋을 의론하며 口訣을 새로이 듣고는 기뻐하였
다.338) 이러한 데에서도 미암이 사람을 판단하는 기준이 善과 義에 있고
학문과 문장도 중요한 요소가 되었음을 볼 수 있다.

나. 의식주의 해결

미암은 교류한 지인들에게 받은 물품에 대해 일일이 기록하였는데,
여기에는 衣食과 관련한 것들이 상당히 많다.339) 이를테면 경오년 12월
29일 일기에 "순천부사가 감사의 행하로 백미, 중미, 각 1석을 보내고
『염락풍아』도 인쇄해서 보냈다"340)라거나 또 "吳姉에게 벼 2석과 콩 1석을
주었다"341)라고 하여, 하루 중에도 의식과 관련한 물품을 受取한 경우와
奉送한 경우를 각기 적었다. 또 고향인 해남과 담양에 집을 짓는 과정에
대해 상세히 기록을 남겼다. 그리고 시장에 가서 땔감을 구하였다342)는
기록 등에서는 당시 사대부가 장을 보러 다닌 사실을 알려준다. 그러나

---

336)『미암일기초』제4책, 1570 경오년, 5.2, "兵曹參知朴君謹元一初來訪 談話亹亹 其心地
　　平正 計慮周徧 而樂善不倦之意 由中溢外 眞第一流也 相與契合 不勝欣幸."

337)『미암일기초』제6책, 1571 신미년, 10.1, "尹亨祿 李閔敬及務安鄭介淸來謁 鄭生
　　余所欲見者也 有學行故願見."

338)『미암일기초』제10책, 1575 을해년, 11.23, "夕 務安居前參奉鄭介淸仁伯來謁 乃監司
　　崔公親語遣之也 監司給驛馬 仁伯不受 自乘己馬 幷駄馬而來 余喜而出見 議論大學吐
　　釋 多所契合 又聞一二口訣之新而當者 深喜深喜."

339) 이성임, 「16세기 조선 양반관료의 仕宦과 그에 따른 收入」,『역사학보』제145집,
　　1995, pp.124~140. 여기서 연구자는 미암이 수증한 물품을 곡물류, 면포류, 용구류,
　　문방구류, 雉鷄類, 어류 등으로 분류하였는데, 용구류와 문방구류를 빼면 거의가
　　衣食에 해당하는 물품이라 할 수 있다.

340)『미암일기초』제5책, 1570 경오년, 12.29, "順天府使 因監司行下 載送白米中米各一石
　　太一石及印送濂洛風雅."

341)『미암일기초』제5책, 1570 경오년, 12.29, "是朝 以稻二石太一石 呈吳姉."

342)『미암일기초』제3책, 1569 기사년, 8.10, "主簿尹淵 來乞詣柴場 余從之."

142

여기서는 이러한 수치상의 물품 수증 내역보다는, 미암이 의식주와 관련한
문제들을 어떻게 해결해갔는지에 집중하여 살펴보겠다. 왜냐하면 가장으
로서 집안의 물품을 꼼꼼히 관리한 면 못지않게 개인적으로 중점을 두고
해결해가려 한 면에도 의미가 있을 것이라 보이기 때문이다. 전자에 대해서
는 이성임이 미암의 당시 收入과 관련하여 다룬 논문343)에서 자세히 언급하
여 이를 참고로 하고, 본서는 후자에 집중하여 다루어보겠다.

먼저 옷에 대한 기록을 보면, 미암은 해배 후 조정에서 입어야 하는
관복이 없어 주변에서 빌려 입은 경우가 많았다. 해배 초 심연은 미암에게
朝服과 黑團領을 빌려주었는데, 흑단령은 가부장이 입던 것344)이었는데도
미암은 개의치 않아 하였다. 기대승은 미암이 배표할 때 입을 朝服을 청하자
보내주었고, 미암의 사모가 너무 크다며 唐紗帽를 주기도 하는 등 세심하게
챙겨주고 배려하였다.345) 미암은 때로 자신이 직접 필요한 옷을 만들 계획을
하기도 하였다. 쥐 가죽 열 벌을 허엽의 집에 보내서 紗帽와 耳掩을 만들어
달라고 한 것이다.346) 또 관복을 구하는 통로를 알아보기도 하였는데,
銀帶工 金世雲과 인끈을 살 일을 상의했다는 기록이 그것이다. 그러나
이 계획은 다음날 허엽이 전에 처남에게 빌린 물건을 두고 쓰라고 권하며
말려서 무마되었다.347) 미암은 의복을 남에게 받아서 쓰는 경우가 많아,

343) 이성임, 앞의 논문, 1995.

344) 『미암일기초』 제1책, 1568 무진년, 1.24, "沈學官淵子靜 持壺酒來訪 以朝服及黑團領
見假 黑團領者 假部將之所著也."

345) 『미암일기초』 제3책, 1569 기사년, 6.17, "余旁求明日拜表時朝服數處 皆不得 乃送簡
于奇承旨大承 蒙諾 送以明朝."; 제1책, 1567 정묘년, 11.11, "是日朝 奇典翰至館對飯
以余所著紗帽太濶 贈我唐紗帽 余受而著之 甚合於頭 多謝多謝."

346) 『미암일기초』 제1책, 1567 정묘년, 11.12, "鼠皮十領 送許承旨宅 乞命造紗帽耳掩也."

347) 『미암일기초』 제3책, 1569 기사년, 8.20, "銀帶工金世雲來謁 議買香輒事."; 같은
달, 21, "太輝 (중략) 又云 銀帶不必新造 當久留前日見假之帶 其帶雖男韓蕙之物

서녀의 사위로 삼은 정홍이 상투를 보내와 머리에 맞을 듯하여 두었다는
기록도 보인다.[348] 이런 일화들을 보면, 미암은 옷을 구할 여력이 없기도
하였지만 자신의 옷에 크게 관심이 없었던 것도 같다.

그런 미암의 행색이 초라해보였던지, 종성에서 배웠던 이효원이 찾아와
미암이 쓴 관을 보고는 대뜸 冲靜冠을 권하기도 하였다. 충정관은 戶曹
안의 工人이 만들어 파는데, 값이 5승목 1필 반이고 신응시도 썼다는 정보를
제공하며, 가장 좋다고 권한 것이다.[349] 이를 통해 당시 충정관의 가격이며,
사대부 사이에서 좋은 평가를 받고 쓰이고 있었음도 알 수 있다.

미암은 부인이 철에 따라 옷을 만들어 보낸 데 대해 고생한다고 생각하였
다. 부인이 고향에서 밖으로는 집짓는 일에 수고하면서, 안에서는 옷까지
만들어 보내는 것을 알았기 때문이다.[350] 미암의 부인은 해마다 노비를
통해 새로 만든 이불과 함께 평상시에 입는 團領을 보냈다.[351] 이렇듯
옷을 만드느라 수고하는 부인에게 미암은 고마움과 함께 미안함을 느껴,
자신의 옷에 대해 따로 주장을 하지 않았던 것 같다. 그리고 미암은 자신이
가진 예복을 남에게 빌려주기도 하였다. 당시 예복은 귀하여 빌려 입는
것이 보통이었는지, 미암이 갖고 있던 琥珀 끈에 銀으로 꾸민 갓을 娶妻를
하는 閔點의 아들에게 빌려주었다는 것이다.[352]

無速推之理云."
348) 『미암일기초』 제3책, 1569 기사년, 7.23, "鄭鴻 送鬖笠 庶幾合吾頭 故姑留之."
349) 『미암일기초』 제5책, 1570 경오년, 8.10, "李斅元來謁 見余所著冠曰 冲靜冠最好 戶曹內有二公造賣 其直五升木一匹半 辛應時亦買而著之云."
350) 『미암일기초』 제2책, 1568 무진년, 4.22, "細君備送木錦甲方衣 甲捧地 單天益來 細君外勞於成造 內勞於裁衣 其苦甚矣."
351) 『미암일기초』 제3책, 1569 기사년, 8.28, "世同來自湖南 夫人以新造段子衾及常著團領送來."
352) 『미암일기초』 제6책, 1571 신미년, 1.18, "以珀纓銀飾笠子 假閔點 爲其男明日娶妻

144

미암은 자신의 의복에 대해서는 관심이 없었지만, 大衆을 따르기도 하고[353] 사람들이 입는 의복에 관심을 가지기도 하였다. 기사년 8월 霜降에 우박이 내려 바람기가 추워지자 사람들이 솜옷을 겹쳐 입었다는 기록 등이 그 예이다.[354] 의복은 기후와도 밀접한 관련이 있어, 기후 변동에 따라 착용한 의복을 기록한 것이다.

음식의 경우 미암은 남들에게 받는 물건이 많아 쌀이나 꿩, 생선 등을 받았다는 기록이 보이나, 미암이 대개 조정에서 홀로 벼슬을 하고 있던 처지라 이것들을 어떻게 관리하였는지는 자세하지 않다. 또한 미암은 조정에 있는 동안 식사를 대개 조정에서 해결하였기에 집에서 만든 음식 등에 대해서도 알기가 어렵다. 미암은 조정에서 이른 새벽부터 일정이 있을 때는 마치고 조반을 먹었고, 점심은 公辦으로 해결하였던 것이다.

당시 조정 관원들에게는 점심을 제공하는 公辦 제도가 있었다. 그런데 이에 대한 문제가 생기자 공판을 폐지하고 家供 제도를 도입하여 시행하게 되었다. 가공이란 관원의 점심을 집에서 마련해 가져오는 제도로, 간편하게 하자는 취지에서 만든 것이었다. 그러나 미암은 이에 대한 폐단을 지적하였는데, 사세가 부득이한 관원은 하루 종일 缺食을 하거나, 늦게 출근을 하고 일찍 파하고 가서 근무에 태만해지는 폐단이 생겼기 때문이다. 이처럼 폐단이 생기자 조정 관료들도 문제를 제기하였다. 권철, 홍섬 등은 가공이 일 년도 안 되어 폐단이 생기므로 조종의 옛 법을 따라 다시 공판을 부활하자는 의견을 내었다. 이러한 문제는 당시 관리의 봉록이 넉넉지 않은 데서

也."
353) 『미암일기초』 제3책, 1569 기사년, 閏6.8, "脫草笠著絲笠 從衆也."
354) 『미암일기초』 제3책, 1569 기사년, 8.28, "去去夜霜降 去也又雹下 故今日風氣凄冷 人皆添綿衣."

생긴 문제이다. 그러나 박순과 노수신은 다시 공판을 하자는 데 반대하며
그로 인해 생기는 문제를 거론하였다. 그것은 또다시 방납자의 기세만
더해주고 중외의 백성들만 해를 입을 것이기 때문이라는 것이다. 그러나
미암은 이들이 고집을 부리는 것이라 여기고, 가공을 시행하면 폐단이
없어질 것이라 하지만 무리한 말이라 하고, 권철과 홍섬의 말이 사실을
제대로 본 것이라 판단하였다.[355]

며칠 후 경연에서 미암이 家供의 문제를 거론하였을 때 권철과 남응운이
그 폐단에 대해 말하고, 미암은 '皇極之道 以無偏無陂遵王之義等語觀之(황극
의 도는 치우침도 없고 불공평도 없어 왕의 義를 따라야 한다)'는 말을
들어, 이를 지금 일에 적용하여 해석하였다.[356] 미암은 선조에게 처음에는
공판의 복잡한 폐단을 덜고 가공으로 간편하게 하려는 것이었지만, 이에도
폐단이 생겨 가공을 할 수 없는 형편이 어려운 관원이 늦게 출근하고

---

355) 『미암일기초』 제9책, 1574 갑술년, 10.17, "領議政權轍·領中樞洪暹議 各司官員點心
勿許公辦 各字家供 事若簡便 而弊役可祛 但奔走軫掌之臣 拘於事執 或不能裏飯
而終日治務 誠難忍飢 日晩就任 旋卽罷還 百工之値慢 庶事之不理 未嘗不由於此
其害益甚 況以諧調所啓之事 反覆商度 則橫看豈可違越 國廩將有不繼之虞 各司外員
作紙 亦不可移補其缺食也 百僚料廩 勢難徧頒 而他無適可施措之策 其國計無益而有
損 生民又無蒙一分之惠 而許多官員 或不免飢餒之苦 衆心多有所不便 不能無厭苦愁
恨之色 當初立法 意非不善 而行未周歲 事多放碍 何必强拂人心 而行其所難之事
以傷國體乎 以臣等固陋之見 不如循祖宗舊規之爲便 公辦之際 其如鄙汚之習 煩濫之
弊 則令法司諸調嚴立禁令 隨現痛治 期於革罷."

356) 『미암일기초』 제9책, 1574 갑술년, 10.19, "又講凡厥正人 旣富方穀 註曰 祿俸不繼
衣食不給 曰 今之家供 自國非不給米饌 只緣秩卑家貧之人 奴婢不足以辦行 以至於晩
仕而早罷 此不可不慮 上曰 此家供事 當如何而可 臣離席而對曰 有該曹在 領相權公進
啓家供之弊 上曰 予亦初無欲行家供之意 但旣爲家供 恐有磨鍊得宜之計爾 南應雲亦
陳家供之弊 最後 希春曰 皇極之道 以無偏無陂遵王之義等語觀之 大抵以建中爲貴
舜好問而好察邇言 隱惡而揚善 執其兩端 用其中於民 凡大政小事 皆要無過不及 不可
過中而生弊 譬之治病用藥 藥或小誤 當卽改之 不可因循而使病重也 上曰 卿之此言
於當今之事 有指向歟."

일찍 파하여 국사가 허술해지는 문제를 제기하였다. 이에 선조도 해당 부서를 통해 적당한 방도를 모색할 것을 약속하지만 미암은 국고에 축이 나는 것을 보충할 뿐, 늦게 출근하고 일찍 파하는 것은 인정과 물리로 금할 수 없을 것이라 대답하였다.[357] 미암은 이전에 문제가 되었던 제도의 변경 의도가 아무리 좋아도, 무리한 변경에서 생기는 문제에 대해서 정황을 파악하고 해결하고자 한 것이다. 다른 관원들과 달리 서울에 주거지와 가족이 없었던 미암으로서는 공판의 폐단에도 불구하고 계속 행할 것을 주장하는 것이 부득이했던 것으로 보인다.

미암은 집에 대해서만큼은 가장으로서 큰 책무를 느끼며 고향에서의 成造에 열성을 보였다. 해배 직후 미암은 집에 대해 아무런 대책이 없던 터라 매우 어려움을 겪었던 것이다. 그래서 조정 관료로 서울에 있을 때는 심봉원의 집을 빌려 살면서, 고향 해남에 집 짓는 일을 추진하기로 하였다. 1567년에 해남의 서문 밖에 집을 지어 단장되기를 기다리면 다음해 7월에는 해남으로 가서 살 수 있을 것이라 기대하며, 해남에 가서 집을 지어 살기로 한 것이다.[358] 해남에 집을 짓는 과정에서 많은 노비를 동원하고 지방관들뿐만 아니라 여러 지인들에게서도 도움을 받았다. 그러한 과정에서 무리하게 추진하는 경우가 생겼던 것으로 보인다. 그래서 미암을 비방하는 자까지 나타나 미암에 대해 안 좋은 소문이 조정까지 퍼지기도 하였으나, 박순 등이 변호하여 무마시켜 준 덕에 피할 수 있었다.[359]

---

357) 『미암일기초』 제9책, 1574 갑술년, 10.19, "臣對曰 臣以爲今之家供之法 正如是也 當初建議之人 只欲除支離之弊 而爲簡易之規 豈知後日之弊至此乎 方今百司之員 勢難於家供 莫不晩仕而早罷 國事虛疏 此不可不慮也 上曰 予無必爲之意 但旣爲家供 故試令該曹 求可以磨鍊得宜耳 希春對曰 雖磨鍊得宜 只可以求國儲虧縮之弊 而未免 晩仕早罷之患也 上曰 晩仕早罷 不知何以防禁之歟 對曰 揆之人情物理 決不能禁."

358) 『미암일기초』 제1책, 1567 정묘년, 12.1, "朝 細君同議 今月到海南 卽築室于西門外 俟畢修粧 七月可歸海南而居云."

그런데 1571년 드디어 해남에 집이 완성될 즈음 부인 송씨가 새로 지은 집이 城濠와 가까워 뒷날 왜구가 침입할 것을 걱정하자, 미암은 菱鐵을 준비해 놓아 근심이 없다고 장담하였다.360) 능철은 마름쇠로 戰時뿐만 아니라, 도둑을 막기 위해 대갓집에서도 사용했다고 하는데 여기서 그 예를 실제로 볼 수 있다.

그러나 미암의 주장으로도 부인을 설득하지는 못하여, 해남의 새집을 보러 온 부인에게 내년 봄에는 담양에 돌아가 살자고 상의하였다. 이는 담양 창평의 官屬인 양씨라는 자가 기와집을 빌려주겠다는 제안에 힘을 얻어서 한 말이다.361) 그리하여 결국 1575년에 창평 수국리에 집이 완성되면서 조정을 떠나 고향으로 돌아와, 미암은 다음과 같이 회상하며 소회를 적었다.

적이 丁酉年의 여름이 생각났다. 꿈에 遷岐圖의 詩題를 보았다. 다음 해 乙亥年에 이르면 꼭 사십년이 된다. 또 昌平을 鳴陽이라고도 한다. 내가 종성에 있을 때 <送四皓還商山>詩를 지었는데 마지막에
　"봉황이 덕을 보고 한가롭게 오고가니
　물끄러미 높은 자취 바라볼 뿐 붙잡을 수 없구나."
라고 한 句와 서로 부합한다. 이는 내가 수국에 집을 쌓으려는데 깊이 뜻이 있는 것이다.362)

359) 이성임, 앞의 논문, 1995, p.116.

360) 『미암일기초』 제6책, 1571 신미년, 1.11, "夫人 以城西之新舍 迫近城濠 後日海寇若深入 則自官不無撤煖之理 此大不然 環宅築牆 牆外樹枳 枳外布菱鐵 則倭不能入 官無欲燒之理 菱鐵 豫備藏櫃 則雖千百年 何患 乎無備 菱鐵 則鐵蒺藜也."

361) 『미암일기초』 제6책, 1571 신미년, 2.9, "余與夫人議 明春歸潭陽 因卜居水國里 乃昌平之好山水處也 昌平顯號鳴陽云〇 水國 有昌平老官屬姓梁者 願以其瓦家 假借我家 以遂結宇之計."

362) 『미암일기초』 제9책, 1574 갑술년, 3.29, "竊思丁酉之夏 夢見遷岐圖詩題 到明年乙亥

정유년은 1537년으로 미암이 25세 되던 해이다. 생원시에 합격하였을 때인데, 꿈에 遷岐圖의 시제를 보았다고 한다. 천기도는 주 태왕이 岐山으로 옮겨가는 그림이다. 그리고 다음해가 꼭 40년이 되는 때라고 하였다. 자신이 옮겨갈 것이라고 그때 암시받은 일이 이제야 이루어진다는 뜻일 것이다. 창평을 鳴陽이라고도 부른다는 점에서 그 지역에 집을 짓는 것에 의미를 부여하였다. 그리고 미암이 종성에 있을 때 지은 <송사호환상산>시의 말구의 뜻이 지금 수국리에 집을 지으려는 뜻과 부합한다고 하였다. 곧 임금에게 덕을 베풀고 다시 상산으로 돌아가는 사호를 붙잡을 수 없었듯이, 자신도 조정에서 임금을 보좌하고 고향에 돌아가 집을 지어 사는 것이 꼭 맞아떨어진다고 한 것이다.[363]

3) 著述과 학문 활동

가. 유배지와 고향에서의 저술 활동

(가) 『續蒙求』

미암이 『속몽구』를 저술하기 시작한 시기는 1558년(명종 13)으로 미암이 종성 유배(1548~1567)에 있을 시절이다. 미암은 유배지에서 연구에 몰두하며 『속몽구』를 저술하였는데, 그 책에 題한 글에서 저술 동기와 장소를 밝혔다. 당나라의 이안평이 지은 『몽구』가 고인의 사적을 채집하여 부류끼리 상대하고 글은 정돈하고 운자는 맞추어 마치 구슬을 꿰고 벽옥을 나란히 이은 듯하여 인물에 대해 거칠게라도 알 수 있을 뿐만 아니라 외기에 편하게 하였는데, 각주를 달지 않은 것을 애석해하여 孤陋함을 헤아리지

則恰是四十年 又昌平之號鳴陽 與余在鍾城 送四皓還商山詩 末云 鳳凰覽德閒來去 悵望高蹤不可攀之句相符 此余深有志於水菊之築室也."

363) 『미암집』 권1, <送四皓還商山>.

않고 李氏의 體를 모방해 『속몽구』를 짓는다고 동기를 밝혔다. 그리고
공자가 『주역』을 편찬한 의도와 마찬가지로 지난 언행을 기록하는 것이
그 뜻이라 하고, 누추한 나라에서 짓는다며 매우 겸손한 태도로 題하였다.
마지막에 '종산토려'라는 대목은 종성에서 편찬한 책임을 알려준다.[364]

미암은 해배되자마자 이삼의 집에 사람을 보내 『속몽구』를 가져오게
하고[365] 「朱子實記」를 참고하여 註를 첨가해 넣으며, 황간의 <祭文公文>
에 따라 黃劉를 黃裳으로 바꿨다. 이에 미암은 『속몽구』에 조금도 여한이
없게 되었다고 하였다.[366] 그 뒤 金啓가 한유의 <납리가>가 견강부회되었
다고 한 말은 좋은 말이라고 받아들이고[367] 기대승이 한 말도 수용해
退之歌履와 王昶海裳 부분을 고쳤다.[368] 이렇듯 몇 차례 교정을 한 뒤

---

364) 『미암집』 권3, <續蒙求題>, "余觀李安平蒙求 採摭古人事跡 類類相對 文整韻諧
若貫珠聯璧然 不唯粗識人物 又便於成誦 固宜童蒙之求見而不忍釋也 惜不自註脚
使後人爲之不能無闕誤耳 間嘗竊思 李以唐人 其所收載 自上古迄乎南北朝而止耳
厥後自隋至皇明 人事之可錄可戒者 何可勝數 若范景仁蒙求 則事盡乎宋初 而義尤精
明 其梗槪略見於名臣言行錄 而全書不來於吾東方 宮商相宜之美 不獲睹焉 此又書林
一恨也 不揆固陋 輒依李體 作續蒙求 仍自分註 關於民彝世敎者 率多收入 雖在蒙求所
涉獵之世 所略擧之人 聖賢謨行 莫不表而出之 儒先議論 亦多參附 昔楊大年訓家人
以日記孝弟禮義之事 爲童稚養知之學 孔子贊易 以多識前言往行 爲畜德之方 此余所
以撰是書之意也 陋邦寡聞 未敢自是 聊以俟精博鉅儒修而補之耳 嘉靖戊午二月生明
善山柳希春 書于鐘山土廬."

365) 『미암일기초』 제1책, 1567 정묘년, 10.2, "遣人取續蒙求于李森丈家."

366) 『미암일기초』 제1책, 1567 정묘년, 10.10, "因朱子實記 添入宣尼不寐註 又以黃勉齋祭
文公文 易黃劉之黃裳 蓋至是 續蒙求庶乎毫髮無遺恨矣."

367) 『미암일기초』 제1책, 1567 정묘년, 11.11, "掌令金亨彦 正言具君抃來到 余以亨彦以續
蒙求退之納履爲牽强 余稍拜善言."

368) 『미암일기초』 제1책, 1567 정묘년, 11.12, "因奇明彦 金亨彦等語 改續蒙求退之納履王
昶海裳 ○金公仲晦 談往事甚悉 又語及續蒙求改作愈歌納履昶誨重裳." 여기서 '退之
納履王昶海裳'는 『속몽구』 권2의 '愈歌納履昶誨重裳'라는 제명으로 된 부분을 가리
킨다.

이삼에게 『속몽구』를 慶尙右兵使 李大伸에게 전해달라고 하여,369) 7월 이대신이 4건을 印刊해 보내와 드디어 결실을 보게 된다. 미암은 스스로 "『속몽구』의 교정과 인쇄가 精하고 跋文이 볼 만하다"고 하였다.370) 이황도 합포에서 새로 펴낸 『속몽구』에 대해 관심을 보이며 보고 싶다고 하자 미암이 봉송하였다.371)

『속몽구』의 1차 간행 뒤에도 미암은 개정을 준비하였다. 1569년 허봉이 箚記를 보내주자 미암이 『속몽구』 2책을 개정하고, 이수윤에게 修補한 곳을 고쳐 쓰게 하였다.372) 그리고 이광준이 호송관으로 출발할 때, 『속몽구』 2권의 수정한 곳을 써주며 성주목사에게 말하라 부탁하였다.373) 이듬해 (1570년) 경상감사 박대립을 만나 『속몽구』의 인쇄를 청하자 허락을 받고,374) 다음날 문서린에게 『속몽구』의 고칠 곳을 필사하게 하였다.375) 6월 말 안동부사 최응룡에게 『속몽구』와 『聯珠詩』를 부탁하여 허락을 받고,376) 8월에 최응룡이 이것을 인출해서 보내왔다.377) 1572년 12월 경상

---

369) 『미암일기초』 제1책, 1567 정묘년, 10.4, "余與李談話喜歡 因附續蒙求 使傳于兵使."

370) 『미암일기초』 제2책, 1568 무진년, 7.5, "續蒙求校正開刊甚精 李公又倩文作跋可觀 十七年用工之書 一朝成就流行 喜幸無已."

371) 『미암일기초』 제2책, 1568 무진년, 7.23, "(전략) 先生曰 (중략) 又曰 合浦新刊續蒙求 若來則願見 余辭退 卽封送其冊."

372) 『미암일기초』 제3책, 1569 기사년, 閏6.25, "因許篈箚記 改正續夢求第二冊 招李壽崙 令繕寫夢求修補處."

373) 『미암일기초』 제3책, 1569 기사년, 7.12, "朝 李光俊 來告明日以護送官發行 余以續夢求第二卷修改處寫付 令說與星州牧使."

374) 『미암일기초』 제4책, 1570 경오년, 5.10, "往見新慶尙監司朴公大立 談話從容 以周禮 續蒙求 益齋亂藁 櫟翁稗說等冊印惠爲請 守伯皆許諾."

375) 『미암일기초』 제4책, 1570 경오년, 5.11, "文瑞麟來寫續蒙求改訛處 令給一扇."

376) 『미암일기초』 제4책, 1570 경오년, 6.30, "安東府使崔應龍 來訪談話 以稱念付之 以續蒙求 聯珠詩 小硯爲託 皆蒙諾."

감사 임설이 신구 각 1건을 보내왔는데 1건이 改正補葺本이라 하였다.[378]
또 다음해 개정하여 1573년 1월 이정에게 고칠 곳을 쓰게 해서 星州에
1장을 보내고,[379] 경상도사 이총에게 개정할 부분을 보냈다.[380] 경상감사
김계휘가 『속몽구』를 보냈는데, 이번에는 판면이 아름다우나 아직 誤字가
그대로 인출된 곳이 있다 하여[381] 조수성에게 補瀉하게 하고[382] 이정에게도
고칠 곳을 쓰게 하였다.[383] 1574년 성주목사 하진보와 판관 유영이 改正
『속몽구』를 보내온 것으로 비로소 家寶를 전하게 되었다며 기뻐하였다.[384]

  미암의 『속몽구』는 당나라 이한이 지은 『蒙求』에 대해 조선의 인물과
사적을 더 첨가해 만든 저술로, 『몽구』에는 조선인의 사적이 전혀 수록되지
않았기 때문에 이를 보충하고자 미암이 『속몽구』를 편찬한 것이다.[385]

  권응인은 『송계만록』에서 미암의 『속몽구』에 대해 언급하고, 미암의
詩文이 세상에 드문 것을 다음과 같이 말하였다.

---

377) 『미암일기초』 제5책, 1570 경오년, 8.29, "安東府使崔君應龍 印送續蒙求來."

378) 『미암일기초』 제7책, 1572 임신년, 12.1, "慶尙監司任公說 送續蒙求一件幷書件來
  以一件 乃改正補葺之本也 得之 喜甚."

379) 『미암일기초』 제7책, 1573 계유년, 1.27, "李精 來寫續蒙求改正處 送星州一張."

380) 『미암일기초』 제7책, 1573 계유년, 3.2, "以續蒙求改正處 書送于慶尙都事李璁之行."

381) 『미암일기초』 제8책, 1573 계유년, 11.8, "見慶尙監司金繼輝所送續蒙求 可愛 但三張
  已改 而尙循舊本之誤 可恨可恨."

382) 『미암일기초』 제8책, 1573 계유년, 11.9, "續蒙求新冊誤處 令曹守成補寫之."

383) 『미암일기초』 제8책, 1573 계유년, 11.21, "李精 來寫續蒙求改正處."

384) 『미암일기초』 제9책, 1574 갑술년, 6.15, "星州牧使河晉寶 判官兪詠 各印改正續蒙求
  一件來 此爲傳家之寶 珍感無已."

385) 배현숙, 「속몽주분주 판본고」, 『서지학연구』 제26집, 2003, pp.141~142. 현재
  인본이 星州의 五刊本으로 정문연 2종과 옥산본, 만성본, 계대본, 성암본 등이
  전하고 있다.

재상 유희춘이 『續蒙求』를 편찬하고, 사문 유희령이 『東國史略』과 『大東
聯珠詩格』을 편찬했다. 이는 조술한 것이지 창작이 아니다. 두 공이 지은
詩와 文章은 세상에 보기 드무니, 이는 조술은 잘하지만 창작은 못하는
것인가? 아니면 상자 속에 깊이 감추어 남들이 볼 수 없는 것인가?[386]

유희춘이 『속몽구』를 지어 학문적으로 연구한 저술을 펴낸 것이나,
사문 유희령이 『동국사략』과 같은 역사서나 『대동연주시격』과 같은 詩選集
을 낸 것은 모두 조술한 것이지 창작이 아니라 하였다. 이 두 공이 지은
詩文이 세상에 보기 드문 것은 창작의 능력이 부족해서인지, 아니면 모두
상자에 감추어 사람들이 보지 못해서 생긴 결과인지 의문하고 있다. 두
가지 경우를 들어 의문하고 있지만 두 가지 가능성을 상정하고 있는 대목이
라고도 할 수 있다. 곧 조술은 잘하여 학문과 역사 저술과 시선집을 남겼다는
점과, 그에 비해 詩文 창작은 상대적으로 적어 볼 수 없었다는 점이다.
그러나 미암의 유배지에서의 저술도 이 편 외에는 남아 전하는 것이 없어
시문뿐만 아니라 현재는 저술도 보기가 어려운 형편이다.[387]

(나) 『四書五經』의 口訣과 吐釋

1574년(선조 7) 선조는 미암에게 『四書五經』의 口訣과 吐釋을 살펴 정하라
하고, 이에 따른 제반 환경을 갖추어 줄 뜻을 말하였다. 그러나 미암은
당시 『주자대전』을 교정하고 있는 중이라 여가가 없다고 답하고 가을에
시골로 돌아가서 해 보겠다 하였다.[388] 이렇게 미암은 처음에 이 책의

---

386) 권응인, 『송계만록』 하, "柳宰相希春甫 撰續蒙求 柳斯文希齡撰東國史略 大東聯珠詩
格 是述也非作也 二公之所著詩文 世所罕覯 是能於述而不能作耶 抑深藏巾衍 而人不
得見之耶."

387) 졸고, 「미암 유희춘의 속몽구 연구」, 『어문연구』 제147호, 한국어문교육연구회,
2010, pp.439~461.

편찬에 적극 나서지 못했는데, 여기에는 물론 건강과 시간적 여유의 문제 등 다른 이유가 있을 수 있겠으나, 노수신과의 사상적 대립도 작용한 듯하다. 노수신은 존심을 중시하면서 궁리는 중요하지 않게 여기고, 미암이 『사서오경』의 토석과 구결을 정하라는 선조의 명을 받았을 때 이에 반대하며 의견 차이를 보였기 때문이다.

그러나 미암은 선조의 명과 자신의 오랜 바람이었던 『사서오경』의 토석과 구결 사업을 실현하고자 1575년 가을부터 사직장을 내고 고향에 내려가 자신이 직접 四書에 吐釋을 다는 작업에 착수하였다. 미암은 사서 중 먼저 『論語』를 시작했다가 중지하고, 다시 修書하는 방법을 생각해 『대학』부터 『논어』, 『맹자』, 『중용』의 순서로 정했다. 그리고 겸해서 『유합』을 개정해 올리기로 한 것이다.389) 이렇게 『大學釋疎』를 다듬는 과정에서 미암은 '通義'를 많이 채용하였고,390) 이이와 기대승의 '大學說'을 얻어다 참고하였으며,391) 고향의 후학인 정개청, 정철과 자신의 책에 대해 논의하여 책의

---

388) 『미암일기초』 제9책, 1574 갑술년, 10.10, "辭畢欲退 上曰 卿勿退 予有欲語於卿之事 臣卽起伏以俟 上曰 凡文字吐釋之間 或者以爲小事 不必留意 然聖賢有言 未有不得於 文義 而能通其精微者 今四書五經 口訣諺釋 紛紜不定 卿之學問精博 世所罕有 四書五 經口訣及釋 卿皆詳定 亦可以設局 或欲取經學講論之員 則亦惟卿所擇 臣對曰 此事不 必設局 只當與精明之人 通議而定之 但臣今方校朱子大全 無暇及他 臣屢弱之甚 衰老 亦至 明年朱子大全畢印出 其秋 乞歸田里而爲之 上曰 吁 此則不可 臣復陳曰 臣自少小 屢弱厄羸 鄕閭之人 皆不以過三十爲期 及南遷北徙 觸犯風霜沙礫之苦 人皆不以生還 爲期 卒得生還 又蒙天恩 出入帷幄 臣以爲幸不可屢徼 自己巳冬 挈妻歸家 已有退休之 志 以臣父祖無官 幸爲通政監司得追贈 則志願畢矣 爲全羅監司 日望新都事下去 得呈 病而退 盧積下去 方欲乞辭 忽被召命 睿獎太過 天寵過分 故不忍速退 而留在至今 伏乞聖明始終保恤 以卒天地父母之恩 上默然 蓋聖上亦知臣由中之懇 故不忍牢拒而 思之也."

389) 『미암일기초』 제10책, 1576 병자년, 3.2, "自昨 思悟修書之方 姑停論語用工專用力於 大學 先令曹佋善寫進上 兼上修改類合 而徐修語孟中庸 以次而了 乃爲得計."

390) 『미암일기초』 제10책, 1576 병자년, 3.3, "修大學 採通義略畢."

391) 『미암일기초』 제10책, 1575 을해년, 12.8, "坡州成持平渾 專伻送李叔獻詳定吐釋大學

완성도를 높였다.392)

　미암이『신증유합』을 지은 동기는 童蒙의 한자 학습을 위해 요긴한 한자를 빠짐없이 수록하고, 불교의 영향을 불식하며 유교 교리의 확립에 이바지하고자 한 것이다. 편찬의 시작은 종중 37년, 미암이 서른 살 때로 『유합』을 수정할 뜻을 가지고 인종 1년까지 3권으로 초고를 작성하였다. 『유합』은 작자가 분명치 않으나 정약용의『아언각비』에 '周興嗣千字文 不如徐居正類合'이라 평한 데서, 서거정이라 보아왔다.393) 최근에 이종묵이 버클리 대학에 소장된 이광사의『원교집』에서 <서사가의 유합을 보고(觀徐 四佳類合)>라는 산문 작품을 소개하며, 지금까지 편자 미상으로 되어 있는 『유합』은 바로 서거정이라 해야 할 것임을 밝혔다.394)

　미암의『신증유합』에 대한 작업은 유배로 인해 중단되었다가 선조 3년 초고의 일부를 찾아 다시 착수, 완성하여 선조 7년에 해주에서 간행하였 다.395)『신증유합』을 만들면서 미암은 손자로 인해 오랫동안 보지 않던 『훈몽자회』를 보고 잘못된 곳을 깨달아 그 장점을 취하였고396) 요긴하고

來 被余之求見也.”; 1576 병자년, 4.18, “更看詳大學釋疏 兼考奇明彦吐釋 以昨日奇 孝曾送一冊來故也.”; 같은해, 4.19, “奇明彦大學說 當誤相半 余取其當處 然往往紕 繆舛錯 惜其早世 未到完純處.”

392)『미암일기초』제10책, 1575 을해년, 11.23, “夕 務安居前參奉鄭介淸仁伯來謁 乃監司 崔公親語遣之也 監司給驛馬 仁伯不受 自乘己馬 并馱馬而來 余喜而出見 議論大學吐 釋 多所契合 又聞一二口訣之新而當者 深喜深喜.”; 1576 병자년, 4.20, “光州鄭舍人 澈季涵來訪 抱近思錄 以初卷疑難處質問 余皆答之 余又以所修大學吐釋商確 季涵所 論 多可取者 余深喜得見 對酌對飯 至暮 退宿金彦勖家.”

393) 오완규,『천자문·훈몽자회·신증유합 자석 연구』, 공주대 석사학위논문, 2001, p.8.

394) 이종묵,「버클리대학 소장 원교집(員嶠集)에 대하여」,『문헌과 해석』28호, 2007, pp.85~86.

395) 안병희,『국어사 자료 연구』, 문학과지성사, 1992, pp.415~425.

쓰일만한 자는 남김없이 다루어 上卷 1천 자, 下卷 2천 자, 총 3천 자로 마쳤다.[397] 현재 미암의 『신증유합』은 국내에 완본이 없어 일본의 白島庫吉郎 博士 所藏本이 방종현 선생에 의해 寫本과 함께 소개되어 이용되고 있다가, 1970년경 序跋을 갖춘 完本이 나손 김동욱 박사 소장으로 되면서 영인되어 학계에 알려졌다.[398]

미암은 이 두 책을 1576년 5월에 처음 조정에 진상하였다.[399] 같은 해 7월, 미암이 조정에 올라가게 되었을 때 선조는 이 두 책을 보고 모두 精深하게 되었다고 칭찬하였다. 단, 『유합』의 글자 풀이에 지방 사투리를 쓴 점은 지적하였다. 미암은 자신이 본래 외방 고을에서 태어나 사투리는 어쩔 수 없다고 대신 답하였다. 선조는 『대학석소』에 대해서는 四書가 修書되기를 기다려 인출하고, 『신증유합』은 즉시 인출할 것을 명하였다.[400]

『대학석소』를 마치고 미암은 그해 12월 10일 『논어석소』의 교정에 들어가[401] 이를 완성하기 위해 정철, 송정순, 조경중 등을 참여시켰다.[402] 정철이

---

396) 『미암일기초』 제10책, 1576 병자년, 3.29, "久未見訓蒙字會 今乃以光先搜出得看於類合 稍有省誤處 乃取字會長處也."

397) 『미암일기초』 제9책, 1574 갑술년, 2.2, "類合今日始畢 上卷一千字 下卷二千字 合三千字 要緊當用之字 無餘蘊矣."

398) 유희춘, 『신증유합』, 단국대학교 동양학총서2집, 안병희 해제, 1972, pp.215~216.

399) 『미암일기초』 제10책, 1576 병자년, 5.9, "卯時 冠帶率宋震 奉持進上櫃出外軒 裏以草席封緘書臣著名謹封 凡封著名四件 乃於冊封 於櫃封 於油紙裏 於草席外封也 旣畢 令上使伻人奉持立于東邊 臣希春四拜而遣之 禮也 進上大學釋疏及類合." 『신증유합』은 이후 수정을 계속하여 1576년(선조 9) 5월, 7월, 10월까지 세 차례의 기록이 보인다.

400) 『미암집』 권18, 「경연일기」, 병자, 7.22, "上曰 卿所修大學釋疏及類合 皆精深 但類合釋字間有使土俚 又或有未穩處 如德字釋어딜덕 德有匈有吉 豈可專以善釋之 臣曰 土俚則臣本外方鄉産 故實不免有之 若德字則元是好字 只有否德匈德 加不好之字於德上 故爲不吉也."

401) 『미암일기초』 제10책, 1576 병자년, 12.10, "校正論語釋疏第一冊."

서울에 가서 이이와 성혼과 相論하면 所見이 있을 것이라 하고 직접 이이에
게 보내 받아서 보내주겠다고 하였으나,[403] 미암이 얼마 뒤 사망하여 일이
중단되고 더 이상 이루어지지 못했다.

『사서』의 토석 작업은 미암 사후 이렇듯 중단되었으니, 『삼경』에 대해서
도 마찬가지일 터이나 앞서 미암의 삶을 다루면서 유배지에 있을 당시
유경심과 함께 『詩吐釋』을 저술하였다는 기록을 언급하였다. 그러나 이
책에 대한 간행 기록도 일기에 보이지 않는다.

또 미암은 해배 후 외조부의 문집을 간행하는 데 열심이었다. 외사촌인
羅士忱 형과 함께 교정을 보았고[404] 새 전라감사 李俊民(1524~1590)이
방문해서는 금남 선생에 대한 평소 경모의 뜻을 말하며, 『금남집』을 개간할
것을 약속해주었다.[405] 그 후 미암이 전라감사가 되었을 때 『금남집』을
개간하기 위해 18읍에 글씨를 나누어 판각을 정하였다.[406] 그리고 마침내
『금남집』 열아홉 건이 인출되어 가까운 이와 외가 쪽 친척들에게 나누어주
었다.[407]

---

402) 『미암일기초』 제10책, 1576 병자년, 12.14, "鄭舍人澈問小學記疑難處 余卽一一答之
且請念後來此 商確論語釋疏云 余與宋君庭筍 同議論語釋疏."; 같은 해, 12.27, "曹景
中來 余與之校正論語釋疏 自學而至八佾篇 看詳釋疏 到子貢自言聞性與天道 覺得退
溪說未穩 卽新見漏出."

403) 『미암집일기』, 抄二, 1577 정축년, 1.9, "應敎鄭季涵來到 以所略看論語釋疏示余
往往有可取者 仍請一本詣京洛 與李珥成渾 反覆商確 必有所見 余嘉其言而從之 以釋
疏三冊付之."; 4.1, "鄭澈書云 論語釋疏 頃送于李珥 數日內當來 來則送上爲計云."

404) 『미암일기초』 제2책, 1568 무진년, 8.1, "邀羅士忱 相與校正外祖錦南先生集."

405) 『미암일기초』 제2책, 1568 무진년, 9.28, "往訪新全羅監司李俊民 李公自脩約後日開
刊錦南集 且言平昔景慕之意."

406) 『미암일기초』 제6책, 1571 신미년, 8.18, "以錦南集開刊 分定子作板于十八邑 總四十
二板."

407) 『미암일기초』 제6책, 1571 신미년, 10.15, "錦南集十九件印出 擬分送于朴二相,

이외에 미암의 개인 저술로『川海錄』3책을 만들었다.[408) 宋史에서 뽑아
『천해록』을 썼다는 기록이 보인다.[409) 또『어록자의』를 풀이하면서 어록의
풀이를 '尹蔡問答'에서 가려내어 『천해록』에 기록하였고,『白雲集』여러
곳을 보고『천해록』에 採撫하였다는 내용도 있다.[410) 미암이『천해록』
저술에 공을 들인 면을 볼 수 있다. 그러나 이 저서는 전하지 않는다.
윤국형은『문소만록』에서 미암이『속몽구』를 세상에 내놓고,『천해록』
80권을 저술하였으나 탈고하지 못하였다[411)고 밝혀 그 사정을 짐작케
하였다.

나. 조정에서의 저술과 학문 활동

(가)『語錄字義』

『어록자의』는『語錄解』라고도 불리는데, 이는 정주학 연구가 진전되고
심화된 16세기에 들면서 이황, 유희춘 등이 각기 주자어록을 수집하고
주석하여 제자를 가르쳤던 데서부터 시작되었다.[412)

미암은 이를 선조에게 읽히기 위한 용도로 1568년 5월 25일에 완성했다.
미암은 그전 4월 29일에 선조의 물음을 받고, 다음달 11일에 책을 참고해

吳二相, 宋四宰, 奇參議, 尹生員, 尹安東, 羅士惇三兄弟及金判校, 閔檢詳, 金正郞,
吳彦祥, 李惟秀, 李海南及上使三件, 李參判後白, 崔公顥 凡有上有次."
408)『미암일기초』제1책, 1568 무진년, 2.22, "取狀紙三卷 作川海錄三冊."
409)『미암일기초』제2책, 1568 무진년, 5.6, "令書寫官鄭致文瑞麟 寫川海錄 採撫宋史也."
410)『미암일기초』제2책, 1568 무진년, 5.20, "采語錄之釋于尹蔡問答錄于川海錄 蔡卽中
朝名儒蔡光祖也 余常患郎當無巴鼻等語難曉 今得觀此 深喜深喜."; 제10책, 1576
병자년, 5.12, "看許白雲集數處 採撫于川海錄."
411)『大東野乘』, 윤국형, 「聞韶漫錄」, "其在謫中 所著續蒙求行於世 又有川海錄八十餘卷
未及脫藁."
412) 안병희,『국어사 자료 연구』, 문학과지성사, 1992, p.475.

158

올리겠다는 뜻을 진술하며, '역대 諱를 피하여 대신 쓴 글자를 첨가한 책'을 먼저 바쳤다.413) 이 책은 전하지 않고 다만 문집에 <속휘변>이라 한 문장에서 그 저술 동기와 의도를 볼 수 있다.

　미암이 <속휘변>을 쓰게 된 동기는『사서』와 같은 경전 풀이에서 나타나는 문제에 있었으며, 이는 당나라 한유의 <휘변>을 이어 짓는다는 데서 그 근원적 문제의식을 환기하고 논리의 입지를 확고히 하였다. 경전에서 주해의 역할은 매우 중요한데 그 주해에 쓰인 글자들이 휘한 경우 뜻이 전혀 달라질 수 있고, 글자들에 대한 역사적인 전고를 다 알지 못하면 매우 혼란스러운 상황이 벌어질 수 있기 때문이다. 글자를 휘하여 쓰는 것은 대개 시대의 한정을 받게 되므로, 시대가 달라지면 휘하던 글자도 다시 제 글자로 돌려놓아야 후대인들이 읽을 때 의심하지 않을 수 있다고 주장하였다.

　미암은 결국 율문에서도 밝혀놓은 '二名不偏諱'의 법을 지키지 않고 지나치게 휘를 한 송대에 나온 주해서에 대해, 송대 역사 전고를 다 따져가며 휘한 글자를 읽어야 할 필요는 없다고 인식한 것이다. 법을 옳게 해석하지 않아 잘못 구속되는 경우를 보았기 때문에, 지나치게 법이 엄격할 경우는 의심을 해봐야 하고, 또 그렇게 엄격히 적용된 법은 고쳐져야 마땅하다고 여긴 것이다.414) 미암이 선조에게『語錄字義』를 올리기 전에 '역대에 휘를

---

413)『미암일기초』제2책, 1568 무진년, 5.11, "夕講 略陳語錄字義 徐考書上之意 講退後更添書歷代避諱代用之字 入啓."

414)『미암집』권3, <續諱辨>, "今之讀經解 往往失眞 非字有誤寫也 因避諱代用之字而失之也 避諱代用 自漢唐已然 至宋尤拘 而經訓箋註 皆成於宋 故其失眞爲尤甚 不可不察 或問其故 余曰 唐人 二名不偏諱 故非公家文字 則用世用民 猶得自若 而韓文至用治字 則避諱 未嘗太拘也 宋人偏諱太祖匡胤之二名 其謬已甚 至於諱仁宗之禎 而不敢用貞 諱神宗之頊 而不敢用勗 則其失愈遠 胡文定嘗以忌諱繁名實亂 慨歎於春秋傳矣 曰 然則朱子 聖人 何以因循而不革乎 曰 時王之制 雖聖人 亦不得而違也 然則終不得改正

피하여 대신 쓴 자(歷代避諱代用之字)'를 첨가해 써서 먼저 입계한 것도
그러한 뜻에서 나온 것이다.

『어록자의』는 처음에 75자에 대해 풀이하여 서사관 김계남에게 정서하게
하였다가415) 다시 다섯 단을 더하여 80단이 되게 한 뒤 다음날 단자를
가지고 가 金添慶에게 바치려 하였다. 그러나 김첨경은 註를 더할 만한
곳이 있고, 고친 곳이 한 곳 있다 하며 돌려보내 미암이 다시 자세히
검토하여 따를 곳과 따르지 않을 곳을 분간해 몇 개를 고쳤다. 또 전에
『어록자의』를 고치자고 한 김계와도 의논하여 고치고416) 최종적으로 김첨
경, 김계와 미암 셋이 만나 함께 의논한 뒤에 고쳐 써서417) 무진년 5월
25일에 입계하였다.418) 김첨경과 김계는 중국어를 알아 『어록자의』에서
어조에 대해서도 해설하였으나 미암은 중국어를 모르기에 『주자어류』를
읽으며 연구한 바만을 반영하였다고 하였다.419)

乎 曰 朱子固已言之矣 於楚辭辨證曰 李善註 以世爲代 以民爲人 避唐諱也 今皆改之
於韓文考異 同以淵爲泉 避諱也 依例正之 觀是二訓 則凡註解中避諱代用之字 在他當
速還本無疑也 大明永樂中 儒臣編次四書五經大全 而識不足以及此 仍存其不得已之
跡 至今學者因襲其假 不識其眞 可勝歎哉 日 宋儒避諱代用之字 其詳可得聞歟 曰
以弘代洪 以商代殷 以正代匡 以嗣代胤 以勉代勖 恒以爲常 禎以爲祥 徵以爲證 讓以爲
遜 以玄爲元 以至愼之謹 淳之厚 擴之廣 完之全 皆是也 今若依考亭之訓 棄假還眞
則文義得而經義明矣 上之人一覺悟 則反正猶反手耳 何難之有 余讀四書而有感 因著
所見 以續韓子諱辨云."

415) 『미암일기초』제2책, 1568 무진년, 5.17, "今書寫官金繼南 正書語錄字義 大略凡七十
五語之釋也 底則以諺字解云흔 將俟明明獻焉."

416) 『미암일기초』제2책, 1568 무진년, 5.21, "前日語錄字義 金承旨亨彦 有所議改 余從其
可而不從其誤 改爲正書 令著作呈于政院."

417) 『미암일기초』제2책, 1568 무진년, 5.24, "右副承旨金添慶文吉 同副承旨金啓亨彦入
直 余往見 共議語錄字義 二公多從吾言 吾亦稍取二公之言."

418) 『미암일기초』제2책, 1568 무진년, 5.25, "改正繕寫語錄字義入啓 以去月二十九日承
問語錄故也."

이 책의 저술 의도는 경연에서 선조가 이『어록자의』를 바탕으로 한 해석에 질문을 하자 미암이 상세히 답한 부분에서 볼 수 있다. 선조는 미암에게『語錄字義』에서 '了'字의 해석을 '일이 이미 마친 것'이라 일렀는데, 候景傳의 '了無怖心'에서 이 了字는 어떤 뜻인지를 물었다. 이에 미암은 다만 자신은 어록의 자의를 풀이하였고, 文字로 쓰는 뜻을 푼 것이 아니라 설명하며, '了無怖心'의 了는 '頓'이요, '全'과 같다고 대답하였다. 그리고 이 책은『대학』의 小註와『소학』의 嘉言이나 善行 사이에 어록이 들어있으므로 참고할 수 있도록 만든 것이라 밝혔다.[420] 이처럼『語錄字義』는 미암이 주자학을 연구하며 그것을 더욱 넓혀, 경연에서 강의하는 교재 가운데 『주자어록』이 인용되는 부분을 참고할 만한 책을 만들어 선조에게 헌상한 것이다.

(나)『國朝儒先錄』

선조는 1570년(경오) 4월 24일에 미암에게 김굉필, 정여창, 조광조 세 선생의 저술을 구하여 올리라 명하였다.[421] 선조가 처음 이 세 선생의 저술을 올리라 한 이후 한 명을 더 추가하여 사현으로 정해지게 된 연유는 일기에는 나와 있지 않으나, 기묘명현으로 조광조와 함께 이언적을 포함하

419)『미암일기초』제2책, 1568 무진년, 6.9, "謂語助者 金添慶, 金啓解漢語者之說 非臣之 所釋也 臣本不曉漢語 只因讀朱子語類 尋究得來 又於金添慶 金啓 李後白等處 參論更 定以啓之 臣非願聖上滯心於小註語錄之末."

420)『미암일기초』제2책, 1568 무진년, 6.9, "追記 昨日書講 上問臣曰 前日語錄字義中 釋了字云 事之已畢者謂之了 然候景傳了無怖心 此了字何義也 臣對曰 臣只釋語錄字 義而已 非釋文字行用之義也 謂事之已畢者 語錄也 了無怖心之了 猶頓也全也 (중략) 蓋爲大學小註, 小學嘉言善行間 有語錄或有考處 故揭其大略而啓之耳 又曰 了了云者 明明貌."

421)『미암일기초』제4책, 1570 경오년, 4.24, "今日 上又敎臣希春令搜訪金, 鄭, 趙三先生 著述以進 上之好賢崇儒之誠 至矣 近世人主所未聞也."

는 것이 당시의 공론이었으리라 짐작된다.

이에 미암이 본격적으로 저술 사업에 착수하였다. 尹卓然이 교정에 참여
하고,422) 유성룡과 모임을 가진 후, 마침내 1570년(경오) 5월 8일 사현문자를
入啓하는 날, 미암은 사현의 문자를 얻기가 어려웠음을 말하고 이후에도
문자를 얻는 대로 들이도록 하겠다고 啓하였다.423) 실제로 미암이 사현의
저술 문자를 구하는 일에 애썼으나 책을 만드는 사정은 여의치 않았던
것으로 보인다. 김굉필의 疏는 모두 사화를 만나 저술이 흩어지고 떨어져
남은 것이 적기에, 미암 자신이 卷末에 행실 행장을 첨가해 기록하겠다는
제안을 한 것이다.424) 이 행장을 쓰는 일도 미암이 혼자 하지 않고 자문을
구하여 고쳤는데, 정암 행장의 경우 고치는 일을 이황에게 부탁하여 그
문인이자 경상감사인 박대립에게 전해 받았다.425)

책이 완성된 이후 교정을 하면서 미암은 이에 대한 관심을 놓지 않고,
사현의 文字를 얻는 데로 첨가하여 넣고자 하였다. 유성룡은 정여창 선생
친척 집에 있는 선생의 문자를 가져오며426) 심희수도 김굉필, 정여창,

---

422) 『미암일기초』 제4책, 1570 경오년, 5.7, "以校正四賢文字 招邀尹修撰卓然 尹君今日爲
修撰 未肅拜 以便服終日校正."

423) 『미암일기초』 제4책, 1570 경오년, 5.8, "朝以四賢文字校正入啓事 早與玉堂 仍爲一會
與李仲虎, 申湛, 宋應漑, 柳成龍 同校四賢文字 多改誤處 未時 持詣承政院 見右副李忠
綽 談說是文字 又見左承旨宋賀, 左副兪泓 請承傳色入四賢文字冊 仍啓曰 金宏弼,
鄭汝昌, 趙光祖文字搜訪 而所得甚少 謹校正以入 此後若有所得 當隨入 傳曰 四人文字
收拾校正以入 至爲可嘉 隨後隨所得入納事 如啓."

424) 『미암일기초』 제4책, 1570 경오년, 5.4, "講畢 希春進陳曰 頃承命探訪金宏弼, 鄭汝昌,
趙光祖等製述 金宏弼疏則李忠綽得之 其他文每人之作 臣各得數首 蓋此人等 皆遭士
禍 故所著散亡零落 今所得至小 臣於卷末 添錄行實行狀等 此事如何 上曰 如此甚好."

425) 『미암일기초』 제4책, 1570 경오년, 5.23, "慶尙監司 朴公大立 奉退溪先生答簡以送
書中俯從余言 追改趙靜菴行狀甚當 深幸深幸."

426) 『미암일기초』 제4책, 1570 경오년, 6.1, "昨 因柳修撰成龍 聞鄭一蠹文字 在鄭先生族生
處 當收來云 深喜深喜."

162

조광조의 문자 얻을 곳이 있다427) 하는 등 여러 사람들이 참여하였다.
또 허봉이 교정하는 데 지나다 들러 晦齋의 '進修八戒'를 유선록에 넣자고
하여 그렇게 하였다.428) 이렇게 하고도, 미암은 이분들의 문자와 사실이
私處에서는 다 얻어 보기 어렵다 아뢰고 御覽을 청하여 李彦迪의 文을
싣고자 하였다.429) 이에 선조가 내려준 四賢의 文字를 받아『회재집』중
「元朝五箴」, <自新箴>과 <曹忘機論>, <太極>등 십조 소를 李精에게
쓰게 하였다.430) 그리고 조광조가 종남도정 이창수(終南都正昌壽)와 화운한
시를 전에 윤두수에게 얻었다며 첨입시키기를 구하였다.431) 이처럼 사현을
추숭하고자 그 문자를 모아 책을 만드는 데 열심히 애쓴 한편에서는, 사현을
문묘 종사하는 것이 너무 많다는 반대 의견들도 나왔으나 미암은 중국에서
宋 理學의 儒者를 종사한 예를 들어 반박하였다.432)

---

427) 『미암일기초』 제4책, 1570 경오년, 6.6, "沈喜壽來言 金寒暄 鄭一蠹 趙靜菴三先生文字
有可得者云."
428) 『미암일기초』 제5책, 1570 경오년, 9.7, "儒先錄 今朝始更校正 ○許篈過訪曰 李晦齋進
修八戒 可入儒先錄 其言有理 卽當從之."
429) 『미암일기초』 제4책, 1570 경오년, 5.15, "未時 入夕講 至大學或問物格知至章 講義在
別錄 講畢 進楊前陳曰 頃承命略探金宏弼, 鄭汝昌, 趙光祖文字及事實行狀 進入矣
但此四人文字事實 私處固難盡得而見 請御賢畢後還降 臣略載李彦迪文 正書更入
自上命印出頒賜公卿大夫 則人皆知四人之實 又此錄之名 伏乞賜之 上良久乃曰 更添
印出 則誠好矣 冊名則玉堂爲之可也 臣拜而退."
430) 『미암일기초』 제4책, 1570 경오년, 5.20, "朝 詣闕 始聞四賢文字之下 令李精補寫晦齋
集中 元朝五箴 自新箴與曹忘機論 太極等書 十條疏."
431) 『선조실록』 선조 7년 갑술, 10.10, "楊州爲趙光祖建書院 光祖興起斯文 而楊州乃其土
姓 因設祠宇 以寓景慕 仍爲儒生藏修之地 未爲不可 乞依金宏弼書院例 賜額與書冊
又啓 趙光祖和終南都正昌壽詩 臣頃日得之於尹斗壽 乞添入 上曰 添入無妨."
432) 『미암일기초』 제4책, 1570 경오년, 5.4, "又希春講天下之理 莫非自然 順而循之
則爲大智曰 凡人主擧大事 必廣收庭議 以順人心 宋理宗追崇周敦頤, 程顥, 程頤, 張載
以及於朱子贈爵與諡 從祀孔子廟庭 其後 又以邵雍, 司馬光從祀 又其後 以張栻, 呂祖
謙從祀 蓋宋以九大儒從祀 人不以爲多 唐之時 惟韓愈而人不以爲少 蓋惟人心公論之"

　이 책의 이름과 체례는 처음 李後白과 의논하여 '東儒錄'이 간략하므로
'東國醇儒錄'이라 했다가[433] 박순과 함께 논의하여 '東國儒先錄'으로 결정하
였다. 그리고 체례는『伊洛淵源錄』의 規式을 모방하여 각 사람의 밑에
먼저 행장사실을 기록하고 다음에 저술 문자를 기록하기로 하였다.[434]
그 후 이후백이 '동국유선록'의 '東國'이 '國朝'만 못하다고 한 말에 따라
『국조유선록』이라 최종적으로 이름 하게 되었다.[435]

　이 사현의 문자를 저술하는 사업 이전에도 미암은 諸儒의 著述을 기록하
는 활동에 참여한 일이 있었다. 해배 초기인 1568년(무진) 당시 원접사가
보낸 書狀에, 중국 사신이 우리나라에 학술이 程朱같은 사람이 있는가
묻고, 또 문집을 보고 싶다고 하자, 諸儒들의 저술 중에서 골라 써줄 것을
요청하였던 것이다.[436] 이에 右相이 이를 의논하고자 미암을 비롯해 기대승,

従而已 又進曰 金宏弼等所作雖小 記其行實雖略 自上觀此 亦可知其有德有學 興起斯
　　文之功矣 是時 儒生請四賢從祀 而人或以爲過多 故希春云然."

433)『미암일기초』제4책, 1570 경오년, 5.20, "又以冊名 議于都承旨 李季眞 以爲東儒錄太
　　略 不若云東國醇儒錄 此可用也."

434)『미암일기초』제4책, 1570 경오년, 5.21, "是會 與朴判書淳 同議四賢文字冊名 以爲常
　　名之曰 東國儒先錄 而依伊洛淵源錄規式 每人之下 先錄行狀事實 次錄所著文字云
　　已初 文書罷 詣政院 與都承旨李公後白 復議儒先錄節次 亦無異辭."

435)『미암일기초』제4책, 1570 경오년, 5.24, "聞都承旨李公後白以爲東國儒先錄 東國不
　　若國朝 此說有理 余從之 又聞咸鏡監司送人上來 修書于文川郡守趙容 令捜送文正公
　　銘箴之類."

436)『미암일기초』제2책, 1568 무진년, 6.29, "遠接使書狀來 本月二十八日 臣陪兩使到東
　　坡 副使謂通事曰 汝國乃文獻之邦 能文者固多矣 學術如程朱者有之乎 對曰 有之矣
　　副使曰 姓名爲誰 對曰 前則如鄭夢周, 權近 後則趙光祖, 李彦迪等 卽其人也 其餘亦多
　　而俺未能盡記其姓名 副使曰 然則必有著述文集行於世矣 對曰 固有之矣 但或因子孫
　　不肖 而不能傳守 遺失者有之 雖或存者 完本蓋寡 副使笑曰 天下一般矣 中國亦如是
　　甚者或盡賣家藏萬卷 先祖述作 亦多棄置也 雖無完本 若見若干篇 足矣 汝語遠接使知
　　會云云 臣令通事答曰 我國承中國敎化 代有致力於學問者 但未知所學之醇疵 然往往
　　亦有著述 若欲垂覽 當捜求進呈 副使又答曰 許多文章 必有可觀 吾欲知人才之盛

노수신, 박충원, 이우민 등을 불러 모임을 가진 것이다. 미암은 이때 기대승, 노수신과 함께 영상에게 특별히 뽑혀 제유의 술작을 의논하는 데 들어가게 되었다고 퍽 기뻐하는 어조로 말하였다. 우상이 東方의 儒者를 논의하자 모인 사람들이 우탁 등 열 사람으로 대답하였는데, 여기서 열 사람은 우탁, 정몽주, 길재, 김종직, 김굉필, 정여창, 조광조, 이언적, 김안국, 서경덕이었다. 이 가운데서 미암은 우탁, 길재, 조광조, 김안국의 학행을 기록하고 기대승은 이언적, 서경덕을, 박충원과 이우민은 김굉필을, 노수신은 정몽주, 김종직, 정여창을 나누어 기록하고, 이때 '여지승람'과 전년의 기술을 이용했다고 밝혔다.[437] 당시 學術에 뛰어났던 인물들을 추숭하는 사업에 미암은 적극적이고 활발하게 참여하고, 앞장서고자 한 것이다.

(다) 『獻芹錄』과 『六書附錄』

『헌근록』과 『육서부록』의 저술 시기는 1571년으로 비슷한 시기에 간행되었다. 먼저 『헌근록』은 '미나리와 같이 하찮은 것을 바친다'는 뜻의 겸손한 마음이 담긴 책으로, 저술 동기는 해배 직후 미암이 선조에게 성묘를 허락받

學問之高 今承回語 多謝多謝 吾只一覽而已 觀此副使言端 似是留意於學問 前代及我朝諸儒著述 宜十分精擇 繕寫成冊以給事 啓下禮曹 此二天使識見高於已前諸詔使矣 ○禮曹吏來言 三公以朔祭詣慕義殿 請於明晨參祭後於賓廳 招朴忠元 吳祥 奇大升 盧守愼 柳希春及禮曹判書金貴榮 參判李友閔 參議任鼐臣 議定理學諸儒之述作 遣吏遍諭 卽通于一敎理李墍 李君日暮忙來 余亦由光化門歸舍 日已昏矣 搜出慕齋集 得宗小學傳旨公州重修鄕校記及鬼神論冊,寒暄堂先生行狀冊 又伏念外祖錦南先生 學問該博 尤精於性理之學 議大行廟號疏 亦甚精密 不可不預於是選 亦已草錄矣."

437) 『미암일기초』제2책, 1568 무진년, 7.1, "以議諸儒述作事 被右相祭于昌德宮而招我輩 (중략) 詣光化門 俟開門而入 余與大司成奇大升, 副提學盧守愼 特被選右相招 議東方之儒 余等以禹倬等十人爲對十大儒 卽禹倬, 鄭夢周, 吉再, 金宗直, 金宏弼, 鄭汝昌, 趙光祖, 李彦迪, 金安國, 徐敬德也 余草禹倬, 吉再, 趙大憲, 金慕齋之學行 奇明彦草李晦齋, 徐敬德 兩校理草金寒暄堂 盧君草鄭文忠 若金佔畢, 鄭汝昌 則用輿地勝覽及前年所述."

고 해남으로 떠나는 말 위에서 생각한 데서 비롯되었다. "공경하여 존심하고, 생각하여 궁리하는 것이 진실로 덕성을 높이고 학문을 하는 요체이니 二帝 三王의 정치가 나온 근원도 여기에서 넘지 않는다. 미나리를 먹고 맛이 있어서 우리 임금에게 바치고 싶었다"438)고 한 것이다. 미암은 '敬以存心 思以窮理'라는 유교의 기본적인 공부 방법으로 '尊德性 道問學'의 요체를 제시하며, 이상적인 정치가 나온 근원도 여기에서 넘지 않는다고 여겼다. 그래서 자신의 미나리와 같이 하찮은 정성이라도 임금에게 바쳐서 그러한 뜻과 마음을 전하고자 한 것이다.

이후 미암은 경연 강의 중 사마광의 『稽古錄』에 인군의 三德 五材의 설이 있어 주자가 매양 이 책으로 임금께 드리고자 하였는데, 자신 또한 이러한 말을 취하여 한 권을 만들어 바치고자 한다고 아뢰자 선조가 허여한 바 있다.439) 그러나 미암이 책을 내기로 마음먹기는 『헌근록』이 먼저이나, 일에 착수하면서부터는 『육서부록』과 바뀐다. '밤에 누워서 생각해보니 『헌근록』이 이루어지는 데는 쉽지 않으니 『육서부록』을 속히 마치는 것만 못하겠다'440)고 한 것이다. 아마도 『헌근록』 저술에 대해 더 큰 부담감을 느꼈던 것으로 여겨진다. 그리고 이즈음 조정의 일로 피로가 쌓여 사직장을 내고 해남에 내려갈 생각을 하고 있었기에441) 우선 이룰 수 있는 일을 마치고자 한 듯하다. 그리하여 다음 날부터 미암은 『육서부록』을 편수하기

438) 『미암일기초』 제1책, 1567 정묘년, 11.18, "馬上 思得敬以存心 思以窮理 實尊德性道問學之要 二帝三王出治之源 無踰於此 食芹而美欲獻吾君 省墳行."
439) 『미암일기초』 제4책, 1570 경오년, 6.21, "又司馬光稽古錄 有人君三德五材之說 朱子每欲以此書獻君 臣亦欲掫取此等語 爲一卷以獻 俟得間當爲之 上然之."
440) 『미암일기초』 제5책, 1570 경오년, 8.11, "李鵬壽寫我獻芹錄草 夜臥 思得獻芹錄未易成就 莫若速了六書附錄."
441) 『미암일기초』 제5책, 1570 경오년, 8.7, "李邦柱來 贊成吳公謙敬夫過臨 迎入于內 陪話雍容 告以初十日間 呈沐浴海水乞假 十三日下南云云."

166

시작하였다.442)

『육서부록』을 쓰는 일에는 허봉이 참여하여 도와주었다.443) 미암은 우성전에게 이 책을 보이고 소견의 같고 다름을 적어서 물어 神仙을 논한 말을 채택하기도 하였다.444) 그리고『육서부록』두 책을 완성해 교정을 거친 뒤 다음 달에 이이에게 봉송하였다.445) 이이는 편지로 답을 보내 매우 성한 뜻이라 칭한 후, 다만『四書』와『소학부록』이 너무 간략하게 건너간 것이 걱정되므로 수년 공부를 하여 상세히 해야지 경홀히 지어서는 안 될 것이라 전하였다.446) 그러나 허봉은 미암을 찾아와『육서부록』에 대해 평하여, 이 책이 진실로 학자의 밝은 거울(明鏡)이니 세상에 반포하지 않을 수 없다 하였다. 미암은『육서부록』에 잘못 쓰인 字들, 곧 鉦은 鉾으로, 父喪은 內艱으로, 長官은 倅로, 鑰匙은 開金으로, 尤는 猶로 등 고쳐야 하는 글자들을 일렀고, 허봉은 숙직할 때 옥당에서 뵐 것을 기약하였다.447) 그리고 선조에게 올린 뒤에도 미암은 계속해서『육서부록』을 고치기 위해 내려달라 청하였다.448) 이처럼 미암은『육서부록』에 대해 여러 차례 다른

---

442)『미암일기초』제5책, 1570 경오년, 8.12, "始修六書附錄."

443)『미암일기초』제5책, 1570 경오년, 8.16, "許篈來側 爲我楷書六書附錄."; 1570 경오년, 8.18, "許篈終日爲我書六書附錄."

444)『미암일기초』제5책, 1570 경오년, 9.5, "禹翰林性傳 丁憂守廬 見余六書附錄 因書所見 異同詰我 其中論神仙說最佳 卽樂採之."

445)『미암일기초』제5책, 1570 경오년, 9.2, "封送六書附錄于李校理珥叔獻處."

446)『미암일기초』제5책, 1570 경오년, 9.15, "李珥叔獻所答書云 六書附錄二冊 付籤以上 竊念令公此擧 甚盛意也 但四書及小學附錄 太簡似涉草草 妄意當下數年工夫 使之詳 悉 不宜作於造次也 此言甚善."

447)『미암일기초』제7책, 1572 임신년, 10.21, "檢閱許篈來謁 以今日署經 當入翰苑故也 許君稱六書附錄 眞學者之明鏡 不可不布於世 (중략) 余設小酌以飮之 因言鉦之誤爲 鉾 父喪之誤爲內艱 長官之誤爲倅 鑰匙之誤爲開金 尤之誤爲猶 如此之類 皆當改正於 史筆云云 篈約以後日直宿之日 相見於玉堂云."

이들에게도 묻고 자신도 교정을 하며 책을 완성하는 데 애를 썼다.

마지막으로 신 희춘이 아뢰길 "『육서부록』初卷과 『대학석소』가운데
중첩되는 말과 온당치 못한 곳들이 있으니 改修하고자 합니다. 『유선록』의
김굉필 아래 <祭梅溪文>에 '宣化兩道 人思其德'이란 말이 있는데, '德'字가
'得'字로 잘못 인쇄되었습니다. 그러므로 다시 보고 고치고자 합니다"
했다. 상께서 "내려 보내겠소" 하였다.[449]

이처럼 완성한 지 5~6년이 지난 뒤까지도 미암은 계속 『육서부록』과
『대학석소』, 그리고 『국조유선록』의 疊語와 온당하지 못한 곳을 수정한
사정을 보여준다.

『헌근록』은 『육서부록』보다 두 달 뒤인 11월 2일에 올리게 되는데 선조에
게 뜻을 아뢴 뒤 동료들에게도 의견을 물어, 사마온공의 <계고록표>와
제갈량의 <출사표>와 <初領益州牧發敎>와 陸贄의 奏議와 朱子의 封事와
箚를 가지고 한 권을 만들어 『헌근록』이라 이름하여 올리고자 한다고
하자, 동료들에게 좋다는 말을 듣는다. 그리하여 옥당에서 책을 빌려 『헌근
록』을 만들 자료를 찾았다.[450]

그리하여 시작된 이 일에는 허봉을 위시하여 많은 사람들이 참여해
도움을 주었다. 먼저 李精이 와서 『헌근록』 절차를 듣고 가고[451] 허봉이

448) 『미암일기초』 제7책, 1573 계유년, 4.12, "又陳六書附錄上卷 有數處當修補 乞下其
冊."

449) 『미암일기초』 제10책, 1576 병자년, 8.4, "最後 臣希春啓曰 六書附錄初卷及大學釋疏
中 有疊語及未穩處 故欲修改 儒先錄金宏弼下祭梅溪文有云 宣化兩道 人思其德 德字
誤印得字 故臣欲更見而改之 上曰 從當降出矣."

450) 『미암일기초』 제5책, 1570 경오년, 9.29, "希春欲以溫公稽古錄表, 諸葛亮出師表及初
領益州牧發敎, 陸贄奏議, 朱子封事及箚爲一卷 名曰獻芹錄而進之 同僚亦以爲可 借
書于玉堂 以爲獻芹錄採撫之資."

와서『헌근록』초를 썼다.[452] 미암은 또『헌근록』에 外篇을 두어서 제왕
덕정을 기록해야겠다고 했다.[453] 다시 이정이『헌근록』삼십일 장을 베껴가
지고 와서 보여주고, 그 후에 쓰기로 하며, 이순이 와서『헌근록』초를
썼다.[454] 그리고 이방주가 등불 아래서『헌근록』을 교정하여 서너 자 誤字를
얻었다.[455] 또 유경심이 지나가다 와서 미암이『헌근록』을 보여주며 牋을
보여주고 斤正을 구하자 한 자를 지적하고, 전편을 깊이 칭찬했다. 같은
날 저녁에 도승지 이후백이 지나가다 들러 잠시『헌근록』을 보고 가기도
하였다.[456] 그리하여 11월 2일에『헌근록』을 완성하여 올린다.[457] 미암은
이에 대한 牋을 지어 저술의 동기를 밝혔다.

　　臣이 엎드려 보니, 송나라의 신하 사마광이 바친『계고록』一章의 求言을
청한 상소문 하나가 그 말이 시초 거북과 같았습니다. 또한 보니, 한나라
제갈량의「출사표」에서 여러 아래 사람들을 가르친 말이나 당나라 육지가
그 임금에게 청언과 납간을 권한 것은 모두 주문공께서 칭찬하고 감탄하신

---

451)『미암일기초』제5책, 1570 경오년, 10.1, "李精來聽言獻芹錄節次而去."

452)『미암일기초』제5책, 1570 경오년, 10.3, "許鈞來寫獻芹錄草."

453)『미암일기초』제5책, 1570 경오년, 10.11, "始思得獻芹錄 當有外篇 以記帝王德政."

454)『미암일기초』제5책, 1570 경오년, 10.15, "李精持所寫獻芹錄三十一張來示 又約書其
　　後云 李淳來寫獻芹錄草."

455)『미암일기초』제5책, 1570 경오년, 10.27, "李邦柱燈下校正獻芹錄 得三四字之誤."

456)『미암일기초』제5책, 1570 경오년, 10.28, "柳同知太浩過訪 余示獻芹錄 且示進牋求斤
　　正 柳指點一字 深獎全篇而去 夕 都承旨李後白過訪 暫見獻芹錄而去."

457)『미암일기초』제5책, 1570 경오년, 11.2, "早朝 以軍職肅拜于四殿 以獻芹錄修補
　　詣舍人司蓮亭 招李精及晝員點節 以未時復詣闕 呈于禮房承旨 兪公得因承旨轉達
　　移時 上以備忘記褒奬云云 臣希春又蒙賜酒于慶會南門 三盃 臣伏受而盡嚼大醉 扶人
　　而出城門 馬上 感上恩 口占作歌 自蓮亭畢修獻芹錄 夾以弘文館冊匣 裏以紅袱 令舍人
　　司廳直連壽 抱行于馬前以至闕."

바입니다. 어떤 것은 천자에게 바치려고 하셨고 어떤 것은 여러 번 읊조리고
손수 쓰셨으며, 혹은 학문의 순수함을 칭찬하기도 하셨습니다. 참으로
이러한 문자들은 충성이 간절하고 돈독하며 치도에 밝게 통하여, 임금
된 사람이 마땅히 복응할 만한 격언들입니다. 주문공이 소차에서 진술한바
'그 임금을 요와 순으로 만드는 방법'에 이르면 지극하여 참으로 천고에
없던 것이요, 만세의 큰 교훈입니다. 신이 본래 미련하고 비루하나, 오랫동
안 옛 일을 살피는 데 종사하였습니다. 미나리를 먹다가 맛이 있으므로
감히 바칩니다. 엎드려 바라건대, 성명께서 乙夜에 열람하시되 정신을
집중하여 음미하신다면, 德을 진작시키고 훌륭한 정치를 하셔서 조종께서
맡겨주신 과업을 빛내는 데 보탬이 없지 않을 것입니다. 신은 땅강아지가
임금을 사랑하는 정성으로 절실한 바람을 이길 수 없어 삼가 손을 모으고
머리를 조아려 아룁니다.458)

『헌근록』의 저술 동기와 내용 등을 유추할 수 있게 해 주는 글로, 위에서
살핀 저술 경위를 정리하고 있다. 그리고 자신의 이 일이 매우 미약한
힘에 불과한 것이라 낮추어 말하고, 선조에게 정성을 바치고자 하는 마음을
지극히 하였다.

이외에도 미암은 허봉과 治平에 해당하는 格言들을 선택해 御覽으로
드리고 싶은 생각이 깊다고 토로한 바 있다.459) 그리하여 '治平格言'을

---

458) 『미암집』권3, <進獻芹錄箋>, "臣伏見宋臣司馬光進稽古錄一章 請求言一疏 其言如
著龜 又見漢諸葛亮出師表敎羣下之言 唐陸贄勸其君以聽言納諫 皆爲朱文公所獎歎
或欲進獻於天子 或屢吟哦而手筆 或稱美學問之純粹 誠以此等文字無非忠誠懇篤 明
達治道 人主所當服膺之格言也 至於文公疏箚所陳堯舜其君之方 至矣盡矣 實千古之
所未有 萬世之大訓 而臣本愚陋 久從事於稽古 食芹而美 敢以爲獻 伏乞聖明 儻賜乙夜
之覽 而留神玩味 則其於進德出治 以光大祖宗付畀之業 不無補益 臣以螻蟻愛君之誠
不勝懇懇之望 謹拜手稽首以聞."
459) 『미암일기초』제4책, 1570 경오년, 7.20, "許篈美叔來見我 喜慰洋溢 所謂別離未爲久
子豈知我情者也 深欲與美叔選擇治平格言 以進御覽云."

편수하기 위해 허봉이 책을 가지고 와서 함께 『성리대전』과 『주자어류』와 『강목』 중 임금에게 鑑戒가 될 만한 글을 선택하였다.[460] 그러나 이 책의 간행 기록은 보이지 않는다.

(라) 『朱子文集語類註解』

미암은 1575년 선조의 명에 의해 주자의 『朱子文集語類』를 교정하여 펴내는 사업을 이루어냈다.[461] 이는 『주자대전』과 『주자어류』에 주석 작업을 하고 교정한 것으로, 당시 士林들이 다 잘 되었다고 하며 매우 중히 여겼다 한다.[462] 『주자대전』과 『주자어류』는 중국에서 1532년 간행하여 1543년 조선에 들어와 처음 간행되어 16세기 정주학 연구를 심화시키는 계기가 되었다. 『주자대전』 간행 후 가장 먼저 나온 주자 연구서가 1556년에 나온 이황의 『朱子書節要』이고, 기대승도 1557년에 『주자대전』에서 뽑아 『朱子文錄』을 만들었다. 이후 註解를 시도하여 나온 것이 미암의 『朱子語類箋釋』이었다.[463] 미암은 당시 조선에서 이론적으로 심화되고 있던 주자 사상에 대해 파악하고 주장하기 위해서는 우선 기본적으로 올바른 현토가

---

460) 『미암일기초』 제4책, 1570 경오년, 7.22, "余與許篈選取性理大全, 朱子文語, 綱目中可爲君鑑者."

461) 『미암집』 권3, <朱子文集語類校正凡例>, "(전략) 臣伏覩朱子大全, 語類二書 浩瀚若海涵地負 密微若蠶絲牛毛 人雖欲校正 莫不以掛一漏萬爲難 臣以譾聞薄識 忝在提調校勘之列 謬當是任 如蛟負山 常懷兢悚 適得李滉所校 以爲據依 又得僚屬趙憲之助 旁稽文語所從出之書 參以愚臣千慮一得之見 歷三載而粗成訂 庶幾仰補聖學乙覽之萬一 然校書掃塵之喩 古人所不免 以臣昧陋 誠不勝慙惶之至 謹再拜稽首以聞 萬曆三年六月日 嘉善大夫工曹參判兼同知經筵, 成均館, 春秋館事臣柳希春 校進."

462) 『미암일기초』 제10책, 1576 병자년, 6.25, "又余所校朱子大全, 語類 士林咸以爲善校 比前本大不同 爭珍愛之 外方守令爲子弟求買者 至以五升木一同爲價 而猶未能得云."

463) 김항수, 「조선 전기의 程朱學 수용」, 『인문과학연구』 제13집, 2008, pp.9~11.

이루어져야 한다고 인식하였던 것이다.

　원래『주자대전』은 김안국이 인쇄했던 것으로 오류가 많았는데, 퇴계가 이 책으로 공부하면서 오류를 꼼꼼하게 잡아놓았고, 미암이『주자대전』의 재판 사업을 총괄하면서 이황의 노트를 적극 활용했다.[464] 1573년 6월 4일 일기에 "連日 退溪의『朱全說』을 手記했다"는 기록이 그 증거이다. 미암은 퇴계와는 주자를 보는 시각이 다른 점이 있었던 반면,[465] '格物無極' 의 사상에서 일치를 보였다.[466] 또한 미암이 吳建과 文字를 이야기하다가 퇴계가 전에는 格物을 '物에 格하다'라고 한 것이 잘못임을 깨닫고, '物이 格하다'라고 고쳤다는 얘기를 듣고 日新의 실례라며 크게 기뻐한 일화가 있다.[467] 이 일화에서 미암이 현토를 얼마나 중요하다고 여겼는지 알 수 있다. 그리고 경연에서 퇴계와 강의를 할 때 "경전의 토가 꼭 맞았다"[468]고

---

464) 강명관,『책벌레들 조선을 만들다』, 푸른역사, 2007, p.130.

465)『미암일기초』제2책, 1568 무진년, 8.14, "申初 余出自闕門 至退溪先生宅 勸止勿强辭 官職 先生懇懇言未安之意 不能久留之意 希春問大監以朱子爲大聖歟 大賢歟 答曰 安得爲聖人 只是工夫到極 所謂學知利行之大賢也 退溪此見 未能超出乎世俗 不能無 憾."

466)『미암집』권3, <與奇明彦書>, "僕以加土陳疏 蒙恩受由而來 方患勞熱 近少調理 下歸海鄉 切欲一奉淸儀 路頗迂遠 深以爲恨 下來時 因金君就礪 聞退溪先生格物無極 之釋 快從令公之說 深嘆其德學之日新也 令公之所言 卽希春之所見 雲披日出 不謀而 同 欣幸無已."

467)『미암일기초』제5책, 1570 경오년, 11.17, "乙夜 吳佐郎健子强來 語及文字 聞退溪頃悟 前日物이格之說 改從物이格 此日新之實也 聞來大悅 移時而去." 이 당시 퇴계는 고봉과 주고받은 편지에서도 物格에 관해 자신이 전에 고집하던 주장을 접고 고봉의 가르침을 듣겠다고 한 바 있다. 이황,『퇴계집』권18, <答奇明彦>, "別紙, 物格與物理之極處無不到之說 謹聞命矣 前此滉所以堅執誤說者 只知守朱子理無情 意 無計度 無造作之說 以爲我可以窮到物理之極處 理豈能自至於極處 故硬把物格之 格 無不到之到 皆作己格己到看."

468)『미암일기초』제2책, 1568 무진년, 9.14, "書講 知經筵李公滉 見館中所懸吐不穩 故已初 來寓藥房 余與洪修撰往謁 不穩之吐 乃初八日余不參時所定也 余所更定 則與

기록한 데서도, 미암이 현토의 정확성을 중요하게 여긴 점을 알려준다. 미암은 당시에 주자의 사상을 정확하게 이해하고 해석하기 위해서는 올바른 懸吐가 바탕이 되어야 한다는 생각을 가졌고, 이황의 업적을 참고로 하여『주자대전어류』의 교정 작업을 이루었던 것이다.

　미암은 현토의 중요성을 알았을 뿐만 아니라, 주자의 詩文에 대해 해박한 이해를 가지고 있었다. 한번은 경연에서 주자의 <七夕>詩와 <不自棄文>은 주자의 작품이 아니라는 사실을 밝힌 적이 있다.[469] 선조가 "주자 <칠석> 시에서 다룬 詩想이 '이치에 없는 것'"이라는 이유로 칠석시가 주자의 작품이 아니라 의심하자, 미암은 이를 시인의 작품이지 주자의 작품이 아니라고 답변한 것이다. 미암은『주자대전』에도 이 작품이 들어 있지 않은 것을 확인하고,『연주시격』에 주자의 작품이라 기록한 것이 잘못 전해진 것이라 밝혔다. 이와 함께 미암은 <부자기문>도『서경』의 고문 대전에 주자가 지은 것이라 되어 있지만, 실은 주자가 지은 것이 아닌 것과 같다고 덧붙였다. 미암은 기대승과 교유하면서 고봉의 말을 듣고 <不自棄文>이 주자가 지은 것이 아님을 깨달았다고 편지에 알렸고, 이에 고봉이 서로 합한 것을 매우 기뻐하였다.[470] 퇴계도 剛而 李楨에게 보내는 편지에, "<부자기문>은 젊어서 보며 마음에서 주자의 말이 아님을 의심하였고, 기명언도 그렇게

退溪脗然相合矣."

469)『미암일기초』제9책, 1574 갑술년, 2.4, "上曰 朱子七夕詩 此何謂也 臣對曰 此卽織女牽牛雙扇開 年年一度過河來 莫言天上稀相見 猶勝人間去不廻 聯珠詩格 以爲朱子詩 此誤錄也 上曰 天上豈眞有二物相往來 此必無之理也 對曰 此乃詩人之作 非朱子之作 故臣亦積年疑之 及還朝後 遍考大全續集別集 皆無之 亦猶祝伯昌不自棄文 古文大全 以爲朱子之作 其爲訛傳 審矣 上曰 予每疑此詩 恐非朱子之作 今幸得聞之 稱嘆至再."

470)『미암일기초』제2책, 1568 무진년, 5.4, "余以奇明彦之言語不自棄文 實非文公之作 當通書于完山府 使之削去 以書報明彦 明彦深喜其相合 又云 胡氏仁者不爲之說 蒙先生持示 得開昏蔽云云." 그리고 이틀 후 미암은 주자의 문집에서 <不自棄文>을 빼버린다.『미암일기초』제2책, 1568 무진년, 5.6, "於館上 紫陽文集 削去不自棄文."

말하였다"471)고 한 바 있다.

　그런데 그 후 東岡 金宇顒(1540~1603)과 미암이 같이 자리한 경연에서
주자의 <칠석>시에 관해 논쟁이 일어났다. 동강은 南冥 曺植(1501~1572)
의 문인으로 27세에 남명의 命으로『天君傳』을 짓고 경연에서 강의하였으
며, 주자의『資治通鑑綱目』에 이어『續資治通鑑綱目』을 저술할 정도로 주자
학에 해박하였다. 그런데『연주시격』에 주자의 작품이라 실려 있는 <칠석>
詩에 관해 주자의 시로 보는 데에 대해 선조가 의문을 제기하자, 미암은
주자의 작품이 아니라 답하고 게다가 <부자기문>과 <훈몽시>도 주자가
지은 것이 아니라고 덧붙이자, 동강은 주자가 아니면 지을 수 없는 작품이므
로 의심할 수 없다고 반박한 것이다. 이에 선조는 동강의 말을 그르다고
여기며 의심을 면치 못하겠다고 하였으나, 동강의「경연강의」에는 후일
선조가 이 일을 반성하고 깨달아, 성현에 대해서는 의심할 수 없고 믿어야
할 따름이라 하였다고 덧붙여 놓았다.472) 미암은 고봉과 편지를 통해 <부자
기문>이 실제로 주자의 작품이 아님을 알게 되었고,473) 자신도 의문하던
점을 풀었기에 선조에게 사실을 전한 것이다. 그렇다면 미암은 무엇을
근거로 주자의 시문인 것과 아닌 것을 구분하였던 것일까. 먼저 미암이

---

471) 이황,『退溪先生續集』卷之四, <答李剛而>, "(전략) 不自棄文 滉少時見之 心已疑其
　　　非朱子語 奇明彦亦云云 (후략)."

472) 金宇顒,『東岡集』권12,「經筵講義」, 갑술년, 二月一日, "(전략) 上才極高邁 雖古聖賢
　　　事 未嘗遽信 而多所疑問 一日 上問聯珠詩有朱子七夕詩云云 朱子何爲此怪誕語乎
　　　柳希春曰 此非朱子之詩 聯珠誤稱朱文公也 且如不自棄文 亦非朱子所作 而今人誤傳
　　　也 或言年譜末所附訓蒙詩 亦非朱子作 宇顒曰 不然 此非朱子 不能作 不可疑也 上喜曰
　　　果然也 七夕詩 予非卿言 終未免疑也 後日筵中 上曰 昨因七夕詩事 有所省悟 凡聖賢不
　　　可疑 只當篤信耳."

473)『미암일기초』제2책, 1568 무진년, 5.4, "余以奇明彦之言語不自棄文 實非文公之作
　　　當通書于完山府 使之削去 以書報明彦 明彦深喜其相合 又云 胡氏仁者不爲之說 蒙先
　　　生持示 得開昏蔽云云."

파악하고 있는 주자의 詩에 관해 인종에게 <齋居感興>을 다음과 같이
평가하며 언급한 부분을 살펴보자.

　(전략) 이러한 뜻이 주자의 <感興>詩 제8장에 갖추어져 있습니다. 두
임금을 향하여 이 이치를 밝게 알려드리니, 미연에 예방하면 齊國에 어찌
위태로워져 망하는 양화가 있겠습니까. 가만히 <감흥>시 20장을 살펴보
면 의리가 심오해서 삼백 편에 버금가니, 성리에 관한 여러 책들의 첫
권에 실린 것을 고찰할 수 있습니다.[474]

　위 글은 미암이 서른 살에 세자시강원이 되어 인종에게 강론한 내용을
李好敏이 「諡狀」에 옮겨 놓은 것이다.[475] 주자의 <감흥>시라 한 것은
<齋居感興> 20수를 가리킨 것이다.[476] 이 글 앞에서는 임금이 치세와
난세에 나라를 다스리는 방도에 대해 언급하고, 이러한 뜻이 주자 <감흥>
시의 8장에 갖추어져 있다고 하였다. 이 시에서 이치를 밝게 알려주므로,
미연에 방지하면 齊國에 危亡의 양화가 없을 것이라 한 것이다. 그리고
<감흥>시 전부에 대해 "義理가 심오해서 시경 삼백 편에 버금간다(義理淵
奧 亞三百篇)"고 평하였다. 조선 후기 주자 시를 모범으로 하여 『雅頌』
8권을 간행하면서 정조 또한 "시경 삼백 편 이후에 思無邪의 지취를 얻은
시는 오직 주자의 시밖에 없다"[477]고 언급한 것을 보면, 이러한 평가는

---

474) 『미암집』 권20, <諡狀>, 李好敏, "(전략) 此義也 朱子感興詩第八章 備矣 向使二君者
　　明知是理 而預防於未然 則齊國豈有危亡之禍哉 竊見感興詩二十章 義理淵奧 亞三百
　　篇 載於性理羣書首卷者可考 而凡羣書中所收銘箴贊詩之類 皆可以從容玩味 使人興
　　起 夫子曰 興於詩 先儒亦云 讀書之餘 間以遊泳 誠於講明經書之暇 不廢諷誦 以涵養德
　　性 則其於聖學 非小補也 (후략)."

475) 위의 글, "三十七年壬寅正月 轉世子侍講院說書 時仁廟在東宮 公力以輔導爲己任."

476) 朱熹, 『朱子大全』 권4.

미암의 개인적인 생각이거나 과장된 것만은 아니었으리라 보인다. 『시경』 삼백 편은 그 체나 정신면에서 중국의 역대 문인들에 의하여 시를 배우고 시를 논함에 있어서는 하나의 준거로 인식되었다.[478] 그래서 唐詩와 宋詩를 비교할 때도, 당시는 性情을 表達하였으므로 삼백 편에 가까우나 송시는 議論을 주로 하였으므로 삼백 편과는 멀다[479]고 한 것이다.

　미암은 주자의 <감흥>시를 가지고 직접 삼백 편에 버금간다고 평하고, 더하여 성리군서 백 권에 싣는 것도 고찰할 만하다고 하여, 그만큼 주자의 시를 여느 시인들의 시와 다르게 대단히 높이는 뜻을 표하였다. 후에 미암은 선조조 당시 보급되기 시작한 『濂洛風雅』를 접하며, 주자의 시를 宋儒의 다른 시들과 구분하여 볼 줄 아는 안목을 더욱 갖추게 되었으리라 여겨진다.[480]

　다음은 미암이 파악하고 있는 주자의 문장에 대해서 언급한 내용이다.

　　또 말했다. "주자의 문장을 혹자는 그 '或問' 등의 글이 지루하다고 의심하지만, 실제는 그렇지 않습니다. 도리를 남김없이 밝히는 것을 위주로 하였기 때문에 부득불 이처럼 극히 상세한 것입니다. 『周易』의 '本義'와 같은 것에 이르면 말이 극히 간략하니, 대개 자세하고 간략한 것은 각기

---

477) 정조가 편찬한 『雅頌』은 주자의 작품 총 415편이 실렸는데, 고근체시 가운데 가장 핵심을 이루는 것은 「武夷櫂歌」, 「武夷精舍雜詠」, 「齋居感興」이며, 이는 당시 제도권 밖으로 발전해가는 시풍을 비판하고 조선조 도학과 문인들이 주자시를 읽어 간이하고 성실한 마음을 함양시키고자 하는 목적에서 행한 것이다. 심경호, 「朱子『齋居感興詩』와 『武夷櫂歌』의 조선판본」, 『季刊書誌學報』 14, 1994, pp.3~4 참조.

478) 이병한, 『증보 한시비평의 체례 연구』, 통문관, 1985, pp.139~140.

479) 吳喬, 『圍爐詩話』 권2, "唐人以詩爲詩 宋人以文爲詩 唐詩主于達性情 故于三百篇近 宋詩主于議論 故于三百篇遠."

480) 『미암일기초』 제6책, 1571 신미년, 1,4, "初四日 始讀濂洛風雅."

176

마땅한 것이 있기 때문입니다." 하였다.481)

주자의 문장이 支離하다고 한 것은, 주자 당대에 아호사에서 육구연과
만났을 때 육구연이 시를 지어 비판한 내용 속에도 있었다. 주자의 기록에는
없으나 『상산어록』과 『상산연보』의 기록에 의하면, 육구연이 시를 지어
"易簡(平易簡約)의 공부는 마침내 변함없이 위대하나, 支離한 사업은 끝내
부침한다.(易簡工夫終久大 支離事業竟浮沈)"라고 표현하여, 주자의 작업을
支離하다고 비판한 것이다.482) 그러나 미암은 실제는 그렇지 않으며, 도리를
發明하여 남김없이 말하는 데 주력하기 때문에 부득이 자상하지 않을
수가 없는 것이라 이해하였다. 그리고 『周易』의 本義 같은 글은 매우 간략하
게 되어 있어, 이처럼 자세함과 간략함에 각각 마땅함이 있다고 칭송하였다.

주자 문장의 이러한 특징은 독서법에서 나온 것으로, 주자가 石洪慶에게
술회한 글에서 볼 수 있다. 주자는 17세에 謝上蔡의 『논어』483)를 읽으며,
처음엔 붉은 연필로 해석이 뛰어난 곳에 줄을 긋고, 다시 숙독한 후 붉은
줄 가운데 더욱 중요한 부분에 검은 줄을 긋고 다시 숙독, 음미하며 검은
줄 가운데 정수가 되는 부분에 푸른 줄을 긋고 그 푸른 줄의 또 정수를
추출하여, 나중에는 얻을 것이 매우 적어져 한두 구절만이 문제가 되는
것을 깨달았다 한다. 이런 방법을 주자는 博에서 約으로 응축하는 독서법에
한정하지 않고, 삼라만상을 마지막 순간까지 응축시켜 다시 그것을 단순하

481) 『미암일기초』 제9책, 1574 갑술년, 2,4, "又曰 朱子文章 或疑其或問等書支離 其實不然
蓋主於發明道理無餘蘊 故不得不如是之詳盡 至如易本義 辭極簡約 蓋繁簡各有攸當
也."
482) 미우라 쿠니오, 『인간 주자』, 김영식·이승연 역, 창작과비평사, 1996, pp.140~143.
483) 사상채는 謝良佐(1050~1103)로 程子의 제자이며, 『論語說』로 유명하나 이 책은
현재 전하지 않는다.

면서도 강력한 법칙으로 환원하는 사고법으로 발전시켰다.[484] 미암이 주자의 『周易』 본의에 대해 파악한 간략함은, 주자의 독서법에서 얻어진 점을 간파한 것이었으리라 여겨진다.

그리하여 미암은 주자의 시문이라 하여 무조건 믿고 따르기만 한 것이 아니라 확실히 주자의 것인지 엄격히 증명할 만한 능력을 갖추고 있었다. 미암은 스스로도 의심이 가는 글을 聖賢이 남긴 것이라 하여 무조건 믿지 않았다. 이는 주자의 詩文에 대해 깊은 이해를 가지고 대하되, 주자의 시문으로서 이치에 합당하고 사리에 맞는지를 판단할 줄 알고 있었기 때문이었다.

미암은 당시 경연 강의와 편지 교류, 또 산문 문장 등을 통해 주자학과 관련해 토론을 하거나 자신의 견해를 피력하며 심화하였다. 그리하여 주자학을 자신의 사상으로써 깊이 내면화하여 학문적으로 발전시키면서 주자의 견해를 주장의 근거로 삼되, 맹목적으로 따르지 않고 주자가 詩文에서 말하는 義理와 本義에 대해 중시하는 관점에서 이를 파악하여 주자의 詩文인 것과 아닌 것을 구분하는 능력을 갖추어 보여주었다. 이러한 능력을 바탕으로 선조 대 경연에서 주자학의 기초가 되는 『주자문집어류주해』를 저술해, 당대 학문에 기여한 바가 매우 컸다.

3. 공공의 관심 표명

1) 氣候와 民生

『미암일기』의 하루 시작은 대개 날씨부터 시작한다. 일기에 날씨를 기록하는 것은 날짜를 적는 것과 함께 기본적이면서도 중요한 형식적

---

484) 미우라 쿠니오, 앞의 책, p.35.

요소이다. 일본 헤이안 시대의 왕조 일기문학의 효시라 할 수 있는 『가게로일기(蜻蛉日記)』 이전의 일기로 가노 쓰라유키의 『도사일기(土佐日記)』만이 알려져 있는데, 이는 남성 관인의 한문일기 형식을 따서 여성으로 가탁해서 쓴 일기로, 그날의 날짜와 머문 곳, 그리고 날씨를 기재하는 등 종래의 일기의 요건을 갖추고 있다.[485] 『미암일기』는 이러한 『도사일기』의 형식과 같이 남성 관인의 일기 형식을 충실히 따르고 있는 모습을 발견할 수 있다.

매일의 날씨가 맑음(晴), 또는 흐림(陰), 비(雨)와 같이 적혀 있고, 때로 날씨 변화에 따라 상세히 밝혀져 있다. '어젯밤부터 비가 크게 내렸다'[486]라든가, '흐리고 약간 비'[487]와 같은 예가 그것이다.

미암은 그날의 날씨를 맑음(晴), 또는 흐림(陰), 비(雨)와 같이 대략을 적을 때도 있고, 날씨 변화에 따라 상세히 밝힐 때도 있다. '어젯밤부터 비가 크게 내렸다'[488]라든가, '흐리고 약간 비'[489]와 같은 예가 그것이다. 단순한 기록 차원뿐만 아니라 기후에 따른 감회를 적어놓는 경우도 있는데, 짧게는 '흰 눈이 땅에 가득하니 겨울 들어서 처음 보았다'[490]와 같이 기록한 경우와, 길게는 백성의 삶에 대한 걱정을 드러내거나 자신의 삶을 기후를 통해 비유적으로 표현하여 놓은 경우 등을 볼 수 있다. 이처럼 미암은 당시 기후 변화에 관해서도 세심한 관심을 가지고 기록하였다. 미암의

---

485) 신영원, 『사라시나 일기 연구』, 보고사, 2005, pp.135~136.

486) 『미암일기초』 제3책, 1569 기사년, 5.25, "自去夜雨大下."

487) 『미암일기초』 제3책, 1569 기사년, 6.1, "陰微雨."

488) 『미암일기초』 제3책, 1569 기사년, 5.25, "自去夜雨大下."

489) 『미암일기초』 제3책, 1569 기사년, 6.1, "陰微雨."

490) 『미암일기초』 제1책, 1567 정묘년, 12.21, "白雪滿地 冬之初見也."

이러한 기록을 바탕으로 여기서는 미암이 기후를 백성의 삶에 관심을 가지고 기록한 내용에 초점을 맞추되, 조정에서 활동하며 기후에 대해 대응한 방식들의 기록 내용들도 함께 살펴보겠다.

기후는 백성의 삶에도 밀접한 영향을 끼치는 것으로, 미암은 평상시에도 기후가 농가에 미칠 영향을 생각하며 일기에 기록을 남겼다. "종일토록 비가 내려 농가가 크게 기뻐한다"491)라고 하거나, "이달에 京外가 크게 가물어, 人民이 근심하고 원통해한다"492)고 한 것이 그 예이다.

또한 비가 부족하거나 너무 많을 때는 흉년을 걱정하여 민생에 관심을 드러냈다. 1568년(무진) 9월 당시는 풍수의 害와 가뭄과 황충의 여러 재앙 끝이라 때가 어려운 데다 명나라 사신이 여섯이나 되어 사람들이 모두 근심하고 있다고 걱정하였다.493) 이에 미암은 軍籍을 정지해야 한다고 주장하였는데, 그 이유를 民生이 소요한다는 데서 들었다. 이 문제에 대해 삼공이 논의할 때 영상과 좌상은 정지해야 한다 했으나 우상이 고집하여 선조가 시행하도록 명했는데, 미암은 이에 대해 정지할 뜻을 간해야 한다며 헌납 최정에게 통보했다.494) 그러나 이것은 이미 결정된 뒤라 간하지 못했는데, 다음날 석강에 이황이 군적을 잠시 정지할 것을 계하여 선조가 이를 받아들이는 것으로 일이 이루어졌다.495)

---

491) 『미암일기초』 제8책, 1573 계유년, 12.15, "終日雨下 農家大喜."

492) 『미암일기초』 제10책, 1576 병자년, 4.29, "是月 京外大旱 人民之憂悶罔涯."

493) 『미암일기초』 제2책, 1568 무진년, 9.3, "此軍籍之擧 當此六天使風水旱蝗諸災之餘 時屈擧羸 衆皆愁悶."

494) 『미암일기초』 제2책, 1568 무진년, 9.2, "三公議軍籍 領左相以爲當停 右相牢執 上命仍行 余以民生騷擾 當諫之意 通于獻納崔頲."

495) 『미암일기초』 제2책, 1568 무진년, 9.3, "昨以軍籍當停事 簡通于獻納崔頲 又通于入番 安應敎自裕 皆以上定計於收議三公之後 未之諫焉 今日夕講 李判府事滉入侍 啓請軍 籍姑停 上嘉納之 下其啓辭于政院 奉承傳然後本草還入云 蓋上深有味乎其言也 此軍

특히 기후 변화가 심했던 1569년(기사)에는 6월에 비가 부족해 禮曹에서
祈雨祭를 지낼 것을 청하기도 하였고, 미암도 그즈음 "새벽에 비가 뿌리더니
아침에 그쳤다. 기쁜 비가 흡족하지 못한 것이 한이다"[496]고 일기에 기록하
며 당시 농사에 대한 우려를 나타냈다. 비가 오지 않을 때 기우제를 지내
비를 빌었던 일은 이미 고대부터 시작되어 고려시대에 많이 있었다. 조선시
대에는 실록에서 기우제를 드린 기록을 종종 찾아 볼 수 있으며, 성현의
『용재총화』에 기우제에 관한 방법과 순서가 자세히 기록되어 있다.[497]
또 "이즈음 太白이 자주 나타난다"며 "무슨 징조인지 알 수 없다"[498]고도
하여, 천문을 관찰하며 발견되는 기상 변화에 대해 관심을 표명했다. 태백은
太白星으로 금성을 일컫는 말이다. 그런데 이때 호남에서는 전에 없던
큰 비가 내렸다는 소식을 듣고 기록하였다.[499] 그리고 다음 달인 閏6월과
7월에는 또 비가 너무 많이 내려 예조에서 祈請祭를 올리자고 하였다.[500]
　이듬해 1570년(경오)에는 이해 7월 초에는 비가 전라 경상 2도에 충분히
내려 농사가 잘 되었다고 하였고, 경기도만 큰비가 내려 벼와 곡식이 손상된
것으로 기록하였다.[501] 그러나 중순에 이르면 비가 너무 많이 내려 물이

　　籍之擧 當此六天使風水旱蝗諸災之餘 時屈擧贏 衆皆愁悶 今之得寢 實辛應時, 李退溪
　　二公之力也 仁人之言 其利博哉."

496) 『미암일기초』 제3책, 1569 기사년, 6.5, "晨 驟雨至朝而止 恨喜雨之未洽也."

497) 김연옥, 『한국의 기후와 문화―한국 기후의 문화 역사적 연구』, 이화여자대학교
　　출판부, 1985, pp.55~57.

498) 『미암일기초』 제3책, 1569 기사년, 6.4, "是時 太白屢見 不知何兆."

499) 『미암일기초』 제3책, 1569 기사년, 閏6.17, "聞 湖南 自六月初一日大雨 一月內二十日
　　大水 (중략) 實前古所未有也."

500) 『미암일기초』 제3책, 1569 기사년, 7.5, "禮曹啓請來初七日祈請."

501) 『미암일기초』 제5책, 1570 경오년, 7.6, "全羅慶尙二道 雨水周足 農事向遂 京畿去六月
　　二十八日九日 連日大雨 禾穀損傷 成川浦落 覆沙處甚多云."

범람해 재해가 되어 백성들이 괴로워할 지경에 이르렀다.502) 잠시 비가
그치고 맑아졌으나,503) 이때 내린 비의 피해는 매우 컸다. 영남의 서남
지역에 내린 폭우에 벼가 손상되고 민가가 뒤집혔으며, 경기 지방에도
풍우가 내려 벼 곡물이 쓰러져 추수가 어려워지게 되었다.504) 다음날 경기감
사의 보고를 보고는 수재가 커 광주, 삼전도 등의 지방이 참혹하다505)고
기록하였다. 그리고 얼마 후 이번에 내린 엄청난 비가 재해가 되어 내가
뒤집히고 제방이 흘러넘친 곳이 아주 많아 백성들의 먹을 것이 크게 군색하
게 됨을 걱정하였다.506) 그리고 8월에 들어서는 "外方에 風水의 재해가
많아 흉년이 들어 民生이 걱정스럽다"고 한 기록도 보인다.507)

　이처럼 흉년과 기근에 닥쳐 미암은 백성의 구제책을 구체적으로 세울
것을 건의하였다. 기근으로 발생한 백성의 어려움을 해결하고 구제하는
것이 급함을 강조하고, 공경대신뿐만 아니라 팔도 감사에게 조치를 강구하
고 대신에게 속히 물어야 한다508)고 한 것이다. 그리고 이어서 고인의
말을 빌어 '사치의 해가 천재보다 심하다'고 하며, 여항간에서 사치를 다투어

---

502) 『미암일기초』 제5책, 1570 경오년, 7.17, "自去夜大雨 是時 水漲爲災 民反苦之."

503) 『미암일기초』 제5책, 1570 경오년, 7.18, "至巳雨止 午時快霽 輿情大喜."

504) 『미암일기초』 제5책, 1570 경오년, 7.20.

505) 『미암일기초』 제5책, 1570 경오년, 7.21, "見京畿監司所啓 聞水災甚重 廣州三田渡等
　　處 尤慘云."

506) 『미암일기초』 제5책, 1570 경오년, 7.28, "是時 陰雨爲災 川翻浦落處頗多 民食大窘
　　云."

507) 『미암일기초』 제5책, 1570 경오년, 8.8, "是時 外方多風水之災 今年爲歉 民生可慮."

508) 『미암일기초』 제5책, 1570 경오년, 10.9, "又言及伸削事 臣復啓曰 民惟邦本 本固邦寧
　　今年饑饉太甚 盜賊熾發 救荒弭盜 在所當急 不但廣詢博訪於公卿朝臣 講求措置 八道
　　監司處 痛切下諭 察其守令勤慢 雖不卽啓聞 持久按驗 提撕警覺 另加勸懲 可也 方今民
　　事甚艱 救民之策 不可緩也 況守令以不得署經 不赴任者幾至二十餘員 未得趁捧還上
　　生民極爲可慮 請速問于大臣 以措救民之策."

숭상하는 폐단을 지적하고, 특히 부녀자의 머리 장식에 가발이 많이 들어간 것을 무익하다고 비판하였다.[509]

당시 조정에서는 날씨 변화에 매우 민감한 반응을 보여 안 좋은 날씨가 거듭될 경우는 상소를 하였고, 그것이 정사에 반영되었다. 그리하여 임금도 기후에 매우 민감하게 반응하며 조치를 취하곤 하였다. 3공이 뇌성이 진동한 변을 이유로 사면을 청하고, 백홍이 태양을 꿰뚫은 변이 있자 임금이 正殿을 피하고 減膳을 하였다는 기록 등이 그러한 예이다.[510] 기후의 변화는 임금 덕의 문제라 여겨졌던 것이다. 또 임금이 행하려고 하는 일이 있는데 날씨가 안 좋다가 좋아지면, 하늘이 돕는다고 칭송하기도 하였다. 선조가 경복궁으로 공의왕대비전에 문안을 드리려고 行幸하기 전날에 비가 밤새 내려 안타까워하였는데, 새벽에 비가 그치고 아침에는 개었다고 하며, 성상의 출입은 하늘도 도우신다고 한 것이다.[511]

조정에서 기후에 대처하는 일이 의식적으로 되지 않을 때는 기후 조건에 따르기도 하였는데, 대표적으로 조정에서 경연의 朝講이나 明 사신을 맞는 등 국가 행사가 변동된 경우가 그것이다. 먼저 기후로 인해 조강이 정지된 경우를 보겠다.

본관 입번원이 편간으로 동료에게 公事를 의논하여, 삼공과 영사는

---

509) 『미암일기초』 제5책, 1570 경오년, 10.9, "又陳曰 古人云 奢侈之害 甚於天災 今者 閭閻間爭尚奢侈 其弊已極 可減之事減之 亦救民之一策 婦女首飾 多入髮髢 此亦無益 之一弊 上曰 此言是矣 此二事 皆依所啓 爲公事可也 辛未春 以湖南方伯 不參講席."

510) 『미암일기초』 제3책, 1569 기사년, 9.5, "三公 以雷動災變辭免 上答曰 推咎台衡 以應災變 吾誰欺 欺天乎 漢君以罷相 塞天譴 君子譏之 卿等獨不聞乎 宜勿辭."; 같은 해, 10.21, "是日 京中有白虹貫日 上避正殿 減膳."

511) 『미암일기초』 제3책, 1569 기사년, 8.29, "以今日行幸景福宮 問安于恭懿王大妃殿 而徹夜雨雨 輿情感悶 適向曉雨止."; 같은 날, "去夜雨 而今朝霽 聖上出入 天亦相之."

날씨가 점차 추워지니 조강을 없애고 날씨가 따뜻해지는 것을 보아 주강 석강을 하자고 청했으나, 상께서 오랫동안 대신을 접하지 못하시게 되어 미안하므로 의논하자는 것이었다. 나는 주강에 영사를 인접하시는 것이 또한 무방하다고 여긴다고 알렸다.512)

　관리가 영사의 뜻을 보고하였다. 요즈음 겨울철이 이미 깊어 날씨가 가장 춥고 매우니 상께서 새벽 일찍이 거동하시오 조강에 나오시면 아마도 성체가 상할까 염려되니 잠시 조강을 정지하고, 만일 온화한 날이라면 정원이 때를 헤아려 청을 올려 간간이 조강을 하고 주강과 석강은 항상 할 것을 청하였다. 또 불시에 소대하여 자주 유신이 조용히 강론하는 것을 접하시면 학문에 유익함이 있을 뿐 아니라 성체를 보양하는 데 있어서도 또한 마땅하게 될 것이라 계를 하였더니 윤허하였다 한다.513)

위의 두 예문 중 첫 번째는 날씨가 추워지면서 어린 선조가 아침 일찍 朝講을 하는 것이 무리가 된다고 판단한 삼공과 영사 등이 조강을 없애고 주강과 석강을 하도록 청한 내용이다. 그런데 그럴 경우 선조가 대신들을 오랫동안 접하지 못하게 되는 문제가 발생할 것을 염려하여 의논하자, 미암은 주강 때에 영사를 불러 접하게 하는 방안을 내어놓았다. 그리고 두 번째 예문은 사흘 뒤 영사의 뜻이 전달되었는데 조강을 정지하는 것이 윤허를 받았다는 내용이다. 조강을 잠시 정지하고 주강과 석강을 항상 하되, 온화한 날은 가끔이라도 조강을 하고 불시에 소대해서 유신의 강론을

---

512) 『미암일기초』 제1책, 1567 정묘년, 11.12, "本官入番員 以片簡議公事于同僚 以三公領事 爲日候漸寒 請除朝講 觀日候之溫 爲晝夕講 故以上久接大臣爲未安而議之 余以爲晝講 引接領事 亦無妨 報之."

513) 『미암일기초』 제1책, 1567 정묘년, 11.15, "官吏報領事意 今者冬候已深 日候最爲寒烈 自上凌晨早動 出御朝講 恐傷聖體 請姑停朝講 若値溫和之日 令政院量時啓請 間間爲朝講 而常爲晝夕講 又有不時召對 頻接儒臣 從容講論 則不惟有益於學問 其在輔養聖躬之道 亦爲當然 故敢啓 依允."

자주 접하게 하는 방향으로 안건을 올린 결과이다.

이처럼 당시 기후로 인해 조강이 폐해진 사례를 볼 수 있다. 경연은 대개 國忌日이나 그 외 국가적인 행사를 제외하고는 거의 쉬지 않고 행해졌으나, 겨울에 날씨가 추워지면 잠시 조강을 제외하는 경우가 있었다. 실록에서도 종종 이러한 사례가 보인다. 이는 특히 추웠던 해를 나타내주기도 한다. 이렇듯 경연에서 조강이 정지되는 것은 그때그때 날씨의 형편을 보아서 이루어진 것이지, 연중 계획에 들어있었던 것은 아니었다.

또 명 사신을 맞는 일에 기후로 인해 차질이 빚어질 뻔한 일도 기록되어 있다. 비로 인해 국가적인 일정을 연기하려는 계획이 있었음을 보여주는 것으로, 雨天이 국가 행사에도 영향을 미친 사례이다.

전날 저물어서 비가 오자 다음날 명 사신이 들어오는 일에 大小 관료가 걱정을 많이 하였다. 밤에 승지가 명 사신들이 있는 곳으로 가서 하루만 더 머물러 날이 개기를 기다려 오게 하려 했으나 그들이 이미 벽제에서부터 출발해 오고 있어 고하지 못하고 돌아왔다. 다음날이 되어 비가 삼대같이 내리자 다시 물러났는데 천사가 미신 사이에 영조문에 이르러 坤時에 백관이 모두 우구를 가지고 조칙을 맞았다. 근정전 뜰도 습하였다. 신시에 조칙을 반포하자 비가 곧 그치니 기쁨이 얼마나 크랴.514)

위의 기록에는 명 사신을 맞아 조칙을 받드는 일과 같이 중대한 국가 행사에 비가 오는 데 따른 반응을 잘 보여주고 있다. 먼저 전날 저녁부터 오는 비에 명 사신이 머무는 곳에 승지를 보내 다음날 행사를 연기하려 하였으나 이미 출발해 오고 있어 이루지 못하였다. 다음날 비가 삼대같이

514) 『미암일기초』제1책, 1568 무진년, 2.26, "時日 暮雨 以天使明日入來 大小多慮."; 같은 해 2.27.

오는 가운데 雨具를 가지고 근정전 뜰에서 천사를 맞으며 조칙을 반포하는
일련의 행사가 진행되었다. 그러다 비가 그치자 그 기쁨이 얼마나 큰지를
드러내고 있다. 여기서 "빗줄기가 삼대 같다"고 하는 표현이나, 행사 장소인
"근정전 뜰이 축축하였다"고 하는 묘사 등이 비와 관련한 정황을 진솔하게
표현하고 있고, 당시 비를 피하는 도구인 '雨具'가 있어 이것을 조정의
관료들도 사용하였다는 사실을 알려준다.

　　이러한 인식은 성리학에서 이해한 '天人感應'의 해석에 따른 것으로
보인다. 성리학자들은 『中庸』에서 "나라가 번영하려고 할 때는 반드시
상서로운 조짐이 나타나고, 나라가 쇠망하려고 할 때는 반드시 불길한
조짐이 나타난다(國家將興 必有貞祥 國家將亡 必有妖孼)"고 한 언급을 존중
하였다. 장재는 '天心'은 바로 '民心'이라는 관점에서 천인감응을 해석하고
민심의 소재는 '理'에 있다고 강조하였다. 감응을 민심으로 표현되는 것으로
보아, 지배계층의 행동이 민중의 환영을 받는다면 그것은 하늘이 상을
받는 것을 의미하고 善應이 되지만, 민중의 반대에 부딪치면 그것은 惡應이
되는 것이라 여겼다.[515]

　　미암이 해배되게 된 결정적인 계기도 1567년(정묘) 기후의 변화가 한
몫을 하였다. 선조 즉위년인 1567년 10월, 당시 있었던 우레의 變을 말미암아
삼공이 待罪를 하자 선조가 下敎하여 "賢士로서 침체된 사람을 수용하고
무고하게 죄를 입은 사람은 원통함을 풀어주라"고 한 것이다. 이로써 을사년
에 유배 갔던 인물들 즉 노수신, 김난상 등을 맨 먼저 수용하자는 논의가
일게 되었다. 그리고 그날 저녁에 노수신, 미암, 김난상이 방면되고 경연관으
로 차출되었다.[516] 또 미암은 홍문관 수찬 구변의 편지를 보고, "정미년에

515) 馮禹, 『동양의 자연과 인간 이해』, 김갑수 역, 논형, 2008, pp.82~85.
516) 『미암일기초』 제1책, 1567 정묘년, 10.14, "因朴生之去 遺許承旨書曰 希春伏聞太陽照

186

죄를 입은 사람들이 이번 天變으로 말미암아 上으로부터 특별히 서용될
것을 명받았다"517)는 것을 알게 되었다. 그리고 1567년 10월 15일 이와
관련하여 내려진 傳敎를 보고 그 마지막에는 자신이 전교를 읽으며 느낀
감상을 적었는데, 권발과 이언적을 伸雪해주는 대목에서 자신도 모르게
감격해 눈물을 흘렸다.518) 그러면서 "이것이 단지 一身이 은총을 무릅쓰고
복직이 된 것 때문만이 아니라 20년의 억울함을 풀어주고 숨겨진 덕의
빛을 발해준 데에 대한 것"519)이라고 평을 덧붙였다. 이렇듯 미암이 을사사
화로 인해 유배에서 풀려나 등용되기 전까지의 과정에는 당시 天變, 곧
기후의 변화가 크게 작용하였던 것이다.

미암은 해배 후 북방 백성들의 추위와 삶을 걱정하여 유배지에서 목도한
입춘 나경의 풍속을 금지시키고자 함경감사 박계현의 부친인 박충원에게
편지를 보내 답변을 얻기도 하였다.

북쪽 시골의 무지한 풍속에, 立春일마다 장정에게 발가벗고 木牛를
몰게 하는데, 이를 '裸耕'이라 한다. 이를 따르다 한기를 맞아 큰 병이
되는 데 이른다. 감사도 엄히 금해야 한다고 생각하여 監司 朴啓賢의

於覆盆之下 九原亦添漏泉之澤 存沒感幸 天下所無 雖公文未來 不勝感泣云云 (중략)
日昳 吏曹下典 持十二日上敎云 柳希春, 盧守愼, 金鸞祥放送 職牒還給 經筵官差出
韓澍, 李震, 尹剛元, 李爛, 朴民獻, 李龜壽, 金汝孚, 李銘, 金鎭, 金虬, 李元祿, 柳堪
已上敍用 崔堣, 金弘度放送 尹昊, 林復敍用事下敎云云 金宰遣其子治來賀."

517) 『미암일기초』 제1책, 1567 정묘년, 10.12, "弘文修撰具扑書云 丁未年被罪人等 今因天
變 自上特命收敍 一國之慶 何加於此 歡抃罔極 二十年冤枉之極 今蒙昭雪之恩 慈殿之
明聖 眞可謂女中之堯舜也云云."

518) 『미암일기초』 제1책, 1567 정묘년, 10.20, "(전략) 希春伏讀十五日傳敎 至伸雪權撥李
彦迪之事 不覺感激號泣 涕淚俱下."

519) 『미암일기초』 제1책, 1567 정묘년, 10.20, "蓋不但感一身之蒙恩敍復 乃感伸理二十年
之冤枉 而發潛德之幽光也."

아버지인 參贊 朴忠元에게 편지를 보내었다. 답하기를 "저러한 북쪽의 풍속은 지극히 이치에 닿지 않는 일이고, 게다가 사람을 상하게 하니 몹시 놀랍고 괴이쩍습니다. 마땅히 엄금할 큰 계책을 통유해야 할 것입니다"라고 했다.520)

　북쪽의 나경이라는 입춘의 풍속에 대해 그 폐단을 지적하고 금할 것을 알린 내용이다. 이 풍속은 후대에 나온 『동국세시기』에 중국의 '土牛之制'를 본뜬 것이라 밝혀져 있다. 漢族의 土牛之制는 『禮記』「月令」과 『東京夢華錄』에 의하면, 迎春의 자리에서 人造牛인 春牛가 祭祀하던 민속이다. 한족의 토우나 춘우는 우리의 목우와 일철이라 하였다. 이러한 농경의식은 官에 의해 의식적으로 진행되어 淸代에는 입춘을 앞두고 荒神土牛를 만들어 입춘날 長官, 儒師, 耆老를 거느리고 東郊에서 봄을 맞으며 토우를 화편으로 채찍질해 耕作하는 모양을 하게 했다. 우리나라에서도 한족의 민속을 일찍이 받아들여 고려시대 성종대에 입춘토우의 행사가 조정의 주관으로 시행되었다. 이 '出土牛' 행사의 목적은 李陽에 따르면 두 가지라 한다. 위정자에게 稼穡의 어려움을 알게 하고 천하대본인 농업에 관심을 갖게 한다는 점과, 농사에 종사하는 백성에게 농사의 때를 알게 하여 적기에 농경할 수 있게 하자는 데 있다는 것이다. 그러나 중앙의 행사가 지방에 파급되어 향토색 짙은 민속으로 고착되면서 농경을 위한 주술행사와 習合되는 식의 변화를 겪었다.521) 그리하여 미암은 북방 종성에서 귀양을 살면서 백성들의 삶을 직접 접하며 이 풍속을 목도하고 議論을 전개한 바 있다.522) 그리고 귀양에서

520) 『미암일기초』제8책, 1573 계유년, 12.15, "以北鄙無知之俗 每於立春日 令丁壯赤脫 驅木牛 謂之裸耕 馴致中寒 成大病 監司亦可嚴禁 通簡于朴監司啓賢之父參贊忠元 答曰 北俗如彼 至爲無理 且傷人 深可駭怪 當通諭嚴禁大計云云."

521) 황패강, 「<立春裸耕議>素考－미암일기초 연구(3)」, 『국문학논집』제3집, 단국대 국어국문학, 1969, pp.41~44.

188

돌아온 다음까지도 기억하였다가 그곳에서 힘써줄 수 있는 이에게 편지를 보내 금할 뜻을 전한 것이다.

기상 이변과 관련하여, 천문에 대해 미암은 모른다고 답한 바 있다. 선조가 미암에게 彗星의 일을 물어보자 미암이 天文은 모른다고 답한 것이다. 선조는 그래도 해박한 사람이 대충이라도 모르겠냐고 하자, 이에 자신이 겪은 바를 토대로 답하였다. 미암이 19세에 회시를 보기 위해 서울에 왔는데 그때 혜성이 자주 나타났지만, 국가에는 큰 일이 없었고, 다만 김안로가 들어와 일을 어렵게 뜯어 고쳤다고 하였다. 이로써 보건대 미암은 혜성과 같은 천문의 변화나 재앙보다는 人災가 더 무서운 일임을 직감하고 있었던 것 같다. 선조는 그런데도 계속해서 별의 도가 몇 리에 해당하는지를 묻자, 모른다고 하고 단지 옛 사람의 말을 인용해 "하늘에 度가 있는 것이 땅에 里가 있는 것과 마찬가지라 했으나 1도가 몇 리인지 모릅니다" 하였고, 楚詞의 天問에 註한 주자의 말로 "周天이 1백 7만 리"라고 답하였다. 이에 선조는 皇道와 赤道에 대해서 물었는데, 미암은 이것이 실제 있는 것이 아니고 曆家가 표시를 한 것이라고 답하였다.523) 이러한 미암과 선조의 문답을 통해, 당대에 과학적인 천문학적 사고가 발달한 면모를 보기는 어렵고 주자의 인문학적인 사고에 바탕해 인식한 사실을 볼 수 있다.

522) 『미암집』 권3, <立春裸耕議>.

523) 『미암일기초』 제10책, 1576 병자년, 9.9, "上問彗星事 卿知否 臣對曰 臣不曉天文 上曰 該博之人 豈不知大槩 對曰 臣年十九辛卯歲 以觀會試上京 其時彗星屢見 國家別 無大故 但金安老入來 紛更諸事爾 上問星之度 於地爲幾里 對曰 未之知也 古人云 天之有度 猶地之有里 但不知一度爲幾里爾 楚詞天問註 朱子云 以周天赤道觀之 周天 一百七萬里云云 上曰 黃道赤道之說 如何 對曰 此曆家所以標識 非眞有黃赤二道也."

2) 조정에서의 言論과 見聞

미암은 해배 후 官僚로서 조정에서 활동하였는데, 특히 경연관으로서 성학을 진강하고 경세의식을 피력하는 등 정치적인 언급을 하는 한편, 당시 을사사화를 겪은 사림으로서 사화에 관한 문제의식을 절감하고 역대 사화를 정리하고 사림을 추숭하고자 하는 비판적 의식을 드러내었다. 이것은 앞서 살펴본『국조유선록』의 저술로 이루어졌다. 이로써 미암은 을사사화의 정리뿐 아니라 그 이전에 일어났던 사화에 대해서도 정리하고 사림을 추숭하여 정신을 되살려 놓았다.

미암은 특히 사화가 일어났던 데에 대한 반성적 사고와, 점진적이며 온건한 개혁의 바탕이 되는 작업으로, 경연에서 선조에게 聖學을 전개하며, 학문적으로 주자학의 학문적 기반을 마련하는 일에 몰두하였다. 그리하여 어린 선조에게 이상적이면서도 현실적으로 요구되는 정치와 임금의 자세에 대해 진강하며, 백성을 위하는 방향에서 경세의식을 피력하고, 학문적으로 『주자어류대전주해』와 같은 저서를 편찬하여 주자학의 기초서 보급에 힘썼던 것이다.

이처럼 미암은 해배 후 경연에서 활발히 활동하며 선조에게 진강한 내용을 「경연일기」에 기록하였다. 이는 당시 이황·이이 등과 함께 펼친 聖學에 관한 것으로, 미암은 성학에서 이상 정치가 이루어진 시대의 구현을 위해 뜻을 폈고, 또한 현실적으로 요구되는 문제들에 대해 구체적으로 지적하며 의견을 개진하였다.

먼저 이상 시대를 구현하고자 하는 염원으로 미암은 경연에서『논어』의 '志於道'장을 강론하며 역대 임금의 학문에 대해 논의를 펼쳤다. 한 무제로부터 금나라 세종에 이르기까지 '지어도'에 이른 정도에 대해 평하고, 욕심과 私意를 경계하고 陽動이 부족한 점을 지적하며, 인군의 자세를 가져야

190

함을 역설한다. 또 한 광무제에서부터 고려의 공민왕에 이르기까지는 '遊於藝'에 대해 말하였는데, 이때는 小技에 마음이 빠지는 것을 경계하고 인군은 요순 삼왕의 精一執中의 學과 道德仁義의 府에 침잠하고 經典禮樂의 文으로 완미하여야 한다는 근본적인 내용을 주장하였다.[524] 이같이 중국으로부터 한국에 이르기까지 역대 임금의 학문을 염두에 두면서, 결국 성인이 정치를 하던 요순 삼왕의 理想시대에 요구되던 사항들로써 가야할 길을 제시하여 권계하였다.

그 한 예로, 미암이 임금으로서 義보다 利를 중시하는 자세에 대해 구체적으로 경계한 다음 언급을 살펴보겠다.

강론이 『논어』 '放於利而行多怨'에 이르러 희춘이 말하였다. "무릇 남과 더불어 균등히 나누어 응당 얻는 물건은 分이요, 利가 아닙니다. 오직 남에게 손해를 주고 자기에게 이익을 주는 것이 利가 되어 사람들의 원망을 얻게 됩니다. 인군이 한번 나라를 부유하게 하고 이익을 구하는 마음을 두면, 인민은 근심하고 원망하는 것은 필연의 이치입니다. 당의 덕종은 경림에 창고의 축적을 풍성히 하다가 건중에 播遷의 화를 입었고, 송의 신종은 靑苗手實의 법으로 熙豐에 백성의 곤궁함을 초래했으니,

---

524) 『미암일기초』 제2책, 1568 무진년, 8.28, "晨起 以朝講入侍 領事右相洪公, 知事洪曇, 承旨尹斗壽, 司諫宋賀, 持平鄭彦智同入 講論語志於道章 因言漢武帝嘉唐虞樂商周 表章六經 若志於道 而以多欲之故 馳騖 於神僊刑名兵家之說 所適者不正 不足爲志於道 漢文帝仁厚恭儉 終始不變 似可謂據於德 而當立漢制更秦法之時 謙讓而未遑於更化 先儒以爲沈潛而不能剛克 此但有陰靜之德 而欠陽動之德 其德不可謂全 金世宗性仁靜 一向以仁政自居 亦可謂仁矣 而循女眞之習俗 不能用夏變夷 是未免有私意 亦不得爲仁之全矣 漢光武博覽經史 唐太宗與弘文館學士 討論古今 若可謂游於藝 而未能詳究帝王之典訓 亦未可謂之游藝之盡 至如漢元帝 鼓琴瑟吹洞簫 靈帝好鳥篆 陳後主, 隋煬帝好詩詞 宋徽宗, 高麗恭愍王好書畫 皆溺心於小技 不可謂游於藝矣 人君當以堯舜三王精一執中之學 沈潛乎道德仁義之府 而以經傳禮樂之文 翫味而有得焉 則帝王之學 庶乎純粹而全備矣."

이는 『대학』에 이른바 '不以利爲利 以義爲利也'(利로써 利를 행하지 말고, 義로써 利를 하라)는 것입니다. 그 요점은 의리의 분변을 깊이 알아 그 뜻을 성실히 할 따름이라는 데 있습니다." 또 말하기를 "『대학』의 '平天下'章에서 朱子가 말하기를 '이 장의 뜻은 힘써 백성과 더불어 좋아하고 미워함을 같이하며 그 利를 온전히 하지 말라는 데 있으니 모두 絜矩를 미루어 넓히는 뜻이다' 하였으니 유념하소서" 하였다.525)

　　한 나라의 임금으로서 利를 행하는 방도와 자세에 대해 일깨우고 있다. 이 강론은 매우 짜임새 있게 전개되었다. 먼저 分과 利의 뜻을 분간하여 利의 의미를 새겨, 남과 더불어 균등히 나누어 얻는 것은 리가 아니라 균이라 하고, 리는 남에게 손해를 주며 자기에게 이익을 주는 것으로 사람들의 원망을 사게 된다는 원래 뜻을 말하였다. 특히 한 나라의 임금이 리를 취했을 경우 백성이 근심하고 원망하게 되는 필연의 이치를 일깨우며, 당 덕종이 경림의 창고를 풍성히 하였다가 파천하게 되는 화를 입고, 송의 신종이 왕안석이 제시한 청묘법을 실시하여 폐단이 생겨 백성이 곤궁하게 된 일을 예로 든다. 그리고 『대학』의 '리로써 리를 행하지 말고, 의로써 리를 하라'는 말을 제시하고, 또 '평천하'장에서 주자의 주를 인용해, '백성과 더불어 좋아하고 미워함을 같이하며 利를 온전히 하지 말라'는 뜻을 새겨, 利보다 義를 중시하도록 임금의 자세를 강조한 것이다.

　　미암은 聖人이 되는 방법에 대해서도 강론한 바 있다. '성인이라도 생각하

525) 『미암일기초』 제2책, 1568 무진년, 5.11, "講至論語放於利而行多怨 希春言曰 凡與人均分應得之物 乃分也 非利也 惟其損人益己 斯爲利而取人怨 人君一有富國求利之心 人民愁怨 必然之理也 唐德宗豐瓊林大盈之積 以取建中播遷之禍 宋神宗以靑苗手實之法 致熙豐生民之困 此大學所謂不以利爲利 以義爲利也 其要在人君深知義利之卞 而誠其意而已 又曰 大學平天下章 朱子曰 此章之義 務在與民同好惡而不專其利 皆推廣絜矩之意也 伏願留神焉."

지 않으면 광인이 되고, 광인이라도 능히 생각하면 성인이 되니'라는『서경』
「주서」多方의 말을 풀이하며 주자의 말을 인용하고 역대 임금의 사적을
일례로 들어 의미를 밝혔다. 성인이 되는 데에 광인과 비교하여 그 차이를
보여주고 성인이 되는 길을 제시한다. 한 무제는 국토를 확장하기 위해
사방으로 오랑캐를 정벌하고 또 안으로는 사치를 심하게 하기를 삼십
년 만에, 태자의 원망을 듣고 깨달아 윤대를 하여 군대는 쉬게 하고 백성을
기르는 계책을 삼았기에 광인이 성인이 되었다 하였다. 이와 반대로 고려
광종은 나라가 태평해지는 정책을 8년 간 행하였으나 9년 이후부터 참언을
믿고 죽이기 좋아하며 불씨를 좋아하고 사치가 절제가 없어 혼란한 군주가
되었기에 성인이 광인이 된 예라 하였다. 그러므로 임금이 자족하고 자만하
여 스스로 성인이라 여기고 진보하지 않으면 퇴보하게 되는 것이라 하고,
마지막에 대학의 '日新'을 새기며 日進이라는 뜻으로 풀이하고 함양 성찰하
여 간단이 없어야 한다고 하였다.526) 이렇듯 광인과 성인이 되는 차이가
어찌 보면 매우 쉽게 생겨날 수 있는 것이기에, 성인이 되는 구체적인
자세와 마음가짐에 대해 계속해서 이르고 강조한 것이다. 이렇듯 경연에서
언급할 때 미암은 경전과 역사적 사실을 철저히 근거 삼아 자신의 주장을
내세웠다.

　미암은 선조에게 聖學에 대해 이상시대를 구현하며 진강한 한편, 현실적

---

526)『미암일기초』제10책, 1576 병자년, 9.9, "午初三刻 與姜修撰上經筵廳 禮參李文馨及
　　許世麟爲特進官 申湛沖卿以右承旨入 希春講書多方至惟聖罔念作狂 惟狂克念作聖
　　曰 朱子有言 今日克念 卽可謂聖 明日罔念 卽可謂狂 漢武帝征伐四夷 內窮侈靡者三十
　　餘年 至年六十有八 因戾太子之冤而悟 遂下輪臺之詔 爲休兵養民之計 晩節處事 皆得
　　其宜 可謂狂能作聖矣 高麗光宗禮待臣下 明於聽斷 恤貧弱重儒雅 孜孜八年 國家治平
　　及九年以後 信讒嗜殺 酷好佛氏 奢侈無節 爲昏亂之主 此以聖作狂矣 蓋人君一有自足
　　自滿之心 則轉爲自聖 不進而日退矣 大學所謂日新者 日進也 日進則無間斷矣 願聖明
　　涵養省察 常加日新之功 勿使間斷."

으로 요구되는 여러 부분에 대해서도 언급하고 입장을 표명하였다. 이는
우선 강론하는 책의 순서와 선택에서 드러났는데, 미암이 처음 경연에서
시작한 서적은 『논어』와 『소학』부터였다. 특히 『소학』을 중시하였는데,
『소학』 한 책의 강론을 다 마치고 북계 진순의 말을 인용하여 소학의
강령이 매우 좋으므로 日用에 긴절하고, 대학이 이룬 공이라도 여기에서
벗어나지 못하며, 임금을 섬기는 법도 여기에 모두 실려 있어 성명이 고명해
지고 광대해짐이 많을 것이라 강조하였다.527) 그리고 『소학』의 다음에
읽어야 할 책으로 『대학』을 제시하며 또 『대학연의』가 인군의 도리와
일을 갖추고 있다고 설명하였다.528) 이는 국왕에게 성학을 요청할 때 가장
많이 지적된 책이었던 『대학』과 『대학연의』가 16세기 들어서 새로이 성학
으로 이론적 체계가 재정리되는 것529)과 맥락을 같이한다고 할 수 있다.

　또한 미암은 禮樂을 중시하여 그와 함께 聖王으로서 읽어야 할 책을
제시하기도 하였다. 경연에서 『논어』의 '興於詩, 立於禮, 成於樂'章을 강론하
며 이들과 관련하여 聖王이 읽어야 할 책으로, 흥어시에는 『소학』의 「題辭」
와 「弟子職」, 그리고 范魯公質의 <戒子孫詩>, 張思叔의 <座右銘>과 <六君
子贊>을 정성으로 읊조리고 완미하여 善心을 감발하면 그 대략을 얻을

----

527) 『미암일기초』 제2책, 1568 무진년, 11.3, "夕講小學畢 希春進言 前於稽古篇 臣論著
　　與明倫敬身篇 相爲表裏之說 今此善行篇 亦請退而撰進 上喜曰 前日覽其單子 甚爲精
　　當 今亦果能如是 尤好尤好 希春又曰 陳淳 格物窮理之士 常稱小學書綱領甚好 最切於
　　日用 雖至大學之成 亦不外是 蓋秦火失古書之後 朱子撰此書 雖大學居官事君之法
　　莫不畢載 內篇者 外篇之本源 外篇者 內篇之枝流 伏願聖明潛心而有得 則高明廣大
　　不可量矣 上然之."

528) 『미암일기초』 제2책, 1568 무진년, 9.14, "夕講小學 特進官元混, 宋純, 承旨金啓等入
　　侍 講小學, 大學, 論語等章 希春曰 朱子曰 先讀大學 去讀他經 方見得此是格物致知事
　　此是誠意正心事 此是修身事 此是齊家治國平天下事 後來 眞德秀因此撰大學衍義
　　人君所當知之理 所當爲之事 無不備焉 小學之後 繼之進講 則聖明必契矣."

529) 정재훈, 『조선전기 유교 정치사상 연구』, 태학사, 2005, p.299.

194

수 있다 하였다.530) 범노공질은 북송의 재상이 되자 조카가 임금께 말하여
벼슬을 올려주기를 구하자 시를 지어 깨우친 인물로, 그 내용이『소학』
「嘉言」의 <계자손시>에 실려 있다. 장사숙은 정이천의 문인으로 宋나라
학자 張繹이고, 사숙은 字이다.『소학』「가언」에 그 좌우명이 들어 있다.
<육군자찬>은 일기 기록에 미암이 젊었을 때 얻어 사랑하며 암송했다531)
고 한다. 그리고 立於禮는『소학』한 책과 文公의 <十訓>과 <敬齋箴>에
종사하여 법규를 밟고 動靜에 어김이 없으면 효험을 볼 수 있다고 하고,
이러한 興詩 立禮의 공부가 있은 다음에 중정하고 화락한 마음으로 五聲十二
律의 절주를 연구하여 깨달음이 있으면 成於樂이 거의 된다고 하였다.532)

   이보다 전에 미암은 30세(1542, 명종 37년)에 세자시강원 설서가 되어
인종에게 성리군서 가운데 箴銘 讚詩를 거둔 바가 모두 종용하고 완미하여
사람을 흥기하게 할 만하다고 강한 바 있다. 여기서 興起한다는 점에 대해서
는 공자의 말을 인용하여, '興於詩'의 관점에서 설명하였다. 이는 세 가지
요소로 이루어지는데 먼저 독서의 여가에 遊泳을 하고, 둘째, 경서를 강하여
밝히는 데 성실히 하면서 읊고 암송함을 폐하지 않으며, 셋째, 덕성을
함양하는 것이다. 이렇게 하면 聖學에서 갖추어지는 것이 적지 않다고
한 것이다.533)

---

530)『미암일기초』제2책, 1568 무진년, 9.28, "臣不敢泛引聖上所未讀者爲之說 誠能於小
  學題辭 弟子職及范魯公質戒子弟詩 張思叔座右銘及六君子贊等 諷詠玩味而感發善
  心 則興於詩之大略 旣可得矣."

531)『미암집』권20, <시장>, 이호민, "(전략) 蓋公少時 得六君子贊及祭延平文 加愛而誦
  之 (후략)."

532)『미암일기초』제2책, 1568 무진년, 9.28, "從事於小學一書 文公十訓 敬齋箴 而循規蹈
  矩 動靜不違 則立於禮之效驗 亦可見矣 先有興詩立禮之工夫 又以中正和樂之心 徐求
  五聲十二律之節奏而有默契焉 則成於樂 亦可以庶幾矣."

533)『미암집』권20, <謚狀>, 李好敏, "(전략) 朱子感興詩第八章備矣向使二君者 明知是

미암은 예악을 중시하되, 단지 축자적인 데에서만 그치지 않고, 사람의
마음에 주는 효험과 임금으로서 太平의 治道를 일으키는 데까지 나아가
강조하였다. 그리하여 공자가 예악의 공경과 화락을 귀하게 여긴 점과,
세종이 아악을 정하여 조정제사에서 쓰게 한 점 등 창조의 지혜가 뛰어났으
면서, 수기하고 인륜을 밝히며 인재를 등용하고 백성을 편안케 하여 태평하
게 다스린 공적을 들어, 聖君이 되는 본체를 궁구하도록 권유한 것이다.
또 순임금이 전악을 중히 여긴 것을 들어 음악이 사람의 기질을 변화시킬
수 있게 한다고 하였다.534) 그러나 속악은 경계하여, 成湯이 官刑을 제정하여
벼슬에 있는 이에게 항상 궁에서 춤을 추며 집에서 노래를 즐기는 것을
삼풍 십건의 첫머리로 삼았다고 하며, 속악과 雅樂을 분변할 것을 권하였
다.535)

다음으로 미암은 조정에서 乙巳士禍와 관련하여 당시 일어난 見聞들에
대해서도 상세히 기록하였다. 자신의 언급뿐만 아니라 이 일을 거론하며

理 而預防於未然 則齊國豈有危亡之禍哉 竊見感興詩二十章 義理淵奧
亞三百篇 載於
性理彙書首卷者可考 而凡彙書中所收銘箴贊詩之類 皆可以從容玩味 使人興起 夫子
曰 興於詩 先儒亦云 讀書之餘 間以遊泳 誠於講明經書之暇 不廢諷誦 以涵養德性
則其於聖學 非小補也 (후략)."

534) 『미암일기초』 제2책, 1568 무진년, 9.28, "孔子曰 禮云禮云 玉帛云乎哉 樂云樂云
鍾鼓云乎哉 蓋以恭敬和樂之本爲貴而言也 我朝世宗命儒臣修五禮儀 又以獨見定雅
樂 自卽位十五年以後 朝祭皆用之 嘗聽夷則一律 卽悟其不諧 卽令朴堧正之 創物之智
高出百王 然世宗之所以爲聖 乃在於修己明倫 任賢安民 以興太平之治 不專在於修禮
正樂二事而已 伏願聖明深究其體焉 又曰 舜命夔敎冑子 亦以典樂爲重 蓋樂能使人變
化氣質 故於此亦以蕩滌邪穢 消融渣滓爲言 雅樂之效 其大如此 然俗樂則反是 周濂溪
論樂曰 古以平心 今以助欲."

535) 『미암일기초』 제2책, 1568 무진년, 9.28, "蓋世俗之樂 搖蕩人之心志 是故禹之垂訓子
孫 甘酒嗜音爲大戒 成湯制官刑 儆于有位 以恒舞于宮 酣歌于室 爲三風十愆之首
後世人君 因耽樂音樂 以致荒思廢政 亂亡國家者多矣 蓋俗樂之與雅樂 不可同日而語
伏惟聖明明辨焉."

나온 유생들의 상소536)나 臺諫과 玉堂, 이이 등이 올린 疏537) 등, 공론으로
나온 주장들을 그대로 기록하여 실어놓은 것이다. 미암은 이때 자신의
평을 덧붙이지 않고 객관적으로 사실을 기록하되, 감상을 짧게 붙이거나538)
선조가 윤허하지 않는다는 답변에 대해 적으며 미암이 선조의 마음을
헤아려 알아차리고, 윤허하지 못하는 데에 未安해하며 안타까워하는 뜻을
표하였다.539)

이 일 이후로도 臺諫 등에서 奸臣 尹仁恕, 鄭惕, 沈鎬, 沈銓 등의 직첩을

---

536) 『미암일기초』 제4책, 1570 경오년, 4.24, "昨日館學儒生等伏闕上疏 乞崇獎賢儒
金宏弼, 鄭汝昌, 趙光祖, 李彦迪 從祀文廟 以爲明士趨養元氣之地 末云 國家自己卯斁
喪之後 又經乙巳之禍 國是未定 士氣摧折 爲學尙懷於疑懼 檢身猶戒乎駭異 伏願殿下
更加重道之誠 益隆崇儒之禮 許以四臣配享文廟 一以追報其功 一以勸勵斯世 則士林
知有所宗 而學術皆出於正矣 上覽此疏曰 今又特上疏章 復請從祀文廟 辭懇意正 三復
歎賞 第以事甚莫大 豈可容易處之 前亦將此已論其意 是以玆未副多士之望 今日 上又
敎臣希春令搜訪金, 鄭, 趙三先生著述以進 上之好賢崇儒之誠 至矣 近世人主所未聞
也."

537) 『미암일기초』 제4책, 1570 경오년, 5.16, "臺諫全數合司詣闕啓 大略乙巳丁未己酉等
年 無辜被罪之人 一切伸雪 李芑, 鄭順朋, 林百齡及鄭彦慤追奪官爵事也 ○左右相東
西壁再啓 ○兩司合啓."; 5.27, "玉堂箚 副校理李珥所製也 其辭曰 叛逆 天下之大惡也
其爲人也必誅 其在法也罔赦 (중략) 臣等之罪大矣 伏願殿下深思夬斷 先責羣臣以不
能盡言之罪 然後渙發兪音 乙巳以來無辜之人 悉復官爵 還其籍沒 奸兇之輩 悉奪官爵
因削僞勳 告于宗廟社稷 與一國更始 上以繼先王未伸之志 下以雪羣賢九泉之冤 毋使
一國臣民 盡汚薰逆之名 宗社幸甚 生民幸甚 上答白 決不可從 然上因此詳知情實.";
6.9, "李校理珥所製箚子進入 其中 言宦官宮妾 或嬖於威 或誘於利 不明是非者有之
無乃殿下聽其言而遲疑不斷乎 以殿下聖明 必無是理 而臣等不能無疑耳 上答曰 是何
有此無理之言耶 莫大之事 豈婦寺所得干預乎 玉堂學士 讀古人之書 有此言耶";
6.18, "往玉堂 初箚 用李珥所作 歷擧兇徒所撰續武定寶鑑僞十四端以入 上答曰
已盡喩矣 不必多言 再箚 用尹君卓然所作 亦不允."

538) 『미암일기초』 제4책, 1570 경오년, 4.24, "余讀諸生疏 不覺下淚感激也."

539) 『미암일기초』 제4책, 1570 경오년, 6.9, "午 復用尹修撰卓然箚子 再入焉 至夕 上答曰
伸雪兩年之冤枉者 固知其無罪也 追奪二兇之官爵者 固知其有罪也 誅姦雪冤 獨及於
此 而不及於乙巳者 豈無是意 蓋此更改極難 予何敢爲 所以終不允也 觀此批答 上之是
非明而好惡正 皎如白日 特以更改爲難耳 誠有可望之理 興喜何極."

回收할 것을 論啓한 내용을 기록하였고,540) 乙巳 丁未年에 죄를 당한 사람들을 伸雪해주고, 이기·정순붕·임백령·정언각 등의 관직을 삭탈해야 한다고 여러 군데서 나온 啓도 모두 기록하였다.541) 자신이 주장한 일 외에도 見聞을 상세히 기록하여 역사에 남기를 바라며, 후세에 읽는 이들에게도 경계를 전하고자 한 것이다.

하서가 을사사화 이후로 조정에서 물러나 고향 장성에서 은거하여 지내며 사림의 연결망 역할을 한 점을 두고 '비정치적 일상의 정치성'으로 파악한 논문에서는, 하서와 끝까지 정치적 입장을 함께 한 이는 유희춘이라고 밝힌 바 있다.542) 김인후는 유희춘, 허엽과 더불어 김안국의 학문적 입장을 계승한 문인으로, 그 시에서 보이는 비분강개의 풍격은 절의 정신을 높이 인정받는다.543) 그러나 미암은 하서와 같이 벼슬을 버리고 은거하지 않고, 조정에 남아 있다가 을사사화를 당해 유배를 갔고, 유배에서 돌아와서는 매일매일의 일기 기록을 통해 하서의 일상의 정치성을 이어나갔다. 그리고 해배 후 자신의 견해를 표명하는 데 中正함으로 存心하는 것이 필요함을 표명하였다.

---

540) 『미암일기초』 제3책, 1569 기사년, 6.5, "今日議得罷職不敍門外黜送之人 乃李銘, 高景命, 尹仁涵, 林復, 鄭愼, 金汝孚, 金鎭, 黃以瓊, 李成憲, 李彦忠, 尹仁恕, 沈鐳, 沈銓, 趙德源, 黃三省, 鄭惕, 姜克誠等也."

541) 『미암일기초』 제4책, 1570 경오년, 5.16, "臺諫全數合司詣闕啓 大略乙巳丁未己酉等年 無辜被罪之人 一切伸雪 李芑, 鄭順朋, 林百齡及鄭彦慤追奪官爵事也 ○左右相東西壁再啓 ○兩司合啓."

542) 백승종, 「16세기 조선의 사림정치와 김인후―비정치적 일상의 정치성」, 『진단학보』 92, 진단학회, 2001, p.120.

543) 우응순, 「16세기 사림파의 내적 분화와 그 문학적 지향」, 『문학과 사회집단』, 집문당, 1995, p.95.

아침에 전적 강서와 와서 나에게 말하기를 "두 붕당이 다투어 섰으면 마침내 반드시 하나가 패함이 있을 것이니 중립한 자는 어떻게 해야 합니까?" 하기에 내가 말하기를, "마땅히 中正함으로 存心하여 편당한 바가 없어야 할 것입니다. 감히 사의를 가지고 해하려는 자가 있으면 正色으로 쳐야 합니다. 그 간사한 침봉을 두려워해서 혹해서는 안 되니 만약 일이 드러나지 않았는데, 갑자기 격동하여 발하면 한갓 무익할 뿐만 아니라 또 큰 해가 있을 것입니다" 하였다. 강군이 "어찌 감히 복종하지 않겠습니까?" 하였다.544)

정치에서 마음가짐의 중요함을 말한 부분이다. 두 붕당이 있을 때 한 쪽이 패하면 중립한 자가 어떻게 해야 하느냐는 질문에 미암은 중정함으로 존심하여 치우쳐 무리한 바가 없어야 한다고 대답한다. 이것은 마음가짐 자체의 중요함을 강조한 말로, 사사로운 정치적 견해에 따라 움직일 것이 아니라 진정 중립을 지키려면 먼저 마음가짐 자체가 중정한 데에 있어야 한다는 것이다. 그리하여 무리에 치우치지 않아야 하고, 사사로운 뜻으로 해하려는 자에게는 또 정색으로 쳐내고, 두려워서 혹해서는 안 된다고 하였다. 아울러 일이 드러나지도 않았는데 격동하면 무익하며 큰 해가 있을 것이라고 당부하였다. 그러므로 정치에서 가장 중요한 것이 중정함으로 존심하는 것이라고 일러준 것이다.

이러한 문답이 오간 데에는 당시 정치적으로 동인과 서인의 붕당이 나누어지고 있던 상황이 전제해있었다. 東人과 西人의 문제는 당시 사대부 사이에서 조금씩 언급되고 있었는데, 미암은 고향에 있으면서도 조정 안팎

544) 『미암일기초』 제10책, 1576 병자년, 10.4, "朝 典籍姜緒來 謂余曰 兩朋角立 終必有一 敗 中立者當如何 余曰 當以中正存心 而無所偏黨 敢有以私意害人者 當正色攻之 不可畏其姦鋒而回惑也 若事未著現 而遽然激發 則非徒無益 又有大害矣 姜君曰 敢不 服膺."

에서 들려오는 見聞의 내용을 걱정스럽게 기록하면서 관심을 드러낸 것이다. 미암이 고향에 내려가 있던 1575년 12월 유몽정이 찾아와 심의겸과 김효원 두 朋黨이 서로 다투는 일을 말해주고, 士林들이 미암과 이이만이 中立하여 치우치지 않는다고 한 적이 있었다.545) 미암은 그때까지만 해도 크게 문제 삼지 않았으나 이듬해 3월, 이들 두 붕당이 서로 원수처럼 공격을 한다는 얘기를 듣고 처음으로 憂國의 차원에서 탄식하였다. 애초에 심의겸이 김효원을 나무라고 김효원은 심의겸을 흉보아 각기 分黨이 되고 모함을 하였는데, 심의겸이 김효원을 이겨 김효원 쪽의 많은 사람들이 배격을 당하는 일이 생기게 되었다는 것이다. 미암은 이를 당나라의 牛李의 黨과 같다고 비하며 士林이 안정되지 않은 데에 원인이 있다고 견해를 밝혔다.546) 또 같은 해 7월 경 조정에 올라왔을 때는 정지연이 미암에게 찾아와 이 문제에 대해 "젊은 사람들이 의론하기를 좋아하여 지나치는 수가 있을 뿐 큰 해를 일으키지는 않으므로 경대부나 대신들이 과격함을 억제하고 보호하는 방향을 취해야 한다"고 말하자, 미암은 이를 자신의 뜻과 합한다고 덧붙인 바 있다.547) 당시 동서인의 붕당 문제는 젊은 사람들에게 좀 과격하게 일어난 정도로 여겨졌고 정치적인 문제로까지 확산되어

---

545) 『미암일기초』 제10책, 1575 을해년, 12.15, "嶺南軍威宰柳夢井過訪 余酒接談話 語及沈, 金兩朋相擊之狀 又言士林以先生及李公珥 爲中立不倚云."

546) 『미암일기초』 제10책, 1576 병자년, 3.3, "昨聞沈金二黨 相攻擊如仇讐 蓋當初沈詆金 金譏沈 而各於朋黨 相爲傾軋 金, 沈雖俱出外 而沈邊勝, 金邊 堂下文士之有名者 多見排抑 李誠中亦以金交 遭論劾 至擬於鐵山郡守 鄭熙績, 盧畯 亦然 蓋分明相擊如唐 牛, 李之黨 士林之不靖 乃至於是 爲國家憂嘆不已."(참고 : 牛李의 黨은 唐末 牛僧孺 와 李宗閔 등을 영수로 하는 '牛黨'과 李德裕, 鄭覃 등을 영수로 하는 '李黨' 사이에 약 40여 년 간 벌어졌던 당쟁으로, 붕당정치의 대명사처럼 인용되었다.)

547) 『미암일기초』 제10책, 1576 병자년, 8.16, "鄭芝衍來訪 談及東西兩邊 以爲年少氣銳 好議論之人 雖或過越 終不至於興獄事起大害 只彈駁人物而已 卿大夫以至大臣 當裁 抑其過激而保護 勿使敗可也 衍之議論 正與我意合."

심각하게 드러나지 않았으나, 미암은 憂國의 마음에서 걱정하며 관심을 드러냈던 것이다.

Ⅳ. 『미암일기』의 문학적 특성과 의의

A. 서술 방식상의 특성

1. 객관적 證言과 評價

1) 사실의 객관적 증언

미암은 일기에 당대 공론과 인물에 대해 오해나 와전됨이 없이 객관적으로 증언하고 평가하였다. 미암의 일기문학에는 이러한 일기의 기본적인 속성, 곧 사실에 관한 증언이 강하게 나타난다. 이것은 일찍이 정하영이 밝힌 바로, "일기는 사실에 관한 증언이 되어야 하고, 그것은 정확한 사실에 바탕을 두어야 한다"[1]는 입장에 기반하여 파악된 것이다.

『미암일기』는 을사사화로 인해 유배를 겪은 미암이 해배되어 선조 초기 조정에서 을사사화와 관련해 被禍者의 雪冤과 衛社功臣의 僞勳 削除 등 정치적인 문제에 관한 내용을 증언하여 놓은 부분이 많은 양을 차지하고 있다. 이때에 미암은 자신의 평가나 입장에 대해 직접 언급하여 밝히는 한편, 見聞을 통해 다른 이들이 언급한 당시의 公論에 대해서도 충실히

---

1) 정하영, 「조선조 일기류 자료의 문학사적 의의」, 『정신문화연구』 19, 한국학중앙연구원, 1996, pp.39~40.

기록하여 놓고 있다. 또한 미암은 조정에 출근하며 서울에 머물던 시기나, 省墓나 加土, 또는 辭職으로 고향에 내려가 있을 때도 조정에서 나온 지나간 朝報와 선조의 備忘記를 보고 일기에 적어놓거나 지인들에게 전해들은 이야기들을 기록하였다. 이처럼 미암은 자신이 견문한 사실을 객관적으로 증언하여 기록함으로써, 임진왜란으로 손실된 史草를 보완하는 역할을 충실히 할 수 있었던 것이다.

미암은 을사년 흉도들에 대해서도 들은 바를 기록하며, 그와 관련한 평가를 함께 실었다. 을사 원흉에 해당하는 인물인 이원우와 정현에 관한 기록에서 그러한 예를 볼 수 있다. 이원우는 원한을 산 집에서 쏜 화살에 맞아 귀를 훔치고 지나가 그로 인하여 등창이 났고, 정현은 尹任의 아들 枝가 추격하여 거의 죽게 되어 똥을 한 그릇이나 마셨다는 일을 적어놓고, 흉도들 또한 조금 떨고 있다고 들은 얘기를 덧붙였다.[2]

또 사헌부에서 김명윤에 대해 啓한 내용도 실어 놓았다. 김명윤은 권간에게 붙어 사림을 얽어 무함하며 선왕의 어린 아들을 죽였으면서 위훈의 기록에 참여하였으므로, 하늘에 닿는 죄악이 용납될 수 없는데 아직도 보전하고 있다 하며, 이제 조정이 밝아져 시비가 정했으니 위훈을 삭제해달라는 것이다. 같은 내용으로 司諫院에서 계한 것도 그대로 실어놓았다. 그리고 이틀 뒤에는 弘文館에서 김명윤이 죽은 뒤 禮葬해서는 안 된다고 간쟁한 일을 실어놓았다.[3] 미암은 士禍의 후속 처리 문제에 관한 자신의 관심을 보이며 기록에 남을 수 있도록 옮겨놓고 전달하는 역할을 한 것이다.

林仁順이란 인물은 "평소에 윤원형과 密敎하여 종적이 비밀스러워 남들

---

2) 『미암일기초』 제6책, 1571 신미년, 1.8, "李元祐逢冤家之失 掠耳而過 因( )疽發背 鄭礥 被尹任子枝捶擊 幾死 食糞一槽 凶徒亦少震悚云."

3) 『미암일기초』 제7책, 1572 임신년, 9.3, "弘文館上箚 諫上折臺諫城底尺限之事 金明胤 勿禮葬事."

이 알지 못하더니 乙巳士禍를 얽어내었다"4)고 사실을 기록하였다. 일기는 짤막하지만, 평소의 행적이 을사사화를 일으키는 데 증거가 되도록 형용하여 그 정황을 짐작케 하였다.

또 司憲府에서 尹仁恕가 권간에게 아첨하고 士林을 해친 죄악을 들어 啓한 일을 적어놓았다. 사헌부에서 啓한 大護軍 윤인서에 관한 내용은 다음과 같다.

> 이날 午時 사헌부에서 계하기를 "尹仁恕는 성품이 아첨하고 사악하며 교활함으로 넘어가, 그 평생 용심하고 행사하는 것이 지극히 볼 것이 없습니다. 그런데 때를 타서 세력에 붙어 권간들을 번갈아가며 섬기고, 매 개가 되어 진신들에게 독을 흘려 나라를 병들게 하니, 그 죄악이 꽉 찬 지 오래인데 지금도 관작을 보존하고 있어 物情이 극히 분통해하고 우울해하고 있습니다. 청컨대 삭탈관직을 명하시어 人臣으로 하여금 당을 짓고 간사한 독을 끼친 죄를 징계하소서" 하였다. 상이 답하시기를 "윤인서가 비록 이와 같으나, 재상인 사람 관작을 삭탈하는 것에 이르는 것은 과하다" 하시고 윤허하지 않으셨다.5)

사헌부에서 윤인서란 인물이 나라에 해가 되는 사람임을 증명하여 삭탈관직을 청한 글이다. 그 본성의 사악함과, 평생에 마음 쓰고 일하는 것에서 볼 것 없음을 세세히 들어 죄악이 다 찼다고 밝혔다. 그런데도 관작을 보존하고 있어 사람들이 분해하고 우울해하는 정황을 설명하여 그의 죄를

---

4) 『미암일기초』 제1책, 1568 무진년, 3.23, "林仁順 自平日密敎元衡 而縱跡陰祕 人莫之知 竟構乙巳之禍云."

5) 『미암일기초』 제1책, 1568 무진년, 3.12, "是日午 憲府啓 大護軍 尹仁恕 性本諂邪 濟以狡猾 其平生用心行事 極爲無狀 而乘時附勢 遞事權姦 作爲鷹犬 毒流搢紳 殄瘁邦國 其爲罪惡 貫盈久矣 至今尙保官爵 物情極爲憤鬱 請命削奪官職 以懲人臣黨姦邪毒之罪 上答曰 尹仁恕雖如是 宰相之人 至於削奪官爵過重 不允."

벌하기를 청한 것이다. 선조는 이를 안다고 하면서도, 재상 벼슬에 있는 사람을 함부로 삭탈관작하지 못한다 하여 허락하지 않고 "公論이 이와 같으니 論劾을 받은 후 반드시 잘못을 고칠 것"이라며 윤허하지 않았다.[6] 그러나 또 다음날에도 사간원에서 계하자, 공론을 거스를 수 없음을 알아차린 선조가 비로소 그 죄를 징계하도록 전교를 내렸다.[7] 몇 년 후 윤인서는 파직되어 門外에 黜送되는 인물의 명단에 올랐다.[8]

이처럼 미암은 을사사화와 관련한 인물에 대해서 당시 조정에서 공론으로 밝혀진 사실을 함께 기록하면서, 진실을 증언하려는 의식을 드러내었다. 조정의 굵직한 사건들과 인물들에 대해서 뿐만 아니라, 조정에서 見聞한 인물에 관해서 사실 그대로를 기록한 것이다.

을사사화와 관련 없지만 조정에서의 업무 가운데 중요하게 다루어질 만한 일들에 관해 공적으로 견문한 사실을 적기도 하였다. 명종 비였던 왕대비전의 존호와 명종조에 배향할 사람을 의논한 재상들의 회의 내용을 밝힌 것이다.

어제 재상들이 회의한 것을 보니 왕대비전의 존호는 의성으로 하였고, 명종조에 배향할 사람을 의논하였는데 윤인서, 안형, 상진은 모두 없고, 윤개는 단지 세 분이었다. 심연원, 이언적이 모두 열한 분으로 묘정 배향에

6) 『미암일기초』 제1책, 1568 무진년, 3.13, "院啓 尹仁恕本以陰罔小人 所行邪毒 因緣內附 邪謀百端 黨附權姦 毒害士林 其平生罪惡 不可勝言 而尙保官爵 物情極爲憤鬱 請速命削奪官職 沓兩司曰 今者公論如是 論劾後必改過 故不允."
7) 사간원의 啓와 선조의 傳敎는 전날 사헌부에서 계한 내용과 거의 같아 생략한다. 앞의 주 참조.
8) 『미암일기초』 제9책, 1574 갑술년, 6.6, "今日議得罷職不敍門外黜送之人 乃李銘, 高景命, 尹仁涵, 林復, 鄭愼, 金汝孚, 金鎭, 黃以瓊, 李成憲, 李彦忠, 尹仁恕, 沈鏥, 沈銓, 趙德源, 黃三省, 鄭惕, 姜克誠等也."

참여할 수 있게 되었다 한다. 이는 공론이다.[9]

이 일은 미암이 직접 참여하지 않은 일이어서 전날 재상들의 희의록을
보고 기록한 것이다. 명종 비였던 심씨가 죽고 얼마 후 그 尊號를 정하는
문제에서 懿聖으로 했다는 것과, 명종조 배향할 사람으로 윤인서, 안형,
상진은 한 분도 못 얻고, 윤개는 세 분을 얻었으며, 심연원과 이언적은
모두 열한 분을 얻어 묘정 배향에 들어가게 되었다는 내용을 기록하였다.
미암은 이처럼 조정에서의 일에 관해 지난 자료를 보고 기록해놓기도
하였다.

咸安郡守 金惠孫이란 인물에 대해 사간원에서 啓한 내용을 그대로 실어놓
은 것이 그러한 예이다. 인물됨이 용렬하고 어두우며, 범람한 사람들을
신임하고 이끌어 그 말을 따라 옥송을 뇌물을 보고 오로지 할 뿐 아니라,
관 창고의 물건을 봉납하는 때에도 간여를 허용한다고 하여, 파직을 청한
것이다. 이는 선조가 바로 따랐다고 하였다.[10] 여기서는 訟事에 뇌물을
받으며 官庫의 물건 봉납에 간여하는 등 공직자로서 청렴하지 못한 면이
파직의 요인으로 지적되었음을 보여준다.

미암은 이러한 공적인 기록뿐만 아니라 일상에서도 사실을 기록하며
객관성과 정밀함을 보여주었다. 미암은 유배기와 달리 매우 현실적인 문제
에 관심을 표명하며 누구누구에게 무엇을 받았고, 누구에게 무엇을 얼마나

---

9) 『미암일기초』 제3책, 1569 기사년, 閏6.17, "伏睹昨日宰樞會議 王大妃殿尊號曰懿聖
又議明廟配享 尹仁鏡, 安玹, 尙震皆無分 尹漑只三分 沈連源, 李彦迪俱以十一分 得參
廟庭配享 此公論也."

10) 『미암일기초』 제1책, 1568 무진년, 3.21, "院啓 咸安郡守 金惠孫 人物庸暗 信任帶率氾
濫之人 一從其言 不惟獄訟低昻 專視貨賂 至於官庫捧納之際 亦容干預 請命罷職
上從之."

주었는지 등을 꼼꼼히 기록하여 놓아 당시 사대부의 생활상을 살펴보는데 중요한 자료가 된다. 이는 앞서 일기의 기록내용 중 일상의 향유를다룬 부분에서 살펴보았다. 그러나 여기서 간과하지 말아야 할 것은, 이러한인물들과의 교류에서 미암이 중시한 것은 구체적인 물품 수수의 대상으로서가 아닌 관계에 대한 것이었다는 점이다. 미암의 이러한 자세는, 주자의철학이 개개인의 층위에서 사유하기보다는 개인과 개인 사이의 바람직한관계맺음을 사유하여 보편적인 문제를 다룬 데에서 나온 것으로,[11] 주자학을 내면화한 미암이 그 의미를 깊이 새기고 실천한 결과라고 해석된다.미암은 주자학을 내면화하여 격물치지의 학문 방법을 존중하였고, 그것으로 실제 삶에서 부딪치는 사람들을 대할 때 실천하며, 그 관계를 풀어가는방식을 문학에서 실천적으로 보여준 것이다.

미암이 전라감사 시절, 하루는 金水使와 배를 타고 가면서 술을 마시고장기를 두고 있는데 "때마침 神機箭을 쏘아 연기가 옷 앞에까지 이르렀으나다치지는 않았다"는 기록이 보인다.[12] 또 옥당에서 투호를 하는데 모든화살이 다 들어가 6차례나 된 것이 기이한 일이라 한 대목도 있다.[13]그리고 "옥당으로 가는 길에 산대놀이를 하고 있어 길을 돌아서 갔다"[14]고도하였다. 신기전이나 산대놀이는 미암의 특별한 관심사는 아니나 당시 직접행하거나 겪은 일, 또는 길에서 목도한 풍속 등도 빠트리지 않고 담아,당시 과학 기구와 민속놀이를 소개하고 있는 셈이다. 이처럼 일상에서사사로운 것으로 치부하고 넘겨버릴 만한 일들도 일기에 세심하게 기록하

---

11) 조남호, 『주희 : 중국철학의 중심』, 태학사, 2005, pp.225~226.

12) 『미암일기초』 제6책, 1571 신미년, 8.21, "與金水使 對朝飯常飯于房 (중략) 同乘船 過海十數里 設小酌 因去包象戲 適放神機箭 爆煙暫及衣前 然無所傷."

13) 『미암일기초』 제5책, 1570 경오년, 7.7, "是日 在玉堂投壺 全壺者亦六度 亦奇事也."

14) 『미암일기초』 제7책, 1572 임신년, 10.4, "食後 詣玉堂 以山臺迂路而往."

여 놓았기에, 세종대에 만든 신기전을 16세기까지 실제로 사용하고 있었고, 선조대 조정안에서 투호놀이를 즐기는 언관의 모습과 옥당 길목에서 산대 놀이가 행해졌다는 사실도 생생하게 알려 주는 것이다.

2) 人物의 세밀한 觀察과 評價

미암은 조정과 일상에서 자신이 직접 관계를 맺고 경험한 인물들에 대해 세밀한 관찰과 견문을 기록하며 자신의 평가를 덧붙였다. 이는 미암이 조정에서 집에 돌아와 경연 강론 때 주의 깊게 관찰한 인물에 대해서나, 가정에서 긴밀히 접한 가족들이나 지인뿐만 아니라, 우연히 길에서 만난 사람들에 대해서까지 다양한 양상을 보인다.

미암은 경연 강론 중에 다른 경연관의 언급이나 자세 등을 잘 보았다가 품평하곤 하였다. 이러한 것은 해배 직후 강론 초창기 때에 많이 보이는데, 이후로도 종종 다른 이의 언급에 대해 평을 내린 경우가 있다. 미암이 경연관의 강론 내용과 자세에 대해 품평한 것을 보면, "허엽은 제왕 현자를 존중하고 묻기를 좋아한 도를 극진히 진술했으니 뜻이 매우 좋다"[15]라거나, "백인걸은 말하는 기세가 매우 곧고, 김난상·정철이 진언한 것은 모두 극진하고 건강했다"[16] 등이다. 여기서는 단지 인물에 대한 품평만이 아니라 그들을 본보기로 삼아 배우고자 하는 자세도 보인다.

미암이 가장 가까이 지내며 관찰이 가능했던 가족에 대한 평가에서는, 그들의 언행에서 드러난 개성적인 성품을 파악하여 평하였다. 먼저 부인에 대해서는 그 언행에 대해 여러 일화를 기록하며 성품을 구체화하여 알려주었다.

---

15) 『미암일기초』 제1책, 1567 정묘년, 11.5, "許曄極陳帝王尊賢好問之道 意思甚好."
16) 『미암일기초』 제1책, 1568 무진년, 2.24, "白大諫詞氣太直 金鸞祥, 鄭澈進言皆極健."

부인이 딸을 데리고 담양을 출발하였다. 딸아이가 파리하고 약해 말을
탈 수 없었다. 사람들이 딸도 가마를 태울 것을 권하자 부인은 家翁의
명이 없었으니 감히 할 수 없다고 사양하였다. 행차가 전주에 도착하자
부윤인 盧縝이 일교를 내어서 딸도 타게 하였다. 부인은 가옹의 뜻이
아니라고 생각하여 애써 사양하였다. 부윤이 세 번을 청하였으나 끝까지
듣지 않았다.17)

담양에서 서울로 올라가는 길에 딸이 약해 말을 탈 수 없어 가마를
태우기를 권하였으나 사양하였다는 이야기이다. 딸이 아픈 상황을 고려하
여 어머니로써 충분히 허여하였을 법한 일도, 부군의 명이 없었던 것을
행하는 것은 예법이 아니라며 허락하지 않은 것이다. 어찌 보면 매우 고지식
한 부인의 이러한 면모는 여러 일화에서 드러난다. 미암의 부인 송덕봉은
여성이면서도 그 군자다운 면모를 드러내는 일화를 일기 곳곳에 남기고
있어, 독특한 점을 발견할 수 있는 것이다.

한번은 부인 송씨의 혀에 腫氣가 나서 醫女를 불러 침을 놓아 백회혈에서
피를 냈는데, 그날 밤 온 몸에 열이 올라 딸이 二更까지 熊膽을 드리고서야
열이 내린 적이 있었다. 그래서 딸이 부인을 위해 巫女를 청하려 하자
부인은 허락하지 않고 "목에 병이 난 것이 분명한데, 어찌 무당의 제사에
관계하리오. 단연코 청할 수 없다"고 하였다. 이를 두고 미암은 "그 明斷이
이러하다"고 간단히 제시하였다.18) 짧은 대목이지만 미암이 부인의 인물됨

---

17) 『미암일기초』 제2책, 1568 무진년, 9.29, "細君率女發潭陽也 女子羸弱 不能騎馬
人或勸女子亦乘轎 細君以非家翁之命 辭不敢 行至全州 盧府尹縝 爲出一轎 令女子亦
乘 細君力辭 以爲非家翁之意 府尹三請而竟不听."
18) 『미암일기초』 제3책, 1569 기사년, 6.23, "夫人患舌腫 招醫女 ○ 老醫女思郞妃
來針夫人百會出血 ○ 夫人 以舌腫 滿身煩熱 夜二更 女子進熊膽 夫人服之 頗退熱
○ 女子爲夫人 欲請巫女 夫人不許曰 咽喉明病 豈關於巫祀 斷不可請 其明斷如此."

에 대해 보여주는 효과는 크다. 병이 났을 때 醫女는 괜찮지만, 巫女는 사양한다는 부인의 판단에 매우 긍정적인 시선을 보내며, 그 인물됨을 더욱 돋보이게 하는 것이다.

또 미암은 부인 송씨가 사람을 대하는 평소 행동을 보면서도 평가하였는데, 송씨가 92세 된 致山의 母를 초청해와 음식과 식량을 준 데 대해 매우 칭탄하였다. 이처럼 부인이 사람을 사랑하고 선을 좋아하며 늙은이를 공경하고 어린이에 자애로우며, 궁한 사람을 구하고 도와주면서 사람을 善으로써 대하는 점을 들어, 부인 중에는 드문 자라고 평하였다.[19]

아들인 경렴은 앞서 좀 어리석은 면을 가지고 있다고 하였으나, 미암 스스로 아들에 대한 인식이 변한 일화를 기록하기도 하였다. 당시 미암은 소갈증에 시달리는 경우가 많았는데 이에 대해 경렴이 "소갈증은 책을 탐닉하는 데서 생기므로 책에 빠지는 것을 덜어야한다"고 하자, 미암은 '愚者도 천 번 생각하면 한 번 얻음이 있다[20]고 생각하며 경렴을 기특하게 여긴 것이다. 이러한 일화에서 미암의 아들에 대한 인식이 변했음은 물론, 경렴이라는 인물에 대해서 다시 보게 하는 계기를 제공하는 것이다.

다음은 손자 손녀의 경우다. 미암은 외손녀 恩遇와, 형의 아들에게서 난 증손 光雯, 그리고 미암의 친손자인 光先(=繼文)과 光延(=興文) 등이 있었는데, 이들에 대해서도 할아버지의 입장에서 세심하게 관찰하며 흥미롭게 인물됨을 부각해 놓았다. 미암은 恩遇가 세 살 때 맛있는 것만 얻으면 제 아버지에게 드리자, 그 孝誠이 이와 같다며 칭탄해마지 않았다.[21] 그

---

19) 『미암일기초』 제10책, 1576 병자년, 2.16, "夫人招延致山之母 時年九十二 饋食與糧 夫人愛人好善 敬老慈幼 賙窮恤匱 每人以善 夫人中絶無而僅有者也."

20) 『미암일기초』 제10책, 1576 병자년, 9.7, "余之渴證 起於耽書 當減損書淫 此說出於景 濂 信乎愚者千慮 亦有一得也." 원문의 첫 부분인 余之渴證에서 渴證은 渴症이 잘못 표기된 듯하다.

210

후 여덟 살이 되었을 때는 "한 집의 생활은 오직 주상이 주신 녹에 말미암는 것이니 원컨대 주상은 千年壽를 하소서" 하자, 미암이 "그 충성과 돈독하고 두터움이 어린 아이가 할 수 있는 바가 아니다" 하며 기특해하고, '집안을 빛낼 자'로까지 여겼다.[22] 또 손자 계문과 흥문 둘을 함께 평한 부분에서는, "계문은 위인이 퍽 어질고 흥문은 총명하며 법도가 있고, 글을 좋아하며 효성이 있으니 韓家의 萬金같은 재산을 매우 기뻐한다"[23]고 평하였다. 그 후 계문은 1572년에 8세의 나이로 부친이 妾을 취한 사실을 듣고 개연히 모친의 生理를 걱정하며 자신이 급제하지 못하면 어머니를 구할 수 없다고 판단하고, 혼자 걸어서 산사로 올라가 중에게 글을 가르쳐달라고 한 적이 있었다. 그리고 다음해에는 부친이 첩을 보러 멀리 떠나 가 있자 자신이 새가 되어 가서 뵙고 왔으면 한다고 울며 말했다. 이러한 손자의 효성에 감격하며 미암은 小詩를 짓기도 하였다.[24] 미암이 한 번은 저녁에 광연에게 고기를 먹게 했더니 그 날이 외조부인 河西의 기일이라며 고기를 먹지 않겠다고 하는 것을 보고, "13살 나이에 이미 예법을 아니, 양쪽 조상의 風이 있다"고 매우 기뻐하였다.[25]

---

21) 『미암일기초』제3책, 1569 기사년, 9.19, "恩遇 年纔三歲 愛其父 每得一味 輒獻其父 其孝養至誠如此."

22) 『미암일기초』제9책, 1574 갑술년, 5.12, "八歲孫女恩遇言曰 一家之生活 專由於上之 給祿 願主上壽千年 其忠誠篤厚 非彗亂兒所能爲也 恩遇又言及海成喪夫事曰 人之夫 一也 旣爲婚姻 豈有二夫之理 其言亦凜凜 信乎奇異之女 光耀門戶者也."

23) 『미암일기초』제2책, 1568 무진년, 9.9, "繼文爲人頗良 又聞興文 穎悟有法 愛書有孝性 深喜韓家萬金之産也."

24) 『미암일기초』제8책, 1573 계유년, 7.22, "孫男興文 壬申歲 年纔八 聞其父議取妾 慨然以其母生理爲憂 歎曰 吾不登第 無以救母 卽不告於家 獨步上山寺 就訓僧乞受書 今年夏 又戀父而泣曰 吾父遠在千里 願爲飛鳥 往見而來 孝順至性 著見齠齔 奇哉奇哉 因成小詩云 登科救母趣山寺 垂淚思爺願羽翰 江夏黃童蘭已茁 他年華袞荷君歡."

25) 『미암집일기』抄二, 1577 정축년 1.16, "夕 令光延食肉 以今日乃外祖河西子忌日

또 처가의 친척으로 宋君直의 후실인 安氏의 인물에 대해서는 어짊을
그 기준으로 평가하였다. 미암이 기사년에 가토를 하러 고향에 내려왔을
때, 제사를 지내고 송군직 부처와 仲良의 後室과 송진을 만났다. 그때
미암은 중랑의 후실 안씨에게 송진의 모친 조씨의 전답 중 사들인 전답을
다시 송진에게 경작해서 먹고 살게 해주라고 청하자 그 말을 따랐다.26)
그러나 군직이 화를 내고 원망하는 말을 하며 나가버렸다가 어두워지자
다시 돌아와 사죄하며 서로 풀고 갔다. 다음날 경렴이 안씨가 허락한 전답
기문에 圖書해줄 것을 아뢰자 그대로 따라주었다. 미암은 이러한 안씨를
두고, '善을 따르기를 물 흐르듯 한 賢母'라고 평하였다.27) 繼母 안씨가
전실 자식인 송진에게 그 전답을 돌려주고 먹고살게 해준 행적에서 선을
따른 어진 인물로 여긴 것이다. 미암의 표현도 바뀌어, 처음에는 '賢繼母'라고
했지만, 다음날은 '賢母'라고만 한 데서 시각이 달라졌음을 알 수 있다.

미암의 가족은 아니지만 호남사림으로 각별한 사이였던 기대승이 죽었다
는 소식을 정철에게 들은 미암은 그의 사후 평에서 개성적인 성격을 그대로
파악해주었다. 먼저 "기대승의 志氣가 무리 중에 뛰어나고 강개하게 일을
추진하였고 선을 좋아하고 악을 미워하며, 박학하고 옛 것을 좋아하였고
문장에 능해 瑚璉의 그릇됨이 될 만하니 세상의 드문 인재"라 하여 그
재능을 높이 사고는, "다만 강하고 굳셈을 自用하고 말을 쉽게 하여 耆老를

卒不肯食肉 蓋十三歲而已知禮 有兩祖之風 深喜深喜."

26)『미암일기초』제3책, 1569 기사년, 10.21, "祭畢 食後 宋君直夫妻及仲良後室·宋震
皆至 余請仲郞後室安氏 以宋震母趙氏田畓·移買之田畓給震 令耕食 安氏從之 通前日
所給 凡畓三石八斗落只 錦田一斗五升樂只 皆許之 可謂賢繼母矣 君直發怒 多有怨言
而徑出 諸內室亦不食而去 夫人深恨 君直昏復來謝失言之罪 兩解而去."

27)『미암일기초』제3책, 1569 기사년, 10.22, "景濂 承吾夫婦命 持安氏所許田畓記文
往稟著圖書于安氏 安氏從之 安氏不惑於君直之言 而從善如流 可謂賢母矣."

212

기롱하고 꾸짖어, 구신과 규로에게 크게 미움을 받았다. 대개 銳氣가 消磨되지 않아 갑자기 통곡하는 병이 있었던 것이다"라고 하여, 그의 평소 날카로운 행적에 대한 실제 경험을 통해 깊이 이해해주었던 것이다. 그리하여 고봉을 있는 그대로 파악해, 개성적인 성격을 가진 인물로 평가하였다.

또한 조정에서 함께 일한 김계(1528~1574)가 죽었을 때는, 文武에 재주가 있고 善을 좋아하고 惡을 미워하는 마음이 있으며 慷慨하고 信義 있는 사람이 갑자기 갔다고 애석해하였다.[28] 김계는 중국어에 능통해 미암과 『어록자의』를 함께 고치며 미암이 부족한 부분에 힘써 신의를 쌓았는데, 그러한 인물이 죽자 더욱 안타까움을 느낀 것이다.[29] 김계가 회령부사에 加資되었다가 사헌부에서 啓하여 改正하게 되었을 때도, 미암은 그가 회령부사에 알맞은 사람이라고 홀로 알아주었다.[30]

조정에서 만난 인물 가운데 높은 신분으로 미암을 찾아와 준 인물에 대해서도 그 이례적인 면을 들어 인물됨을 부각하였다. 이조판서 박영준(1510~?)은 한림원에서 알았던 옛 知人으로, 미암을 찾아와 얘기를 나누고 韓愈의 시를 읊으며 공감을 나누었다. 미암은 그를 "존엄함을 굽히고 친구를 잊지 않은 古人의 풍도가 있다"고 칭하였다.[31] 또 당시 대사헌이었던 박응남

---

28) 『미암일기초』 제9책, 1574 갑술년, 1.6, "聞今朝參判金公啓 朝露溢至 驚悼悼惜 無以爲懷 斯人也 有文武長材 有好善惡惡之心 有慷慨信義之行 朝野方望以大用 遽至是乎."

29) 『미암일기초』 제2책, 1568 무진년, 5.21, "前日語錄字義 金承旨亨彦 有所議改 余從其可而不從其誤 改爲正書 令著作呈于政院."

30) 『미암일기초』 제3책, 1569 기사년, 閏6.25, "府啓 金啓濫加 不可不改正 上從之 蓋啓之爲人 合於會寧 其嘉善亦非在京參判之比 但言官愛惜名器 而有此執也."

31) 『미암일기초』 제1책, 1567 정묘년, 11.8, "吏曹判書朴永俊彦而來臨 相與道翰苑之舊 因誦韓詩曰 少年樂新知 衰暮思故友 朴公深以爲然 且約後日會金獻納季應家 以冢宰之尊 降屈尊嚴 不忘故舊 可謂有古人之風."

의 형 박응순(1526~1580)을 만났을 때 "사람됨이 온아하고, 대사헌의 형이
면서 세력을 생각지 않고 예를 집행한 것 또한 사람들이 하기 어려운
바이다"라고 기록하였다.[32] 그리고 미암이 해배된 이듬해인 1569년 9월에
고향에 가토하기 위해 내려가기 전 이준경에게서 편지를 받은 미암은
답장을 보내고 나서 일기에, "이준경이 존엄함을 낮추고 손수 편지를 정중하
게 써 보냈으니, 그의 사람됨을 사랑하고 선비에게 몸을 낮춤이 이러하다"[33]
라고 기록하여 그 남다른 면모를 칭탄하였다.

　미암이 당시 영부사 이탁(1509~1576)에게 문병하러 찾아갔을 때는,
그가 착하고 남을 용납하는 도량과 선을 좇고 의를 따르는 덕이 언표에
넘쳐난다고 평하였다.[34] 그 전에 미암이 고향에 加土하러 가려고 준비할
때 이탁, 이이 등이 찾아와주었는데, 당시 좌찬성이던 이탁에 대해 미암은
"참으로 三公이 될 만한 그릇"이라고 알아준 적이 있었다.[35] 그만큼 이탁의
도량을 크게 본 것이다. 그런 이탁이 병에 걸리자 미암은 큰 병을 앓고
난 뒤의 몸조리에 대해 조언하며 자신의 愼攝法까지도 알려주고자 하였다.

　이상 가족 구성원과 기대승, 김계 등 가까이 접하며 알았던 인물 외에,
길에서 만난 평범한 노인에 대해서도 기록한 부분을 볼 수 있다. 그는

---

32) 『미암일기초』제1책, 1567 정묘년, 11.18, "與主宰朴君應順相見 爲人溫雅可愛 又以大
　　憲之兄 忘其勢而執禮 亦人之所難也."

33) 『미암일기초』제2책, 1568 무진년, 9.22, "追記昨日領議政李浚慶 遣錄事來問行色云
　　聞南歸 深用驚怪 希春對曰 以加土受由下歸 明春當上來云云 ○李領相裁書 送錄事來
　　○李相國降屈尊嚴 手筆鄭重 其愛人下士如此."

34) 『미암일기초』제7책, 1572 임신년, 9.12, "禺中 出門詣領府事李鐸宅謁焉 李相公延見
　　于內房 與語從容 其休休有容之量 從善服義之德 藹然於言表."

35) 『미암일기초』제3책, 1569 기사년, 9.26, "左贊成李公鐸來臨 殷勤開豁 敎理李珥
　　尹仁衡 梁澍及權沃川父子 權和 刑曹參判宋贊治叔來訪 ○ 李二相善鳴 度量軒豁
　　識趣純正 好惡分明 眞公器也."

214

미암이 해배 후 해남에 있던 조상의 묘를 돌보기 위해 내려갔다가 만난 노인으로, 조부의 장사를 대신 지내주었던 것이다.

西面의 늙은이가 스스로 말하길, 우리 조부의 신유년(1561) 장사를 지냈다고 했다. 불러서 물어보았더니 그 나이가 81세로 정미년 생이었다. 나이 열다섯에 지동에 初墓를 쓸 때 일을 하였고, 나이 스물셋이 되던 때 또 深洞에 묘를 옮기는 일을 하였다. 을해년에 이르러 선형께서 급제하시어 천동이 선영을 영화롭게 하는 것을 목도하였다고 한다. 지금은 또 그 아들이 대를 이어서 묘를 보수하고 있으니, 신유년부터 올해에 이르기까지 육십칠 년이다. 경탄을 이길 수 없다. 밥을 먹이고 중미 다섯 되를 주도록 청하였다. 그 성명은 윤자동이다.[36]

무진년 정월에 미암은 이른 아침 尹忠南을 광양에 보내어 최사인 선생 묘에 대신 제사지내고 오게 한다.[37] 그리고 그날 西面에서 조부의 신유년 장례를 지낸 윤자동이라는 늙은이를 만나게 된다. 81세의 노인인데, 15세부터 池洞 초묘에서 일을 시작하여 深洞에 묘를 옮길 때와 선형의 무덤을 榮墳할 때 일을 하며 지금까지 그 아들을 대신해 묘를 닦고 있다고 하였다. 67년간 무덤 일을 보아준 노인을 대하고 미암은 놀라워하며 음식을 대접하고 쌀을 주어 고마움을 표시하였다.

미암은 조정의 유명 인사들뿐만 아니라 자신을 찾아온 선비들에 대해서도 그 재주를 알아주고 평한 글을 남겼다. 해배 직후 石城의 進士 金應秋란

---

36) 『미암일기초』 제1책, 1568 무진년, 1.1, "西面老翁自言曾經吾祖公辛酉年之葬 招問則 其年八十一 生於丁未 年十五時 曾服役於池洞初墓 年二十三 又服役於深洞遷墓 又至 乙亥 目睹先兄及第天童榮墳 今又代其子而修墓 蓋自辛酉至今年 六十七年矣 不勝驚 歎 饋之食 請給中米五斗 其姓名 尹子同也."
37) 『미암일기초』 제1책, 1568 무진년, 1.1, "早朝 遣尹忠男往光陽 代祭崔舍人先生墓而 來."

인물이 찾아왔을 때 나이가 69세인데 문장에 능하다고 평하며 과거에 급제하지 못한 것에 애석해하였다.[38]

또 미암이 1575년 고향에 내려와 四書에 吐釋 작업을 하다가 1576년 다시 조정에 불리어 서울로 올라가던 중, 그 길에 들른 지역에서 만난 특이한 인물에 대해서도 언행을 기록하여 놓았다. 미암은 1576년 7월 9일 고향 사람들의 전송을 받으며 손자 광문과 함께 떠나기로 하여 10일 장성에 들고 11일 정읍, 고부를 거쳐 태인에 들렀고, 13일 여산, 14일 은진, 15일 공주, 그리고 16일 錦江을 지나 全義에 들었다. 이때 마침 제주에 표류했다가 돌아온 사람이 이 전의 고을에 이르렀다는 소식을 듣고 미암은 그를 불러 물은 내용을 적어놓았다. 그는 지난 해, 1575년 12월 21일 제주에서 감귤을 진상하는 배가 배주인과 노비, 押領使인 정병 梁俊 등 22명을 태우고 떠났는데, 大火脫島에 가까워졌을 때 갑자기 사나운 바람을 만나 돛대와 치가 부러지면서 물이 배 안으로 들어오는 바람에 배에 탄 사람들이 물을 퍼내고 물건들을 모조리 내던졌다고 한다. 그리고는 멍석을 매달아 가다가 10일이 되자 배고프고 목말라 죽을 지경이었는데 중국의 准安府의 海州에 있는 東州山에 이르러 양준이 필담으로 표류한 사실을 알리자 그곳 관부가 보호하여 육수선에 태워 보내준 덕분에 51일 만에 북경에 이르렀단다. 그곳에서 40일을 머물자 옷과 양식을 받아 5월 20일경 義州에 이르고 7월 6일 서울에 도착해 주상께 대명전으로 부르심을 받아 正布를 받고 예조에서도 의복과 갓을 받게 되었다는 것이다.[39]

---

38) 『미암일기초』 제1책, 1567 정묘년, 10.7, "石城進士金應秋過訪 年六十九 能文 十八擧 而不登第者也 深惜其有(缺)無命 以一墨贈之."

39) 『미암일기초』 제10책, 1576 병자년, 7.16, "濟州漂流回來人 自京到此邑 余招問之 去歲十二月二十一日 濟州柑子進上 船主奴風伊押領使正兵梁俊等二十二名 自別刀 浦發船 巳時 近大火脫島 忽遇惡風 折二檣及舵 水大入船中 舟人亟刮水 幷盡投所載之

제주도에서 진상품을 싣고 올라가다 풍랑을 만나 북경까지 갔다가 다시 의주를 거쳐 서울로 돌아오게 된 이 인물에 관한 기록은, 비록 전부는 아니지만 『선조실록』에도 취택되어 실렸을 정도로 새로운 정보를 전달해준 점에서 당시 그 가치를 인정받았던 것으로 보인다.[40] 미암은 이 사람의 이야기를 다 듣고 외조부 최부가 표류했던 일과 자신이 정미년에 먼저 제주로 유배되었다가 다시 종성으로 이배되던 일을 떠올렸다. 그리고 그 인물에 대해서는 "불러서 묻고 나서 술을 줬다"[41]는 행동을 부기하여 회포를 나눈 뜻을 남겼다.

이처럼 미암이 상대한 인물들에 대해 남긴 평 가운데 개성적인 성격을 묘사한 인물들에 대해서는 평범하나 그 평소의 행적이 남다른 면에서 의의가 있다. 특히 미암이 자신을 찾아온 이름 없는 선비나 길에서 만난 인물의 행적과 언급을 듣고 관심을 가지며 평하고 느낌을 남긴 예는, 평범하나 남다른 경험을 가진 인물을 다뤘다는 점에서도 의의가 발견된다. 석성에서 김응추란 진사가 찾아오자 그 문장력을 평하고 급제하지 못함을 애석해하거나 미암의 조부 묘를 67년간이나 돌보았다는 윤자동이란 인물에 관해 기록하고 경탄하였다는 예, 그리고 고향에서 사서삼경 토석 작업을 하고 서울로 올라가던 중 全義에서 만난 인물에 관해 기록하며 자신과 외조부의

物 乃以草苫繁船 隨風水所之 凡十日飢渴 困極殆死 至同月三十日 到中國准安府海州 東州山 遇邏人驚問 梁俊等示以濟州進上文字及粗書漂風之由 乃蒙官府護遣 乘陸水 船 牽纜開閘而行 凡五十一日 到北京 留四十日 受各衣二事幷精 又自五月二十日發程 六月二十三日 到義州 今月初六日 到漢京 蒙上命引二十二人于大明殿 每人賜正布壹 匹 又命禮曹 賜各各衣服笠子云."

40) 『선조실록』, 선조 9년 6.29, "庚寅, 傳曰 濟州人 梁俊等二十二名 漂到中原地方 禮部移咨遼東 送還本國 皇恩罔極矣 其考前例處之 漂流人等 命賜酒于闕門內 各給布 一匹."

41) 『미암일기초』 제10책, 1576 병자년, 7.16, "希春感外大父崔錦南漂海及余丁未往返耽 羅 招問而饋酒."

과거를 회상하고 그와 회포를 나눈 예 등이 그것이다. 예가 많지는 않은
편이지만, 여기서『미암일기』의 서사문학으로의 발전 가능성을 찾을 수
있지 않을까 한다. 이러한 점은 이강옥이 지적한 바와 같이 16세기 사회경제
적 변화와 士禍를 겪은 사림들의 구조나 세계관이 달라져 평민들의 삶의
처지에 관심을 갖게 되어 나타나게 된 것[42]으로, 미암의 일기문학에서
구체적으로 발견되는 점이다.

2. 절제된 표현과 교차적 서술

1) 事實 기록과 感情 표출의 조화

  미암은 일상의 생활을 기록하면서도 사실을 그대로 적었고, 자신의
감정을 표출하는 경우는 그리 많지 않았다. 하루의 일과를 되돌아보며
성찰하는 때에도 대부분 간략하게 단편적인 몇 마디로 그칠 뿐이다. 미암은
그날의 사건에 대해 매우 객관적이고 단편적으로 서술하고, 자신의 사적인
감정은 절제하여 표현한 특징을 보여주었다. 대표적인 예를 들면 다음과
같다.

  해가 저물어 前 錦山郡守 林澡와 前司畜 林泌가 찾아왔다. 임백령의
  아들들이니 澡는 임진 생이요, 泌는 경자 생이다. 나는 대하기를 평상시와
  같이 하여 怒를 옮기지 않았다.[43]

임백령은 미암과 同鄕으로 을사사화 때 자신과 같은 편에 끌어들이려

---

42) 이강옥,『조선시대 일화 연구』, 태학사, 1998, p.18.

43)『미암일기초』제6책, 1571 신미년, 1.28,"日暮 前金山郡守林澡 前司畜林泌來訪
   乃百齡之兒也 澡則壬辰生 泌則更子生 余待之平平 不遷怒也."

218

하였으나 미암이 동조하지 않자 미암을 미워하여 유배가게 한 결정적 인물이었다. 그러나 미암은 그 아들들에게 호통을 치며 내쫓거나 분노를 표하지 않고, 감정을 스스로 제약하여 '평상과 같이 대해주고 분노를 옮기지 않았다'고 간략한 몇 마디로 일기에 기록하였다. 여기에는 분명 자신이 분노할 만한 일이나 그러지 않았다는 뜻을 담고 있는 것이다.

미암이 해배되어 조정에 돌아왔을 때, 사간원 사헌부에서 을사사화 당시 일의 통탄함을 여섯 가지로 들고, 정순붕과 임백령 등에 대해서도 啓한 일이 있었다.[44] 미암은 그 내용을 모두 기록하며 특히 미암이 직접 피해를 입은 정순붕과 임백령에 대해서는 한 번 더 관심을 갖고 적어놓았다. "이기·정언각이 사림들을 공격하였으나 그들에게 지시한 것은 정순붕, 백령에게서 나왔으니, 순붕과 백령이 악의 우두머리"라 하고, "정순붕, 임백령은 귀신 같고 물 여우 같아 종적을 드러내지 않으며 음탕하고 교활함이 심하다"[45]라고 한 것이다. 이렇게 임백령에 대한 공공연한 비판이 일어나고 미암도 그에 대해 평가를 내리며 기록한 얼마 후에, 임백령의 자식들이 인사를 하러 찾아 왔다. 그러나 미암은 마음을 다스려 평상시같이 대하고 분노를 옮기지 않았다고 하였다. 이는 을사 원흉의 당사자가 아닌 그 후손에까지 관련지어 생각하지는 않겠다는 뜻을 드러낸 것이라 파악된다.

---

44) 『미암일기초』 제5책, 1570 경오년, 8.3, "見去月二十七日兩司所啓 當時之事 至今思之 聲淚俱發 言之痛矣 仁廟賓天 几筵方臨 而誣陷名賢 刑戮於殯殿之咫尺 此其可痛者一也 明廟入承 名義俱正 而自以爲功 歷要歃血之盟 此其可痛者二也 攀緣椒戚 誣罔文定 擅弄威權 惟意所欲 此其可痛者三也 陰謀惡逆 網打士林 殄滅邦紀 斲喪國脈 此其可痛者四也 詐造諺書 敢誣懿殿 晻昧之言 至今未白 此其可痛者五也 造爲虛說 恐喝驚動 先王遂成憂悸之恙 此其可痛者六也."

45) 『미암일기초』 제5책, 1570 경오년, 8.3, "今日兩司合啓 搏噬攻擊 雖在於李芑, 彦愨 而發縱指示 實出於順朋, 百齡 則順朋, 百齡 乃惡之首也."; 같은 해, 8.4, "更見昨日兩司所啓 論順朋, 百齡曰 如鬼如蜮不露蹤跡 而陰狡尤甚云."

실제로 미암은 을사사화를 일으킨 당사자의 경우 그 행적에 대해 맹렬히
비난하고 현재의 형편까지도 논박의 대상으로 삼았다. 을사사화에 위훈을
받은 鄭礥이 죽었을 때, 미암은 정현의 형이 바름을 지키고 사악함을 따르지
않자 죽이려고 할 정도로 흉사한 일이 지극했는데 정현이 이제야 죽어
늦었다46)며 탄식하였다. 정현(1526~?)은 대윤일파를 제거하여 을사사화를
일으키는 데 공을 세우고 위사공신 3등으로 책록이 된 인물이다. 또한
정현의 아버지 정순붕은 충순당에 입대하여 정미년 벽서 사건의 잔당을
몰아 士禍를 일으켰음이 기록에 남았으며,47) 윤원형, 李芑, 임백령, 許磁와
함께 乙巳 五姦에 들어가, 당시에도 이이에 의해 '용서할 수 없는 자'라고
비판받았다.48) 미암은 을사사화로 인해 僞勳을 받은 이들이 정당한 대가를
치러야 한다고 생각하였으므로, 정현과 같은 인물이 죽은 것이 너무 늦었다
고 솔직하게 평한 것이다. 또한 을사 원흉인 金仁이 미암에게 찾아왔을
때도 그 성격이 사납고 교만하여 윤원형에게 붙어 잔인하고 포악한 짓을
마음대로 했는데, 근래에 와서는 문지가 미천하고 학문이 없어 대간의
논박을 받은 탓에 기가 꺾였다49)고 기록하였다. 이는 임백령의 아들들이
찾아왔을 때와 다른 미암의 태도로, 여기서 미암이 자신의 분노와 같은

46) 『미암일기초』 제9책, 1574 갑술년, 10.12, "聞奸賊鄭礥昨昨病死 乙巳士林之禍 礥實其
    父順朋之疏 以鼓扇之 又以其兄守正不從邪 至欲殺之 凶邪修至 久逭天誅 今死亦云
    晚."

47) 이규경, 『오주연문장전산고』, 經史編, 韻書, <蒙求 四庫韻對辨證說>, "蓋鄭順朋等
    入對忠順堂 以丁未壁書餘薰 大起士禍故也."

48) 『미암일기초』 제3책, 1569 기사년, 9.1, "校理李珥叔獻當夕來訪 右副宋公亦來會
    李君出其八月日課所製 其末一篇 論正名爲治道之本云 (중략) 鄭順朋, 尹元衡, 李芑,
    林百齡, 許磁斯五姦者 罪通于天 必殺無赦者也."

49) 『미암일기초』 제7책, 1573 계유년, 4.7, "上土僉使金仁 來告赴任 仁也性慄悍驕縱
    曾附元衡 恣爲殘暴 邇來以門微不學 屢被臺諫之駁 今則氣挫矣."

220

감정을 다스리는 것을 중시했으며, 그것으로 삶의 태도와 일기를 써나가는 자세를 일치시켰음을 알 수 있다.

다시 위 인용문으로 돌아가 표현에 대해 자세히 살펴보자. 마지막에 쓰인 '不遷怒'란 표현은 『논어』에서 공자가 안회에 대해 '학문을 좋아하고 분노를 옮기지 않았다'[50]고 평한 말에서 나온 것이다. 미암은 경연에서 "학문을 하는 데 存心이 大本이 되고 改過가 急務"[51]라고 하였는데, 이처럼 감정을 절제하여 분노를 옮기지 않는 것이 학문하는 자의 자세로도 요구되었음을 알 수 있다. 장재는 正心, 養性, 約情을 하면 배움의 방법을 알게 된다고 하였고, 정자는 「好學論」에서 약정을 정심, 양성의 앞에 두었다. 감정을 제약한다는 것이 마음가짐에서 그만큼 중요하다는 것으로, 이 모두 배움의 방법을 터득하는 요소이자 하나의 길이 되고 있음을 알려 준다.

미암이 怒에 대해 펼친 견해를 다음의 두 언급에서 좀 더 살펴보자.

> 희춘이 말했다. "비록 올바른 노여움이라 하더라도 역시 절도에 맞게 하는 것을 귀히 여겨야지 적당함을 지나쳐서는 안 됩니다." 또 말했다. "이 장은 『중용』의 '喜怒哀樂이 發하지 않은 것을 中이라 하고, 發하였으되 모두 절도에 맞는 것을 和라고 한다'는 것과 서로 통합니다. 원컨대 유념하소서."[52]

앞에 생략한 부분에서는 『대학』의 긴요한 요지를 격물과 성의라 말하였

---

50) 『論語』, 「雍也」, "哀公 問弟子 孰爲好學 孔子對曰 有顔回者好學 不遷怒 不貳過 不幸短命死矣 今也則亡 未聞好學者也."

51) 『미암일기초』 제2책, 1568 무진년, 9.5, "蓋人之爲學 存心爲大本 改過爲急務."

52) 『미암일기초』 제1책, 1567 정묘년, 11.5, "希春曰 雖是怒之是者 亦當以中節爲貴 不可過當 又曰 此章蓋與中庸喜怒哀樂之未發謂之中 發而皆中節謂之和相通 伏願留心焉."

고, 이어서 화를 내는 것에 대한 견해를 밝히며 실천 방향을 제시한 것이다.
화를 내는 것이 옳을 때라도 節度에 맞게 하여야지 지나쳐서는 안 된다는
논리를 폈다. 덧붙여 이 장이 중용의 '喜怒哀樂之未發謂之中 發而皆中節謂之
和(희노애락이 발하지 않은 것을 中이라 하고, 발하여 모두 절도에 맞음을
和라 한다)'라 한 것과 상통한다 하였다. 이것으로써 분노와 같은 감정의
상태를 명확히 구분하여 파악하고, 그것을 어떻게 처리해야 할 것인가에
대해 알리고자 한 것이다. 다음의 언급도 살펴보자.

> 노여움이라는 것은 사람에게 반드시 있는 것이지만, 가장 삼가지 않을
> 수 없는 것입니다. (중략) 대저 노여움은 가장 쉽게 발하고 억제하기 어렵습
> 니다. 程子께서는 '定性書'에서 깊이 경계하셨습니다. 許衡의 詩에서는
> '怒氣는 타는 불처럼 거세서 타면 한갓 자신만 상하는 것이니, 닿아 오는
> 것에 더불어 다투지 말라. 일이 지나면 마음이 청량해지는 것이다' 하였으니
> 유념하소서.53)

분노는 사람이 가지고 있는 것이어서 살피지 않으면 안 된다고 하였다.
이에 대해 분노란 가장 쉽게 드러나 억제하기가 어렵기 때문이라 하면서,
장재가 질문하자 정이가 답장한 '定性書'와 元나라의 정주학자인 魯齋 許衡
(1209~1281)의 시를 들어 그 이치를 설명하고 있다.
'定性書'는 장재가 '性을 定하려고 생각하나 아무리 해도 性이 不動의
상태에 이르지 않으며, 이것은 바깥의 사물에 방해를 받기 때문인데 어떻게
하면 성을 정할 수 있을까' 하고 질문한 데 대해 정이가 답한 편지이다.

---

53) 『미암일기초』 제9책, 1574 갑술년, 2.25, "怒者 人之所必有 而最不可不愼也 (중략)
    大抵怒最易發而難制 程子定性書 以爲深戒 許衡詩有云 怒氣劇炎火 焚如徒自傷 觸來
    勿與競 事過心淸涼 伏乞留神."

222

정이는 '이른바 性이란 움직임도 역시 정하고 고요함도 정해서, 보냄과 맞이함도 없고 안팎도 없다'고 한다. 성은 안팎이 없고, 안팎을 모두 잊음, 여기에야말로 '정해짐'이 있다는 것이다. 이 요점은 '廓然大公, 物來順應'의 여덟 글자에 있다고 말해지는데, 요컨대 사적인 우연한 情을 극복하고 분별하는 지혜에 서는 일 없이 만사만물에 타당한 바를 추구하는 것, 여기에 '성을 정하는' 것의 참된 의미가 있다는 말이다.[54] 위 글에서도 '정성서'의 이러한 요점을 인용하여, 怒하는 것이 사적인 감정에 의한 것이므로 깊이 경계를 삼았다고 하였다. 이러한 이치를 펴며 미암 자신이 분노할 만한 일을 당하여서도 그것을 직접적인 관계가 있는 사람이 아닌 이에게는 옮기지 않고, 개인적인 감정을 절제하여 일기에 기록해 남길 수 있었다.

반면 사화로 화를 당한 사림의 후손이 미암을 찾아왔을 때는 감회를 숨기지 않고 솔직하게 토로하였다. 김굉필의 후손인 옥천군수 김립이 찾아와 서로 얘기하며, 한훤당이 순천에 계실 때 미암의 선군과 맹권씨가 학문을 따랐고, 맹권씨 모친 설씨가 아들의 일이라며 마음을 다해 모셨는데 한훤당이 돌아가시자 연산군이 적몰하여 喪事를 설씨가 모두 힘썼다고 이야기하면서 미암은 "슬픔을 이기지 못하였다"고 한 것이다.[55] 그러나 이때에도 자세하게 감정을 드러내지는 않았다.

이처럼 미암은 일기에서 자신만의 감정이나 독단적인 견해에 치우치지 않고 자신의 감정을 절제하여 객관적인 사실 기록에 충실하였지만, 기록의 중간에 詩나 文을 삽입하여 그때의 감정을 솔직히 표현하기도 하였다. 사실 위주의 기록 사이에 詩文의 삽입이라는 장치를 써서, 객관적인 기록에

---

54) 시마다 겐지, 『주자학과 양명학』, 까치, 1986, pp.66~68.

55) 『미암일기초』 제6책, 1571 신미년, 9.18, "沃川郡守金立來訪 相與道厥祖寒暄堂之事 其在順天 我先人及孟權氏實從學 孟權氏之母薛氏 以子之故 盡心饋供 寒暄旣酷沒 廢主令籍沒 而喪事薛氏皆辦 卽光孫叔父之妻也 語及此事 不勝感愴."

서 다하지 못한 자신의 감정 상태를 효과적으로 표출한 것이다.

   미암이 일기에 자신의 감회를 드러낸 경우는 지인들에게 감사하고 기쁜
마음을 표현할 때에 볼 수 있다. 해배 직후 조정에 등용된 미암이 서울에
집이 없어 沈奉遠의 별장에 옮겨 가게 되었을 때, 넓고 갖추어진 집을
준 데에 감사하는 뜻을 표하며 시를 지었다. 그리고 심봉원도 미암의 시에
次韻하여 시를 짓고 마음으로 허여함을 표현하였다.56)

   반면 미암이 학문적으로 존경하던 퇴계 선생이 돌아가셨을 때는 輓詩를
지어 그 업적을 칭송하고 애도하는 마음을 표출하였다.

   朱文流海外 주자의 학문이 해외로 전파되었으니
   墜緒孰追尋 그 끄트머리를 누가 찾아 갔는가?
   圃隱無傳字 포은은 한 글자도 전하지 않으나
   先生獨得心 선생이 홀로 마음을 얻었네.
   靑邱變鄒魯 청구가 추로로 변하니
   白日豁氛陰 밝은 해가 그늘을 열어 제쳤도다.
   樑壞雖長慟 들보가 무너져 비록 길게 애통하지만
   芳編照古今 아름다운 책이 고금을 비추네.57)

   퇴계가 죽었을 때, 미암은 일대의 儒宗이 갑자기 갔다고 통한해 하며,
저술만이 만세에 밝게 드리울 것이라 하였다.58) 이전에 미암은 "이발이

---

56) 『미암일기초』 제2책, 1568 무진년, 4.1, "辰時遷于中部長通坊沈同知逢源別第 宏闊完
   備 門庭不窄 南對南山 內外有容 眞好舍也 不勝感喜 卽作詩爲謝送之日 白首還京膝未
   安 華堂偏荷許抽關 優有更有無窮樂 北闕南山咫尺間 ○沈同知次余韻云 體道身心到
   處安 居堂美惡有何關 愧將陋止承傾謝 相許唯存腔子間."

57) 『미암일기초』 제5책, 1570 경오년, 12.29, "哭退溪先生作輓詩云云.";『미암집』
   권2, <哭退溪先生>.

58) 『미암일기초』 제5책, 1570 경오년, 12.24, "聞嶺南禮安居退溪先生李公 以今月初八日

224

퇴계의 『심경』을 보내 와서 매우 기쁘다"는 기록과 함께, 마침 허성이
와서 베껴 적도록 할 정도로 긴요한 책으로 여겼다.59) 퇴계의 『心經』이란
『心經後論』을 가리키는 것이다. 그리고 퇴계가 돌아가시고 얼마 후 퇴계의
『心經後論』을 읽고는, "그 說의 정미함이 道를 들은 大儒가 아니고서 이러한
경지에 오를 수 없을 것"이라 감복하며 "동방에 포은 이후 一人일 뿐"이라
칭탄했다.60)

한편 일상의 일에서 미암은 存心하여 변화할 수 있음을 깨우쳐 알고,
일기에 기록하며 詩化하기도 하였다.

壬申陽月十三辰 임신년 1월 13일에
忽悟存心是大根 문득 존심이 큰 근본임을 깨달았구나
從此源源無間斷 이로부터 계속하여 간단없이 노력하면
何慙蘧瑗化前痕 어찌 거백옥이 예전 잘못 고친 것에 부끄러우리오.61)

이 시 제목에서 '방에 들어가는데 나도 모르게 옷이 문에 찢겼다. 존심이
일에 응하는 만사의 근본임을 크게 깨닫고 시를 지었'고 지은 동기를
밝혔다. 마음을 잡지 않으면 아주 작은 일상의 일도 그르치기 쉽기에,
존심이 큰 근본임을 깨닫고 시를 짓는다는 것이다. 이어서 '存心을 間斷없이
계속한다면 육십년에 육십 번 화한 거백옥이 전과 달라졌음을 어찌 부끄러

卒 享年七十 一代儒宗 奄忽如是 痛悼罔涯 然先生之著述羽翼 實與日月爭光而垂萬歲
矣."

59) 『미암일기초』 제3책, 1569 기사년, 閏6.8, "李潑送李退溪心經來 深喜 適許筬來見
余授吾心經冊 俾傳寫李冊紙頭所書."

60) 『미암일기초』 제6책, 1571 신미년, 6.18, "讀退溪心經後論 其說甚精當 非聞道大儒
焉能到此地位 信乎吾東方鄭圃隱後一人而已."

61) 『미암집』 권2, <慕華館習儀日入戶 不覺衣攬於戶 大悟存心爲應事之本>.

워하겠느냐'고 한 것은, "거백옥과 자신이 같은 60이 되는 나이이기 때문에
그러한 표현을 썼다"[62]는 일기 설명을 통해 알 수 있다. 『논어』「헌문」편
註에 의하면, 莊子가 칭하기를 거백옥은 나이가 60이 되었는데 60번 변화하
여 덕에 나아간 공이 늙어서도 쉬지 않은 인물이라 한 것을 인용한 것이다.

　　미암은 이러한 깨달음을 자신에게만 국한시키지 않고 더욱 넓혀 임금에
게 <正心銘>을 지어 바쳤다.

> 存養此心　　이 마음을 보존하고 기르니
> 鑑空衡平　　거울처럼 비고 저울처럼 평평해지는 구나
> 物來順應　　사물이 왔을 때에 순히 응하면
> 正大光明　　정대하고 광명해지리라.[63]

　　위 시에서 마음을 존양하면 거울처럼 비고 저울처럼 평평해지는 이치를
말하였다. 그리고 사물이 왔을 때 응하기를 순히 하면 광명정대해진다고
하였다. 이 작품은 일기에 자세한 풀이가 소개되어 있다. <정심명>에서
말한 바, 사람의 한 마음이 담담하고 맑기는 거울같이 비고 저울 같이
평평하여 한 몸의 주재가 된다고 한 것이다. 그리하여 喜怒憂懼와 같은
감정에 미쳐서는 느낌을 따라 응하여 아름다운 것과 추한 것을 굽어보고
우러르며 사물로 인해 형태를 부여한다고 하였다. 그리고 "마음이 거울같이
비고 저울같이 평평한 것은 막힘이 없어 정대광명하기에 천하의 達道라
하니, <정심명>을 지어 임금에게 補益을 한다"[64]고 창작동기를 밝혔다.

---

62) 『미암일기초』 제7책, 1572 임신년, 10.13, "今朝 因入室戶 不覺衣攬於戶 始大悟存心爲
　　應事之本 作小詩云 壬申陽月十三辰 忽悟存心是大根 從此源源無間斷 何憇蓬瑗化前
　　痕 蓋伯玉與我俱爲六十故也."

63) 『미암집』 권3, <正心銘>.

이보다 전에, 미암은 선조에게 <黼座銘>을 헌상한 바 있다.

提醒此心 이 마음을 잡고 깨우치니
如日之升 해가 떠오르는 것 같구나
窮理修身 이치를 궁구하고 몸을 닦으니
中正和平 중정하고 화평하구나.65)

이 작품은 일기에 "새벽에 「보좌명」을 올릴 것을 생각하고 지었다"고
창작 동기가 나와 있고, 또 "이것이 敬과 義가 양립되는 箴"이라고 설명을
붙여 놓았다.66) 마음을 잡고 깨우쳐서 해가 떠오는 것 같고, 이치를 궁구하고
몸을 닦아서 敬과 義를 다 확립하면 중정하고 화평하다고 하였다. 경과
의를 세우는 것은 『周易』에서 君子의 덕목으로 갖추어져야 할 것으로,
"경하여 안을 곧게 하고 의로워 밖을 방정하게 한다. 그리하여 경과 의가
확립되면 덕이 외롭지 않다"67)라 말하였는데, 미암은 위에서 임금을 향해
그러한 뜻을 전한 것이다.
미암은 유배지에서 지은 <困學>에서도 "스스로 깨우쳐 문득 마음잡으

---

64) 『미암일기초』 제7책, 1573 갑술년, 4.25, "(전략) 然正心章所云人之一心湛明 如鑑之空
如衡之平 爲一身之主 及其喜怒憂懼 隨感而應 姸蚩俯仰 因物賦形 鑑空衡平之用
流行不滯 正大光明 是乃天下之達道 臣據此作正心銘十六字 第臣不能寫字 不能書進
惟願上採擇 如有可觀 手寫置座右 幸甚 因誦銘曰 存養此心 鑑空衡平 物來順應 正大光
明 (후략)."

65) 『미암집』 권3, <黼座銘>;『선조실록』, 宣祖 4年 12月 2日, "柳希春獻黼座銘 提醒此
心 如日之升 窮理修身 中正和平 此敬義兩立之箴也."

66) 『미암일기초』 제6책, 1571 신미년, 12.2, "晴 晨 憶得獻黼座銘 提醒此心 如日之升
窮理修身 中正和平 此敬義兩立之箴也.";『宣祖實錄』, 宣祖 5卷, 4年(1571 辛未)
12.2, "柳希春獻黼座銘 提醒此心 如日之升 窮理修身 中正和平 此敬義兩立之箴也."

67) 『周易』, 「坤卦」, "六言傳 六二爻, 君子敬以直內 義以方外 敬義立而德不孤 直方大不習
無不利 則不疑其所行也."

니 / 어두운 안에서 밝은 구슬이 생겨나는 듯하구나"68)라고 하여, 自警하여 存心하는 과정과 그 효과를 터득하였음을 보인 바 있다. 그리고 해배 후 생활하면서도 계속해서 위와 같은 시를 지으며 일상에서 경계하고 깨우치기를 늦추지 않은 것이다. 그것이 임금을 위하는 방향으로도 나아가 銘 작품으로 형상화된 것을 볼 수 있었다. 이외에도 미암은 평소에 기후나 절기에 따른 감상을 시로써 표현하였고, 꿈에 관해서도 일기에 기록한 후 시를 지어 남기기도 하였다.69)

또한 미암은 시뿐 아니라 산문작품으로 가족 또는 지인들과 주고받은 편지도 일기 중간에 실어 자신의 감정을 털어놓았다. 아들 경렴은 미암에게 자신의 일을 상의하거나 미암이 시킨 일에 대해 경과를 보고하는 편지를 곧잘 보냈고, 미암은 그에 대해 이해하는 언급을 남겼다. 경렴이 英陵 참봉이 된 후70) 편지를 보내 "辭狀을 내고 해남에 내려가 자손이나 가르치며 어둡고 졸렬함을 지키고 한가하게 보내는 게 낫다고 생각한다"고 하자, 미암은 "자식이 자신을 안다"고 평하였다.71) 미암은 아들의 미욱함 때문에 취직 걱정을 하던 솔직한 마음을 보여주었다. 그 뒤 1573년 9월 잠시 담양에 내려온 경렴이 상경할 날을 기약하여 알리며 뵐 것을 약속하고,

---

68) 『미암집』 권1, <困學>, "自警輒自存 暗室生明珠."

69) 『미암집』 권1, <元日記夢> ; 권2, <仲秋> ; 권2, <重九小酌> ; 권2, <秋夜> ; 권2, <喜晴> ; 권2, <晴後納涼> ; 권2, <夢見紅日照身> ; 권2, <雪夜> ; 권2, <乙亥正月望日 詣康陵口占> ; 권2, <除夜吟> ; 권2, <元日詩> ; 권2, <天祭吟> 등.

70) 『미암일기초』 제5책, 1570 경오년, 11.12, "英陵參奉望 景濂入首望 姜懷慶, 洪逸民 入副末望 而景濂受點 門慶莫大 此兒自去歲希望 而今乃得之 上恩至重 而鄭判書, 許參議銘圖之德 亦不小."

71) 『미암일기초』 제6책, 1571 신미년, 5.20, "景濂好到英陵 書云 男以八月初生 似爲急迫 故望日間 徐徐病親呈辭 歸海南 九月之初 猶未晩退藏之事也 男性本昏拙 百事未能一 辦 於細碎之事 猶能自勉 於大事大綱 昧昧所爲 如夜行未知東西之辨 不如還家鄕敎子 孫 以保昏拙 永得閒暇伏計 兒可謂自知矣."

이즈음 첫째 아들 광문의 혼사가 이루어지고 있던 시기여서, 경렴은 광문의 혼사가 성취된다면 두고 가려고 한다는 얘기도 하였다. 이 대목에서는 경렴의 아버지로서 고뇌를 읽을 수 있다. 아들이 장가가면 그때부터 아버지로서 책무를 조금 덜고 싶어 하는 마음을 드러내어, 그동안의 힘겨웠던 아버지로서의 짐 같은 것을 느낄 수 있는 것이다. 마지막으로 자신은 完山參奉으로 바뀌면 좋겠다는 뜻을 비추고, 미암이 부탁한 『주자대전』의 운송 방법에 대해 보고하였다.[72] 이렇게 아들은 내면의 솔직한 심정을 담은 편지를 보냈고, 미암은 이를 소중히 생각하여 일기에 실어놓았다.

허엽은 편지로 해배와 함께 미암이 조정에서 등용되리라는 소식을 가장 먼저 전해준 인물이다.[73] 허엽은 미암에게 가까운 날짜에 모실 수 있을 것이라며 기다려지는 마음을 표현하였고, 미암은 그에게 "비록 공문은 내려오지 않았지만 감격을 이길 수 없다"고 답신을 보냈다.[74] 또 조정에서 만난 이준경은 미암이 1569년 9월에 고향에 가토하기 위해 내려가기 전, 편지를 하였다. 미암이 부친의 묘에 가토를 하기 위해 해남에 내려가려는데, 동고 이준경이 편지를 보내 근래 舊臣들이 나가버리는 것을 걱정하고

---

72) 『미암일기초』 제8책, 1573 계유년 9.19, "景濂 九月九日 自潭陽送書 來書云 男等好還太谷 留二十餘日 今月二十一日 還發上道 直向齋室 十月望後 上京觀省伏計 繼文婚事若成 則留而不率去爲計 男若換完山參奉來 則凡事便好矣 (중략) 八月二十日 男與光雯 留一日 搜出朱全若干卷 分入二籠 堅封上送矣 直送天安 令轉送云."

73) 『미암일기초』 제1책, 1567 정묘년, 10.14, "遺許承旨書曰 希春伏聞太陽照於覆盆之下 九原亦添漏泉之澤 存沒感幸 天下所無 雖公文未來 不勝感泣云云."

74) 『미암일기초』 제1책, 1567 정묘년, 10.11, "牙山人持許承旨曄太輝書來云 頃因雷變 三公待罪 下敎曰 賢士沈滯者收用 無辜被罪者伸冤 三公請招東西壁六卿禁府堂上 盡錄被罪者非逆而籍沒者還給 因匿名書而被罪者 盡數雪冤 金𥔲等十三人 并書啓達 以公及盧寡悔, 金季應爲首收用 或稱精詣 或稱該博 或稱操行 皆可以備經筵顧問輔佐 云云 餘士亦各條陳 初十日拜陵後 當發落云云 奉陪伊邇 勤企勤企 觀此則天衢亨而伸久鬱 二十三年之間 願見而不可得者也 平生之幸 孰大於是."

돌아오기를 바라는 뜻을 전하자, 미암이 전후 사정을 밝히며 보낸 것이다. 미암은 자신이 20년 동안 유배로 쫓겨났다가 성상의 은혜를 입고 발탁된 데에 보답을 하려 한다며, 겨울을 지내고 다음해에 돌아올 것을 약속하여 동고를 안심시키는 뜻으로 답신을 보냈다.[75] 동고는 미암의 학문과 재능을 인정하고 조정에서 쓰일 사람으로 존중하였고, 미암도 그에게 실망을 시키지 않으려 노력했던 것이다.

이처럼 미암은 개인의 생활을 담은 기록 부분에서 감정을 절제하고 객관적인 사실을 위주로 적었다면, 이에서 다하지 못한 감정의 처리는 詩文의 삽입을 통해 하였다. 그리고 아침에 일어나 지은 銘 작품도 일기에 수록하여 그때의 다짐이나, 임금께 전달하고자 하는 충성어린 마음을 드러내 보여주었다. 이를 통해 감정을 절제한 사실 위주의 일기 기록에서 다 전하지 못한 심정을 효과적으로 그려내는 기능을 한 것이다.

2) 과거 回想과 현재 所懷의 교차

일기는 그날 있었던 일을 기록하는 것이지, 과거의 일을 기억해서 기록하는 것은 아니다. 미암은 현실에서 소회를 표출하면서 때로 회상을 불러일으키는 장면을 접하여서는 과거로 돌아가 회상에 젖곤 하였다. 일상과 현실의 삶을 이루어가면서도 문득 과거를 떠올리는 장면을 접하였을 때 그 회상 내용을 기록한 것이다.[76] 특히 고향이라는 공간과 가족들을 다시 접했을

---

75) 『미암집』 권3, <答李領相浚慶書己巳>, "伏蒙降屈尊嚴 手筆鄭重 不勝感悚之至 小人爲加土父墳 將欲受由下去 適妻夙嬰風冷 重添於此 懼過冬而傷 因成同行 跡似歸田 然二十年逐臣 幸蒙聖上湔拔於沈淪萬死之餘 恩入骨髓 常愧無以仰報萬一 豈敢遽然長往 不復還朝乎 第緣本以弱骨殘生 久觸寒苦於北荒 腰下如氷 冬月冷突 恐生疾病 欲過冬而還來耳 伏惟台鑑 謹再拜以聞."; 『미암일기초』 제3책, 1568 기사년, 9.22에 같은 내용 수록.
76) 미암의 과거 회상 또는 기억은 단지 개인적인 일뿐 아니라 사화로 유배 간 사림들

때, 그리고 다시 돌아온 조정에서 함께 일하던 옛 친구를 만났을 때 등, 과거 회상을 불러오는 공간과 사람, 일을 접할 때마다 지난날을 회고하며 자신을 돌아봄과 동시에 현재의 감회를 서술한 부분이 많다. 이때 과거 회상의 폭은 넓고 다양하여, 유배 이전인 유년기와 출사기 즈음까지로 돌아갔고, 유배기도 회상하였다. 이는 문장으로 기록되었지만, 감회가 클 때는 시의 삽입이 이루어지는 경우도 있었다.

그 예로 미암이 보고 싶어 하던 책을 얻게 되게 되었을 때의 고조된 감회를 표출하며 그와 관련한 과거를 회상하는 대목을 살펴보자.

> 廷瑞 李元綠이 중국에서 산『事文類聚』60책을 보내주었다. 내가 몹시 감격하고 기뻐하여 글을 써서 사례하였다. "내 책 없음을 생각하여, 나에게 책 가득한 상자를 주셨네. 길이 호의를 이어가리니, 어느 날엔들 잊으리오" 『문한류선』과『사문유취』두 가지 책은 우리 외조부이신 금남선생께서 소장하시던 것이었는데, 우리 선군께서 전해 받지 못한 것을 늘 한탄하셨다. 불초 희춘이 매양 선군의 마음을 채워드리지 못한 한이 있었는데, 올해 모두 다 갖추니 기쁨과 위로가 한량이 없다.[77]

미암은 해배 직후인 1568년 2월 11일 謝恩使의 書狀官으로 燕京에 가는 廷瑞 李元綠(1514~1574)에게『事文類聚』를 사달라고 청하여[78] 그해 9월

전체에 해당하는 정치적인 문제에서도 나타난다. 앞서 조광조를 신설하고 역대 사화를 정리하는 언급과 사업 등이 모두 이러한 과거 회상에 의한 것이었다. 그러나 여기서는 이처럼 정치적 사건 기록의 측면보다는 미암이 자신의 일상을 일기에 서술해가는 방식에 관해 집중하여 살펴보았다.

77)『미암일기초』제2책, 1568 무진년, 9.7, "李正寺正元綠廷瑞 以唐貿事文類聚六十冊見 遺 余感喜之極 以文爲謝曰 念我無書 錫我盈箱 永以爲好 何日忘之 文翰類選·事文類 聚二書 吾外祖錦南先生所儲 而我先君常以未得傳爲恨者也 孤希春每有未補先君之 恨 今年俱得完之 喜慰無量."

마침내 李元綠에게서 책을 모두 받았다. 이 책과 함께 『文翰類選』은 미암의 외조부인 금남 최부 선생이 가지고 있었던 것으로, 선군이 전하지 못한 것을 한스러워하였음을 떠올린 것이다. 미암도 풀어드리지 못하다가 이제 얻어 갖추게 되었다고 지난 일을 회상하며, 지금의 한없이 기쁜 마음을 시로써 표출한 것이다.

　미암은 해배되어 일기에 고향과 가족, 그리고 자신의 과거를 종종 떠올리며 회상하곤 하였다. 해배 직후인 1567년 11월부터 1568년 1월까지 고향에 내려와 성묘를 하러 다니던 중, 萬宿院을 지나며 신사년(1521) 가을 9월에 부친을 모시고 순천에서부터 이르러 이 원의 이름을 자신이 "萬人이 모두 와서 잔다 하여 만숙원이라 한다" 하였더니 부친이 칭찬하였던 일화를 떠올렸다.[79] 미암은 자신의 재능을 알아주고 칭찬해주었던 부친에 대한 기억을 떠올린 것이다. 그 후 미암은 선친의 일기를 발견했을 때 슬퍼하였고, 형 유성춘의 을해년 일기를 보고도 슬퍼하였다.[80] 부친과 형에 대해 그리움이 일어나는 기록이었기 때문이다. 4년 뒤인 1571년(신미) 2월에 전라감사에 제수되어 고향 해남에 내려와 머무는 기간 동안에도 미암은 과거를 회상하고 현재의 상태를 표현하며 자신의 정체성을 회복하는 기회를 가졌다. 고향에서 先君의 일기를 보고, 어렸을 때 미암이 통감을 읽으며 고금을 논설한 것이 남들보다 뛰어났다고 한 부친의 평을 회상하고, 또 해배되어 임금께 인정받은 일을 감격해하며 사언시를 지어 현재의 감회를 풀어놓았

---

78) 『미암일기초』 제1책, 1568 무진년, 2.11, "軍器正李元祿廷瑞 以謝恩使赴京 余請買事 文類聚."

79) 『미암일기초』 제1책, 1567 정묘년, 12.24, "至晩宿院 追思辛巳秋九月 陪先君自順天到 此 釋此院名曰 萬人皆來宿 故號曰 萬宿院 先君稱嘆."

80) 『미암일기초』 제1책, 1568 무진년, 1.7, "伏睹先君日記八冊 不勝悲感 ○見伯氏乙亥日 記 亦爲感愴."

다.[81]

미암이 전라감사에서 대사헌에 임명되어 서울로 올라가게 되었을 때는
기뻐하며 예전의 이와 관련한 일화를 죽 떠올리고 현재의 감회를 시로
지어 표현하였다. 미암이 18세이던 1530년, 대사헌의 존엄함을 읊어대자
노비 눌비가 "도련님은 이 벼슬을 원하나요?" 하였고, 해배되던 1567년
가을 집의가 되어 관서에서 공사를 보던 때는 잘못해서 대사헌의 아래에
서명해 매우 놀라고 부끄러워했던 기억을 떠올린다. 그리고는 "지금 생각해
보면 語讖이 아닌가!" 반문하고, 부인이 꿈에서 본 시 두 구를 기억하여
실어놓고 이에 감탄하며 자신도 小詩를 짓는다며 기쁨을 나타냈다.[82]

미암은 일기에 날씨를 기록하며 時事에 관해서도 표현하는 것으로 나타
나, 을사사화로 유배를 겪고 조정에 돌아온 자신의 신세를 회고하며, 氣候에
비유하여 다음과 같이 술회했다.

내가 乙巳年에서 甲子年까지 이십년간, 이 몸이 안개비 어둑어둑한
가운데 있었고, 乙丑年과 丙寅年에야 별과 달의 조금 작은 빛을 얼핏
보았다. 丁卯年 시월에야 해가 다시 환하게 밝은 것을 상쾌하게 바라보게
되었다.[83]

---

81) 『미암일기초』제6책, 1571 신미년, 5.22, "頃閱先君子日記 辛巳夏云 喜孫者始讀通鑑
一日之受 僅只二張 然時以其意 論古今人物 出人意表 今年又蒙上札 以爲卿前在經帷
論說古今 出人意表 不勝感激 蓋父奬與上許若合符節 此世間所稀 因成韻語云 幼荷父
奬 晩蒙君詔 論說古今 出人意表 ○更思則論說古今 出人意表二句當上."

82) 『미암일기초』제6책, 1571 신미년, 10.24, "昔在庚寅 屢誦大司憲之尊嚴 奴婢訥妃曰
都領 願此官乎 及戊辰秋爲執義 署公事時 誤花於大司憲之下 甚駭且愧 自今思之
豈非語讖 又夫人戊辰年夢見詩二句云 秋霜香國十分黃 春雨梨花不數光 此亦霜後金
珥金帶之徵也 因感歎成小詩云 庚寅曾誦中丞貴 執義還題大司憲 尤喜細君曾有夢
白梨黃菊入詩歌."

83) 『미암일기초』제4책, 1570 경오년, 4.25, "余自乙巳至甲子 二十年間 此身在霧雨晦冥

지난 세월과 미암이 겪은 일들을 떠올리며 그때의 상황을 기후에 비하여 표현하였다. 을사사화가 시작된 해부터 갑자년(1564)까지 꼭 20년의 상황은 사화에 얽혀 안개비를 맞고 있는 때로, 을축년(1565)에 문정왕후가 죽고 윤원형이 실각하면서 미암이 유배지 종성에서 은진으로 이배되던 때를 星月의 작은 빛을 본 것으로, 그리고 정묘년(1567)에 완전히 해배되면서 天日을 거듭 밝게 보았다며 상쾌한 기분을 나타내었다.

그 후 조정에서 정치적으로 을사사화에 대한 정리가 한창 이루어지던 시기에 과거를 회고하며, 그에 대한 자신의 소회도 기상의 변화에 비유하여 나타냈다.

> 士林의 화는 丁酉年에 서리를 밟았고, 乙巳年에 얼음이 얼었으며, 얼어붙기를 이십여 년이었다. 乙丑年에 이르러 비로소 점차 움직여 丁卯年에 이르러서야 녹았다. 庚午年에 이르러서는 완전히 사라졌다. 다만 옛 흔적으로 위훈이 아직도 삭제되지 않은 것이 있어서 한 점의 응달이 되고 있다고 하겠다.[84]

을사사화로 인해 이십 년을 유배로 보낸 미암은 그 전후로 겪은 사정을 서리가 얼었다 풀리는 과정에 비유하여 회고하였다. 정유년에 서리를 밟았다가 乙巳에 얼음으로, 을축을 거쳐 丁卯에 얼음이 녹았다고 하였다. 정묘년에 선조가 즉위하면서 유배되었던 사림들을 대거 해배시키고 등용하였으니 얼음이 녹는 듯 을사년의 화가 풀려났다고 한 것이다. 그러나 아직도 을사년

之中 乙丑丙寅稍見星月之小明 至丁卯十月 快睹天日之重明.”

84) 『미암일기초』 제6책, 1571 신미년, 1.7, “士林之禍 履霜於丁酉 凝氷於乙巳 爲凌爲凍者
二十餘年 至乙丑而始漸 至丁卯而乃泮 至庚午而消 舊痕只有僞勳尙未削 爲陰崖之一
點云.”

234

에 공훈을 받은 이들의 僞勳을 삭제하지 않은 것은 응달의 한 점으로
남아 있다고 비유하였다. 미암의 마음에서도 그늘진 채, 풀리지 않은 오점으
로 남아 있었을 것이다. 이러한 표현들은 기후에 대한 미암의 관심사가
반영된 것이라고 보인다.[85]

　고향에 내려가 조상의 묘를 돌본 미암은, 모목동 묘지에 성묘를 하러
가서 풍수 승 정안이 묘 앞에 못을 파는 것이 좋다는 설에 따라 못을
파는 일을 하면서도 과거를 떠올리고 현재의 감회를 드러내었다.[86] 전에
풍수 승이 기축, 경인 연간(중종 24년)에 이곳은 용과 호랑이가 돌고 기상이
매우 좋은데 부족한 것이 물일 따름이므로 만약 앞에 못을 파서 항상
저수를 한다면 복록이 멀지 않을 것이라 하였던 것이다.[87] 미암은 이제야
비로소 그 말을 따른다며, "사십 년 전 감탄하였더니 / 삼천리 밖에서
왔도다. / 못과 호수 이제 案이 되니 / 영세토록 복을 누리리라"고 시를
지었다.[88] 미암은 이듬해 해남과 순천에 판 못에 모두 물이 있다는 소식을
듣고는 기뻐하며 다음과 같이 표출하였다.[89]

---

85) 『미암일기』를 주 자료로 하여 古氣候에 관해 연구한 논문도 나와 있다. 김연옥,
　「古日記에 의한 古氣候 연구」, 『논총』 제58집, 이화여자대학교 韓國文化研究院,
　1990. 이에 대해 졸고, 「『眉巖日記』를 통해 본 16세기 중반의 날씨 기록과 표현」,
　『한국고전연구』 21집, 한국고전연구학회, 2010에서 기후와 기상(날씨)을 구분하여
　새롭게 다룬 바 있다.

86) 『미암일기초』 제1책, 1567 정묘년, 12.5, "祭畢 招風水僧靜安 使視墳前鑿池處 靜安以
　爲貪方 當鑿池二穴 余欲於明明日始役."; 같은 해, 12.7, "以墓前鑿池 乞人夫于諸處
　始役."

87) 『미암일기초』 제1책, 1567 정묘년, 12.12, "昔在己丑庚寅間 有善風水僧 到牟木洞墳山
　歎曰 此山龍虎回抱 氣像甚好 所欠者水耳 若鑿池於前 常爲瀦水 則福祿遐邇 到今始踐
　其言 仍作詩云云."

88) 『미암집』 권2, <牟木洞墓前鑿池>, "四十年前歎 三千里外來 池湖今作案 永世福胚
　胎." 이 시는 일기에는 생략되었다.

89) 『미암일기초』 제2책, 1568 무진년, 4.10, "聞海南順天所鑿池淵 皆有水 喜而成詩曰

菩提墓側曾儲水　　보리묘 곁에 물을 모아놓았고
深隱墳前又作湖　　深隱墳 앞에 또 호수를 만들었네.
池湖作案規模遠　　못 호수를 만들 계획은 원대하니
苗裔能知此意無　　후손들이 이 뜻을 알아주려나.90)

무덤 옆에 모아 놓은 물이 얼마 후 연못을 이루게 된 것을 보고 기뻐하였다. 후손들을 위하여 계획은 원대하게 세웠지만, 정작 후손들은 알아주지 않을 것이라 하였다.

그 후 미암이 고향에서 3대 추증의 소식을 듣고 감사하는 시를 지으면서 조상의 음덕이라 여기는 한편, 자신을 북쪽 바다의 看羊子라 표현하였다.91) 한나라의 蘇武가 흉노에게 잡혀 있던 세월도 미암이 유배지 종성에서 보낸 것과 같은 19년이었기에 그 억류된 세월의 공통점을 들어 말한 것이다. 미암은 또한 전라감사가 되어 호남을 돌며 지은 시에서도 자신을 海上에서 看羊한 지 19년이 되었다고 회고하였다.92) 유배를 산 사람이 그 세월에 '간양'하였다고 한 표현은 문인들에서 드물지 않게 볼 수 있는데, 미암 또한 이를 자신의 신세에 빗대어 표현한 것이다. 조상의 음덕으로 3대 추증이 이루어졌음을 기뻐하면서 비로소 자신도 객관적으로 바라볼 수 있게 되었을 때, 자신의 지난 과거를 정리하며 드러낸 것이다.

미암은 조정에서 벼슬을 재수 받는데 首望에 들었을 때도 과거의 경력을 떠올리며 자부심을 드러냈다. 응교를 한 것이 모두 네 번인데 한 번은

菩提墓側曾儲水 深隱墳前又作湖 池湖作案規模遠 苗裔能知此意無."
90) 『미암일기초』 제2책, 1568 무진년, 4.10 ;『미암집』 권2, <又吟>.
91) 『미암일기초』 제6책, 1571 신미년, 3.18, "感喜追贈三世 再賦小詩 (후략)."(본문 인용한 부분임) ;『미암집』 권2, <感追贈三世>.
92) 『미암집』 권2, <湖南雜詩> 중 여섯째 수, "海上看羊十九年 歸來城郭故依然 如今晝錦 遊鄕土 却愧人非魏國賢."

도중에 체직되었고, 대간이 된 것은 모두 세 번인데 체직이 되면 모두
응교가 되었다며, 세 번 응교가 되고 세 번 대간이 될 때마다 首望으로
뽑혔다고 스스로를 자랑스러워하였다.[93] 이처럼 벼슬과 관련해서 일기에
소회를 적는 한편 시로도 남겼는데, 1571년 전라도 관찰사가 되어 다시
나주 금성루를 찾아왔을 때 지난 젊은 날을 회상하며 다음과 같은 시를
지었다.[94]

少年較藝四登玆   젊은 날 재주 겨루러 여기 네 번 올라서
三度倫魁飮守卮   세 차례 장원하여 원님의 잔을 마셨네.
如今杖節重來日   이제 왕명 모시고 다시 온 날
城郭依然似舊時   성곽은 여전히 예전과 같구나.[95]

미암은 자신이 젊을 때 금성루에 올랐던 화려한 과거를 추억하였다.
네 번 올랐다가 세 번 으뜸하였다는 것은, 21세 때 나주목사가 실시한
도회시취에서 <繩墨賦>로 次上을 하여 합격하고, 이 고을 향교에 거하며
다시 금성루에 올라 賦를 지어 연달아 장원을 했으며, 23세(1535)에 도회시취
에서 <棄繻賦>로 장원한 일을 말한다.[96] 그리고는 해배되어 왕명을 모시고

---

93) 『미암일기초』 제2책, 1568 무진년, 7.26, "余之應敎 凡四度 一度則在道中而遞 爲臺諫
凡三度 而其遞也 皆爲應敎 凡三爲應敎 三爲臺諫 首首望也."

94) 『미암일기초』 제6책, 1571 신미년, 5.25, "追憶癸巳年五月望日 都會試取時 余登斯樓
作繩墨賦 以次上參榜 因居接于此州之校 又再登斯樓 作賦連居魁 乙未五月望 復觀
都會試取 又以棄繻賦居魁 儒生時 四登此樓 今追戱而作小詩云 右羅州錦城樓 少年
較藝四登玆 三度倫魁飮守卮 如今杖節重來日 城郭依然似舊時."

95) 『미암집』 권2, <湖南雜詩> 중 13수 '右羅州錦城樓.'

96) 『미암일기초』 제6책, 1571 신미년, 5.25, "追憶癸巳年五月望日 都會試取時 余登斯樓
作繩墨賦 以次上參榜 因居接于此州之校 又再登斯樓 作賦連居魁 乙未五月望 復觀
都會試取 又以棄繻賦居魁 儒生時 四登此樓 今追戱而作小詩云 右羅州錦城樓 少年

다시 돌아와 의기양양한 소회를 드러내었다.

그러다 미암이 전라감사에서 다시 대사헌으로 임명되어 조정으로 돌아가게 되어 도중에 무장지역을 들렀는데, 그곳 사람들이 德을 보려고 사정을 늘어놓자 자신이 일찍이 그 고을 수령이 되어 그러한 것이라 이해하며, 지난 기억을 떠올렸다. 무장은 先兄이 18세에 '劍閣賦'를 지어 東堂試 壯元이 되었던 지역이고, 미암이 1543년(계묘)에 무장현감이 되어 어머니를 모셔와 봉양을 하였던 곳이다. 그러다 을사년에 홍문관 수찬의 서장을 받았는데, 이제 또 대사헌으로 부름을 받은 곳이니 인연이 있다고 회상하였다.[97] 과거와 유사한 상황에 처해 회상하게 하는 이러한 공간에서, 미암은 현재의 마음도 잡아갈 수 있었으리라 여겨진다.

미암이 오랜 유배기를 겪고 다시 조정에 돌아온 감회를 표현할 때 문장으로 다하지 못한 부분은 시를 삽입하여 풀어냈는데, 경연에 처음 朝講하기 전날 밤에는 잠을 못 이뤄 늦게까지 깨어 있다가 유우석의 시를 模擬하여 풀어놓은 시가 그러하다.

南溟北海凄涼地	남명과 북해 처량한 땅에
二十三年棄置身	이십 삼년 동안 버려진 몸
懷舊空吟聞笛賦	옛 친구 그리며 부질없이 문적부 읊조리고
到鄕翻似爛柯人	고향에 돌아와도 되려 도끼자루 썩힌 신선 같네
沈舟縱見千帆過	가라앉은 배도 천 척 돛대 지나는 걸 보고
病樹猶含一點春	병든 나무도 오히려 한 점 봄을 머금었다네.
今夜聞鐘長樂畔	오늘 밤 대궐 옆에서 종소리를 들으니

較藝四登妓 三度倫魁飮守卮 如今杖節重來日 城郭依然似舊時."

97) 『미암일기초』 제6책, 1571 신미년, 10.17, "茂長一邑 先兄年十八 以劍閣賦爲東堂壯元 余年二十五 以疑心二下爲生員試壯元 癸卯 爲縣監 奉萱堂來享專城之養 乙巳夏 以弘文館修撰 受有旨書狀 今又受大司憲 陞品淸選之召 可謂有因緣矣."

不憑杯酒暢精神　　술잔에 의지하지 않아도 정신이 화창하다.98)

　이 시 제목인 <效劉中山詩>에서 유중산은 唐 시인 유우석으로, 그의 原詩는 <酬樂天揚州初逢席上見贈>(양주에서 오랜만에 낙천을 만나)이다.99) 유우석은 34세에 좌천되어 낭주, 연주, 기주, 화주 등을 떠돌아다녔고 조정을 떠나 23년간 있다가 54세에 돌아왔는데, 그것은 미암이 35세에 남쪽 제주도에서 북쪽 종성으로 귀양 갔다 19년을 보내고 54세에 조정에 등용된 사정과 비슷하다. 유우석이 억울하게 죽은 옛 친구들을 떠올리며 문적부를 읊조리다 고향에 돌아오니 자신의 신세가 낯설기만 한데, 이러한 정회는 미암도 같이 느끼고 있던 것일 것이다. 그래서 자신을 가라앉은 배에 비유하고 그 옆으로 돛단배가 지나가는 것처럼 많은 이들은 기운차게 가는 것을 느끼는데, 병든 나무와 같은 자신은 봄을 머금었다며 소생의 희망을 보였다. 原詩에서는 이와 달리 병든 나무 그 앞에 온갖 나무들이 봄맞이가 한창이라 하여, 자신과 그 주변을 대조적으로 표현해 자신이 더욱 소외되게 그리고, 마지막에서도 낙천의 노래 소리 들으며 술잔에 비겨 기운을 내야겠다고 하는데, 미암의 시는 대궐 옆에서 치는 종소리를 들으니 술잔에 기대지 않아도 정신이 맑다고 하였다. 미암이 유배에서 돌아와 주위가 낯설고 다른 이들이 힘차 보이기는 하나, 병든 나무와 같은 자신에게도 봄이 찾아와 소생하게 되었다며 得意한 상태의 기분을 그대로 드러냈다면, 유우석은 그러한 상황과는 대조적인 위치에서 자신을 그려낸 차이가 있다.

---

98) 『미암일기초』 제1책, 1567 정묘년, 11.4 ; 권2, <效劉中山詩七言律詩> 丁卯以後.

99) 유우석 저, 『유우석 詩選』, 유성준 편저, 문이재, 2002, p.96, <酬樂天揚州初逢席上見贈>, "巴山楚水淒涼地 二十三年棄置身 懷舊空吟聞笛賦 到鄕飜似爛柯人 沈舟側畔 千帆過 病樹前頭萬木春 今日聽君歌一曲 暫憑杯酒長精神."

미암은 조정에서 다시 만난 벗들과 함께 그 회포를 풀고 기쁨을 나누면서
도 자신의 지난날을 되살려 추억하고 현재의 감회를 시로써 표현했다.

  禮를 마친 뒤, 동료인 典翰 閔叔道와 副應敎 李仲久를 옥당에서 만나
  함께 대청 소루에서 놀았다. 계묘년 3월, 처음 옥당에 들어왔을 때 일찍이
  놀았던 곳이다. 을사년 유월엔 경복궁의 홍문관에서 일했는데, 높고 밝고
  상쾌하기가 경복궁의 옥당보다 나았다. (중략) 돈례문 남쪽은 이 궁의
  경연청이다. 옛 자취가 그대로였다. 밤에 閔·李와 더불어 베개를 나란히
  하고 입으로 小詩를 지어 불렀다. "이십년 전 남북의 客이 / 어찌 밤에
  침상 마주하고 잘 줄 어찌 알았으랴. / 흰 머리 丹心은 옛 그대로인데
  / 입은 은덕, 하늘의 은혜 어찌 갚을까?"[100]

  미암의 동료인 민숙도는 민기문, 이중구는 이담이다. 이 친구들과 유배
가기 전 처음 일했던 옥당의 공간을 다시 찾아와 예전 기억을 떠올리며
이것저것을 회상하였다. 이어서 小詩를 지어 부르며 유배에서 돌아와 다시
옥당에서 만난 벗들과의 재회를 감격해하고, 이 은혜를 성상께 어찌 다
갚을까 토로하였다. 을사사화로 함께 유배를 다녀와 같은 경험을 한 민기문,
이담과 깊이 회포를 나눌 수 있었던 것이다. 여기서 미암이 다시 돌아온
공간에 대해 느끼는 편안함과 감사함, 그리고 과거의 기억과 현재의 소감이
생생하게 전달되고 있다. 그 후 미암은 장서각에서 나오다가 투호 놀이하는
것을 보고 예전에 자신이 인종의 세자시강원 설서 시절에 하던 기억을

---

100)『미암일기초』제2책, 1568 무진년, 5.29, "禮畢 同僚典翰閔叔道, 副應敎李仲久在玉堂
    相邀 同遊大廳小樓 乃癸卯三月初入玉堂時所曾遊處也 乙巳六月則仕于景福宮弘文
    館矣 高朗爽塏 勝於景福宮之玉堂矣 (중략) 敦禮門南 即此宮之經筵廳也 舊跡依然
    夜與閔李聯枕 口占少詩云 二十年前南北客 那知今夜對床眠 白頭依舊丹心在 荷德如
    何報昊天."

떠올리며 감개해했다.101)

　오랜 유배기를 보내고 다시 성균관에 돌아온 미암의 감격은 <重到太學>
이라는 시에서도 표현되었다. 미암은 정유년 가을에 생원으로 잠시 이곳에
서 노닐다가 권지학유로 免新되었는데, 기해년 12월에 학유로 다시 왔다.
그리고 신축년 6월 검열에 옮겨져 그 후에는 다시 오지 못했다가 이제
28년 뒤(무진년)에 거듭 오게 되었음을 천행으로 여긴다고 풀어놓았다.102)
그리하여 한번 떠난 지 28년인데 소나무와 잣나무만은 옛날과 같이 그대로
인 것을 보고 시를 지었다.

　　一別芹宮四七年　　한번 근궁을 떠난 지 이십팔 년
　　重來松柏故依然　　다시 오니 송백은 예대로구나.
　　風霜萬變猶强項　　풍상에 만변하여도 오히려 굳세었으니
　　正性從來受自天　　바른 성품은 본래 하늘로부터 받은 것이라네.103)

　芹宮은 『詩經』「魯頌」에 나오는 말로,104) 후에 '학교'와 같은 뜻으로
쓰였는데 여기서는 미암이 다시 돌아온 성균관을 가리킨다. 겉으로는 자신
이 다시 돌아오게 된 것을 천행으로 여긴다 하였지만, 송백이 가진 변치
않는 지조를 떠올리며 그 근원을 正性이라는 하늘로부터 받은 바른 품성에

101) 『미암일기초』 제4책, 1570 경오년, 6.22, "是日 出藏書閣春坊投壺 余復投之 乃昔在壬
　　寅說書, 司書時所投者也 見之感慨."

102) 『미암일기초』 제2책, 1568 무진년, 6.24, "昨夕 口占重到太學詩云云 蓋余丁酉秋
　　以生員暫遊芹宮 戊戌年 以權知學諭 免新於館 己亥十二月 以學諭入來 至辛丑六月
　　遷于檢閱 其後不復到館 今則重遊於二十八年之後 故尤以爲天幸焉."

103) 『미암집』 권2, <重到太學>.

104) 『詩經』, 「魯頌」, <泮水>, "思樂泮水 薄采其芹 朱熹集傳泮水 泮宮之水也 諸侯之學
　　鄕射之宮 謂之泮宮."

서 찾아, 미암 스스로에게도 정당성을 부여하였던 것이다.

　이처럼 미암은 선군이 가지고 싶어 하던 책을 받게 되었을 때나, 전라감사가 되어 지방관으로 고향을 다시 찾아 나주 금성루에 올랐을 때, 그리고 조정에 돌아와 전에 일하던 옥당에서 옛 친구들과 함께 시간을 보낼 때, 현재의 감회를 드러내면서 지난 과거를 회상하여 더욱 실감나게 전달하였다. 미암이 현재의 소회를 표출하면서 지난 과거에 대한 回想을 교차하는 방식을 취함으로써, 士禍로 인해 유배를 가면서 희생되었던 자존감에 대한 실천적 복구와, 유배로 인해 떨어졌던 고향과 가족, 지인에 대한 육체적 정신적 관계의 회복 작업과 동시에 자신의 정체성을 되찾게 해주고 과거의 정리를 가능하게 하였을 것으로 보인다. 그리하여 해배 후 미암의 내면세계를 정리하고 드러내는 데 효과적인 서술 방식이 될 수 있었던 것이다.

B. 『미암일기』의 일기문학적 의의

1. 文集의 草稿로서 기능

　미암의 일기에는 간혹 시문이 삽입되어 있는 경우가 있다. 이때 문집인 『미암집』에 없는 시문이 들어 있을 때도 있고, 반대로 『미암집』에는 있지만 일기에는 수록되어 있지 않은 시문 작품도 있다. 이를 통해 미암의 일기 또한 18세기 일기인 황윤석의 『이재난고』와 같이 처음에는 문집의 초고로 작성되었으리라는 추정이 가능하다.[105] 미암이 일기를 기록하면서 삽입한

---

105) 이종묵, 「황윤석의 문학과 『이재난고』의 문학적 가치」, 『조선 지식인의 생활사』, 한국학중앙연구원, 2007, pp.100~132. 저자는 『이재난고』가 문집인 『이재유고』의 초고본으로서, 문집에서 公刊될 때 남는 글과 사라지는 글을 살필 수 있는 점에서 자료적 가치가 크다고 밝혔다. 여기서 『이재유고』에 실리지 않은 작품들은 첫째,

242

시문은 후대『미암집』을 편찬한 편자에 의해 일정 부분 추려져 활용되었을 것이다.

일기에 삽입된 시문은 문집에 실린 시문보다 양적으로 훨씬 많은데, 이를 분류하여 제시해보면 다음과 같다. 첫째, 書簡 중에서 아들, 부인, 누이, 사위 등 가족들과 주고받은 짧은 내용의 편지들, 특히 報告의 성격을 지니는 경우와 이방주, 윤항, 기대승, 박순 등 친인척이나 동향인의 편지도 문집에 수록되지 않고 일기에만 기록되어 있다. 부인과 아들의 편지는 편지라기보다 담양의 집과 행사에 대한 報告의 성격이 강할 때가 많다. 앞에서 살펴본 바와 같이 아들이『주자대전』의 운송 방법을 보고한 편지글도 그러한 예이다.106) 또한 담양에서 부인이 보낸 편지 가운데 손자 광문의 혼사에 집에서 마련해준 물품 목록이 나열되어 있는 것을 볼 수 있다. 편지에 적힌 내용을 통해 당시 婚禮 때 남자 집에서 필요한 물품이 어떠한 것이었는지는 상세히 알 수 있지만, 문학 작품으로서는 취급되기 어려운 내용임을 확인할 수 있다. 또 허엽이 미암을 위해 보내준 짧은 편지 등도 문집에는 실려 있지 않다. 그리고 미암 자신이 지은 시문뿐 아니라, 미암에게 시문을 보낸 이들의 작품도 모두 실어놓아 그 양이 훨씬 많다. 미암과 교류한 이들의 작품을 살펴볼 수도 있다는 점에서 더욱 폭넓은 초고의 기능을 하는 것이다. 이 중 동향인과 주고받은 편지 몇 작품만이 문집에 수록되었고, 부인과의 편지는『미암일기초』부록에 실려 있다.

정치적으로 민감한 작품, 둘째, 당대인의 기준으로 볼 때 비리하다고 판단된 작품-한문이 아닌 한글로 표기된 국문시가-, 셋째, 형식적으로 잡체로 된 담박한 생활시도 상당수 산삭되었다고 파악하였다.

106)『미암일기초』제8책, 1573 계유년 9.19, "景濂 九月九日 自潭陽送書 來書云 (중략) 八月二十日 男與光雯 留一日 搜出朱全若干卷 分入二籠 堅封上送矣 直送天安 令轉送云."

둘째, 시조 세 수, 곧 <獻芹歌>·<感上恩歌>, 그리고 '제목 미상'의
작품 등으로, 국문으로 지은 작품도 일기에만 수록되어 있다. <헌근가>는
完山 鎭安樓에서 朴淳과 즐기며 지은 시조이고, <감상은가>는『헌근록』을
진상하고 나서 돌아오는 길에 지은 시이며, '제목 미상'의 작품은 선조가
하사한 술을 받아 마시고 大醉하여 지은 작품이라고 일기에 배경이 전한
다.107) 국문시가를 비롯해 국문으로 지어진 작품이 문집에 실리지 않고
일기에만 실린 사정은 여러 예를 통해 확인할 수 있다. 미암 당대 쓰여진
이문건의『묵재일기』에는「왕시전」,「왕시봉전」,「비군전」등의 창작국문
소설과「주생전」의 국문본이 실려 있음을 발견할 수 있다.108) 그리고 18세기
황윤석의『이재난고』에 실린 국문시가는 문집인『이재유고』에서 빠진
것을 볼 수 있다.109)

　셋째, 기생을 노래한 시 또한 일기에만 실려 있다.

　平生所賞花　평생 감상한 꽃은
　不出金和玉　金과 玉을 벗어나지 않았네.
　玉色雖堪玩　옥색이 비록 완상하기엔 낫지만
　黃香入心曲　黃香이 마음속에 들어오는구나.110)

　미암이 기생을 노래한 위 시는 문집에는 남아 있지 않고 일기에만 실려
있다. 이 시의 앞 두 구에서는 기생을 떠올린 것으로 보인다. 위 시에

107)『미암일기초』제5책, 1570 경오년, 11.2 ; 제6책, 1571 신미년, 6.10 ; 제9책, 1574 갑술년, 11.11.
108) 이복규,「「설공찬전」·「주생전」국문본 등 새로 발굴한 5종의 국문표기소설 연구」,『고소설연구』제6집, 한국고소설학회, 1998, pp.41~42.
109) 이종묵, 앞의 책, 2007, pp.123~127.
110)『미암일기초』제6책, 1571, 7.10, 기록 중.

이어 일기에는 "金은 辛巳金과 堤上金을 이른다"[111]라고 설명이 붙어 있다. 그러나 이외에 이 시가 어떠한 배경에서 지어진 것인지는 일기 전후를 살펴보아도 보이지 않는다. 다만 이 시를 기록한 날이 國忌日이라, 蘇世儉 (1483~1573)을 만나 기뻤는데도 술을 내지 않았다[112]고 하여, 술자리를 열었거나 기녀들과 함께 하는 일은 없었음을 알려준다. 그렇다면 미암이 이전에 기녀를 만난 기억을 떠올리며 이 시의 처음을 열어갔으리라 추정된다.

그러나 뒤의 두 구에서는 미암이 다시 자신에게 돌아오고 있는 과정을 보여준다. 黃香은 후한 때 孝子로도 유명하지만, 전적을 많이 읽고 문장을 잘 지어 '天下無雙江夏黃童'이라 불리다 후에 황동이 史官을 지칭하는 말로 쓰이기도 한 인물이다. 여기서는 미암이 마지막 구에서 '황향이 마음속에 들어온다'고 인용하여 책을 좋아하는 자신을 환기시키는 역할을 하였다. 미암이 덕봉에게 여색을 멀리하였다는 편지를 보내고 난 뒤 이전에 기생과 노닐던 일도 멀리한 채 황향과 같이 책 읽고 글쓰기 좋아하는 자신에게로 돌아왔음을 시를 지어 전한 것이다.

넷째, 꿈에서 부인이 지은 시 두 구[113]와 이에 차운한 미암의 시 두 구와 같이, 완결된 작품으로 이루어지지 못한 경우도 일기에는 남아 있으나 문집에서는 제외되었다.

미암의 일기 기록은 일기에 삽입된 시문의 小序의 역할을 하여 시문이 삽입된 배경을 설명한다. 이렇듯 구체적으로 작품이 지어진 배경을 소개하

---

111) 『미암일기초』 제6책, 1571, 7.10, "金, 謂辛巳金堤上金也."

112) 『미암일기초』 제6책, 1571, 7.10, "國忌, 朝詣鄉校謁聖, 遂詣蘇同知世儉宅, 相迎喜甚. (중략) 以國忌不設酌."

113) 『미암일기초』 제6책, 1571 신미년, 10.15, "夫人去歲夢見詩二句云 秋霜香國十分黃 春雨梨花不數光 至是始驗."

면서 미암은 현재 소회를 풀어내는 과정을 분명히 보여주고 있다. 예를 들어 『미암집』 권2에 수록된 <燈下小詩>라는 시의 경우, 일기에 "어젯밤 등불 아래서 小詩를 얻었다"114)라고 동기를 밝히고 시 전문을 실어놓았다. 여기서 시가 지어진 배경을 알려줄 뿐만 아니라, 미암이 시 창작을 자신의 현재 심회를 읊는 것으로 이루었음을 보여준다. 비슷한 예로 권2에 수록된 <登羅州臨溪臺 憶昔年與圭庵同登>이라는 시는 미암이 호남 관찰사가 되어 호남의 여러 명소를 돌아다니던 1571년 8월, "아침에 일찍 일어나 서북 임계대에 이르렀다. 계묘년 여름 규암 송인수와 함께 노닐며 시를 새긴 것을 보니 옛 자취가 삼연하였다. 이에 차운하였다"115)라는 배경이 일기에 기록되어 있다. 계묘년은 미암이 31살 되던 1543년으로, 이 시는 그 당시를 회상하며 읊은 것이다. 일기에는 이처럼 시가 지어진 배경과 감회가 제시되어 있고, 시에서 본격적으로 소회를 풀어내는데, 그때 지어진 시만 문집에 올라간 것이다.

또 일기는 원래 작품에서 사용한 시어의 의미와 이유를 설명하기도 한다. <與愼正言喜男誦蘿葍先生韻>116)에는 마지막 구에 '三世'라는 시어가 나오는데 그 이유를 일기에, "내가 신희남의 선인인 부장 신우장과 사귀었고, 또 내가 그와 사귀었고, 또 그 아들 언경을 보았기 때문이다"라고 밝히고 있는 것이 그 예이다.

반면, 미암의 일기에는 작품이 없지만, 문집에 들어있는 작품의 경우는 그 작품이 지어진 전후 배경에 대해 일기 기록을 통해 추정이 가능한

246

면이 있다. 율곡 이이에 대해 미암이 성혼에게 답한 편지에서 그 학문에
찬탄한 뜻을 밝힌 대목을 살펴보겠다.

삼가 받들어 보답하오니 사의가 정중하여 느꺼움을 이기지 못하겠나이
다. 보내주신『대학』은 몸소 스스로 베끼고 곧바로 돌려드리겠습니다.
이공의 학문의 정수에 탄복한 지 오래되었습니다. 이 가운데 황귤은 남향으
로부터 온 것인데, 세 개를 올리니, 이 또한 책을 돌려줄 때 술 한 병
보내는 뜻입니다. 오직 더욱 밝게 헤아리시기를 삼가 절하여 아룁니다.

미암 선생이 우계 선생에게 답한 서간은「坡山舊帖書」가운데 실려
있다. 이른 바 이공은 율곡 선생을 가리킨다. 미암 선생은 박문대업하여
일대 종사가 되었는데도, 거듭 편집하고 베끼는 공이 저물녘에 이르러서도
끝나지 않았던 것을 보니 그 부지런히 학문하는 精義가 이와 같음이
있었다. 그러므로 그 성취하는 공부가 어찌 오로지 총명하고 억지로 외운
것으로써 얻은 것이리오. 이 때문에 세 번 반복하고 흠탄하여 그치지
않고, 공경히 한 통을 베껴 여러 벗에게 바치니 서로 더불어 體認服膺의
바탕으로 삼고자 한다. 이에 절구 한 수를 기록한다.
황귤 삼매로 한 단지 술을 대신하니 / 예전에 어진 풍모와 범절이 이와
같음이 있었다. / 세상을 빛낼 사문에서 仁을 가까이 하는 契를 / 우리
양가 사람들이 어찌 감히 모르랴. 숭정 유조돈상부지남지 파평 윤선거.[117]

위는 미암이 우계 성혼에게 답한 편지이고, 아래는 미암의 위 편지가

<hr>

117) 『미암집』권3, <答成持平渾書>, "謹承垂報 詞意鄭重 不勝感慰 所送大學 躬自謄抄
因卽還上 李公學問之精 服之久矣 此中黃橘 來自南鄕 三枚汗上 是亦還書一甁之意也
惟照亮 謹拜白 / 眉巖先生答牛溪先生書牘 載在坡山舊帖書中 所謂李公 乃指栗谷先生
也 眉巖先生博文大業 爲一代所宗師 而觀此曾編謄抄之功 至于暮境而不輟 其勤學精
義 有如是者 則其所成就功夫 豈專以聰明强記而得之哉 爲之三復 欽歎不已 敬寫一通
奉我諸益 以爲相與體認服膺之地 仍占一絶以識之云爾 黃橘三枚代一甁 昔賢風範有
如斯 斯文赫世親仁契 吾兩家人敢不知 崇禎柔兆敦牂復之南至 坡平尹宣擧."

파평 윤씨의 옛 서간집에 실려 있다며 윤선거가 알린 글이다. 미암이 우계의
사의가 정중함에 먼저 느낌을 전하고, 태학에서 전해 받은 책을 베끼고
돌아와 율곡의 학문에 대해 매우 찬탄하는 뜻을 말하였다. 그 책이 아마도
율곡과 관련된 책인 듯하다. 다음에 이어지는 윤선거의 글에서는 미암이
학문하는 태도가 얼마나 정성스러운지에 대해 드러나 있다. 미암이 박문대
업하여 일대에 종사하는 바가 되었는데, 그것이 단지 쉽게 얻은 것이 아니고
공을 들이고 부지런히 한 결과였음을 알리고 있다.

　이 편지글을 이해하는 데 미암의 일기가 참고가 된다. 미암은 이이와
경연관으로 함께 入侍를 준비하며 이이가 미암에게 질문하고, 강론 때에
그것을 따랐던 데에 미암이 흡족해한 내용을 일기 곳곳에 기록해놓았다.
그리고는 경연에서 미암이 經書에 토석을 달 때 이황의 설을 참고로 하겠다
고 하고서, 덧붙여 이이의 설도 언급하였다. "이이의 『대학토석』은 신이
일찍이 이이와 함께 옥당에 있으면서 『대학』을 강설할 때 말이 합하는
것이 많았으니 이 또한 취하여 오겠습니다"[118]라고 한 것이다. 이 기록으로
보건대 위의 편지는 이러한 경연에서의 언급보다 이전의 일임을 추측할
수 있다. 이렇게 미암이 이이와 교유한 사례를 일기를 통해 알 수 있기에,
이이에 대해 학문적으로 존경을 표현한 위 편지가 더욱 이해되는 것이다.
이러한 사소하나마 구체적인 일들을 모두 일기에 기록하여서 현재 전하는
것이 『미암일기』인 것이다. 그리고 이러한 기록을 바탕으로 하여 문집의
초고 역할을 했을 것이라는 점에서 가치를 지닌다.

---

118) 『미암일기초』 제9책, 1574 갑술년, 10.25, "又曰 東 方自古未有咀嚼經訓 沈潛反覆乎朱
子文語如李滉者也 臣謫居時 用十年之功 硏窮四書 有所論說 及見李滉之說 相合者十
之七八 滉之經說 甚爲精密 雖或千慮之一失 然不害其爲得處之多也 又李珥有大學吐
釋 臣曾與珥在玉堂 說及大學 語多契合 以此今亦將取來 大槪臣立朝之日 欲博問廣取
俟退休閒暇 斟酌從長 每成一書 輒當送獻 但折衷甚難."

2. 公·私 日記의 성격 공유

『미암일기』의 문학사적 의의는 무엇보다도 그 기록의 정신에 있다고
할 수 있다. 임진왜란 이후 소실된 역사 자료를 대신할 정도로 상세하게
기록된『미암일기』는 그것만으로도 역사적 의의와 함께 기록자에 대한
관심을 불러일으키게 하는 것이다. 송재용은 이러한 미암의 일기가 가지는
사료적 가치에 대해, 임란으로 소실된 史草를 보완하여『선조실록』을 편찬
할 때 주로 활용되었다는 점에서 큰 의의를 가진다고 밝힌 바 있다.119)
본서는 이러한 기존의 성과를 수용하여, 미암이 호남사림이자 당시 을사사
림으로서 사화와 관련하여 기록을 남긴 점에서 그 공적인 영역의 기록
면에 의의를 부여하고자 한다.

한편으로『미암일기』는 미암 개인의 사적인 생활도 기록하고 있다는
점에서 이후 조선 후기에 활발히 나오는 사일기와 연계성을 가진다. 이러한
점은 조선 중기에 쓰여진 일기로서『미암일기』가 조정과 국가의 大事의
기록을 보완하는 '外史'라고 할 수 있지만, 이미 일상생활 그 자체도 기록의
주요한 대상으로 삼기 시작하였다는 데서 의의를 가지는 것이다.120)

미암은 오랜 유배기를 거치고 해배되어 일기를 통해 일상의 삶을 영위하
는 당대 한 생활인으로서 다양한 현실적인 기록을 남겼다. 자신의 일상생활
을 그려내고 있다는 것, 이것이 당시 산문문학 가운데 단순히 여항에서
떠도는 이야기의 見聞이나 詩話 등을 기록하여 남긴 글들과 가장 큰 차이를
가져오는 점일 것이다. 또한 특별히 어디를 다녀오거나 진기한 경험을
했던 것만을 바탕으로 하지 않고, 일상의 삶 사이에 존재하는 작은 것들,

---

119) 송재용,「『미암일기』의 서지와 사료적 가치」,『퇴계학연구』제12집, 단국대 퇴계학
　　　연구소, 1998, p.137.

120) 심경호,『한문산문의 내면 풍경』, 소명출판, 2003(수정 증보판), p.175.

지나는 길에 지나칠 만한 광경이나 경험까지도 놓치지 않고 기록하여 당시의 실정을 상세히 알 수 있게 한 것이다.

미암은 16세기 당시 사대부로서 새벽부터 일어나서 자기 전까지 겪은 일상생활의 모든 면을 구체적으로 기록하여 남겨놓았다. 날씨와 꿈 얘기부터 시작하여, 그날 조정에서 있었던 일과 만난 사람들, 집에 드나든 지인들과 식구들, 또 받은 물품, 준 물품, 기일과 시제 등의 제사 기록, 단오나 중양절 같은 세시풍속에 치른 일들, 고향에 집을 짓고 조상의 묘를 돌보는 데 든 물품 조달과 일꾼들, 고향에서 조정으로 또는 조정에서 고향으로 오가는 여정에서의 일들 등 그날그날의 바쁜 하루 일정이 고스란히 담겨 있는 것이다. 그뿐 아니라 의복과 음식, 건강과 병세 등을 꼼꼼히 기록하였고, 독서한 도서의 목록과 교정 기록을 남기고 저서의 저술 경위까지 기록한 것이다.

그런데 이처럼 일상의 일을 기록한 데서도 그것이 단지 사적인 성격만을 지니지 않고 半公半私的인 성격을 지님을 발견할 수 있다. 물론 「경연일기」에서 미암은 전적으로 공적인 영역의 일을 기록하였다. 조정에서 성학을 전개하며 임금에게 요구되는 사항을 이상적으로 추구하면서도 현실적으로 가능한 선상에서 주장하고 주자학적 학문에 도움이 되는 저서들을 저술하고, 경험에 입각하여 경세의식을 피력하는 한편, 사화의 정리 작업으로서 『국조유선록』을 완성하고 사림의 후손들에게 관심을 가지며 추숭하는 등, 사화 후 기록을 통해 취하고자 한 태도의 방향을 보여준 것이다. 그러나 공적인 영역을 떠나와 사적인 생활을 기록한 부분에서도 미암 자신이 겪은 인물이나 사건, 일상에서 교류한 내용을 담고 있는데, 이는 공과 사를 엄밀히 구분하기 어려운 경계에 있는 것이다.

미암이 겪은 을사사화 이후로 사화는 더 이상 발생하지 않지만, 미암

250

사후 15년 뒤에 일어난 임진왜란으로 인하여 이를 체험하고 소재로 쓴 일기가 조선 후기에 상당히 많이 나오게 된다. 이 일기들은 전대의 公日記에서 벗어나 私日記의 성격을 지니는 의의가 있다. 이우경이 지적한 대로, 조선 후기 전쟁일기의 대표적인 작품으로, 조경남의 『난중잡록』은 국가와 민족적 차원에서 거시적으로 전쟁 상황을 보고 있고, 이순신의 『난중일기』는 국가의 위기 상황과 자신의 희생적인 삶을 동시에 보고 있어 개인의 영역으로 보다 확산되어 있으며, 전쟁으로 인해 포로 생활을 했던 정희득의 『해상일록』은 수난의 한 실상을 보여주고 그 한을 극복하는 과정을 표현하고 있는데, 이들 작품에 공적 일기의 성격에서 사적 일기로 전화되는 과정이 나타나는 것이다. 그러나 사일기의 서술방법은 그 주관성의 개입 여하에 따라 객관적인 태도와 주관적인 태도로 나누어진다고 다시 세분하였다. 여기서 주관성이 배제된 實錄型은 사실에 치중하고, 日記文學型은 주관성에 의해 작자의 인식을 내포하고 있다고 보았다.121) 미암의 일기는 이러한 사일기가 실록형과 일기문학형 일기로 세분화되기 이전, 두 가지 성격을 공유하고 있는 형태라는 점에서 그 문학사적 위상을 차지한다. 그리고 임란과 병란 이후 나오는 『쇄미록』과 『병자일기』와 같이 전쟁을 경험하면서 그 일상의 생활을 함께 기록한 일기에서는 이미 주관성에 의한 일기문학형이 더욱 강하게 나타나는 것이다. 이는 조선 후기 18세기에 황윤석의 『이재난고』에서 일상과 언어·문학·사상·정치·경제·예술·과학 등 다양한 문화 양상을 기록으로 남긴 것이나, 유만주가 『흠영』에서 자기 고백을 기록한 것 등으로 맥이 이어져 나타났다.

서양에서도 일기는 17세기 말과 18세기 사적인 글쓰기의 기본적인 양식으로서 형태가 뚜렷이 구분되어, 회고록과 가정일지로 나뉘었다. 여기서

---

121) 이우경, 앞의 논문, 1989, p.31.

회고록은 역사가나 정치적 사건의 목격자로서 공적인 인물들이 남긴 개인
적인 글쓰기로 쓰였고, 가정일지는 가장이나 상인들이 모든 비용을 정확하
게 기록하고 파악하기 위해서 수입과 수출을 기록한 장부로 쓰였다.[122]
16세기 조선에서 쓰인 미암의 일기문학 또한 사화라는 역사적 사건을
겪은 사림 문인이 기록을 남겼다는 점, 그리고 가장으로 일상에서의 물품
수증을 세밀하게 기록하였다는 면에서, 서양의 회고록과 가정일지의 성격
을 포함하고 있다고 볼 수 있을 것이다.

---

122) 필립 아리에스·조르주 뒤비, 『사생활의 역사』 제3권, 새물결, 2002, p.424.

V. 결론

본서는 지금까지 미암 유희춘의 일기문학을 살펴보고, 그 문학사적인 의의를 밝혀보고자 하였다. 16세기 당대 일기 대부분이 단순한 견문의 공적 기록으로 시발되던 시기에, 미암이 남긴 『미암일기』는 사화를 겪고 난 작가가 사림으로서 의식을 드러내며 일상의 체험까지 상세히 담아 작가의 개성적 면모를 드러낸 일기문학이다. 이에 본문에서 『미암일기』의 저술 배경과 작품 세계, 그리고 특성과 의의를 살펴본 바를 정리하겠다.

미암이 일기를 저술한 배경은 먼저 당대 문학적 상황 하에서 파악하였다. 미암이 살았던 16세기 중반에는 문학적으로 일기문학이 성행하는 가운데 사화에 대한 경계를 후세에 남기고자 기록문학을 남긴 사림들의 작품이 다수를 차지하며 발전하였다. 『미암일기』가 이러한 당대 문학 배경 하에서 나온 작품임을 살폈다.

다음으로 미암의 기록정신과 『미암일기』의 내용을 살펴보았다. 미암은 호남사림의 학맥을 전승하고 정계에 진출했으나 을사사화로 인해 유배를 겪고 다시 조정에 돌아와, 主一을 하고자 하는 의식적인 노력과 함께 기록을 통해 후세에 전달하고자 하는 의지를 보였음을 파악하였다. 또한 미암 문학에서 중요한 부분을 차지하는 일기에 대한 인식을 살펴보고 이를 통해 기록 정신을 실현해나가고자 한 점을 밝혀보았다.

『미암일기』는 미암 유희춘이 을사사화로 인한 유배에서 해배된 후 죽기 전까지 10년간의 기록을 담고 있는 일기로, 그날 있었던 모든 공사의 영역을 총망라하여 일기를 빠짐없이 기록하였는데, 이러한 점에서 『미암일기』의 내용 전개를 분석한 것이다. 이는 개인적인 관심사를 토로한 부분, 가족 공동체와 일상의 향유를 기록한 부분, 그리고 공공의 관심을 표명한 부분의 세 가지로 분류해 살펴보았다.

미암의 개인적인 관심사를 토로한 부분은 독서와 도서 목록, 내면의 성찰, 건강관리와 病勢로 나누어 살펴보았다. 미암은 책을 매우 좋아하여 사거나 빌리고 베껴 쓰는 등 그 구입에 열성을 다하였고, 독서에 대한 기록도 남겨 놓았다. 마지막으로 미암이 일기에 자신의 내면을 토로한 부분들을 모아 살펴보았는데, 이는 여가가 생겼을 때 자신을 돌아보며 하는 말들 속에서 볼 수 있었던 부분이다. 이를 통해 미암은 자신이 겪는 일이 모두 좋기만 하지 않은 현실에 대해 솔직한 내면을 드러내며 해소할 수 있었던 것으로 보인다. 그러나 끊임없이 자신을 돌아보는 성찰의 자세를 중시하여 평소에는 감정을 드러내지 않고 겉과 속을 일치시킬 수 있었음도 볼 수 있었다. 또한 미암은 자신의 몸에 대한 증상을 예민하게 다루며 치료하고 주변인들의 병에도 관심을 가지고 보살핀 면을 볼 수 있었다.

그리고 미암은 가족 공동체와 일상을 향유한 내용도 기록하였는데, 이는 사적 생활의 영역이면서도 공적인 영역과 엄밀히 구분되지 않는 半公半私的인 성격을 지니는 점을 고려하여 살펴보았다. 먼저 유배로 떨어져 있던 가족과 화목하게 도모해가는 모습이나 자손의 도리를 못하여 조상을 모시는 일에 대해 정성을 다하는 모습을 살펴보았다. 또한 미암은 많은 이들과 교유하였는데, 이때 경제적인 문제, 이를테면 물품 수수 등 당시 사대부가에서 행해진 구체적이며 현실적인 사례를 뚜렷이 볼 수 있다. 그러나 미암은 이에 그치지 않고 사람들과의 신의를 중시하며 관계를 이루어갔고, 의식주를 해결해간 면모도 보여주었다. 그리고 저술의 과정과 활동에서는 미암이 저술한 책에 관해 남긴 기록을 살폈다. 유배지에서 저술한 책은『속몽구』한 편만이 전하고, 나머지는 조정에서 관료로 일하며 문제의식을 느껴 저술한 책으로『주자문집어류주해』나『사서삼경』의 구결과 토석, 그리고『어록자의』와『헌근록』등을 살펴보았다.『대학』의 토석 작업을 하며 그와 함께 손자 교육을 위해『신증유합』을 저술하는 경위도 함께 살펴볼 수 있었다. 이렇듯 미암은 주자학의 기본서가 되는 저술들을 지어 선조 임금을 위해 바쳤는데, 이는 당시 성리학을 바탕으로 한 이상 정치를 현실에서 실현하고자 한 노력의 일환이었고, 미암에게서 이에 대한 깊은 인식을 살펴볼 수 있었다.

마지막으로 공공의 관심을 표명한 부분은 기후와 민생, 조정에서의 언론과 견문으로 나누어 살폈다. 기후와 민생에서는 일기의 시작을 기후로 열며 백성들의 삶과 정치와도 밀접한 관련을 지녔던 데에 관심을 보였던 점에 대해 살펴보았다. 미암은 함경도 종성에서 19년간 유배를 보내면서 자신의 문집에 북방지역의 풍토와 백성의 삶에 대한 관심을 피력하였고, 해배 후에는 일기에 그곳 관리와 연락하며 지속적으로 보인 관심을 기록하였다. 또한 해배 후 조정에서 홀로 관직생활을 하였기에 한양의 기후에 대한 기록도 매일 일기에 충실히 남겼고, 특별히 재해가 심한 경우에는 자신과 신하들이 조정에 상소한 내용까지 실어놓았다. 곧,『미암일기』를 통해 16세기 당시 전국적으로 기후에 관한 현황을 살필 수 있고, 백성의 삶뿐만 아니라 조정에서의 대응과 정책까지도 자세히 볼 수 있다. 또한 미암이 자신의 심정을 표현한 부분도 엿볼 수 있었다.

미암은 경연에서 성학에 대해 堯舜 三王 시대의 이상 정치를 구현하고자 경전에 근거하여 정일집중의 학문과 도덕인의의 부, 경전예악의 문에 종사할 것을 선조에게 강론하였다. 또한 미암은 성학에서 현실적으로 요구되는 부분에 대해 당시『대학연의』의 중요성을 파악하여 진강하고자 하면서, 한편 성리학 기본서로서『근사록』또한 중시하여 강할 것을 주장하였다. 그리고 을사사화를 겪으며 그 사후 처리 문제에 대해 민감하게 반응하며 조정에서 견문한 바를 상세히 기록하여 놓았다.

이상에서『미암일기』의 기록 내용을 통해 드러난 문학적 특징과 의의를 찾아보았다.『미암일기』의 서술 방식 상의 특징으로 객관적 증언과 평가, 절제된 표현과 교차적 서술로 나누어 살폈다.

미암은 조정에서 자신이 언급한 것이나 남에게 견문한 바를 사실대로 기록하였고, 그 뒤에 자신의 평을 덧붙이거나 관련해서 들은 바를 또 적어놓았다. 그리고 일상의 생활에서 행한 일이나 만난 사람들에 대해서도 빠짐없이 사실을 기록하면서 자신의 느낌이나 평가 등을 덧붙이는 방식을 취하였다.

호남에서 미암과 함께 수학하여 조정에 등용된 하서가 1545년 인종 승하 이후 벼슬을 버리고 고향인 장성에 내려가 은거생활을 하며 그곳에서 비분강개한 문학을 표출하고 학문을 남겼던 데 반해, 미암은 중앙에 머물러 있다가 그해 을사사화를 만나 유배를 겪고 유배지 종성에서 학문과 저술활동에 몰입하다가 19년간의 유배기를 마치고 선조 즉위와 함께 1567년(정묘) 해배되어 다시 조정에 등용되었다. 그리고 미암은 이때부터 경연활동에 참여하며 죽기 전까지 10년간『미암일기』를 써서 남겼다. 일기에는 경연에서 이루어진 선조 초기의 정치적인 현안 문제에 대해 당시의 일을 생생하게 기록해 놓은 것이다. 이처럼 미암은 을사사화를 겪고 그 뒤에 士禍에 관해서 따로 정리하는 작업을 하지 않으면서 바로 정계에 재등용 된 날부터 일기를 써나가며, 당시 이와 관련하여 중앙에서 일어난 모든 일과 지방관으로 재직하던 일들을 객관적으로 증언하여 기록하는 방식으로 남겼다. 미암은 이 일기 기록을 통해 하서와 정치적 입장을 계속해서 같이 할 수 있었으리라 여겨진다.

미암은 삶 속 실천의 연장에서 많은 이들과 교유하며 그들과의 관계에서 信義를 중시하였다. 앞서 살펴본 인물들을 통해 미암이 사람들과의 관계를 형성하며 이루고자 한 것이 신의에 바탕해, 善과 義의 가치를 실현하고자 한 것이었음을 알 수 있다. 미암은 당시 사람들이 득의한 후에 인심이 변하는 세태를 비판하고, 사람들 간에 신의를 회복하고 믿음을 주는 것이 필요하다고 여겼다. 그런 관점에서 인물 하나하나에 대해 엄정한 기준으로 평가를 남긴 것이다. 미암의 인물 평가는 사대부 신분에 국한되지 않고 평민 등에까지 확대하여 이루어지고 있는 점에서 『미암일기』가 구체적인 인물을 체험하고 대상화한 당대적 의의가 발견되는 것이다.

그리고 미암은 일기 기록에 자신의 내면이나 감정을 절제하며 간략히 표현하되, 중간에 시문을 삽입하는 장치를 써서 산문 기록으로 다하지 못한 내면 감정을 진술하게 형상화하는 방식을 보여주기도 하였다. 또 미암이 과거를 회상하면서 현재의 소회를 표출하여 그 둘이 교차하는 방식을 취하고 있는 점이 특징적이었다.

이상을 통해 『미암일기』의 일기문학적 의의를 밝혔다. 『미암일기』에는 시문이 삽입되어 있는데, 이는 문집에 수록되기 이전의 초고로서 기능하였으리라는 점에서 의의가 발견된다. 또한 『미암일기』는 사화 체험 후 기록을 남겨 역사적 사실을 밝혀내고자 한 당대 士林들의 기록 정신을 계승한 의의가 있으며, 公日記와 私日記의 성격을 혼합하여 가지고 있어 임란 이후 조선 후기 私日記가 확산되는 경향에 영향을 미친 점이 발견된다. 임란 이후 사일기가 역사 기록의 측면에서는 실록형의 일기로, 개인의 내면과 일상생활을 담은 측면에서는 일기문학형 일기로 분화되는데, 『미암일기』는 사화 후 체험을 바탕으로 해배 이후 사화 관련 정리 작업에 대한 공적 역사의 기록이자 일상생활을 담으며 개인의 관심사를 기록한 점에서, 이러한 분화 이전의 성격을 공유하는 것이다.

지금까지 16세기 일기문학이 성행하던 시기에 나온 『미암일기』의 내용과 특성, 의의에 대해 살펴보았다. 『미암일기』는 당시에 일기의 형식을 갖추고 역사 기록의 정신을 계승한 일기문학이다. 미암은 을사사화를 겪으면서도 유배지에서 학문에 더욱 매진하며 문학에서 형상화하였고, 해배 후 죽기 전까지 수양의 방편으로써 기록 정신을 발휘해 일기문학을 남겼다. 여기서 미암의 객관적 증언과 평가, 절제된 표현과 교차적 서술 방식을 볼 수 있었으며, 문집의 초고로서 기능과 공일기와 사일기의 성격을 공유하는 의의를 발견할 수 있었다.

본서에서는 이처럼 미암 문학의 당대적인 의미와 해석, 그리고 바로 다음 세대인 임란 이후 나타나는 전쟁일기와 관련하여 가지는 의미를 살피고, 조선 후기 사일기로 이어지는 맥락을 살피는 데 주력하였다. 이외에도 17세기 이후 사림들의 정쟁과 관련하여 나오는 일기문학과, 궁중일기나 여행일기 등 조선 후기 활발히 나오는 다양한 일기문학과 관련하여 미암의 일기문학이 미친 영향과 함께 차지하는 위상에 대한 고찰은 추후로 미룬다.

참고문헌

1. 자료

유희춘, 『眉巖集』, 한국문집총간 34권, 민족문화추진회, 1989.

유희춘, 『眉巖日記草』 1~5권, 조선총독부 한국사편수회, 1936.

유희춘, 국역 『미암일기』 1~5집, 담양향토문화연구회, 1992~1996.

유희춘, 『신증유합』, 단국대학교 동양학총서2집, 해제, 안병희, 1972.

권   근, 『陽村集』, 한국문집총간 7권, 민족문화추진회, 1990.

金宇顒, 『東岡集』, 한국문집총간 50집, 민족문화추진회, 1990.

金宇顒, 『국역 東岡先生全集』 1~3권, 晴川書院, 1995.

기대승, 『高峯集』, 한국문집총간 40권, 민족문화추진회, 1989.

김인후, 『河西集』, 한국문집총간 33권, 민족문화추진회, 1989.

송   순, 『俛仰集』, 한국문집총간 26권, 민족문화추진회, 1988.

심수경, 『遣閑雜錄 單』, 심석규 역, 백야문화사, 1980.

안정복, 『順菴集』, 한국문집총간 229~230권, 민족문화추진회, 1998.

양응정, 『松川遺集』, 한국문집총간 37권, 민족문화추진회, 1989.

이긍익, 『국역 練藜室記述』, 고전국역총서 1~12권, 민족문화추진회, 1976.

이   이, 『栗谷全書』, 한국문집총간 44·45권, 민족문화추진회, 1989.

이정형, 『知退堂集』, 한국문집총간 58권, 민족문화추진회, 1989.

이   황, 『退溪集』, 한국문집총간 29·30·31권, 민족문화추진회, 1989.

정여창, 『一蠹集』, 한국문집총간 15권, 민족문화추진회, 1988.

최   부, 『錦南集』, 한국문집총간 16권, 민족문화추진회, 1988.

최익현,『勉菴集』, 한국문집총간 325·326권, 민족문화추진회, 2004.

허 균,『성소부부고』, 민족문화추진회, 1991.

홍만종,『시화총림』, 홍찬유 역주, 통문관, 1993.

황종희·전조망·진금생·양운화,『宋元學案』1~4, 중화서국출판, 1986.

『국역 대동야승』, 민족문화추진회, 1971.

『고서해제』, 연세대학교 중앙도서관 소장 I ~ X, 평민사, 2004~2008.

『국조보감』, 민족문화추진회, 1996~1997.

『승정원일기』, 민족문화추진회, 2002.

『신증동국여지승람』, 민족문화추진회, 1969.

『조선왕조실록』, 동아일보사, 1995.

『한국문집총간해제』 2, 민족문화추진회, 1991.

『小學』『論語』『孟子』『大學』『中庸』『禮記』『詩經』『書經』『周易』『莊子』.

『朱子大典』天·地·人, 경문사, 1977.

『二程遺書』.

『古文眞寶』後集.

2. 국내 단행본

강명관,『책벌레들 조선을 만들다』, 푸른역사, 2007.

강신항 외,『이재난고로 보는 조선 지식인의 생활사』, 한국한중앙연구원, 2007.

강혜선 외,『한국의 고전을 읽는다 3』, 휴머니스트, 2006.

강효석 편저,『대동기문』上, 이민수 역, 명문당, 2000.

고광민 역,『한유 산문선』, 태학사, 2005.

고영진,『호남사림의 학맥과 사상』, 혜안, 2007.

국사편찬위원회 편,『옷차림과 치장의 변천』, 두산동아, 2006.

국어국문학회 편,『고전산문 연구1』, 태학사, 1998.

권순렬,『송천 양응정의 시문학 연구』, 월인, 2002.

금장태,『유교의 사상과 의례』, 예문서원, 2000.

김명순·나정순 편,『우리의 옛글-생각하며 읽기』, 역락, 2006.

김수청,『송대 신유학의 인격수양론-敬을 중심으로』, 신지서원, 2006.

김상홍,『한시의 이론』, 고려대학교 출판부, 1997.

김태준,『조선한문학사』, 시인사, 1997.

남평 조씨,『병자일기』, 진형대·박경신 역주, 예전사, 1991.

박무영·김경미·조혜란 공저,『조선의 여성들, 부자유한 시대에 너무나 비범했던』,
        돌베개, 2004.

송봉구,『주자의 공부방법론 연구』, 한국학술정보, 2007.

송용준·오태석·이치수,『宋詩史』, 역락, 2004.

신해진,『한국 古隨筆文學』, 월인, 2001.

심경호,『한문산문의 미학』, 고려대학교 출판부, 1998(초판).

심경호,『한문산문의 내면 풍경』, 소명출판, 2003(수정 증보판).

안대회,『조선후기 小品文의 실체』, 태학사, 2003.

안병주 외,『한국인물유학사』2, 한길사, 1996.

안병희,『국어사 자료 연구』, 문학과지성사, 1992.

윤사순,『성학십도』, 을유문화사, 1987.

윤오영,『수필문학입문』, 관동출판사, 1977.

윤원호,『근세일기문의 성격연구』, 국학자료원, 2001.

윤정분,『중국근세 경세사상 연구-구준의 경세서를 중심으로』, 혜안, 2002.

이가원,『한국한문학사』, 보성출판사, 1997.

이강옥,『조선시대 일화 연구』, 태학사, 1998.

이동희,『朱子』, 성균관대학교 출판부, 2007.

이민홍,『조선조 시가의 이념과 미의식』, 성균관대학교 출판부, 1993.

이민홍,『사림파문학의 연구』, 월인, 2000.

이민희,『16~19세기 서적중개상과 소설·서적 유통 관계 연구』, 역락, 2007.

이민희,『조선을 훔친 위험한 책들』, 문학동네, 2008.

이병주 외,『한국한문학사』, 반도출판사, 1991.

이병한,『증보 한시비평의 체례 연구』, 통문관, 1985.

이병휴, 『조선전기 사림파의 현실인식과 대응』, 일조각, 1999.

이서행 외, 『예악교화사상과 한국의 윤리적 과제』, 한국정신문화연구원, 1995.

이영호, 『조선 중기 경학사상 연구』, 경인문화사, 2004.

이우경, 『한국산문의 형식과 실제』, 집문당, 2004.

이종묵, 『해동강서시파 연구』, 태학사, 1995.

이종묵, 『한국 한시의 전통과 문예미』, 태학사, 2002.

이혜순·정하영 외, 『조선 중기의 유산기 문학』, 집문당, 1997.

이혜순·정하영 역편, 『한국 고전여성문학의 세계』, 이화여자대학교 출판부, 2003.

이혜순, 『한국 고전여성작가의 시세계』, 이화여자대학교 출판부, 2005.

이혜순 외, 『조선 중기 예학 사상과 일상 문화-주자가례를 중심으로』, 이화여자대학교 출판부, 2008.

임형택, 『한국문학사의 시각』, 창작과비평사, 1984.

장덕순, 『한국 수필문학사』, 박이정출판사, 1995.

장세후, 『주희 시 역주』 권지일·권지이, 이회, 2005.

전형대 외, 『한국고전시학사』, 기린원, 1979.

정만조 외, 『음애 이자와 기묘사림』, 지식산업사, 2004.

정 민, 『한시미학산책』, 솔, 1999.

정 민, 『한시 미학의 이해』, 동방미디어, 2003.

정병련, 『고봉 선생의 생애와 학문』, 전남대학교출판부, 2006.

정재훈, 『조선전기의 정치사상 연구』, 태학사, 2005.

정창권, 『홀로 벼슬하며 그대를 생각하노라』, 사계절, 2003.

조남욱, 『정여창』, 성균관대출판부, 2003.

조남호, 『주희 : 중국철학의 중심』, 태학사, 2005.

조동일, 『한국문학통사』(4판) 2권, 지식산업사, 2005.

주자사상연구회 편, 『주자사상과 조선의 유자』, 혜안, 2003.

차용주, 『한국한문학사』, 경인문화사, 1995.

최강현, 『한국 수필문학 신강』, 서광학술자료사, 1984.

최 부, 『표해록』, 서인범·주성지 역, 한길사, 2004.

최석기 외,『송원시대 학맥과 학자들』, 보고사, 2007.

최재남,『서정 시가의 인식과 미학』, 보고사, 2003.

최진원,『한국고전시가의 형상성』, 성균관대학교 대동문화연구원, 1996.

최진원,『고전시가의 미학』, 월인, 2003.

한국고전문학회 편,『문학과 사회집단』, 집문당, 1995.

현상윤,『조선유학사』, 이형성 교주, 현음사, 2003.

3. 국외 단행본

가노 나오키(狩野直喜),『중국철학사』, 을유문화사, 1986.

모리스 꾸랑,『한국서지』(수정번역판), 李姬載 역, 일조각, 1994.

미우라 쿠니오,『인간 주자』, 김영식·이승연 역, 창작과비평사, 1996.

북계 진순,『性理字意』, 박완식 역, 여강, 2005.

司馬遷,『史記』, 정범진 외 역, 까치, 1995.

시마다 겐지,『주자학과 양명학』, 까치, 1986.

여정덕 편,『朱子語類』1, 2, 3, 4, 허탁 외 역주, 청계, 2001.

요시카와 코오지로오 외,『唐詩 읽기』, 심경호 역, 창작과비평사, 1998.

유우석,『유우석 詩選』, 유성준 편저, 문이재, 2002.

錢穆,『주자학의 세계』(朱子學提綱), 이완재 외 역, 이문출판사, 1989.

정민정,『心經附註』, 성백효 역주, 전통문화연구회, 2002.

주칠성,『실학파의 철학사상』, 예문서원, 1995.

주희·여조겸 편저,『近思錄』, 김학주 역, 명문당, 2004.

진수,『三國志』, 김원중 역, 민음사, 2007.

진영첩 저,『주자강의』, 표정훈 역, 푸른역사, 2001.

진필상,『한문문체론』, 심경호 역, 이회, 2001.

조르주 뒤비 외,『사생활의 역사』3권, 이영림 역, 새물결, 2002.

馮禹,『동양의 자연과 인간 이해』, 김갑수 역, 논형, 2008.

4. 국내 논문

강명관, 「미암 유희춘의 책 모으기」上下, 『주간동아』 제543·545집, 동아일보사, 2006.

고영진, 「이황 학맥의 호남 전파와 유학사적 의의」, 『退溪學과 韓國文化』 제32집, 경북대 퇴계연구소, 2003.

구완회, 「조선 중기 사족얼자녀의 속량과 혼인」, 『경북사학』 제8집, 1985.

김기림, 「박세채의 『증산염락풍아』에 대한 고찰」, 『동양고전연구』 제6집, 동양고전학회, 1996.

김기림, 「이행의 시세계 연구」, 이화여자대학교 박사학위논문, 2003.

김기주, 「조선 중기 금남 최부의 정치활동」, 『전남사학』 제24집, 2004.

김성희, 「『쇄미록』에 나타난 16세기 가장의 역할」, 『한국가정관리』 18권 4호, 2000.

김연옥, 「古日記에 의한 古氣候 연구」, 『논총』 제58집, 이화여자대학교 한국문화연구원, 1990.

김정인, 「조선중기 사림의 記文 연구」, 이화여자대학교 박사학위논문, 2003.

김종성, 「미암 유희춘의 한시 연구」, 전남대 교육대학원 석사학위논문, 2003.

김하라, 「일기문학으로서의 『欽英』연구」, 서울대 석사학위논문, 2001.

金恒洙, 「16세기 士林의 性理學 이해」, 『한국사론』 7, 서울대 국사학과, 1981.

김 호, 「蘇齋 盧守愼의 病床 기록 「政廳日記」」, 『문헌과 해석』 통권 13호, 2000.

김 호, 「16세기 중반 京·鄕의 의료 환경―『미암일기』를 중심으로」, 『대구사학』 제64집, 대구사학회, 2001.

박미해, 「16세기 부권과 부권의 존재 양식―『미암일기』에 나타난 유희춘과 송덕봉의 사례를 중심으로」, 『한국여성학』 제18권, 한국여성학회, 2002.

박미해, 「16세기 가족관계와 家父長權―유희춘의 『미암일기』를 중심으로」, 『고문서연구』 제21집, 한국고문서학회, 2002.

배현숙, 「선조초 교서관활동과 서적유통고―유희춘의 『미암일기』분석을 중심으로」, 『서지학연구』 제18호, 1999.

배현숙, 「유희춘이 판각을 주도한 서적에 관한 연구」, 『한국도서관정보』 제3호, 2003.

배현숙, 「續蒙求分註 板本考」, 『서지학연구』 제26호, 2003.

배현숙, 「선조초 지방 책판고」, 『서지학연구』 제25호, 2003.

백승종, 「16세기 조선의 사림정치와 김인후−비정치적 일상의 정치성」, 『진단학보』 제92집, 진단학회, 2001.

송재용, 「『미암일기』 연구」, 단국대 박사학위논문, 1996.

송재용, 「미암 유희춘의 생애와 학문」, 『퇴계학연구』 제10집, 단국대, 1996.

송재용, 「『미암일기』의 서지와 사료적 가치」, 『퇴계학연구』 제12집, 단국대 퇴계학 연구소, 1998.

송재용, 「미암 유희춘의 시세계−한시와 시조를 중심으로」, 『동양학』 제30집, 단국대, 2000.

송재용, 「『미암일기』에 나타난 인간 유희춘」, 『퇴계학연구』 제16집, 단국대 퇴계학 연구소, 2002.

신동원, 「조선후기 의약생활의 변화−선물경제에서 시장경제로」, 『역사비평』 통 권75호, 역사비평사, 2006.

신상필, 「조선조 야사의 전개와 『한고관외사』의 위상」, 『대동한문학』 제22집, 대동한문학회, 2005.

신향림, 「노수신의 인심도심설에 내포된 육왕학의 심성수양론」, 『한국한문학연구』 제34집, 한국한문학회, 2004.

신향림, 「소재 노수신의 詩에 나타난 思想 연구」, 고려대 박사학위논문, 2005.

심경호, 「朱子『齋居感興詩』와 『武夷櫂歌』의 조선판본」, 『季刊書誌學報』 제14집, 한국서지학회, 1994.

안대회, 「조선후기 야사총서의 편찬의 의미와 과정」, 『민족문화』 제15집, 민족문화 추진회, 1992.

안대회, 「『패림』과 조선후기 야사총서의 발달」, 『남명학연구』 제20집, 경상대학교 남명학연구소, 2005.

오병무, 「김인후의 성리철학」, 『동양철학연구』 제36집, 2004.

오완규, 「천자문·훈몽자회·신증유합 字釋 연구」, 공주대 석사학위논문, 2001.

유재엽, 「조선 중기의 도서 출판에 관한 일고찰『미암일기』의 기록 연구」, 『출판잡 지연구』 제11권 1호, 2003.

윤소정, 「『미암일기』를 통해본 16세기 사대부 복식」, 서울대 석사학위논문, 2006.

이병휴, 「조선전기 사림파의 추이 속에서 본 김굉필의 역사적 좌표」, 『역사교육논집』 제34집, 2005.

이복규, 「『묵재일기』附帶記錄에 대하여 : 도서목록·<농암가>·물품목록·애정가사」, 『동방학』 제3집, 한서대학교 부설 동양고전연구소, 1997.

이복규, 「「설공찬전」·「주생전」국문본 등 새로 발굴한 5종의 국문표기소설연구」, 『고소설연구』 제6집, 한국고소설학회, 1998.

이상성, 「한훤당 김굉필의 도학사상」, 『동양고전연구』 제26집, 동양고전학회, 2007.

이성임, 「조선중엽 양반관료의 경제생활 일고찰-『미암일기』분석을 중심으로」, 인하대 석사학위논문, 1990.

이성임, 「16세기 조선 양반관료의 사환과 그에 따른 수입」, 『역사학보』 제145호, 역사학회, 1995.

이성임, 「16세기 유희춘가의 해남조사와 물력 동원」, 『인하사학』 제10집, 인하역사학회, 2002.

이숙인, 「주자가례와 조선 중기의 제례 문화」, 『정신문화연구』 제29권 2호, 통권103호, 한국학중앙연구원, 2006.

이연순, 「佔畢齋 金宗直의 樂府詩 연구」, 이화여자대학교 석사학위논문, 2000.

이연순, 「미암 유희춘의 유배기 문학 연구」, 『동양고전연구』 제32집, 동양고전학회, 2008.

이연순, 「『眉巖日記』를 통해 본 16세기 중반의 날씨 기록과 표현」, 『한국고전연구』 21집, 한국고전연구학회, 2010.

이연순, 「미암 유희춘의『속몽구』연구」, 『어문연구』 제147호, 한국어문교육연구회, 2011.

이우경, 「조선조 「일기문학」 연구」, 이화여자대학교 박사학위논문, 1989.

이은영, 「조선 초기 제문 연구」, 이화여자대학교 박사학위논문, 2001.

이종묵, 「버클리대학 소장 원교집(員嶠集)에 대하여」, 『문헌과 해석』 28호, 2007.

이종묵, 「황윤석의 문학과『이재난고』의 문학적 가치」, 『이재난고로 보는 조선 지식인의 생활사』, 한국학중앙연구원, 2007.

이혜순, 「퇴계시에 나타난 역사의식」, 『퇴계학연구』 제3집, 1989.

장영희, 「16세기 필기의 일고찰」, 『민족문학연구』 제26집, 민족문학사학회, 2004.

전경목, 「일기에 나타나는 조선시대 사대부의 일상생활-오희문의 『쇄미록』을 중심으로」, 『정신문화연구』 19, 한국학중앙연구원, 1996.

정 민, 「觀物 精神의 미학의식」, 『한국학논집』 제27집, 한양대학교 한국학연구소, 1995.

정재훈, 「미암 유희춘의 생애와 학문」, 『남명학연구』 제3집, 경상대 남명학연구소, 1993.

정창권, 「『미암일기』에 나타난 송덕봉의 일상생활과 창작활동」, 『한국어문연구』, 한국어문학회, 2002.

정하영, 「조선조 일기류 자료의 문학사적 의의」, 『정신문화연구』 19, 한국학중앙연구원, 1996.

정호훈, 「미암 유희춘의 학문 활동과 『治縣須知』」, 『한국사상사학』 제29집, 한국사상사학회, 2007.

최재남, 「16~17세기 향촌 사림의 시가문학」, 『한국시가연구』 제9집, 한국시가학회, 2001.

한예원, 「16세기 사화기에 있어서 호남학문의 형성과 전개양상」, 『고시가연구』 제14집, 한국고시가문학회, 2004.

현혜경, 「16세기 잡록 연구」, 『한국고전연구』 제6집, 한국고전연구학회, 2000.

홍학희, 「율곡 이이의 시문학 연구」, 이화여자대학교 박사학 위논문, 2001.

홍학희, 「한국 道學詩 연구에 있어서의 몇 가지 문제」, 『한국고전연구』 제10집, 한국고전연구학회, 2004.

황수정, 「미암 유희춘 문학 연구」, 『한국한시연구』 14, 한국한시학회, 2006.

황패강, 「短歌 <感上恩>考 – 미암일기초 연구(1)」, 『국문학논집』 제1집, 단국대 국어국문학, 1967.

황패강, 「夢讖考 – 미암일기초 연구(2)」, 『국문학논집』 제2집, 단국대 국어국문학, 1968.

황패강, 「<立春裸耕議> 素考 – 미암일기초 연구(3)」, 『국문학논집』 제3집, 단국대 국어국문학, 1969.

찾아보기

ㄱ

家供 144
<感上恩歌> 243
甲子年士禍 33
「갑자화적」 33
『經國大典』 117, 126
「經筵講義」 33
「經筵日記」 24, 25, 189
『계축일기』 18
<困學> 226
公日記 28, 30, 250
公辦 144
館閣三傑 61
『관북유람일기』 18
구베르빌 104
『國朝淵源錄』 16
『國朝儒先錄』 50, 139, 160
權橃 133
『금남집』 156
「記甲子士禍」 33
奇大升 15, 132
「기묘록」 33
기묘사화 34
<記事銘> 55
祈雨祭 180
忌日 123
祈請祭 180

김계 212
金宏弼 26
金鸞祥 133
金時讓 46
김안국 42, 171
金宇顒 33, 173
金仁厚 15
김정국 33
김천일 137

ㄴ

나사침 136
『亂中日記』 19, 29
『난중잡록』 250
남평 조씨 17
『南行月日記』 31
노수신 19, 61, 66
盧稙 135

ㄷ

團領 143
당뇨 99
讀書記 68
<讀書銘> 86
『동국세시기』 187

270

「동명일기」 18, 31
『東遊記』 31
東人 198
『東行記』 31

_ ㅁ

<磨天嶺上吟> 108
戊午年士禍 33
「戊午薰籍」 33
「戊午士禍事蹟」 33
『묵재일기』 19, 32, 35, 36
『문소만록』 157
『미암시고』 21
『미암일기』 15, 22, 28, 33, 37
『眉巖日記草』 21, 23, 24, 25, 28
『미암집』 21, 23, 24, 25, 28

_ ㅂ

박근원 140
박응순 213
백인걸 44
『병자일기』 17, 20, 33, 36, 250
<贍座銘> 226
『涪溪記聞』 46
不遷怒 220
「북정일기」 31

_ ㅅ

『事文類聚』 230
『四書五經』 152
私日記 28, 250
「士禍事實」 33
「士禍首末」 33

「士禍首尾」 33
「산중일기」 31
생활일기 17
西人 198
書冊僧 82
『石潭日記』 19, 29, 32
『小學』 60
『속동문선』 120
『續蒙求』 16, 27, 46, 53, 138, 148
<속휘변> 158
『쇄미록』 17, 20, 33, 36, 250
「壽春雜記」 33, 35
時祭 124
『詩吐釋』 134
神機箭 206
『新增類合』 16, 95, 154
『心經後論』 224
沈守慶 94

_ ㅇ

野史 31, 32
楊禮秀 103
양응정 132
『양황제실록』 30
『語錄字義』 27, 157
『語錄解』 16
『연주시격』 172
『濂洛風雅』 175
오희문 17
『왕오천축국전』 30
柳堪 133
유경렴 110
柳景深 47, 134
柳桂隣 15, 26, 40
兪晩柱 18

『游四佛山記』   31
유성룡   140
유성춘   41
유우석   238
유희령   152
『六書附錄』   27, 139, 164, 166
윤관중   111
尹復   135
恩遇   102
을사사림   16
乙巳士禍   15, 44
「을사전문록」   33, 45
이자   34, 35
『陰崖日記』   19, 29, 32, 33, 34, 36, 81
의유당 남씨   18
李沂   104
『伊洛淵源錄』   50, 163
이목   33
이문건   19, 35
이산해   140
이색   35
李源   134
李元綠   230
『頤齋亂藁』   18, 20, 241
李楨   135
이정형   33, 35
이탁   213
『인현왕후전』   18
日記   15, 51
日記文學   15, 17
임백령   218
<立春裸耕議>   16, 49

_ㅈ

「자경지함홍일기」   31

자기 修養   49, 61
雜記   15
<齋居感興>   174
정개청   140
정미사화   15, 45
<正心銘>   225
정여창   33
정유일   137
「政廳日記」   19
「庭訓」   127
曺植   173
조위   33
足疾   99
存心   60
종성   15, 48
『주자가례』   126
『朱子文錄』   170
『朱子文集語類』   27
『朱子文集語類註解』   170
『朱子書節要』   170
『朱子語類箋釋』   170
『陣中日記』   19, 29

_ㅊ

冊僧   83
天人感應   185
『川海錄』   157
崔溥   15, 40
崔山斗   15, 26, 41
冲靜冠   143

_ㅍ

『稗官雜記』   83, 84
표연말   33

<漂海錄跋> 51
『漂海錄』 15, 40
筆記 15, 31
필기류 32

_ ㅎ

『한중록』 18
『해상일록』 250
『해행총재』 31
許筠 33, 138

허성 138
허엽 138, 228
허준 103
<獻芹歌> 243
『獻芹錄』 27, 164
혜초 30
호남삼걸 41
「화성일기」 31
黃胤錫 18, 241
「黃兎記事」 33
『欽英』 18, 20, 250